朱斌峰◎著

水光抑或镜影

时代出版传媒股份有限公司
安徽文艺出版社

　　朱斌峰，鲁迅文学院中青年作家高研班第32届学员，安徽文学院第四届签约作家。曾于《钟山》、《青年文学》、《安徽文学》、《西湖》、《雨花》、《青春》、《天涯》、《山花》、《黄河文学》等刊发表小说，被《长江文艺·好小说》选刊、《作品与争鸣》选刊选载。获2015年《安徽文学》年度文学奖小说奖、第二届鲁彦周文学奖提名（优秀）奖，参与编剧的广播剧获全国第十二届精神文明建设"五个一工程"奖、安徽省第十一、十二届精神文明建设"五个一工程"奖。

SHUIGUANG
YI HUO JINGYING

水光或镜影

朱斌峰◎著

时代出版传媒股份有限公司
安徽文艺出版社

图书在版编目（CIP）数据

水光抑或镜影/朱斌峰著. —合肥：安徽文艺出版社,2018.2
（2024.7 重印）
ISBN 978-7-5396-6258-9

Ⅰ．①水… Ⅱ．①朱… Ⅲ．①中篇小说－小说集－中国－当代②短篇小说－小说集－中国－当代 Ⅳ．①I247.7

中国版本图书馆 CIP 数据核字(2017)第 272724 号

出 版 人：姚　巍
责任编辑：姜婧婧　　　　　　　　装帧设计：张诚鑫
- -
出版发行：安徽文艺出版社　　www.awpub.com
地　　址：合肥市翡翠路 1118 号　　邮政编码：230071
营 销 部：(0551)63533889
印　　制：安徽芜湖新华印务有限责任公司 (0553)3916126
- -
开本：700×1000　1/16　印张：19.25　字数：300 千字
版次：2018 年 2 月第 1 版
印次：2024 年 7 月第 2 次印刷
定价：76.00 元
- -
（如发现印装质量问题，影响阅读，请与出版社联系调换）

目　录

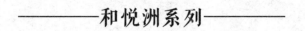

————和悦洲系列————

在水一方

一、听鱼

我是在黄昏时看见那条鱼的。

那时,日光变软了,在江上水草般飘摇着。我像往常一样,全神贯注地看着满是皱纹的江面,看着一张荡漾着回忆的老人的脸。我知道有些东西太耀眼,不能直视,比如晌午的日头,只有等它们安静下来才能静静地看去。我的眼里,江水变幻着颜色,表面浑黄,越往深处越暗,那让我迷醉。忽而,一条白色的大鱼跃了出来,她裸着身子游动着,乳房浮出水面,双腿扑打水花。她显然看见我了,向我微笑着,伸出双臂旋转起来,就像在跳舞。我刚想说些什么,她双脚一蹬就游远了。

我知道她是那种叫江豚的鱼,很久以前那种水生动物在我们和悦洲很常见,她们油脂丰厚,曾被制作成灯盏照亮着洲上的夜晚。可据《十万个为什么》说:江豚仅产于长江中下游流域,身体呈纺锤形,全身皮肤裸露无毛,在世界濒临灭绝的动物里排进了前十二位。这话可信,至少有很多年洲上的人没见过她们了。

我兴奋起来,向着洲上老街跑去,边跑边喊:"我看见江豚了! 我看见江豚了——"

江滩上，老鱼头正在破渔船的阴影下，收拾船舱里的鱼。他戴着散了边的旧草帽，牙疼似的咧着嘴，用刀刮着鱼鳞，全不顾鱼鼓着满嘴的血泡喊痛。老鱼头是洲上的捕鱼高手，他每天都用尼龙网兜装满活蹦乱跳的鱼，抑或用柳条穿起一串串鱼，从街人面前晃晃悠悠地踱回家。他知道江的深浅和鱼的脾气，经常在酒后吹嘘他的捕鱼经，比如乌鱼生猛、胡鲢子溜滑什么的，洲上人都说他讲得有理。可我不喜欢他，他的身上总有股鱼儿死亡的气息。

我越跑越快，边跑边喊，急着向街人宣布我的发现，可一不小心被老鱼头的鱼篓绊倒了，趴在地上跟被刮去鳞片的鱼瞪起眼来。那些鱼艰难地喘着气，翕动着血红的鱼鳃。

老鱼头生气了："瞎跑啥？"

我响亮地回答："我看见江豚了！"

老鱼头龇着黄牙哑笑："我捕了这么多年鱼，都没见过江豚，你个疯子还能看见了？"

我不想跟他多话，爬起来向街上奔去。

老街上，木楼前的门槛、石阶、石槽上坐着好多老人，身上落满了时间的灰色。我站住，边喘气边喊："我看见江豚了！"老人们抬头瞥了我一眼，没搭理我。我又尖叫。我的喊声冒犯了老人，他们这才宽容地笑起来："这个疯子，又说疯话了！"我没有争辩，看着满街楼顶层层叠叠的瓦片，像鲫鱼的鱼鳞一样，心里一慌，朝着我家的老屋奔去。

洲上人都叫我疯子，是因为我常把鱼看成人，把人看成鱼。

我原本是个正常人，学习成绩一直很好，洲人都说我聪明，不久的将来一定能金榜题名。可他们预言错了，那年高考，我在吃早餐时被一根鱼刺卡住了嗓子，紧急送往医院，耽误了考试，从此就分不清人和鱼，被他们叫作疯子了。我喜欢吃鱼，生下我时母亲不能发奶，就是靠着把鱼汤当作奶汁长大的，那种乳白色的鱼汤总带着熟稔的鱼腥味在我体内萦绕不散,因而,我知道鱼也有能够哺乳的乳房。当我把鱼儿有乳房的秘密向街人公布后,他们先是诧异,然后惋惜地说:"就那么小小的鱼刺,就把一个好好的伢儿给毁了!"他们疑虑地说:"鱼怎么会有奶子呢?莫不是这伢儿得花痴了?"他们痛定思痛地说:"书读多了也不好,能把人读傻的!"我并不这么认为,我知道历史常常毁于一个细节,一个人被鱼刺毁掉太正常了。虽然我知道和悦洲上花痴不少,可我没有一到油菜花开就追逐江水里花衣的爱好。我知道书没有毒,不可能含有苏丹红、禽流感。我觉得我没有疯,只是看见了洲人不知道的秘密罢了。

譬如,洲人都说渡口的算命先生算命灵验,一双盲眼能洞察命运,看透人的一生祸福。可我听鱼儿说:那个算命先生并不知江水的纹路,他常到江边捞死鱼烂虾回家油炸,必将在未来的日子失足落水。

譬如,洲人都说花家超市老板娘花子不能生养,她的肚子是个水土流失的地儿。可我听鱼儿说:花子的肚子能让鱼籽生根发芽,可她跟男人做那种事时,总戴着鱼泡似的避孕套,不愿为任何一个男人留下根儿。而且,有条青鱼吃多了她丢下江里的避孕套,变得又肥又白,被人轻而易举地捕吃了。

当然还有很多这样的秘密,这个长江里的沙洲曾经是个繁华的商埠,到处弥漫着流言,也隐藏着秘而不宣的隐秘。我从鱼儿嘴里得知那些事后,憋在心里难受,就不厌其烦地告诉洲人,可他们根本不信,反而叫我疯子。我对这个称号并无异议,只是希望我的话能钻进他们的心里。可我不明白,为什么洲人总是嘲笑我,甚至毫无理由地捏我的耳朵?我的耳朵很敏感,只要他们一捏就火辣辣地疼,就像被火焰的舌头舔了。于是我只能尖叫着跑开,我的尖叫给他们带来了快乐的笑声。可当我转身跑开时,他们又会忧心忡忡起来,不无羡慕地对着我的背影说:"其实,还是做个白痴、疯子快活,整日大呼小叫,啥事不愁!"他们误解了我,其实我很痛苦,我知道太多的秘密,那些秘密让我针扎般地焦虑，只有把它们大声地说出来，否则寝食难安。我有时真想把自己的耳朵揪下来，那样就不会发疯了。

我发疯后，除了翻看那本《十万个为什么》，什么事也不做。我有个哥哥，靠经营吸沙船发了财，就把父母接到城里住了，雇了个邻居给我烧饭洗衣，让我衣食无忧地继续疯下去。这样挺好，虽然满街的鱼檐让我心慌，但我不想离开和悦洲，不知道自己离开鱼还能怎么活。

我去江边看鱼，并不期望能看到江豚。关于那种珍稀水生动物，洲上有个传说，说很久很久以前，一个女子因偷情被族人一丝不挂地塞进竹笼里沉了江，后来就变成了江豚。因而，想起江豚，我会联想到街上酒店老板何仙姑的大奶子，她就跟数个男人厮混过。洲上有个江豚养护场，场长经常去何仙姑的酒店喝得满脸酡红，然后像醉螃蟹似的横行在街上。他曾压抑不住兴奋低声对我说："他妈的！何仙姑真是个江豚，身子又白又浪，真过瘾！"我感谢他对我的信任，可他的江豚养护场里只有假造的江豚骨架标本，这就有骗人的嫌疑了。我曾站在那个养护场门前的江豚雕塑下，耐心地奉劝一队举着旗帜前来参观的学生不要上当受骗，可那些学生却用空饮料瓶袭击我，我只有逃开了。

我喜欢在黄昏时走到江边，跟鱼说说话儿。当暮色愈来愈浓时，江上的吸沙船、机驳船的声响小了，一些鱼会成群结队地游来。他们行色匆匆，有些慌张，像被什么驱赶着。偶尔有顽皮的小鱼朝我眨眨眼说："别看啦，这条江就要老了。"老了？我有些纳闷，难道这条不知流了多少年的江会枯吗？我想问他要去哪，可小鱼尾巴轻轻一划就游走了。当然，有时一些老鱼也会对我唠叨起一些秘密，鱼须闪着银针般的光，就像深夜细小的闪电似的。

真的，那个黄昏，我看见了消失多年的江豚。

没想到江上有江豚出没的消息竟然在洲上流传起来了。洲人爱用絮絮叨叨的话掩盖什么，可这回他们脸上发着绿芽，在街上奔走相告起来："江里有江豚哦,那可是稀罕物,捕到它就发大财了!"他们在细细的日光下呼喊着,就像被甩在岸上张大嘴巴的鱼。于是就有人修船补网了。

老鱼头马粪纸般的脸绽开了笑,额头上的青筋跳动着,划着船在江上游来游去。他在当年清朝水师饮马的石槽里储满了水,为即将捕到手的江豚备好了临时栖处。他醉醺醺地站在傍晚的街上,拍着瘦棱棱的胸脯说:"谁不知道老子是这洲上水性最好的? 老子指定能捕到那只江豚!"

剃头匠侉爷站在理发店前,笑:"那不一定,你是个水鬼,可江豚是活宝,能不能遇到它得凭财运,你个老鱼头怎么看都不是发财的命!"

老鱼头嘴拙,梗着脖子一时说不出话来。

数个扛着船桨的洲人收工回来,光着脚丫呱唧呱唧地踩着青石板的街面,看着老鱼头的窘态哄笑起来。

剃头匠侉爷又说:"我看这事未必是真的,疯子说的话也能信?"

荷桨的洲人不愿意了:"这事章老板都信,不日就要派船来搜索江豚了,还能有假?""就是! 侉爷,依我看,您要是年轻十岁,比咱们找得还勤呢!"说着淌下水渍散去。

我知道这个消息之所以洲人肯信,跟我哥有关。我哥白手起家,短短三年就从街头青皮变成了拥有两只吸沙船的章老板,谁能不信他呢? 在这个洲上,只有我哥相信我,这并不是因为血缘关系,而是因为我的疯癫曾挽救过他的某个器官。

那年,我哥尚未发达,整日像条公狗在街上晃荡,而那时我已经疯了,能够分辨出蜜蜂的公母和鱼的表情了。一天晚上,头上的星星冷冷清清地落入江底,我在江滩上堆着沙塔,堆到第九座塔时,就听到江里两条鱼在窃窃私语:"和悦洲就要出事了,那个章家的大少就要被杀猪匠割掉尾巴了!""是啊! 杀猪匠已经提着刀坐轮渡赶回来了"……我猛然惊醒,在并不料峭的春风里打了好几个寒噤,赶忙向杀猪匠家奔去。我跑到那水边的木楼前，咚咚地敲起门，边敲边喊："哥，哥！出来！快出来呀！"阁楼的灯光被我唤亮，却没有回声。我急了，攀上院落外的桂花树，向着阁楼望去。阁楼里，我哥正赤条条地趴在杀猪匠老婆的身上。那个女子白皙的腿在昏黄的灯下泛着幽暗的白光，就像甩打的鱼鳍。我大声喊："哥！哥！快出来啊！要割尾巴了！"我哥扭过脸低喝："你个疯子，瞎嚷个鸟，滚！"那条仰卧在床上的"白鱼"说话了："你还是走吧，说不定出啥事了。"我哥这才恋恋不舍地爬起，穿上衣服溜了出来。我滑下桂花树，跟着哥沿着院墙根走，心底为保住了哥的尾巴兴奋着。哥很不高兴，甩了我一巴掌。忽地，嘭的一声响，我看见杀猪匠提着刀踹开了院门，冲进了他自己的家，接着听见他扭曲的喊声传来："人呢？人呢？要是被老子抓住，就把他给劁了！"我看见哥的身子软了软，显然他没有理由不相信杀猪匠庖丁解牛的手艺。哥颤抖着手摸摸我被巴掌打肿的脸说："弟呀，谁说你疯了？你聪明着呢！"

就是在那晚，我哥在柳树下嚼碎了三片叶子，离开和悦洲去吸沙船上做了保镖，之后便发达起来。也就是在那夜，我哥开始相信我的疯言疯语了。

这不，没几日，我哥就驾着橡皮艇来寻江豚了，他带着探测仪器和捕鱼工具，还有一名生物学专家，那架势让洲人气馁。他们满意地说："果然有江豚呢！"他们愤愤地说："设备再好有鸟用，能不能捕到江豚得看运气！"他们一个接一个地去找渡口的算命先生打卦，问自己的运程，问江豚究竟在何处。算命先生笑而不答，只是盲眼看天，伸出一根食指来。他们都未得其解，败兴而去，只得划着自己的木船绕着橡皮艇转悠。黄昏的江面被打搅了。

我哥搜捕江豚的行动毫无进展，便又想起了我。

那天晚上，天上一个月亮，水里一个月亮。我哥来找我，他比以前更胖了，胖得让我担心。他从阁楼上找出渔竿，用鹅毛剪了几节鱼浮，说要带我去钓鱼。我知道他在说谎,那个锈迹斑斑的鱼钩出卖了他。我俩一前一后走到江边,找块沙地坐了下来。我哥随手把渔竿甩在水里,那里很浅,只能钓到水草。我蹲坐着,看着他月光下的脸。

哥抽了两支烟,没有动渔竿一下,却盯着我的脸说:"弟呀,你告诉我,江豚在哪?"

我受不了他那烤山芋似的目光,转脸看向江面。

"弟呀,我知道你不疯,你一定知道江豚在哪,是不是?"

我缓缓站起身,向江里走去。我听见哗哗的水响,却听不清那声音在说什么。

哥倏地站起,急急地走了两步:"你在做什么? 你不会跳江吧?"

我转过身,将食指放在唇边,嘘了声,示意他别惊动了鱼。江面上吹过一阵小旋风,我弯下腰将脸贴在水面上,这才听见鱼儿清晰的说话声。

那些隐在水底的鱼儿就像患了哮喘病,声音嗡嗡的:"那些人到底要干什么呀? 这里哪有江豚呀!""那上游流下来的毒水、对岸轰轰响的吸沙船,都要把这江废了,江豚怎么还能活下呢?""就怪那个疯子,他瞎传啥谣言呀!"

我听出鱼儿在埋怨我,后悔起来,我真是个无事生非的人。我缓缓转过身难过地说:"哥,鱼儿说了,这条江里根本没有江豚。"

哥一愣:"不是你打电话告诉我,说你看见江豚了吗? 你的预感不是很灵验的吗?"

我摇摇头说:"也许我看错了,我们不能盲目相信自己的眼睛。"

哥生气了,一脸嘲讽:"我看你真是疯了! 我不信! ……这江上一定有江豚!"说着跺跺脚走了。

我知道我哥不信我了,这个洲上没有人肯信我了,心里悲伤起来,站在水中无声地哭起来。哭着哭着,忽地想起那江豚可能是个女子,便向着哥的背影追去。

江边寂寂,沙子在脚下飞快地流失,我的心脏骤然抽紧,狂奔上江堤,边跑边喊:"哥! 我看见的江豚是个裸游的女子……那女子就是莲子姐!"

哥身子一震,定住,惶恐地向四周望了望,低斥:"你真是疯了! 你再胡说,我撕了你的嘴!"

我拽住哥的手:"哥,我说的是真的!"

哥猛地将我按住,一只拳头木槌般敲在我的肚子上,就像敲鼓。其实,我哥从小就暴戾,常常跟人打架,并因打断外乡人的腿坐过牢。这不怪他,早年我的祖父就曾领着一帮船工,为争大关口码头与人殴斗不断。我哥的身上流着祖父强悍的血液,那也是一条江在家族的血管里流淌着。我哥也曾在打打杀杀中夺得了吸沙码头地盘,虽然他现在早已收敛起昔日的棱角,变得大腹便便,可拳头还是那么有力。

我感到了疼,神志越来越清醒,那个黄昏的景象越来越清晰了。我尖声喊:"真的是莲子姐! 真的是莲子姐! 她的乳房下还有一颗痣! 我不会看错的!"我的喊声像在欢叫。

哥终于停住手,蹲下身子,抱着头喘起粗气来。

我知道哥是被我的话螫痛了。我说的莲子姐曾是他的女朋友。听说,莲子姐的奶奶曾是洲上最好看的女子,那个阿婆做过盐商的偏室、裁缝,还有乡间的巫婆,曾用涂满墨汁的黄纸灰治好发癫的洲人,用蜡烛的火烤好过渔民的关节炎,用蓝花碗里的清水为小伢招过魂,喜欢神神道道地说着谁也听不懂的话。莲子姐也是洲上最好看的女子,她长发、腰肢上就像流着水响,让幽深的老街都亮堂了几分。她和我哥好上了,可她奶奶就是不同意。那个平日随和的老人面对孙女的哭泣,只是反反复复说着一句话:"不能嫁给他,他一口一口吃着江呢!"那毫无科学根据的说法一时成了洲人的笑谈。可是,莲子姐还是偷偷摸摸为我哥怀了两次孕又都流产了,后来就走入江中再也没回来。洲人对她的溺水有着五花八门的揣测,有人说她是知道自己失去生育能力而跳江的,有人说她是因为我哥跟好多个女人胡搞才羞辱自杀的,有人说她是被我哥害死扔进江里的。至于她真正的死因没人能说清,就连江里的鱼儿都没告诉过我。那时我还没有疯,觉得莲子姐没成为我的嫂子多少有些遗憾。

我看向哥,他在呜呜地哭。我不会安慰人,只是伸出手摸了摸他已经秃顶的头。

哥终于抬起了头:"弟呀,以后别再提……她了。"

我翻翻眼想起什么:"哥,莲子姐去江里之前,对我说过,说她要变成江豚了。"

哥站起身,默默地看着江面:"是啊,她是变成鱼了。"

"哥,那你还捕江豚吗?"

"不捕了,明日一早我就走。"

哥把被江水黏住的目光用力拔开,扶起我向街上走去。我不再吭声,和哥互相搀扶着向家里走去。

哥已经好多年没在家睡过觉了,那晚,他和我睡在阁楼上,在闭上眼睛前认真地盯着我说:"弟呀,你到底是疯了还是没疯?"这个问题我不好回答,我觉得"疯"未必不好。

那晚,江水平静多了,可我听见鱼儿在呻吟。

我哥的橡皮艇开走了,可渔船仍在江上盘旋着,那些船正长起青苔发着绿。

洲人耐不住了,被江豚惹急了,开始暗自揣摩或相互切磋起别的捕豚方式。我听见他们的密谋声像蜂针一样四处飞散,刺得月亮流出黑色的血。大关口码头的白果树上,一只鸟忍受不住那种嘤嘤嗡嗡的声音,在马头墙上自己撞碎脑袋,流出被忽略的红来。

络腮胡开始行动了,他把农药掺进山芋撒入江里,江面上便浮起一些半指长的小鱼,可没有江豚,就连稍大的鱼都没浮上来。络腮胡失望了,他把那些小鱼捞上岸丢弃在江滩上,一股腥臭便在洲上大街小巷乱窜起来。洲人捂着鼻子,说络腮胡造孽。络腮胡安慰说,等江汛一到那股味道就会被大水冲走的。这话洲人相信,他们知道每年都要涨大水,会将洲上冲洗得干干净净。难道江里根本就没有江豚?洲人为这个问题争论不休,最后才恍然大悟:从上游化工厂流来的水让鱼变得刁滑了,大鱼对农药习以为常,练就百毒不侵的本领了。洲人不免忧虑起来。

山羊胡窃笑络腮胡的愚蠢,他带着电瓶、导电杆,趁着夜色电鱼了。那夜,一道道闪着蓝光的电流在江水里穿梭,噼噼啪啪的火花闪烁,把江面弄得煞是好看。第二天一早,江面上小鱼又浮了一层,一个个翻着白肚,鱼鳍都被烧焦了。而山羊胡闷坐在滩上,扯着自己的头发。他叽叽咕咕诅咒鱼儿道:"他妈的!鱼都成精了,电都打不死啊!"说着抬起头,一双发红的眼睛炭火般烫伤了洲人。洲人禁不住绝望了。就在这时,老鱼头出场了,他顾盼自雄地瞥着洲人:"哼!就你们那点手段,还想捕到江豚?瞧我的吧!"说着扬长而去。

我没想到自己的一句话竟然给鱼儿带来这样的灾难。那天正午,我顾不得日头当空照,走向江边想对鱼儿说些什么。那正是鱼类排卵繁殖的时节,可江里除了浮起的小鱼外,没有一尾活鱼。难道她们被毒和电全杀绝了?我把脸埋入江里,任凭水在我嘴边、耳朵、鼻孔里流来流去,却不觉得窒息。我翕动着鱼鳃般的嘴,喃喃地说起话来:"鱼儿啊,是我害了你们啊!鱼儿啊,你们不要再把该死的秘密告诉我了!鱼儿啊,你们快逃,快逃啊——"我知道即便江里没有一条鱼,江水也会把我的话带到遥远的地方,让远方的鱼们听见的。我说着说着,恍惚觉得自己变成了鱼。

当我把脸从江里抬起来时,日光直射着我挂满水珠的脸,我的眼睛被灼痛了。就在这时,我看见一条小青鱼,她藏在石子下,探出头看着我。我急扑过去,发现小青鱼像被福尔马林浸泡过,很光滑很有弹性,眼睛睁得很大,却一动不动,显然已经死了。我双手合十把她捧出水面,她忽地扑了扑鱼鳃,笑了,笑得像朵枯萎的花,然后就在我手掌里融化成一泓清水。我恐惧起来,拔脚向江堤上跑去,边跑边喊:"不好了!鱼儿笑了!鱼儿笑了!"我的赤腿拍打着青石板,就像垂死挣扎的鱼鳍。我的喊声从老街这头传到那头,撕破了天上的云。我看见洲人的脸飘来飘去,像一张张被压扁了的鱼脸。

当我终于在打滑的青石板上站住脚,看见洲人向我围来。他们在说:"瞧,疯子又在说疯话了!"我悲哀地看着他们:"我说的是真的,鱼真的笑了。"剃头匠侉爷摸摸胡子:"我都一大把年纪了,还从没听说过鱼会笑呢。"洲人哄笑:"就是,就是。"我不敢再说,用手紧紧捏住自己的嘴巴,把脸憋得通红,我怕自己说出的话引来更大的灾难。

不知什么时候,莲子姐的奶奶佝偻着身子,挂着楠木拐杖从人群中钻出来。她太老了,瘪嘴豁牙关不住风。她用布满老人斑的手摸摸我的耳朵,惊叹:"这伢儿耳朵真奇了,耳窝里有水纹,能听到鱼儿说话呢。"洲人收住哄笑,愣愣地看着阿婆。阿婆混沌的眼里闪出猫样的光:"鱼笑了,不离奇。猫狗都会笑,只要他们一笑,就有大灾呢。那年发大水,把整个洲都淹了,我坐在木盆里,就看见好多猫在屋顶上笑,整条江都跟着笑呢!"洲人面面相觑,一股恐慌的气息弥漫开来。阿婆不再说话,卟卟挂着拐杖走出了人群。剃头匠侉爷清清嗓子,压住惊恐挤出笑:"这个阿婆,老喽,老糊涂了!"洲人这才醒过神来,如释重负,纷纷应和:"就是就是!她老迷糊了,她的话咋能信呢?"说完三三两两散去。我孤零零地站着,被卷过的风呛住了。

这一天终于来了。当晨雾从江面上散去时,老鱼头在他的渔船上炸响一串鞭炮,引来了满滩的洲人,就连不远处和悦小学的学生都从教室里溜来,雀跃地喊:炸鱼喽!炸鱼喽——我心惊肉跳地走上江堤,意外发现我哥也来了,他站在堤上的柳树下,嘴里嚼着叶子,像在反乌。洲上的人都知道老鱼头的炸鱼技术非同一般,据说他当兵时是汽车兵,奔驰在天山脚下的羊群里。可我听鱼说过,他干的是工程兵,就是挖隧道架桥铺路的那种。因而,街人都满怀信心期待着,期待老鱼头一炮炸出江豚来。

在洲人的期待中,老鱼头坐在船上,慢慢做起鱼雷来。他在圆鼓鼓的玻璃罐里填满黄褐色的炸药,将一根筷子粗的雷管插入黄药中间,再剪下一截导火索插入雷管,仿佛在制造一个即将爆裂的日头。片刻,老鱼头站起身来,瘦削的身子在江风中像面灰色的旗帜,他微笑地看向洲人:"行啦!老子要点火了!"说着左手捧起玻璃罐,右手举起塑料打火机,按出一朵火苗来。洲人哗地向着街上躲去,就像逃之夭夭的鸦群。

洲人躲进院落里,沿街的阁楼窗前冒出一双双眼睛,连渡口那条总张牙舞爪的黑狗都趴在门槛上吐起舌头。我没有逃,走向柳树下的我哥。哥很慌张,舔着肥厚的嘴唇,他从小一紧张就会那样。我向哥伸出了手,哥也伸出了手。我俩眺向江面,看着噗噗冒着火的导火索,目光燃烧起来。

空气一下子凝固了,江水也凝固了。

终于,一声轰隆的巨响,黄日头碎了。街上木楼嘎嘎摇晃起来,江滩上沙子快速地向江中流去,江面上一朵巨大的水花冲天而起,整个沙洲都陷入了空旷而尖锐的寂静。

当洲人又潮水般涌回江堤时,大水花已经碎了,可江面上没有一条鱼,没有江豚,连一条小鱼都没有,只是弥漫着黑色的硝烟。我的耳朵在巨响中失去了声音,只看见他们挥着手臂,张大嘴巴,仿佛黑白影片一样奇怪地扭曲着。等我能听见洲人的笑声时,看见老鱼头已躺在渔船上,他的左耳没有了,满脑门都是血。他在愤愤地喊:"妈的!导火索弄短了!"他又捂着脑袋慌慌地喊,"妈呀,我的耳朵呢?我怎么听不见声音了——"

突然，成群结队的鱼儿从江底跃上来，那些鱼就像河流的露珠或者玻璃的碎片，让江水清亮起来，压抑许久的江水也哗哗流响起来。那些鱼簇簇跃起，鱼鳍长成翅膀腾入半空，尾巴拨开江面追逐着浪花，在晨光中起起伏伏。“哦，好多鱼啊！好白的鱼啊！”在一个伢儿的惊呼声中，洲人屏住呼吸，被鱼群吸引住了。就在洲人回过神来时，那些鱼已一条跟着一条排成队伍游走了。这真是个奇异的梦，洲人无声地站在江堤上，就像被晨光照亮的沙子。

我走到江里，用江水洗了洗耳朵，听见江水说话了，那是十万条鱼的嘴唇在说话，他们在低语、在合唱。我听清他们说话了，听见一只江豚低沉而忧郁的声音了。我转过身对着江堤上的洲人喊：“听啊！鱼儿说话了！江豚说话了！他们说这里就要变成河流的废墟了——”

那时，江水真的很清澈，像天空的影子。

二、天光

我眼里的东西跟别人不一样，我是个盲人。

我在和悦洲活了一辈子，这个长江里的沙洲上总有些事儿让洲人觉得离奇，可在我看来却很平常，比如那个叫毛头的男伢一夜之间把家里的碗碟全打碎了，是因为他掐过一朵打碗花；比如街上空宅里老式自鸣钟停了若干年后又响了，是因为钟里飞进了一只红头鸟；老鱼头家的渔船沉了，是因为那木船底被蚂蚁钻了一个洞。洲人觉得这些事稀奇，只是他们听不见花语、鸟鸣、蚂蚁欢叫的缘故。于是，每每黄昏，我就坐在大关口码头上望着风向，摆起卦摊，含糊其词地告诉洲人这些秘密，换得些许钱儿度日。

那日，机驳船的嗒嗒声把不远处的江水撕得云块一样飘着。街上理发店的侉子趿着棉布鞋向我走来，从裤兜里掏出一张钞票放在我的卦摊上，低声问：“您算算……我的孙女还在人世吗？”我拿起一枚光滑的铜钱压在钞票上,侧耳听起江声。江水渐远,可闹腾的海水逆流而来,把一条小小人影淹没了。我晓得佝子的孙女去南方多年没了音讯,也从佝子的咳嗽里听出他不久就要老去,便不忍心让他难过,抬眼看天说:"佝子,你莫急,你孙女在南方坐牢,还有三个月刑期满了,就会回来看你了。"一阵风吹过,佝子用脸皮挤出漏风的笑,哦哦地走了。

我不是天生眼瞎,在六岁之前还是个明眼人。那时,我的眼睛很亮,能看见青鱼鳍似的江水、鱼鳞似的沿街木楼、清一色发亮的青石板,那些东西被六十多年的光阴隔开了,我却仍记得很清,就像刻刀一刀一刀刻在脑子里。那时,大关口码头电线杆上的喇叭雄赳赳地叫着,就像夏日的蝉吵得我总想藏起来。我爱玩躲猫猫的游戏,整日跟玩伴们在长街的院落、阁楼里躲躲藏藏、寻寻找找,把那里面的黑色撞得鸦翅一样纷乱。我能一眼瞧出玩伴的藏身处,可玩伴们总找不着躲藏的我。那个冬日傍晚,风呼呼地吹着,恍惚江面上有头张大嘴巴的兽。我和理发店的小佝子在圣公会旧宅里玩起那个游戏来。我躲进红漆雕花的木柜里,起初听见小佝子的脚步声在木梯上滚来滚去、在阁楼地板上猫样悄悄走动,后来就没了声息。我在木柜里被黑色越裹越紧,像钻进了很深的洞穴,离和悦洲越来越远了。我耐着性子等着,等着等着就睡着了。我应该做了个梦,可究竟梦到啥早就忘记了。不知过了多久,我被姆妈的唤归声喊醒,浑身发冷,便从木柜里走出来。我推开圣公会大门时,门外已变成了早晨,一场大雪已悄手悄脚来了。我被满街的雪灼了下眼睛,才看见亮亮的天色里,一群麻雀在青石板上起起落落,就像老学究的废墨。小佝子正在雪地里撒着欢儿掷雪球,把木楼的墙面砸得白斑点点。他看见我惊讶地站住,才想起把我忘在昨日的游戏里了,便一转身跑了。我身子发抖,就像木柜里的黑色钻进我的骨头里了。等我循着姆妈的喊声扑到她的怀里时,身体就僵了。我发烧了,在洲卫生所打了五天吊水,吃了好多黄黄白白的药才好了。后来,我经常发烧,一发烧就吃药。再后来,我的眼睛就看不见了,据说是因为眼里长了白内障的缘故,可我晓得我的眼睛丢在那场大雪里了。

我的眼睛看不见了,可耳朵和鼻子很灵光。我能听到江底白鳍豚逃亡的声响,听到洲上悦记米铺墙根下埋藏多年的银圆的叫嚣,听到夜半小偷潜入花家超市的动静。我能用左耳认出洲上所有的人,用右耳辨出洲上所有的虫豸,能用鼻子从江风里嗅到沙洲的荣枯,从空气里闻出人心的冷暖。那时的我啥都不说,整日窝在黑色里,听街上一出出活生生的戏儿:比如屠户李挥舞着杀猪刀造反了,他冲进米铺抄家,把景德镇瓷器乒乒乓乓打得粉碎,说是破"四旧"斗资修,其实是眼红那些瓷器;比如小侉子向镇革委会告发,说他父亲是敌特分子,家里总有发报声,其实那只是他家自鸣钟发出的声儿。我晓得他们吵吵嚷嚷为了啥,就是不说。我也没法像小侉子他们那样上学堂念书,然后戴着红花光荣参军抑或上山下乡,只能留在街道纸箱厂糊纸盒子。再后来,大关口码头的喇叭哑了,纸箱厂倒闭了,我就跟人学起算命来。我的师父也是个瞎子,据说他解放前为好多人算过命,上到国军军官,下到引车卖浆的,算过富贵、姻缘、生死,算得极准。可他没算到自己会中风而亡。他说汉代张良、三国诸葛亮、明代刘伯温都是算命先生,说算命术有八字、手相、奇门遁甲、梅花易数啥的。可我算命并不靠那些,只是用耳朵从满江的声响里打捞一些秘密和征兆。

我听到过和悦洲最大的秘密:这个经千百年江水冲击而成的沙洲曾经颇为繁华,盐船商家像浪头一样鼓噪着,可民国之后就萧条了,现在只留下一条条荒草连连的长街短巷了。洲人谈古时说,那是被日本鬼子的炮火、国军焦土抗战给毁了,可我听见对岸古刹那个坐缸成莲的僧人说,这个沙洲形若荷叶,难免会被江水冲瘦的,而且就要被冲走了,而解救的法门就是在洲尾坠个铁锚。我曾费尽口舌把这个秘密告知洲人,可没人肯信。

又一日黄昏,我听着铁皮船的轮渡来来回回,把洲人运来运去,他们的笑声跟青草一样发着绿。我垂下耳朵,把那些潮来潮去的声响收集起来,倦倦地打着瞌睡。

忽而,一男伢的声音传来:"算命爷爷,你帮我算算我妈啥时回来。"

男伢叫毛头,一个爱逃学的伢儿,他爸妈去城里打工了。

我笑着:"哦,天一下雪你妈就会回来的。"

"好啊!"毛头跳起,半晌又静下来,"要是我爸妈不出去打工就好了。"

我笑得更深了:"毛头,只要你能劝动铁匠胡打个铁锚搁在洲尾,你爸妈就不会出外打工了。"

"你骗人!你瞎说!"毛头尖叫,叫声像江滩上的沙子。

我晓得只要小伢儿不信的事儿,就无望了。我的眼里渗进厚厚的风,我想天色应该开始黑了。我喃喃道:"我真的没骗人。"

毛头嬉笑:"算命爷爷,你晓得啵?洲上就要有光明行动了,要让你们这些瞎子重见天光了。"

我听收音机说过这事,那话匣子说政府要免费为家境贫困的患白内障的人做复明手术,难不成这事就要在洲上变成真的了?说实话,我一直觉得收音机里藏着好多学舌的鹦鹉,那些鸟说日头是红的,月亮是白的,可我觉得日头是热的,月亮是凉的。当然,我愿意相信光明行动,也想重新看见多年未见的和悦洲。我有些激动,身子一抖,手里的铜钱滑了下去。

洲上蓦地静了下来,我在风里望了许久,那枚铜钱不知逃到哪儿去了。

我等候着,等候着光明行动到来,让我重返有光的和悦洲。我说过我是用耳朵来算命的,我心里有个阴阳鱼的罗盘,那就是我的耳朵,我不用眼睛就能看到街人脸上的惊忧、愁苦、恐慌、贪婪——那就是他

们命运的纹路。可我听不出与自己有干系的事儿，连平日走路都要用
拐杖哒哒哒敲着青石板摸索着行走。师父说这叫灯下黑，是我们算命
先生因泄露天机受到的天谴。可我没有泄露啥天机，只是说出一些水
落石出的真相而已，老天爷应该会把眼睛还给我的。

天气越来越暖，江底的水声越来越急，和悦洲的汛期就要来临了。
我坐在黄昏的大关口码头，急切地捕捉着陌生人的脚步声从渡船上走
下，给我带来另一场雪。可光明行动的人没有来，我却等来了一个外
乡女子。

那个外乡女子在和悦洲开起按摩房是在雨季过后的晴日，那让洲
人喋喋不休起来，就像一群鱼吐出水花。他们说按摩房就是卖春的地
儿，跟昔日洲上的水上人家差不离儿。在老辈人的说法里，洲头江汉
里曾有木船不知羞耻地高挂着红灯笼，招蜂引蝶地招徕着盐商、跑船
汉、码头工。他们说，那种令人不齿的灯笼又亮起来了，洲上的男人又
要失魂落魄了。从那些话儿里，我听见：屠户李儿野狗一样吼了几嗓
子，喘出来的气都变粗了，然后套起大头皮鞋咚咚地踩着青石板奔向
按摩房；剃头匠侉子被隔壁按摩房的声响弄得一宿一宿失眠，一声接
一声长叹，咳嗽声就像破碎的玻璃尖尖的。说实话，我有些可怜洲人，
他们太容易对风吹草动神经过敏了。

其实，在我的耳轮里，外乡女子给和悦洲带来了春天雪融一样的
声儿。我打开关闭多年的窗户，把手伸出窗外，听日光在手掌上跳动，
让江风从手指缝滑过。外乡女子的到来让我想起了我的姆妈，在我的
记忆里，姆妈的音容笑貌很清晰。在我年幼的时候，洲人常私底下议
论我姆妈，说得五颜六色，终归于一声叹息。他们说，姆妈出生于大户
人家，因家道中落而流落到和悦洲水上人家的红灯笼下，后来做了一
个国军军官的外室。每隔段日子，那个国军军官就会坐船从南京而
来，姆妈就早早地候在码头上，然后两人坐着黄包车一道回街。可是，
那年渡江战役后，国军军官就不知所踪了，有人说去了台湾，有人说战

死在江南的苇林里，于是我就成了遗腹子。他们说，姆妈来自上江安庆府，黄梅戏唱得好听，就跟树上的黄鸟叫一样，可我从没听姆妈唱过戏。姆妈落入江里，正是我到街道纸箱厂报到的日子。那日晚上，一面鱼皮小鼓响起，后来成了我师父的瞎子咚咚地敲着鼓，说起革命新书《智取威虎山》。我被他哑哑的破锣嗓迷住了，坐在小马扎上听到深夜，才听到姆妈跳江的讯儿。据目击人说，姆妈是穿着大红旗袍，梳着油光光的巴巴头跳入江水的，当时水面上漂着满江的河灯，就像天上的星星碎在水里一样。可我没法看见那一幕，只觉得眼睛更黑了。我一直觉得水上人家只是戏班并非娼寮，洲人总喜欢猜测、误解。我一生孤寡，没碰过女人，却并不以男欢女爱为耻，即便水上人家和按摩房就是洲人认为的那样，那也只不过是风风雨雨中高挂的红灯笼，让洲人不要迷路。

我终忍不住走向那个叫按摩房的地儿。我戴着墨镜哒哒哒地敲着拐杖，径直走向那儿。身后有人窃笑："嘻！算命先生那么老了，还想女人呢！""是哟，老屋子着火喽！"……那笑声聒噪得像青蛙叫。我对那些人的话早就习以为常了，他们总在说，有时像屋檐下的家雀，有时像江面上的乌鸦，整日溺于浮皮潦草的尘世里。

忽而，一股暖烘烘的气息向我迎来，我鼻翼翕动，贪婪地呼吸着，接着便听见外乡女子的声儿传来："您老也来按摩？"

我点点头，扭着脖子寻向那暖气的来处："嗯，你叫啥？"

"我叫小青。"

"哦，名儿好听呢。"

"您老来这儿，不会是想偷学我的手艺，开个盲人按摩房吧？"

"不，不……算命就能养活我了。"

"那行！你躺下来，我给你按摩！"

我被一双手引到硬硬的皮革床上，那双手软软的、热热的，跟洲人冰凉、粗糙的手不一样，就像一团粉红的云。

当那双手摸起我的脸时，我忽地有些羞愧，我晓得我眉骨高突，面颊消瘦，眼窝深陷，鼻翼肥大，有着一张奇怪的脸。可那双手没有犹豫，在我脸上按压揉搓起来，在我肩背敲打揉捏起来。我坦然了，听见自己的骨头在呻吟，皮肤在欢叫，从没有过的惬意在身上漫开了。除了姆妈，还从来没有人这么抚摸过我的身子，那双手唤醒了我的肉体，让我生锈的骨头松软起来。我把耳朵关上，不一会儿就睡着了，从没那样睡沉过。醒来时，我的后背光溜溜的有些凉，就像落上了水鸟的羽毛。

我想外乡女子小青的手是了解人的骨骼、肌肉、筋脉的，是为了医治洲人因过于卑微、惊扰、劳累而落下的脊椎弯曲、脑瓜落枕、腰背酸肿那些皮囊上的毛病的。

于是，我常去按摩房。我最喜欢做的活计是耳烛。当小青把香棒的一端插进我的耳洞，另一端燃上火时，一股热气就会慢慢送进我的耳道，松动经年的耳垢，让耳朵鲜活起来。

有一回，我忍不住说："小青姑娘，你晓得这个洲是咋破败的吗？"

小青的手指顿了顿："为啥？"

我就细声细语地把我听到的和悦洲最大的秘密告知了小青。

小青没有说话，呼吸若有若无的。

我说："洲人不信，你也不信我？"

小青笑笑："我信！我真的信！您老耳朵长得奇，能听到别人听不到的东西呢。其实，我们明眼人能看到的东西不一定能算数，常常被眼睛骗的。您老虽说眼睛坏了，可心里有第三只眼呢。"

"是吗？"

小青嬉笑："那怎样的铁锚才能让和悦洲不漂走呀？"

我愣住了，我晓得洲上的铁匠是打不出那种铁锚的，只好喃喃道："流年，流年哦。"

小青又说："您老是算命先生，帮我算算命吧。"

我拉回思绪,竖耳听起。我听到江汉木船上的唱戏声,于是慢慢地说:"你前世就是这个洲上的,是水上人家的女子,今生是来偿债的。"

小青"哦"了声:"可是我来这洲上,是不想让熟识的人知晓我干这种事,不让父母伤心,也好将来嫁人的呀……您老,您老再帮我算算我能嫁个啥样人吧。"

我犹豫片刻:"那我得摸摸你的面相才行。"

小青跳起来:"行!就算您给我按摩一回。"说着拉起我的手放在她脸上。

我的手抖了抖,抖抖索索地触摸起来,一路游走过她的额头、鼻梁和面颊。她的脸光滑娇嫩,山高水长,皮肤潜流着隐隐的快乐、孤独、迷茫和伤感。我的心里出现了青花瓷器,那瓷器却在轻微的声响中破碎了。我心疼而哀伤,但嘴上却说:"小青姑娘,你会找到个如意郎君的。"

小青半晌没说话,可我摸到了一脸湿湿的水。我惊问:"小青姑娘,你为啥哭了?"

小青笑,是被雨水打湿的笑:"我没那么好命,您老是在安慰我。我晓得自己找不到一个像铁锚一样的男人,只能一辈子漂来漂去的。"

我支吾:"小青姑娘,你的脸真好看。"

小青用一团云擦擦眼睛:"这个我信……您老的手让我想起了我爷爷,我爷爷的手也是又大又暖和,可他老人家三年前走了,我都没见上他最后一面。"

我伸出手想再摸摸她的脸,可还是停住了。我不敢再碰她的脸,她脸上的泪是红色的,很烫人。

就在那时,我又听见隔壁理发店伢子的咳嗽声,那声儿钻过墙壁,就像钝钝的铁器,又像要断的游丝,让我的手抖了抖。我预感到小青的那双小巧多肉的手会在那黑黑的咳嗽声里漂走,我真想能看见小青的脸和手。

我一直在风里张望,那些风从江面扑来,让我有些喘不过气来。

我一次次听着剃头匠侉子的咳嗽声,那咳嗽声让我想起他鹅一样伸长脖子的样儿。昔日的小侉子已经老了,老成朽木了。他的咳嗽是从他家隔壁开起按摩房时开始的,他咳嗽一阵就吐口痰,那叽叽的声响里有着甜腥腥的味儿,显然夹着血丝,那预兆着一场血光之灾。

果然,侉子用剃须刀杀死屠户李儿了。洲上人对此事有着不少揣测,他们说侉子不能忍受隔壁按摩房里淫男荡女的作贱声,终究疯了,把无辜的李儿杀了,是精神病杀人。他们说侉子老树开花,喜欢上按摩女,一气之下把常去按摩房的李儿杀了,是情杀。他们说李儿在洲上横行霸道,坏事做尽,侉子一时义愤,就在李儿欺负按摩女时一刀把他杀了,是为民除害。他们说侉子家与屠户家早年结下了仇,侉子觉得自己老了,想用老命来换年壮的命,就趁着李儿被按摩女迷得五魂三道时把他杀了,是仇杀。这些说法破绽百出,不相一致,洲人经过争论后得出了一个大伙都表示赞同的结论:红颜祸水!如若没有外乡女子的按摩房,这事就不会发生。他们理所当然地捕风捉影着,闲言碎语就像街上棉花店弹起的棉絮飞来飞去。可我不信那些传言,侉子家的那只黑猫也不信,整日喵喵地叫着,想说出事情的真相。

其实,侉子是在梦里把李儿杀掉的。按摩房开张后,侉子就有些异样了,他每日早早地把理发店门板关上,上床睡觉,做起奇奇怪怪的梦。他的梦话向我泄露了他的秘密:他在梦里寻找着他的孙女,心恨隔壁按摩房的小青在卖春,却又把小青当作了自己的孙女,于是在梦里总心疼地叹息,恨恨地磨牙。

在事发前某个傍晚,我向按摩房走去时,被侉子拦住了。

他恶声恶气地说:"你个瞎子,不要脸!"

我站住,把拐杖抱在怀里,笑:"侉子,我咋就不要脸了? 我去按摩,松松老骨头,烛烛耳朵,是啥丑事?"

"哼!啥按摩?不就是接客吗?我就在隔壁,啥动静能瞒得了我?"

我失笑:"侉子,难道你的孙女在外干那种事,你就疑心小青也是干那一行吗?"

"你……"他火了,掴了我一巴掌,就像扑打我脸上的苍蝇,"真是瞎子心毒哦!"

我不是心毒,只是能听到洲人心里令他们羞耻的东西,说出来难免一针见血。我扶扶被打歪的墨镜:"侉子,我晓得你想你孙女……可小青不是你孙女!你总在发梦,做梦会伤神。你的咳嗽都带血了。"

他闷哼:"我晓得你一辈子都在记恨我,那年冬日躲猫猫,我把你忘在圣公会了,你病了,后来眼睛就瞎了……你为这事一直都在记恨我!"

我摇摇头:"我没记恨你,那是我的命……你也有你的命。"

他不再说啥,嘟嘟嚷嚷地走回了理发店,走进了黑黑的梦里。

我觉得他就像空木桶掉进了深井里,可没想到他会杀人。

那些日子,我总听见李儿的磨刀声,他在磨他的杀猪刀,那是他的活计,可我担心他会把按摩女杀了。李儿有过老婆,长得应该很标致,要不咋会有好几个男人都有事没事围着她转悠?她给李儿戴了好几顶绿帽子,这事不只是我晓得,满洲的人都说李儿是绿蘑菇头。后来,李儿坐牢了,她就跟漆匠跑了。李儿从大牢里出来后,曾舞着杀猪刀大骂女人的水性杨花。自打按摩房开张后,李儿常去那里,让那儿嗞嗞地游出两条蛇来,那是蛇吐信子的声响。可我没想到他会被侉子杀了。

以前我洞若观火,能听出洲上就要发生的事儿,觉得整个和悦洲就像盛着鱼儿的玻璃缸,能看到每条鱼的活路。可我竟然没觉察到那场血案就要发生,也许我的耳朵被按摩房的小青用烛火烘得不灵光了,也许是洲上的人和事越来越匪夷所思了。但不管咋说,都是我的疏忽。我本想告诉侉子、李儿还有所有的洲人,按摩房的小青不是他们所说的那样,她跟洲上的草木一样,跟洲尾的四月油菜花、洲头的三月桃花一样,有了她们这条江才不会枯的。可我没有说,只任凭老人们站在街面上恨声诅咒,任凭年轻人嬉笑地在按摩房里进进出出,任凭他们的声儿像树叶一样湿湿地飘来飘去。他们说:"真是造孽啊!男盗女娼了!就连老瞎子都去那儿了!"他们说:"这世道笑贫不笑娼呢!我们得把那个外乡女子赶走!"他们说:"女人嘛,就算嫁个男人也只是把自己批发了,外乡女子只是零售罢了。"他们的话儿汇成了一条暗江,而那场血案或许就像即将来临的江汛,只是那条暗江的决堤而已。

那场梦杀案在我的耳朵里是这样发生的:那天傍晚,侉子坐在理发店里打盹,他生意清淡,又一连好几个晚上都被隔壁传来的动静折磨得没有睡好觉,睡意像潮水一样拍打着他。他边打盹边做着梦,梦见小青或者他的孙女被肥猪挤压着。就在那时,李儿骑着摩托风一样卷来,躺在理发店的转椅上,要修面。侉子梦游似的给李儿修起面来,他把剃须刀在牛皮带上磨了好一会儿,然后举起刀眯着眼细看起刀。那把刀是他父亲传给他的,应该已生锈了,可一道光卟地闪了一下。当侉子把眼神转向李儿时,竟然发现转椅上躺着一头猪。他觉得自己一定还在做梦,就把剃须刀割向猪脖,血便哗地喷了出来,像条彩虹。侉子笑了,畅快地大笑。可小青的惊叫声把他唤醒了,他这才看见李儿躺在转椅上的血泊里,慌忙扔下剃须刀,跑出理发店,急着要跑出自己的梦。

洲人说,那个血案发生的黄昏,天上出现了火烧云。我原本不肯相信他们的话,可叫毛头的男伢说,那时他正在江里捡着从上游漂来的画着骷髅头的小瓶子,忽然看见血在天边烧着了,把江里的野鸭惊得一头扎进红红的水里。我想伢儿应该还没学会说谎,也就信了。而我记得那个傍晚风很大,在江面上、空滩谷、长街里嘶嘶地叫唤着,拼命往人身子里钻。我被风钻得打了好几个寒战,就把家里的窗户严实地关上了,可仍听见一声剃须刀扎入肉里的爆响声。接着,传来小青的惊叫,然后各种声响涌来。我侧耳寻着侉子的响动,听见他被杂乱的叫嚷声、脚步声挡住了去路。他小心地绕开那些声儿跑来跑去,可还是被喧嚣声淹没了。我在心里叫了声:小侉子,别躲了,我看见你了——我的眼前蓦地出现了六岁时的那场大雪,雪光很刺眼,却是黑的。

血案事发三天后,理发店和按摩房都静了,整个和悦洲都静了。外乡女子小青走了,她是在夜晚坐着最后一班渡船走的。那时,天上的星星出来了,洲上的灯火亮起了,映在江面上就像满江的河灯。我听见了星星在小声说话,灯火在窃窃私语,还有江水的回响。

光明行动终于来到洲上,给我做复明手术了。

我在干燥的天气里,躺在洲卫生院里接受一把刀割着我的眼睛。我被麻醉了,做了个梦,先听见咣咣当当的打铁声,然后听见轰轰隆隆的搬运声,最后听见江水冲击铁锚的哗哗声。我梦见一个面目模糊的铁匠打了个铁锚,运到洲尾锚在了江滩上,摇晃的和悦洲一下子稳当下来。我在满眼的炉火里醒来,觉得眼睛热热的。我在火光中等候重见天光。

那天早晨,风有些凉。我脸上的纱布被一圈圈抽去,就像抽出水样的时光似的。我慢慢睁开眼,看见模模糊糊的光晕谜一样腾起,然后渐渐看清了人的脸。我跌跌撞撞跑出卫生院,终于看到了江水,它仍跟我六岁前看到的一模一样,闪着鱼鳞的光。我心里狂喜,小心地走向街面。沿街木楼、青石板路比以前破旧了些,像被泼上了灰墨。我贪婪地看着,恍惚间一个个洲人向我飘来。他们挤眉弄眼、指指点点地看着我,那一张张脸无论年轻还是年老都很陌生,没有一丝我熟稔的痕迹,直到他们跟我打起招呼,我才看出那些秃顶、打皱的老脸竟然是我幼时玩伴的。我晓得他们都在老去,可没想到会老成那种丑陋的模样。我发慌了,就像误入一个陌生的地儿。他们笑着向我围过来,那些笑很古怪,而且脸上的眼屎、疖子、癣斑都清清楚楚,跟我耳朵里的洲人根本不一样。我想我离他们太近了,慌慌地向后退去,想找个合适的距离重新打量那些人和那个洲。

忽而,一个满脸雀斑的男伢拦住了我,向我诡秘一笑。

我紧张起来:"你是谁?"

"我是毛头啊,你咋不认得我了?"

男伢的声音的确是毛头的。我站住:"你咋长了雀蛋儿?"

"嘻嘻!我本来就是这个样子呀。"

"不……不会吧?你长得太怪了。"

"你长得才怪呢!"男伢不高兴了,递过来一块碎玻璃,"不信,你瞅瞅你自己!"

我看出那块碎玻璃是侉子理发店那面大镜子的碎片,急问:"你咋把侉子的理发镜打碎了?"

"不,我没有!"男伢撸撸鼻子:"是侉爷自己打碎的!他在警察带他走时打的……他说那个镜子总让他做梦。"

我长长地"哦"了声,犹豫地接过玻璃碎片,向里面看去。碎镜片里出现了一个眼窝深陷、脸皮枯皱、胡子杂白的丑脸。那就是我吗?碎镜片割破了我的手,我扔掉碎片,双手捂住眼睛。我不晓得耳朵和眼睛哪个欺骗了我,我宁愿啥也没看见,啥也看不见。我一声连着一声喊叫起来,可耳朵啥都听不见……

三、暗影

我是为了秘密追凶从南方来到和悦洲的。

　　我喜欢南方,那儿齐整的楼盘、笔直的街道、光滑的幕墙,仿佛是我用刀片削出来的;那儿嘈杂的人群、穿梭的车流、迷宫般的建筑,能让我的身影迅速藏匿起来。虽然那儿潮湿燠热,总有人中暑倒地,可我凭着刀片游刃有余地滑行在那带着腥味的海风里。我从不用国家管制刀具,不是怕违法,而是觉得那些东西过于装腔作势。我只用吉利牌剃须刀片,它薄如蝉翼,隐藏的锋刃细小、安静、迅捷,而且不引人注目,就像猫的爪子,轻轻一划却能割破日光渗出血的暗影。我偶尔会戴上透明的薄手套,用刀片切割别人的身体部位,动作相当熟稔而麻利,一眨眼血口就会自己张开。当然,干这种活儿我得听老板们的,他们需要我帮他们做切割手术。有人把我的职业比作屠夫,显然是一种误解,我更愿意他们叫我城市猎人。

　　坐着火车从南方的城市辗转向长江里的和悦洲,是在夏日。一路上我莫名觉得气闷,恍惚进入一条长长的甬道,抑或被大地上一道裂开的口子吸了进去。走上和悦洲时,我第一眼就看见一尾似曾相识的鱼气喘着跃出江面,溅起微小的浪花。这是个被江水环绕的沙洲,沿街木楼投下幢幢黑影,青石板的街面显得寂静、空旷而衰败,黄昏的日光就像黑夜的油灯孵化出来的,向我迎面袭来,一碰到我又倏地分开,让我觉得自己就是那尾在江水中吐着水花的鱼。这个沙洲显然有些年头了,残垣断壁、残破门板、斑驳墙面缓缓流出比黑夜还黑的水,我甚至嗅到了一种锈味正在腐蚀我的身子。洲上的人影飘来飘去,他们眼神呆滞,落在我身上却有种迟钝的痛,仿佛钝刀或蚂蟥。有那么一会儿,我真想转身逃离,可我只能往前走。

　　从敞开的南方走进逼仄的和悦洲,我是来寻找曾在南方混过的洲人二光头的,他在南方挑断了一个老板的脚筋,我就是奉那个老板之命让他彻底消失的。道理很简单,老板们从不做亏本生意,用脚筋兑换二光头的性命是个不错的买卖。

　　我是杀手,有人说我的职业非法,但我觉得所谓的职业只是让人活下去的营生。我不鄙视任何从业者,比如妓女和修女,但不愿跟警察打交道。我拿人钱财,替人消灾,敬业守信,虽然凭着敏锐的职业感觉已预感到此行或有凶险,但只是用手指把吉利牌刀片夹得更紧而已。我对洲畔的江水毫无办法,却能割断一条血的河流。

毫不讳言,我对使用刀具有着天生的热爱。

我小时候不是一个人,而是两个人。我有个孪生弟弟,他和我一起住在积雪难融的山村里,就像家门前的两棵树,一棵是枫树,另一棵也是枫树。那个山村,日头出来迟落山早,风大雾多,土坯屋在高高低低的山坡上堆来堆去,黑狗在明明暗暗的毛竹林里钻来钻去,整个灰蒙蒙的。较敞亮的地儿就是红砖砌成的山村小学,我和弟弟都在那里念书,和我们在一起的还有操场银杏树上叽叽喳喳的鸟儿。弟弟读书很用功,每学期都能领到"三好学生"奖状,把家里的土墙贴得红彤彤的。而我一见书就烦,整日用弹弓射鸟、跟伙伴打架。于是,老师常用白粉笔指着我的鼻子说:"你就不能向你弟弟学学?"父亲常把农药喷雾器的喷嘴对着我的嘴说:"你就不能向你弟弟学学?"我和弟弟长得很像,外村人不辨雌雄,常指着我的背影说:"瞧见没? 就那伢儿书念得好呢!"那些碎言碎语让我有些恨弟弟。

可弟弟在小学四年级那个夏天就死了。那日,我在山上追逐松鸡,不知不觉日头就落岭了,黑色成群结队地飞来。忽而,我心里一声闷响,像被木棍猛敲了一下,爆裂般的痛,有些喘不过气来。我打了个寒战,觉得一定是弟弟出事了,便慌忙穿过荆棘的灌木丛向山下冲去,边跑边喊:"弟弟死了! 弟弟死了——"当我狂奔到山下水库时,弟弟已躺在堤上,喝饱了水,像只大青蛙。他的身边飘着几张疲惫的脸。我跌跌撞撞地跪到弟弟身边,伸出手想摸他。可他太白了,白得像假的似的,他太鼓了,似乎一碰就能溢出水来。我不敢碰他,转身跑到远处的瓜棚里,摸着被树刺划破的小腿呜呜地哭了,哭声转眼被夜晚的山风淹没了。

几日后，村里在小学校举行大会，授予弟弟"英雄少年"的称号。校长面对着好多学生和村人，说弟弟从小就是热爱学习、尊敬师长、团结同学的好学生，说他为救落水儿童献出了生命，是见义勇为的少年英雄，是大家学习的榜样。从城里来的记者把照相机对准校长、老师，还有我的父母，让他们说说我弟弟是怎样被教育成才的。最后，照相机对准了我，要我说说怎样向弟弟学习。镁光灯一闪，我被那灯光吓得哆嗦了一下，转身就跑，边跑边喊："我不要少年英雄，我只要弟弟！只要弟弟——"那天晚上，我发烧了，打起了摆子，觉得满屋子苍白的镁光灯闪个不停。我愤怒地撕去土墙上的奖状，我恨那些红彤彤的纸片，是它们把弟弟害死了。母亲木木地看着我，忽地抱住我号啕起来。她把我抱得太紧，勒得我喘不过气来。那晚，我烧得大汗淋淋，可身子一直在发冷。我总在做梦，梦见自己一会儿是自己，一会儿是弟弟，是自己时就用弹弓射着村主任的嘴和闪光的照相机，是弟弟时就张大嘴大口大口地吐出水来，把小学校的操场都淹没了。第二日，村主任兴冲冲地把一张报纸送到我家，报纸上有弟弟的事迹，还有一张说是弟弟的照片。我发现那照片上的人不是弟弟而是我，虽然我和弟弟长得像，可我比他多了一颗腮下痣。父亲显然发现了这个错误，他脸上的肉扭成一团，把报纸撕得粉碎，对着门外大山喊："滚犊子！滚——"

弟弟走后，我有时盯着自己的影子发呆，觉得他还和我在一起。我对弟弟说：弟啊，不要做啥三好学生做啥英雄少年，你活过来啊！可那影子太薄太乱，没有回应过一声。此后，我对弹弓失去了兴趣，弄了把薄薄的小刀练起飞刀来。我用它划破小学校的光荣榜，掷向枫树、楝树，射向村里的鸡鸭，让山村鸡飞狗跳起来。那日，我像往常一样对着学校操场上的银杏树练起飞刀，小刀飞出手后，却被银杏树反弹回来，发出嗡嗡的声响，像只蜜蜂飞进了我的左眼，我的左眼珠就此就变成了玻璃球。可独眼的我更爱玩刀了，飞刀掷得更准了。我总觉得山村的空气是板结的，就像淹死弟弟的水，让我喘不过气来。我总想用刀把它们划出一条裂缝，让自己逃出去。我能在轻微的撕裂声里感到战栗的快意。

真正让我感受到刀的力量，是在长大成人后。那时，我初中毕业，整日在村里晃荡着、愤怒着。刚巧那会儿村委会说要在九子岩开个石子厂，这个消息让村人麻雀般兴奋起来，可我父亲不同意，我弟弟的小小坟墓就荒在那儿。村主任劝我父亲说，九子岩的石子可以做水泥厂的原料，可以修桥铺路盖房子，只要把石子厂办起来，全村就能脱贫致富。村主任说，只要我父亲点头，村里就出钱把我弟弟的坟墓迁到面阳的坡上，就让我去镇上的水泥厂上班。可我父亲铁青着脸不吭声。村主任急了，趁夜带着村人荷锄提锹赶往九子岩，准备挖弟弟的坟。我闻讯赶去，站在弟弟的坟前，斜眼冷看着那些村人。村主任走过来，蛮横地喊："你小子让开！让开！"我抱着肩懒得搭理他。村主任掏出一张纸片扬了扬："这是村委会的文件，盖过印章的！你小子想违法吗？"村人乱乱地晃着手电筒，嚷嚷："是啊！是啊！你小子再不让开，就让公安抓你去坐号子！"我笑了，一个箭步上前，左手攥刀横在村主任的脖子上，右手夺过那张纸片。那刀虽小，但在夜色里闪出瘆人的寒光。村主任吓了一跳，仍然摆出威严的架势，挥舞着手臂吼叫："你小子想干啥？吃了豹子胆不成？"我被夜色越裹越紧，似乎要窒息了，便长长地喘了口气，将刀片一转。村主任痛叫一声，手臂就缩回了怀里，那手臂上一线鲜血像蚯蚓一样爬了出来。村主任不叫了，村人呆住了，他们被吓住了。我扬扬那张盖着村委会大印的纸片，慢慢地撕得粉碎。我说："你们谁要敢动我弟弟的坟，我就割断他的喉咙！"此后，我就从山村消失了。

我去了南方，在做成第一单生意后，就去美容院把腮下的黑痣去掉了，那让我看上去更像弟弟。我去掉那颗痣，是因为知道干我们这一行的，不能留有明显的外貌特征，那样会有被人记住的危险。可我对左眼的玻璃球束手无策,那也许会成为对我的致命一击。

　　说实话,一走进和悦洲,我就有种似曾相识的感觉,虽然我老家的山村跟沙洲迥然不同。和悦洲也是灰蒙蒙的,每每黄昏,木楼的墙根下就坐着三三两两的洲人,他们在破旧的楼影里闲聊着,脸上的倦色跟着天光淡去,那种波澜不惊的时光像蒙上了一层霉气。我没有急着做掉二光头,只在青石板的街面上闲逛着,显得无所事事。我在南方常常被警车、救护车的笛哨惊醒,可这个沙洲太静了,没有呜里哇啦的尖叫声,我有些浑浑噩噩,甚至怀疑自己是在一个长长的梦里。

　　那日黄昏,我在一间长着荒草的门洞前,听见年老的阿婆在吓唬孙子:"莫哭了! 再哭公安就要把你抓去坐牢哦!"那小孩居然立马停住哭,惊惧地四下张望起来,让我想起了小白鼠。就在这时,一个满脸雀斑的男孩从门洞里跳了出来,跟在他身后的是一条黑狗。

　　男孩一见我,倏地站住,歪着头仰起脸看向我:"你是谁? 你来洲上做甚?"

　　"我……我是来洲上治眼睛的。"我有些意外,用手指指了指自己的玻璃球眼珠。

　　"唔? 那你得多吃些咱们洲的鱼眼珠儿。我奶奶说吃啥补啥。"

　　"是吗?"我笑了笑,笑得有些僵硬,"小朋友,你叫什么呀?"

　　"我叫毛头。"

　　我走过去,摸摸男孩的头,低下声:"那你知道洲上有谁去过南方打工吗?"

　　男孩睁大眼睛:"去城里打工的人太多了! 我爸妈就打工去了!"

　　这话我信,我知道乡村也喂不饱人的胃了。我环顾四周无人,拿出一张照片:"毛头,你认识这个人吗?"

　　照片上的人就是我的行动目标,他的身体特征是:光头,小眼。

　　男孩朝照片瞅了一眼:"他不就是老秤店的二光头嘛。他出外打工好几年,又回来了。你找他?"

"不!"我摇摇头,"我逗你玩呢。你没看出这是我自己的照片?"

男孩认真地看看照片,再看看我:"嗯,是有点儿像你。你咋跟二光头长得那么像呀?"

我刚想说什么,一辆摩托从身边驶过,一束白光袭来。男孩欢叫一声,跟着摩托跑去。黑狗警惕地瞥了我一眼,四脚一扑一扑地追去。

我走上何仙姑酒楼二楼吃起鱼眼来。我虽然明知自己的左眼不能复明,但还是一连吃了八个圆滚滚的鱼眼。我边喝酒边看着楼下街面,渐渐有些醉意。我每灌一口酒,就能听见嗓子里传出遥远单调的回声,觉得洲上的夜色就要把我裹成琥珀了。终于,二光头从对面的老秤店走出,拖着尾巴般的影子踱来。来和悦洲之前我就知道他跟我长得相像,可见到真人时还是心跳了跳,如若说暮色是面镜子,那他简直就是我的倒影。我突然冲动得想喊他一起喝杯酒。我用手紧紧捂住自己的嘴,莫名忧伤起来。我知道自己想起那个孪生弟弟了。

作为杀手,我深知快刀斩乱麻的职业准则,深知多一分犹豫就多一分危险。我已摸清二光头的生活习性:他一个人住在老秤店里,白天睡觉,晚上去生生庵打麻将,日复一日。我设想过好几种方案,比如趁着他打麻将归家的凌晨,在生生庵前的小树林里将他一刀毙命;比如在正午时分敲开他家的门,用刀割断他的脖子。可我迟迟没有下手,我当然知道二光头跟我弟弟没有丝毫干系,却一误再误,把刀片捂出了汗也没能让它重现荣光。我明知这种犹豫不决很危险,可自打走进这个沙洲,我就像插在烂泥里的秧苗,有些难以自拔了。

在一个日光被风吹得四散的黄昏,我制造了一场与二光头的相遇。当他拖着布鞋呱唧呱唧走在青石板上时,我从巷角突然钻出,站在了他面前。他一见我眼神就像断了电的灯泡猝然亮起,怔怔地看着我。我浅浅地笑,手指缝里的刀片藏得很深。

他呆望了好一会儿,疑惑地问:"你是谁?"

我扯扯脸皮:“你是谁?”

他又问:“你咋跟我长得这么像?”

我也说:“你咋跟我长得这么像?”

我的声音就像他问话的回音,仿佛长街就是个空空的山谷。

他撑不住了,转身向老秤店匆匆走去,钻进老屋没了声息。

我知道自己已打草惊蛇,他应该在老屋里做负隅顽抗或出逃的准备了。

我站着一动不动,忽地听见那个雀斑男孩的喊声:“抓人喽!抓人喽——”我迅速回头,看见三个穿警服的人向街尾扑去,他们提着崭新的手铐,一副兴高采烈的样子。我戒备着,目光落在他们身体的薄弱处。他们向我笑了笑,擦肩而过,我攥紧刀片的手却没有松开。雀斑男孩正是毛头,他歪着头对我说:“他们去生生庵抓赌,你不去看热闹吗?”话一说完就踢了黑狗一脚,一人一狗就跟赛跑似的朝着警察的背影追去。我返身走上何仙姑酒楼二楼,心平气和地眺望起沙洲。不远处江水缓缓流着,水腥气、水响声在我身边荡起旋涡。江滩上,几只野狗前蹶后翘地刨着食。长街上,一个老头追着一头白猪,试图抓住猪尾巴。看着看着,黑色漫进我的独眼,我想今晚必须采取行动了。

我习惯于深居简出,这不仅是职业的要求,也是我个性的使然。

我热爱杀手这个职业,乐意把别人的器官像零件一样拆下来。我曾听老辈人说过,在所谓的三年困难时期以及更远的年代,我出生的那个山村曾发生过人吃人的事儿,而现在的南方常有人意外失踪,显然也是被人吃掉了。我虽是杀手,但没有吃人的好胃口,只是像个喜欢拆卸玩具的孩子。我也不对沉默的羔羊下手,从不接以女人、老人、孩子为行动目标的业务,却热衷于对有钱有权有势的人下手,他们的讨饶、惨叫和残缺真是令人赏心悦目。

我赤条条无牵无挂,没有朋友,没有结婚,没有不良嗜好,整日无所事事,只是偶尔想想孪生弟弟。弟弟小时候画啥像啥,为了不让自家的小鸡被村人偷食,就用彩笔把鸡们涂得五颜六色,使得它们成为全村最漂亮的鸡,于是被人偷吃得更厉害了。他太天真,因而没能长大,留给我可供回忆的事儿也少。为了避免做梦,我读起《圣经》之类的书来,那让我染上了书卷气,就像弟弟在我身上复活了。我也常常蜗在出租屋里看碟片打发时光,有些电影颇有趣,比如《环形使者》说的是一群杀手干满三十年,就会被时光机器传送到过去,被过去的自己亲手干掉。我是个亡命之徒,从不管那些,哪怕世界洪水滔天。可自打遇见二光头,我就有种环形使者提前见到自己的感觉。

多年前,我刚到南方,在工厂做保安,一直循规蹈矩着,只是偶尔在夜深人静时用刀片划破一些轿车的车身、商店的橱窗,在那种嗞嗞的声响中愉悦一下自己。我觉得这很正常,我曾经的同事马仔就常做怀抱冲锋枪状,嘴里嘟嘟嘟模仿枪声,向着街人扫射。他说,他真想开辆碾土机,把街上奔跑的轿车全部压成饼干。我也曾遇到过一个拾破烂的小男孩,瘦棱棱的胸脯上写着大大的"杀"字。他说,他父亲因为卖血患上艾滋病死了,他长大后要杀掉那个抽他父亲血的人——他们都是我的同类,可我还没想过要干杀手这个行当。

离开家乡后,我第一次用刀片划破的对象是警察。那时,我在给夜总会老板看场子做保镖,认识了一些女子,她们一到晚上就涂脂抹粉坐在幽暗的走廊里,等待有人认领。她们喝酒抽烟说粗话,是我可爱的姐妹。那天晚上,一队警察闯进夜总会,把姐妹们从包厢里赶出来,勒令她们双手抱头蹲下,就像一群受惊的鸡群。我自惭对她们保护不力,却又无可奈何。就在那时,我看见领队的警官狠狠地朝着某屁股踹了一脚,踹得一姐妹狗吃屎般扑倒在地。我火了,冲上去,发现那警官竟然是跟我们老板称兄道弟的家伙,而且他也是夜总会的常客,不同的是他换了身警服。我刚想跟他攀谈几句,镁光灯忽地闪起,一群手握长枪短炮的记者拥来,就像下起大雪。我大叫一声慌忙跑开,找到老板禀报了此事,老板笑说没事儿,这事他早跟那个警官商量好了,让警官抓些小姐进局子长长脸儿,风过后夜总会生意照旧。没想到那些姐妹被老板与警官合谋出卖了,这在南方很正常,可让我生气的是那个警官竟然用脚踹我姐妹的屁股!第二天,南方电视台播出了一条新闻,说警方突击检查了某夜总会,抓获二十多名涉嫌色情的女子。电视上,姐妹们身影一扫而过后,那个警官出现了,他对着话筒侃侃而谈,说警方将继续对涉黄、涉毒、涉赌保持高压态势,扫除城市污垢……我很气愤,把电视声音调到静音状态,看着警官的嘴像沙漏一样开开合合。我摩挲着刀片,以受委屈的姐妹屁股发誓,一定要划破那个警官的嘴。

我是个有言必行的人,经过漫长的谋算后,终于在夜晚把那个警官捆绑住,扔在巷角的暗影里。我腾出手来,给一个姐妹打起电话,聊了一下南方的天气。我说:"他妈的,这南方真热啊!"姐妹科学地说:"是啊!这是温室效应呢。"我担心地问:"那西玛拉雅山的冰山会不会融化呀?"姐妹也拿不准,她说:"也许吧,这得听天气预报。"我很想就这个话题深入讨论下去,可姐妹比较忙,匆匆挂断了电话。我听到耳边一群蜜蜂飞过,才掏出吉利牌刀片,在警官的嘴上雕刻起来。我在那张嘴上划了个米字,把那个玩意儿弄成了兔唇。那张嘴喝多了酒,叫声并不响亮,可那微弱的呻吟还是让我兴奋不已。我恍惚看见校长的嘴、村主任的嘴、记者的嘴,还有一些陌生的嘴喋喋不休着,在循循善诱、义正词严地说着谎,像鹦鹉在学舌、乌鸦在高叫、机器在轰鸣,让我烦透了。我一刀一刀地划着,把那些嘴全都关上了。可多日后,电视上又出现了那个警官,记者说那个警官是正义守护神,在打黑行动中受到歹徒的报复而导致嘴部受伤,但仍矢志不移。那个警官也说话了,他说他将继续临危不惧,扫除黑势力,还社会以净土。看着电视上的警官,我后悔了,我没想到他的嘴会被医治得完好无损。我错了,真的错了,我不应该划破他的嘴,而应该割掉他的舌头。

从此，我就走上了职业杀手之路，准确地说开始给某些人做阉割手术了。我干的活儿跟善恶没啥干系，也不完全为了酬金，只是觉得南方好多人长了毒瘤，比如公款包养女子却不准女子怀孕的某官员的大肚子、拖欠工人工资的某老板的高鼻子，这让我下手时都能找到改造他们身体的理由。我挣了些钱，不仅能让山村的父母衣食无忧地过完一辈子，而且还匿名捐资把山村的小学校推倒重建了。我想，如果我能侥幸在三十年内不被警察抓住，不会像环形使者那样自己杀掉自己，就回到山村，把那山下淹死我弟弟的水库承包下来，养些不会离开水、不会说话的鱼儿。可是，我看过《圣经》上有句让人心惊肉跳的话：莫使基督血白流。

天麻麻亮时，白雾从不远处的江面飘来，几乎遮住了整个和悦洲，只在天边撕开一条灰蓝的缝，就像是我不小心用刀片划开的。长街上，数盏灯火惺忪亮起，仿佛要挣破晨雾似的。我蹲守在二光头家的院墙下，听见对面荒草萋萋的门洞里老阿婆和孩子的对话声传来：

"伢儿，你在看啥呢?"

"奶奶，天要下雨了。"

"你这傻伢儿，今个是晴天呢。"

我看不到孩子的脸，却知道那一定是毛头。我听了他一宿的咬牙声和梦话，他总算醒来了。

我想我应该在未被毛头发现之前行动了，于是翻上院墙，跳入老秤店。老屋里竟然亮着灯，我小心地攀上阁楼，看见二光头正坐在穿衣镜前，漫不经心地梳理着头发，虽然他和我一样是光头，但我们都爱做些纯属多余的事儿。

我的脚步很轻，就像猫爪一样吸附在散发着腐殖味的地板上。

二光头还是听到了动静，他没有回头，却说："你终究来了。"

我向穿衣镜里看去，恍惚自己在照镜子，那镜中的脸掩饰不住慌张。

我找好最佳位置站住,手指夹紧刀片,笑笑:"你知道我是什么人?"

"当然晓得喽。你不就是从南方来找我报仇的嘛!"

"你就不怀疑我是警察?"

"警察?"二光头在镜子里一笑,"警察咋能找到我?咋会从南方追到和悦洲来?"

也是,警察们很忙。二光头对警察的看法竟然和我一致,我心里生出惺惺相惜的感觉:"那你为什么要挑断那个老板的脚筋呢?"

"为了钱,你不也是这样吗?"

我笑了,真想上前友好地拍拍二光头的肩,觉得他不像以前的行动目标,他也是一个跟我一样有血有肉的人,我能感受到从他身上散发出来的热气。

二光头终于转过脸,直直地看着我:"你信不?我就干过这一次。"

我点点头:"看得出你挑脚筋的手法并不专业,是新手。"

你说我们这么做是不是犯下了罪孽?二光头睁大眼睛,眼里游动着蝌蚪般的血丝:"回到洲上后我总睡不好觉,每天都要靠安眠药才能睡一会儿。你也是这样吗?"

"不!"我生气了,大声地说,"我们这行跟罪恶毫不相干!你说说,那些功成名就的老板、政客,那些老师、记者,干的事儿跟强盗、诈骗有什么两样?我们跟他们唯一不同的是,我们不说谎、不伪善,我们真实,一刀见血!"

二光头微闭眼睛:"那……啥事才是罪孽啊?"

我站直身子,就像牧师:"说谎,欺骗,才是罪孽!"

"也许吧。"二光头半信半疑,"咱们和悦洲上就有好多人爱嚼舌头根,隔壁的二妞就是被洲上人污骂在外面做鸡,跳了江的。"

"对!他们用舌头杀了她!"我不合时宜地激动起来。

"那你就不害怕?"二光头一脸天真。

"怕什么? 我只担心自己会发胖!"我放慢语速,控制情绪,让自己冷静下来,反问,"你既然知道我来了,为什么不逃?"

"逃? 这儿就是我的家,我还能往哪儿逃? 我早就走投无路了。你……你能放过我吗?"

"这恐怕不行……我把你放了,就等于给自己一刀。"我语气软下来,好像请求他理解,又像是宽慰他,"假若你是我,你能放行动目标一马吗? ……不过,我会出席你的葬礼的。"

二光头眼神黯淡下去,低下头,用手掌捂住眼睛,身子被黑色挤得发起抖来,不一会儿指缝里流出水。他泣不成声:"我才二十三岁呀!二十三岁呀——"

我紧捏吉利牌刀片,快速寻找起二光头该死的理由,可没有找到。我想起了电影《环形使者》,叹口气对自己说:"他跟我长得像,就算我提前自己杀死自己吧。"我亮出刀片向二光头扑去。

穿衣镜嘭地碎了,一大片黑色漫开。我不知道自己有没有得手,只是迷迷糊糊听见警笛声由远及近而来。我睁不开眼,觉得自己的身子飘了起来,离和悦洲越来越远。我听见一声爆炸后江水声哗哗涌来,那个叫毛头的雀斑男孩的欢呼声尖尖划开天空:"哦! 警察抓人喽! 警察抓人喽——"

(原发《安徽文学》2015 年第 6 期,
获《安徽文学》2015 年度文学奖小说奖)

在水之洲

NO.1 大象来了

那个男人走进和悦洲时,被一阵小旋风卷住了。他站在渡口的石阶上张望了许久,才拖起行李箱向长街走去,闪亮的滑轮在青石板路面上发出的响声,就像锯齿锯着静寂,纷飞出黑色的鸦翅。

街人都目睹了那男人拖曳着行李箱的样子,可对他到来的时辰众说纷纭。

"他是向晚时分来的!他一来天就黑了!"剃头匠侉爷从幽暗的理发店里伸出头来,"当时我在给老鱼头刮胡子,差点一失手把他脸皮刮破喽,不信你们问老鱼头!"

"扯淡!他是早上来的,那会儿江上有雾,我刚捕了条大鱼,就看见他从头渡上下来了!"蹲在街面上卖鱼的老鱼头歪着头说。

毛头背着书包跳过来:"你们都记错了!他是晌午来的,我放学时看见他的。"

侉爷愤然,街人总不信他的话,就因为他是从江北来的侉子,可他在洲上一住就是六十多年了,跟本地人还有啥差别呢?侉爷一急就结巴,抖着嘴唇:"你……你们……"

围成一堆的街人看着侉爷快活地笑起来。

　　侉爷生气了,把剃刀在门上晃荡的皮带上磨了磨,一刀劈下,像是要斩断街人的嘲笑声,话儿硬硬地蹦了出来:"你个小屁伢,就会逃学,晓得啥?"可笑声还是江水般漫了过来。

　　这是长江里的沙洲,曾是长江南岸水陆码头,沿街银庄、当铺、米店、洋行、娼家林立,天主教堂的钟声唱晚,胶皮轮的黄包车呼啸穿梭,从武汉来的班船鸣响汽笛,颇为繁华。可时下洲上已破败了,就像颠簸在水上的大船空虚而苍老。这是清明时节,淅淅沥沥下了好久的雨,恍惚从遥远的日子一直下到现在。而那男人来之前,天已放晴了,日光将湿漉漉的水气驱赶着,洲尾油菜花黄黄地开起,成群结队的蜜蜂在街上嘤嘤嗡嗡地飞来飞去了。

　　毛头仰起脸,声音很尖:"就是晌午来的!他就像……就像大象!"

　　大象?街人见过江里拱着头的江豚,见过湖塘上空的老鸹,见过油菜地里土色花纹蛇,却从没见过大象,于是又哄笑起来。

　　毛头没笑,眼睛发亮:"那个大象来咱和悦洲做甚呢?"

　　街人被问住了,面面相觑,脸色模糊起来。

　　侉爷坐不住了,目光抚摸过理发店的角角落落,终于停在墙角的蚂蚁上。这沿街的两层木楼太老了,墙板被雨水浸泡得长出了数朵蘑菇,弥散着经久不散的腐木气息。可侉爷却能闻到新鲜的松木香。当年父亲领着一家人从江北逃难而来,用一把剃刀挣下这间店铺,那时的木楼光线是那么亮堂,松木是那么清香,可它跟自己一起老了。听城里上班的儿子说,有大老板看中和悦老街,要买下它搞旅游开发了。儿子说这话时嗞着酒,一副捡到金元宝的模样。若不是儿子不常回家,侉爷真想抽他一记耳光。这可是祖屋啊,几多钱都不能卖!侉爷懒得跟儿子争嘴,在心里对自己说。可那个传言越来越近了,理发店是街人谈天说地的地儿,侉爷足不出户就能感觉到传言就跟长江汛期来临一样,一波一波涨起,那让他心烦。这会儿,那个男人来了,整天在街上画来画去,莫不是那个想买下和悦老街的大老板派来的探子?那男人留着长头发,扎起的小辫直晃眼,佝爷真想把它割了。

佝爷很想跟着那男人,看看他到底在干啥,可患了关节炎的老腿实在走不动,甚至能听见自己的骨头咔咔地响了。

当毛头从理发店外探进头来,佝爷有了主意,笑得皱纹更深了:"毛头,你为啥说那男人像个大象啊?"

毛头甩着书包,嬉笑:"他的腿那么粗,小辫子就像小尾巴……不就是大象吗?"

"哦?那你见过大象吗?"

"我们马上就要春游,去城里看大象了!"毛头有些丧气,"我们语文书上有,还是头战象呢!"

"还是毛头有见识……那你跟着大象,看他在咱们洲上做些啥,告诉我,我给你买油炸麻花吃!"

"真的?"毛头瞪大眼儿,"你说话得算话,骗人是小狗!"

佝爷点点头,毛头一扭身就不见了,跟泥鳅似的。

佝爷走到门边,向街面上望去,青石板路上长出了黄黄白白的野花。佝爷心里乱糟糟的:这阳春三月的,街上别出什么乱子才好。

佝爷叹了口气,缩回屋里,坐在转椅上,怔怔地看着墙上的大镜子。时下,街上开了好几家美容美发店,理发店的生意寡淡了,他的剃刀没锈,人却要锈了。佝爷看着镜中的自己,看着看着,忽而看见一个年轻女子从镜子里走了出来。她像从江里走来的,绾着裤脚,露出白嫩嫩的小腿,湿漉漉的头发散在肩上,胸前抱着一条大白鱼。佝爷记得她是水上人家的女儿,她家就在一条渔船上。她在笑,笑得很浅。她径直把大白鱼扔进理发店的石槽里,据说那石槽是当年清朝水师提督彭铁头用来饮马的。大白鱼在石槽里甩打着尾鳍,把玻璃镜的反光搅乱了。佝爷有些眼花,再细看女子转眼变成了妇人,头上的发髻被一把桃木梳别着,蓝布对襟衫旗帜般挂在她瘦削的身上。佝爷眼神柔和下来,却看见她的左腿上钻着一条蚂蟥,便赶忙上前蹲下身,用掏耳朵的镊子夹住蚂蟥往外拉。蚂蟥越拉越长,跟抽不完的蚕丝似的。侉爷烦躁了,头上渗出黄豆大的汗珠,猛地一用劲,眼前一黑,妇人就不见了。侉爷扑向镜子寻去,对着镜里张着嘴想喊什么,可嘴巴却总张不开。侉爷一急就醒了,发现自己坐在转椅上睡着了,嘴角流出的涎水弄湿了前胸。侉爷迷迷糊糊地看向屋角的石槽,那里早就没有鱼没有水了,落着厚厚一层的头发。侉爷想起老婆就是被蚂蟥咬过患上血吸虫病走的,走的时候两只大腿就像水桶一样,好像江水流进她的血管里了。

侉爷摇摇晃晃走到门边,被门外的日头晃了眼,便看见那个男人笑眯眯地向自己走来。

侉爷喃喃:"蚂蟥。"

那男人愣了愣:"老爷子,你说什么?"

侉爷又喃喃:"大象!"

和悦洲很少见陌生人的面孔,那个男人的出现让花家超市老板花子莫名兴奋,恍若梅雨日久天乍晴一样。在此之前,花子懒洋洋地坐在超市里,看着街上来来往往熟悉的脸,一些相似的场景在不断地重复出现,那让她心生厌倦,觉得自己身子都发霉了。

于是,当那男人走进超市时,在寂静中潜伏的花子起身迎了上来:"你想买点啥?"

"我……"那男人被幽暗的超市黑了一下眼,没看清花子,"来包烟。"

"听你口音,是外地人吧?"花子不急着卖烟,把脸斜支在玻璃柜台上,发出一连串的问话,"你是从哪儿来的? 是干啥的? 来咱们洲上做甚?"

那男人像被流弹打中了,甩甩后脑勺的辫子:"我来旅游的。"

花子对那男人的回答不满意，还想说些什么，就见毛头领着两个小伢把店里的光线撞开了。毛头挺挺胸，从兜里拿出三个钢镚排在柜台上。花子心领神会，拿出一包早就打开的香烟，抽出三支递过去。毛头接过烟，分给同伴，随手拿起货架上的打火机燃出一朵火苗，老练地吐出烟圈。

花子伸手拍向毛头的头："你这伢儿，怎么就不学好？等你爸妈回来，我就告诉他们，看他们怎么收拾你！"

要是平日，毛头会嘻嘻一笑，很享用她的肥白的手掌，可这回却摆头躲开，瞥了那男人一眼，挺起瘦棱棱的胸脯："哼！他们窝在城里不回家，凭啥管我？我没爸妈！"

"你没爸妈，是个野伢儿啊？"

"我……我是孙猴子，是从石头缝里蹦出来的！怎么着？"毛头倔强地梗梗头。

那男人似乎有些不耐烦，清清嗓子。

花子这才转过脸："你要啥烟？"

那男人指指黑松，掏出钱，把烟塞进口袋，转身看看街面，裹裹风衣走出去。

花子有些茫然若失，她看见那男人的背影消失时，一群孩子手举桃花，粉粉艳艳地跑来。花子低头看着柜台玻璃里的自己，叹了口气："唔？桃花开了哦。"她知道未生育的自己身段仍然像个小姑娘，却不知丈夫去哪儿了。丈夫被医院查出不能生育后，就跑到外面打工，已经三年没着家了。街人暗地里说，丈夫嫌弃花子不能生养孩子，在城里跟别的女人混在一起了。花子听过这些风言风语，可从不信。

花子觉得自己的脑子里开满了乱哄哄的桃花，怎么也理不出个头绪来。当她回过神来，看见毛头眼睛亮亮地盯着自己，便笑："毛头，你咋还不走？"

"嘻嘻！你晓得大象是啥人，来咱们这儿做甚？"毛头仰着脸。

"哪个大象?"

"就是刚才买烟的那个男人呀!"

"他?我怎么晓得?"

"他是个逃犯!"毛头压低嗓子,"他在城里干了坏事,逃到咱们这儿的!"

花子一惊:"你这伢儿,别乱说!"

毛头从书包里掏出一张纸递过来:"我没乱说,你看……像不像他?"

花子接过纸,那是张通缉令,上面有个男人的照片,虽然是个光头,却真有几分像那男人。花子兴奋起来,心里飞进一群麻雀。她想这条老街是该发生点事了,即便沿街的木楼不发生火灾,来个强奸犯也好啊!花子想着,就笑了。

毛头眼珠磁石般吸在花子的脸上:"你笑啥?"

花子收住笑,瞥瞥街面:"毛头,他真是逃犯,你盯着他,有事告诉我,我给你一根香烟!"

毛头笑:"就这么说定了!"说着一挥手,领着伙伴跑去。

花子觉得街上的日光新鲜起来,就像油菜花头摇曳在风里。她想自己是该买台电脑上上网了,听说那上面能搜到好多地方的通缉令和寻人启事。

那天晚上,花子没把超市的木板门关得严丝合缝,一晚上都能听见大象的粗壮的脚步声踏着青石板走来,震得街面嘭嘭闷响。

毛头的那张通缉令是查老师给的。

当夜色包围住沙洲时,和悦小学教语文的查老师坐在宿舍的灯下,翻看着一本叫《和悦散记》的书。那本书是一个本地作家送给他的,书里弥漫着历史云烟,还原着曾经的和悦洲——一个江流宛转、商贾云集、鸥飞豚跃的纸上沙洲,可那些早已烟消云散了。查老师越读越对窗外的和悦洲失望,这个沙洲真的老了,老得没有年轻女子了,一些女子只要长成花骨朵的模样,就去城里开花,她们留在洲上的只是些青萝卜头的孩子。查老师不想在洲上当老师,一见学生发绿的脸就忍不住涌上连绵的睡意,他觉得自己的上课声就像年久失修的屋顶上漏下的雨水,落进木桶里发出的单调声响。但他知道自己注定要在这儿把老师当下去。

那天,天开始回暖了。查老师对学生说,春游时要带他们去城里动物园。学生们很兴奋,那个经常旷课的毛头跳了起来,嚷着要去看大象。查老师刚想训斥他,忽地透过教室的窗户看见一个陌生男人拎着行李箱走下轮渡。那男人高大白胖,后脑勺蓄着小辫子,看上去像个搞画画的。查老师莫名有些生气,就像看见学生作业本中的错别字,很想用红笔把它勾掉。下课后,查老师在学校唯一的电脑上上网,偶然看见一张通缉令,上面的照片跟那男人有几分相似,心里一动就顺手打印出来,给了毛头。他不知自己为什么要这样做,可毛头接过后看了看,什么也没问,露出了同谋的表情。查老师觉得自己在做一个离奇的梦。

其实,查老师并不认为那男人有逃犯的嫌疑,而觉得应该是个来洲上淘古董的人。在查老师的想象中,那男人一走下渡口就遇见了毛头。那男人目光闪烁,问:“小朋友,你们这儿有铜做的物件吗?”毛头翻翻白眼:“没有!”说着手里飞出石子,砸得树林里荡起一片鸟鸣。查老师觉得毛头的回答是对的,这个沙洲只有江水和木头在纠缠不休,水总是在环绕,而沿街的木楼以及屋内的木质家具却在氤氲的水汽中速朽。水上的居所必然面临焚毁和重建,就像那本《和悦散记》一样,那个本地作家试图进入历史,将一些断裂的碎片榫合起来,在纸上完成对和悦洲的修缮,可那些文字要不了多久就会变成江底的沉沙的。查老师觉得陌生男人的到来是一次冒昧的打扰,让人不舒服。他觉得自己应该和那个男人有番对话,于是,在想象中,查老师在行将颓圮的院墙下拦住了那个男人,那时那个男人对院门上的铜辅首凝视了很久。

查老师说:"所有东西都会烂掉的。"

那男人抬起头:"不!剥落的只是油漆,铜器的本质是不会变的。您好,您是外地人吧?"

"不,我就是在这个洲上长大的,我父亲是艄公,可他的船早就翻了。"

"哦?那您知道这儿有祖上传下来的青铜器吗?"

查老师摇摇头。

"您是不知道,还是这洲上没有?"那男人有些遗憾。

查老师没有回答,却问:"那些东西很值钱吗?"

"也许吧,不过我是个画家。"那男人说完转身走了。

院子里木柴的青烟漫了出来,查老师怔怔地看着那男人的背影,突然觉得他和自己长得很像,难道他是自己的孪生兄弟?难道他是梦游的自己?

查老师慌了起来,赶忙从自己的想象中钻出来,回到现实的宿舍里。灯光在寂静的学校里飞出黑色的蝴蝶,那本叫《和悦散记》的书被窗外吹来的风胡乱地翻阅着。查老师走到窗前,看着街上灯火黄黄的星点着,就像灰暗的眼珠凹陷在天空上。查老师回身看向镜中的自己说:一定要赶走那个男人,哪怕他是另一个自己。

二光头从南方回到和悦洲已经三个月了,晚上去生生庵打麻将,白天在家里睡大觉,打发着无聊的时光。他有时也去街上转转,在花家超市的竹藤椅上坐下,看花子扑打飞来飞去的绿头苍蝇,看花子的屁股在裙子里好看地晃来晃去,偶尔打个长途电话,说话时紧紧捂着话筒,嘴里含糊问答着,就像个地下工作者。他不想待在洲上,可必须忍受着,直到时间把那件事淡忘。

二光头的少年时光是欢乐的,那时,他在江边追逐拍打水花的野鸭,在树林里练习拳击,在桂花树上偷窥花子洗澡,就像尖利的口哨呼啸在洲上。后来,他一展当年血战码头的祖父遗风,砸坏了另一个少年的头入狱了。他一出狱就去了南方,一去八年,直到数月前把一个南方老板的左腿拆下,才提着一皮箱的钞票归来了。二光头并不担心再次被公安抓住,因为他在南方一直用的是假身份证,他只担心有人从南方追来。当那个高大白胖的男人拎着行李箱从渡口走下时,他倏地一惊,莫名觉得那男人是那个丢了腿的老板派来的。那男人满嘴南方口音,让二光头想起南方的燠热,甚至觉得那个行李箱就是用来装自己的右腿的。二光头偷偷跟踪过那男人,发现他并没有挨家挨户问东问西,只是支着画架画着什么。他觉得自己多疑了,可那男人不离开和悦洲,他的心又放不下来。

二光头决定与那男人面对面敲敲鼓了。

那天黄昏,街面上一家店铺正在装修,油漆味刺鼻地散开。二光头一手缩在裤袋里紧握着军用匕首,一手夹着香烟,慢慢走近那男人。他发现那男人的睫毛很长,心里一动,但还是笑了笑:"朋友,喝一杯去?"他说的是南方方言。

那男人愣了愣,眼里跳出惊喜:"哦?你也是南方来的?"

二光头点点头。

那男人高兴起来:"他乡遇故知!是该喝一杯!"

二光头和那男人走进临街的酒店时,发现那男人脚步很重,踩得木楼梯吱吱作响,直到两人坐下他还忍不住为楼梯担心。

二光头递上一支烟,盯着那男人:"你从南方来这儿,是来找人吧?"这次他说的是和悦洲方言。

那男人有些错愕,眼神变得狐疑起来:"你……到底是哪儿人?"

"你是不是要找人?"二光头握紧裤袋里的匕首,执拗地问,"说出来,我或许可以帮帮你。"

那男人摇摇头："不，我不找人，我只是来旅游的。"

二光头不善言辞，一时不知说什么好。他转过脸，看见酒店老板娘正在窗口凑着幽暗的光线缝补什么。那个阿婆是铁匠丁的老婆，她的手指修长，中指戴着一枚铜质的顶针，一根针在飞针引线。二光头被那白白的针刺了一下，赶忙把目光移向那男人。

那男人汲口茶，脸色暧昧起来，兀自说："我也不知道自己为什么要到这儿来，我是个背包客，到处游玩，走着走着就来这儿了。我总觉得这个地方曾经来过，那天主教堂的钟楼、沿街的木楼都那么熟悉，我可能前世或在梦里来过这儿！"

二光头笑笑，他拿不准那男人是否在说谎，只觉得裤袋里的匕首已被捂得发热了。

那男人将头凑近，一脸神秘："不知为什么，我觉得这条老街有些奇怪，好像总有人在跟踪我。我只要一转身，那双盯着我的眼睛就不见了。这是怎么回事呢？难道是我的睡眠不好，出现幻觉了？"

"你也有这种感觉？"二光头脱口而出，又觉得这话不妥，接着说，"那你准备在这儿待多久？"

"我也不知道，想走就走呗。"

二光头心情更坏了。

那男人又说："你的面相有特点，腮下的那颗痣让人一见就忘不了。你这个朋友，我交定了！"

二光头牙齿痒起来，他听见裤袋里匕首在沉默地叫嚣。

一条条消息很快从理发店里传开了。多个目击者言词凿凿又自相矛盾，说法不一。最后街人统一口径，都说那个长得像大象的男人是个逃犯，他的行李箱里藏着一把自制的钢珠手枪。随即有人将此事向镇公安派出所报告了，可公安同志没有在意，他们正在忙着调查一头大牯牛被盗的案件。

几日后,街人忽然想起没见着大象,想来他应该离开和悦洲了。

又几日,有人在洲尾油菜地里发现了大象的尸体,他仰卧着,肥胖的身躯压倒了一大片油菜花。他鼻孔瘀血,脖子上环绕着一条结痂的血线,就像暗红色的细项圈似的,蜜蜂围着他飞来飞去。他的行李箱已被打开,里面空空荡荡。公安这才重视起来。他们经过仔细勘查,认定那条血线是剃刀所为,而他的胃部表明有中毒的迹象。于是,公安把侉爷、二光头抓了起来,可花家超市的女老板却主动投案说大象是她杀的。更为蹊跷的是,和悦小学的查老师竟然在此之前自杀未遂过。公安同志对他们进行了盘查讯问,可他们的回答就像一堆缠来绕去的线团。

——查老师手腕上的疤痕历历在目,他反反复复只说一句话:"我只要杀死自己,大象就会死的。"

——侉爷很激动,苍老的声音在吼:"你们总不相信我!我是从江北来的,可在这儿住了六十年了,你们为啥还不肯信我?我杀鱼都不敢,怎么会杀人?我老了,记不清事了,那把剃刀早就丢了,难不成剃刀是我的,我就是杀人犯?唉,真是可惜那把剃刀了,那是我家祖传的啊!"公安同志威严地打断他的话:"听说你一直想把受害人的辫子割掉,为什么?"侉爷这才颓然坐下:"我是想割掉他的辫子……他是城里大老板派来打前哨的,他们要把咱们老街买去搞开发,他们会毁了和悦洲的!那可是我父亲添置的老屋啊!没了老屋我咋活?……我一见他头上的小尾巴就心烦!"公安同志追问:"那你就想杀了他?"侉爷怪笑两声就卡住了,半晌才说:"是啊,我想杀了他……那天我做了个梦,大象到我店里来了,我把他按在椅子上,一剪子就剪掉了他的尾巴,他的脑袋瓜真大,就像个熟西瓜,我把剪子扎进去了,卟卟直冒西瓜瓤!嘿嘿!我杀了他,做梦杀了他呢!"

——二光头坐在椅子上,屁股就像长了痤疮:"你们凭什么抓我?你们凭什么抓我!"公安同志一拍桌子:"老实点!说!你和受害人什么关系?"二光头摇摇头:"我跟他没关系!我根本不认识他!""那你怎么跟受害人一起喝过酒?""我……我跟他投缘,吃顿饭总不犯法吧?"公安同志把大灯泡打开,照向二光头的脸:"坦白从宽,抗拒从严!是不是你在酒菜中给受害人下了毒?"二光头被强光照得眩晕,叫了起来:"我没有下毒!我没有!"说着捂着眼睛呜呜哭了,很委屈的样子。

——花子来到镇派出所,径直走到公安同志面前,乖乖地伸出两只手。公安同志以为她是来讨要所里差欠花家超市的烟酒费的,就看着她鼓荡的胸部微笑。可她垂下眼睛,盯着自己的红皮鞋尖说:"是我,是我杀了大象!"公安同志坐直身子:"什么?你说什么?花老板,这事可开不得玩笑哦。"花子低声:"我晓得我在说啥,我又不傻。"公安同志疑惑地看着她:"哦,那你说说你是怎么杀害他的。"花子这才仰起头,眨巴眼睛,像是在回忆:"那天晚上夜深了,我在超市里盘货,大象悄没声地进来了。我吓了一跳,问他要买啥。他转身关上门,把我逼到货架前,我晓得他要干啥了。他把我推倒在货架上,捋起我的衣服……"公安同志有些不悦:"你的超市就在咱们派出所隔壁,他逼迫你,你就没呼救?"花子对这个细节的失误有些不好意思,脸红了红:"我当时吓蒙了,就……就任凭他摆布了……他力气真大,差点把货架都摇倒了。"公安同志皱起眉头:"那后来呢?"花子愣了愣:"后来?后来他干完那事,就抄起我货架上的可乐一口气喝完走了。第二天晚上,我就泡了杯毒茶,等着他来。他真的又来了,干完那事后我就把毒茶递给了他,他把毒茶喝完又摇摇摆摆走了。"公安同志觉得她说得合情合理,就把她铐了起来,忽然想起什么,又问:"那你下的是什么毒?"花子想了想:"河豚籽。"说着端详起手铐,就像观赏新婚戒指。

公安同志又经多番查证,不得不将他们放了。查老师属自杀未遂,与本案无关。侉爷一直恹恹地待在理发店里,总不能凭梦中杀人判他的罪吧?二光头和大象喝过酒后,就一直在生生庵打麻将,而大象还在街上招摇了三天。有牌友证明二光头没有作案的时间。花家超市女老板患有花疯病,一到油菜花开就会发作,她投案自首后就又犯病了。而且,大象中的毒是氰化钾,花子所说的河豚籽早已在洲上失传了。公安同志知道前些日子的连绵雨水让街人的记忆发霉,那个男人之死又是一个悬案了。

当油菜花的金黄被收割后,花子又坐在当街的超市里做生意了,看上去比以前更白更胖了。侉爷仍佝偻着身子,给老人们细细地刮着胡子。二光头又去了南方,就像没有回来过一样。老街又平静了。只是每每黄昏,一个男孩会背着书包钻进花家超市或理发店,神神秘秘地说:"我看见了!我看见那个大象是……"街人不听他说完,就把他轰了出去,都笑那伢儿头脑坏了。

那个男孩就是毛头,他手里扬着张身份证,表明曾经的大象是本地人氏。

NO.2 洲上的阿莲

一个燠热的黄昏,梅子坐着突突叫的渡船去往和悦洲,一脉江水在她脚下缓缓流淌,一股江风在她裙下呼呼盘旋,让一身绿衣的她恍若水中的莲花。她远远地向对岸眺去,那个沙洲被水啄出弧形的边际线,沙滩上稀疏着柳林,透过淡淡绿烟,可见沿堤排列的破旧木楼,如同老城墙蜿蜒着。这些对梅子来说是陌生的,却又仿佛一个飘来的熟稔的梦境。梅子是以准媳妇的身份第一次来和悦洲寻访男友家的,她在南方城市和出生在这个洲上的男人好上了,一不小心怀孕了,只好到洲上男友家等待孩子的出生。她是按照男友画的路线图辗转而来的,不知自己对这个沙洲来说是异乡人还是归来者,只在微凉的江风中晕眩着,也许那是孕妇常见的症候。

梅子走下船站在和悦洲渡口时,被一棵柳树的阴影罩住了。她看着同船人推着板车挑着竹筐陆续散去,眼里空蒙起来,渐渐盈起从江面弥漫来的蜃气。这时,她看见一个瞽目的算命先生,那个苍老的男人戴着鸭舌帽,坐在石阶上,面前摆着一张画着阴阳鱼的纸。梅子并没在意,提着行李箱向街上走去。

算命先生突然抬起头,翻出一片眼白:"阿莲姑娘,回来了。"

梅子环顾身旁,没发现另一个女子,忍不住搭话:"您认错人了。"

"我没认错人。姑娘,不管你现在叫啥,都是洲上的阿莲!"

梅子抖动细长的睫毛,想说什么,却从瞽目上看到诡谲的光,便赶紧向前走去。

梅子走得很快,她听见身后算命先生水鸟般的笑声。

洲上的老街很空旷,木楼的阴影和落日的余晖涂在青石板的路面上,就像釉上一层斑驳的油漆。一条黑狗蹦蹦跳跳地迎上来,朝着梅子亲热地吠了几声,就转身摆着尾巴向前踱去。梅子没有问路,跟着黑狗往前走,转过两条巷子,便看见一间老屋贴着"和悦二街8号"的铭牌,她知道那就是男友的家了。梅子早就在男友的叙说中想象过和悦洲的样子,温习过习习江风、柔柔江涛,甚至闻到过街墙上"和悦染坊""人民公社食堂""计划生育是基本国策"之类的油墨气息。来之前,梅子做了个梦,梦见自己走进和悦洲,就像走入小时候在童话书里见到的城堡,她跟所有做梦者一样具有了神秘的能力,长起翅膀飞进了城堡,然后在九街十三巷里寻找起"和悦二街8号",在沿街排列的木楼中游走,在纵横交错的小巷中奔突,却怎么也找不着,急得醒了过来。可现实比梦境容易多了,梅子一下就找到了,她的新生活就要在这江南的沙洲上开始了。

梅子的到来让男友的父母欣喜,那对年老的船工早已为她准备好了温暖的巢。

第二天,梅子在嘈嘈切切的声响中醒来,那是从不远处的棉花店里传来的。她透过朽蚀的窗棂，看见日头从江面上跳出来，比昨日黄昏的那颗新鲜多了。梅子认真打量起这个沙洲，就像从望远镜里眺望另一个世界。晨风混杂着青草的气息，在她身边酝酿。窗外，机驳船划着水痕驶过，黑色的水鸟惊得飞上天空。梅子忽然对此行有些怀疑，怀疑自己真的入梦了。她心里涌起一股莫名其妙的兴奋，想走出去把洲上老街转个遍。这时，黑狗从门外蹿进来，朝她温顺地摆起尾巴。婆婆跟着走了进来，笑眯眯地看着梅子，一脸满意的表情。忽而，婆婆的目光被梅子的长发吸住了，她皱起眉头："你的头发长啊，去理发店剪短些哦。"梅子很喜爱自己的长发，它是那么柔顺光滑，就像瀑布似的。她喜欢在早晨或黄昏洗头发，让水顺着黑发流下，让洗发水的香味将自己淹没。可她知道自己是这家人的儿媳，这是婆婆第一回向自己提出要求，是不好拒绝的，于是笑着点了点头。她的表现让婆婆的脸上绽开一朵荷花。

梅子吃过早饭，在黑狗的陪伴下向街上的理发店走去。昨夜下了一场雨，青石板街面被骤雨冲刷得干干净净，也在凹宕处留下一泓泓水渍。梅子跳着脚走着，遇见街人轻轻一笑。街人先是犹豫地笑笑，然后站住看着她的背影。梅子渐行渐远，听见身后窃窃私语声传来："这不是阿莲吗？""是啊！好像头发长了些，阿莲是齐耳短发哦"。……那就像小小的水流在欢快地翻着漩涡。梅子觉得街人的目光就像一片片黏稠的叶子。

梅子走进一家理发店时，被灰暗的光线暗了暗，才看见剃头匠侉爷。那个理发师傅太老了，梅子本想转身离开，可侉爷脸上荡起了笑意。梅子不忍心拒绝老人的笑，只好在转椅上坐了下来。侉爷没说话，给她罩上白大褂，温温的手掌落在她的长发上。梅子不愿多看面前镜中那张树皮般的老人的脸，便闭上眼。侉爷的动作很柔很慢，梅子不经意睡着了，做了个短暂的梦，梦见理发店里结满了蜘蛛网，把自己网住了。等她打了个盹醒来，发现自己的长发不见了，变成了齐耳短发的蘑菇头,颇像早年的女学生,让她颇不适应。

梅子有些不悦:"阿公,你怎么给我理了这么个发型?"

侉爷盯着梅子的脸,嘴角浮出一丝笑:"阿莲哎,你以前不就一直理这个发型的吗?"

梅子觉得侉爷的笑很暖和,不好再说什么,付了钱走出理发店。

梅子沿着长街走,东张西望着。她看见擦肩而过的街人向她投来相熟的笑,打着久别重逢的招呼:"哦,回来了,回来就好。"梅子也笑,不明来由地应和着。她觉得老街很长,一模一样的二层木楼错落、凌乱、回旋着,很容易让人迷路。渐渐地,日光增加了热度,那种慵懒的暖意让梅子有种似曾相识的感觉。她看见街上女子都是蘑菇头,原本觉得自己的齐耳短发不顺眼,慢慢觉得好看起来了。她走得很慢,就像移动的云朵。

拐过街角,梅子遇见一个满脸雀斑的男孩。男孩眼睛一眨不眨地看着她,眼儿熠熠发亮,就像被江水洗过。

梅子笑:"你叫啥名字呀?"

"毛头。"男孩说,"你是从城里来的?"

"是啊。"

"那你在城里见过我爸妈吗?"男孩黑白分明的眼睛盯着她,捕捉着她脸上的蝴蝶。

"谁是你妈?……我不认识她啊。"

"你是咱们洲上的,怎么会不认识我妈?"男孩有些生气。

"我不是洲上人,我是第一回来这儿。"

"你骗人!你就是洲上长大的!"男孩气得脸红起来,雀斑格外地黑,"街人都认识你,他们都说你是洲上的阿莲!"

阿莲?梅子被这两个字灼了灼,忽然想起自己一到洲上,算命先生、理发店老人,还有匆匆而过的街人都提到这个名字,难道自己跟那个叫阿莲的女子长得相像?那个洲上的阿莲是个怎样的女子呢?梅子一阵迷惑,又禁不住好奇起来。她对着天空喃喃"阿莲阿莲",就像回味小时候吃过的牛皮糖,甜丝丝的。

梅子总是在黄昏时分走进花家超市,仿佛赴一个约会。

梅子第一次走向花家超市时,看见老板娘花子倚在门边嗑着瓜子。那个本地女子面相看上去四十来岁,可身材苗条得像个少女,显得有几分怪气。梅子看见她对自己笑了一下,那种笑似乎在暗示什么,便有些犹豫,脚步缓了下来。"你是来买洗面奶吧?"花子熟络地说,"我店里有呢。"梅子不知她是怎么知晓自己心思的,就走进超市果真买了瓶洗面奶。梅子觉得那个叫花子的女人是个好谈得拢的人,之后便常常来超市闲聊。花子说话总爱岔开话题,有时莫名陷入沉默,这让她俩的对话就像黄梅时节断断续续的雨。

"花姐,你认识洲上的那个叫阿莲的女子吗?"梅子忍不住问道。

花子闻声盯着梅子,忽地心领神会地笑起来,一脸同谋的表情:"认识啊!阿莲是咱们洲上最好看的女子。你是晓得的,咱们老街人舌头根子不饶人,可没人不说阿莲好的!……她黄梅戏唱得好听着呢!"

梅子有些兴奋,仿佛花子说的那人是梅子自己。

"阿莲小时候就好懂事……她只有娘,她帮她娘做棉花糖卖……"花子眼神缥缈起来,"她书念得好,考上了卫校,又回到洲上卫生所当医生了……"

"那她现在在洲上吗?"

"不在了……那年冬天,她娘在街上青石板上滑了一跤就去世了。她娘入土为安后,她就走了……听说去了南边。"

梅子觉得有些遗憾,她真想见见那个叫阿莲的人。

时间流沙一样漏着,梅子执拗地问着阿莲的往事,花子艰难地回着话,恍若在隔世的回忆里捕捞什么。偶尔来往的街人也会插上几句,零零碎碎地说起有关阿莲的事儿,说时微笑地注视着梅子,热烈地赞叹着。于是,一个女子在梅子的想象中出现了:那个女子小时候清秀、乖巧、讨人喜。她在洲上小学校的操场上,涂红着小脸,跷起兰花指唱起黄梅戏:为救李郎离家园,谁料皇榜中状元,中状元着红袍,帽插宫花好新鲜哪。我也曾赴过琼林宴,我也曾打马御街前,人人夸我潘安貌,谁知纱帽罩呀 啊罩婵娟哪——那风情万种的小模样儿引得街人拍掌叫好。那个女子当医生时,留着俏丽的短发,穿着白大褂,坐在白色的房间里。她打针很柔很轻,让人不觉得疼,就连三岁的伢儿都不会哭出声来——那人就叫阿莲。她在街人的话语中,就是善良的小鹿、漂亮的孔雀,虽然街人谁也没见过鹿和孔雀。梅子知道街人对阿莲的叙说多少有些添油加醋,但她还是听得心荡神摇,有时会偷偷掏出坤包里的镜子,看看镜中的人会不会是阿莲。她能感觉到街人对自己有着莫名的赞美和期待,似乎她与阿莲有着神秘的关系。

没事时,梅子总回想着街人所说的阿莲的事儿,想着想着,忽地觉得哪儿不对劲。她细细地把自己到和悦洲后的所见所闻捋了一遍,发现街人模棱两可的话里,似乎有着把自己当作阿莲的可疑,就连婆婆都失口叫过自己阿莲。梅子有些恍惚了。

坐在花家超市里,梅子看着扭着屁股转来转去的花子,忍不住又问:"花姐,那你认识我吗?"

花子似乎觉得这话问得奇怪,盯着梅子的脸,片刻咯咯笑了:"我当然认识你,你小时候总爱屁颠颠跟着我呢!"

"不,我不是洲上长大的……"梅子辩解。

花子收住笑,有些不耐烦:"好啦好啦!怪不得街人都说你变了,患上失忆病了!"

梅子一愣。

花子自觉失口,慌忙转过话头:"那个谁,你这肚子怀上几个月了?"

"四个月。"梅子心里疑惑,嘴上老老实实答着。

"唉,我要是能生养个伢儿,多好啊!"花子叹了口气,看着梅子的肚子,眼里长出了钩子。

梅子赶忙扶扶肚子,打个招呼急急地走出超市。她记得婆婆叮嘱过,说花子没有生养过,患过花疯病,看来花子的话未必能当真。梅子知道这个洲上流传着各种各样的说法,一个石槽、一块门板就能引出往日的故事,一条小巷、一个人名就能牵出谜一样的传说,那让老街弥漫着氤氲水汽,有一种不真实的感觉。

那天黄昏,梅子从花家超市走出后,在二道街的墙角看见一个老人。老人坐在墙根下,在渐凉的日光下打盹。梅子拖着鞋吧唧吧唧走过去,老人突然睁开眼说:"你怀的是女伢!"梅子疑惑地站住,看着日光从老人凸起的颧骨上跌下,刚想问什么,老人却垂着眼佝偻着身子走回了屋里。梅子觉得自己在梦游。

天终于亮了,梅子长长舒了一口气,从遥远的梦里醒来,一点一点地回到和悦洲,柔和的晨光被清新的水汽摇曳着,栽在床前的小窗上。也许是怀孕的缘故,梅子觉得洲上的日子过得昏昏沉沉的,就像在做梦。而在这个长梦里她又做着梦,梦见自己的过往还有姐姐,恍若走在长长的甬道,总想跑到尽头。

在梦中,姐姐总站在淡淡的雾气里,那雾霭是从不远处的山谷里流来的,把山村染得淡墨似的,把姐姐浸得像模糊的照片。梅子出生在大山里,那里有稠密的竹林、盛夏的蝉鸣,还有斑鸠的咕咕叫声。她有个姐姐,村里人都说姊妹俩是同一个模子刻出来的。可梅子觉得姐姐比自己好看,而且妈妈对姐姐比对自己好。姐姐有个竹子做成的小衣柜,里面挂着她的新裙子、白衬衫和花花绿绿的发夹。而梅子只能捡姐姐的旧衣物穿用,虽然那些东西并不破旧,却总有姐姐的体温和气味。梅子常常趁家中无人,偷偷打开竹衣柜,穿上姐姐的衣服扭来扭去,那长袖宽腰的感觉就跟穿上戏服似的。她学着姐姐的样子,甩甩长发,踢踏皮鞋,捂嘴轻笑,觉得自己在那一刻就是姐姐,应该能引得妈妈和村里小男孩另眼相看了。

十二岁那年,妈妈给姐姐买了件碎花裙子。梅子在一个鸡蛋黄一样的黄昏又偷偷拿出碎花裙穿了起来,可一不小心被裙带绊倒,膝盖跌得隐隐地疼,就像有条蛇在腿里游动。梅子生气了,委屈了,头被火气烘乱了,突然拿出剪刀咔嚓咔嚓把碎花裙剪成了一朵朵花。她心里害怕,却又有着快意,像被蚂蚁啮咬着。

家人回来后,一声惊叫终于响了,姐姐从竹衣柜里捧出大把大把的碎花,哭着喊:“我的裙子! 我的裙子——”

梅子早有预料,一直在惴惴不安等待那惊叫声,可听见姐姐的哭声还是战栗了一下。

妈妈手忙脚乱地从厨房里跑来,看见一地碎花布,脸就像石榴爆开了,嘴唇哆嗦:“这……这是谁干的呀?”

梅子向门外缩去,可还是被妈妈和姐姐的眼神抓住了。她彻底被自己出卖了,眼里满是畏惧。

姐姐哭喊:“梅子,是你!”

妈妈怒骂:“梅子,你怎么能干出这种事!”

梅子惊恐地向后退去,却发现自己离妈妈和姐姐的脸越来越近。她也哭了,边哭边喊:“我为啥不能有新衣? 我为啥不能有新衣——”她觉得自己的哭声就像一根细丝飘在山风中,转眼被村头的狗叫声吞没了。

之后,梅子被妈妈狠狠地打了一顿。姐姐脸上还挂着泪,却喊:“妈,别打梅子了! 我不要花裙子了!”妈妈没停手,气咻咻地说:“好端端的新衣服被她糟蹋了! 不让她长点记性,长大了还了得?!”妈妈骂一句,抽一竹梢,咧一下嘴,就像是在抽打她自己。

那次竹梢之疼被梅子记住了,记得很深,就像铁铧犁过一样。她终于明白自己只能活在姐姐的旧衣服里。

　　长大后,梅子跟姐姐都去南方城市打工了。梅子能挣钱了,开始拒绝穿姐姐的衣服,甚至买了和姐姐同一款式的衣服都会扔掉,虽然那时她穿姐姐的衣服很合体了。梅子打电话回家时,常被耳背的妈妈当作姐姐,她就模仿姐姐的口吻跟妈妈开玩笑,直到妈妈听出破绽才收住恶作剧。姐姐也说妈妈总把她的电话当作梅子打的。这怨不得妈妈,她姐妹俩的声音太像了。

　　后来,姐姐在南方城市不知怎么就没了音信,就像一粒盐融化了、蒸发了。梅子预感到姐姐已不在人世,有段日子,她莫名其妙地浑身疼痛,发热,呕吐,在出租房里躺了三天,就像死过一回似的。她觉得一定是姐姐出事了,她和姐姐从小就有心灵感应,只要姐姐一牙疼,她的脸就会肿起来,也许姐姐的身上有另一个梅子。可梅子不愿相信那是事实,她盼着姐姐能在某个冬天归来。她不敢把那种感觉跟任何人说,那会让家人绝望的。梅子只是回家更勤了,有时觉得是替姐姐回家。妈妈看见梅子回来就高兴得手忙脚乱,总笑眯眯地看着梅子没完没了,看着看着,眼神就会悲凉起来,梅子知道那是妈妈从自己的身上看到姐姐了。梅子想:姐姐要是能回来,自己愿意一辈子都穿她的旧衣服。

　　和悦洲的夜晚,梅子梦见姐姐时,总看见姐姐身上沾满露水远远地站着,可走近时就没了影子。有时,她看着姐姐,看着看着,姐姐就变成了另一个自己,就像照镜子似的。有时,她热切地喊"姐姐姐姐",可姐姐回头一笑,却说她叫阿莲。梅子当然知道姐姐的名字不叫阿莲。

　　梅子走在街上,寻找起洲上阿莲曾经住过的老房子。她好奇,情不自禁,觉得那里面藏着个谜,甚至藏着自己的姐姐。

　　据花家超市老板娘花子说,阿莲以前就住在江边的老屋里。那个老屋已经空了,门前长着蓬蒿,门上挂着锈迹斑斑的铁锁。梅子在那老屋门前的青石板上站了许久,才上前试着推了推门。铁锁啪地落在地上,门就开了。梅子悄手悄脚地走了进去。屋里跟婆婆家没有多少差别,只是家具上的红漆剥蚀得更厉害些。梅子觉得屋里有种诡异的气氛,有些害怕,却又被什么吸引住了。她走上阁楼,那儿的摆设跟她想象的一样,绿窗布,小衣柜,还有个老式的梳妆台,就像曾在梦里来过一样。可是阁楼里没有女子用品,空荡荡的。梅子有些失望,就在她转身欲走时,看见木板墙上挂着一张照片。照片上,一个女子侧着身子站在晨光中,面容模糊难辨,她梳着齐耳短发,穿着大红旗袍。在风中飘摇着。梅子拿下照片走去,她听见木楼梯咯咯吱吱响,似乎是那个叫阿莲的女子的脚步声。梅子越走越快,慌慌地逃了出来。

梅子抱着照片回到婆婆家,坐了许久才让怦怦乱跳的心安静下来,才把一丝不安驱走了。她用手绢擦去照片上的灰尘,仔细地端详起来。照片上的女子仍然像朦胧的晕月辨不清面目,那身大红旗袍却格外抢眼。

梅子看着看着,恍惚间女子从照片中走了下来,旗袍随着苗条的身子起伏着。

"我认识你,你叫阿莲。"梅子说。

女子轻轻一笑:"我也认识你,你也是阿莲。"

"不,我叫梅子。我有个姐姐不见了。"

"不,你姐姐就在你身体里,我也在你身体里。"

"那我呢? 我在哪儿?"

"你就是我啊!"

梅子一急,睁开眼,发现自己在跟照片说话。她转过脸眺向窗外,看着街人来来往往的身影,忽地脑子里冒出个念头:她要按着照片上的女子,给自己做一件大红旗袍。那样的话,街人看见自己就会惊喜不已,认为阿莲又回来了。梅子激动起来,她看见屋角有台老式缝纫机,便决定买块红绸做旗袍了。

在连绵的雨天里,和悦二街 8 号那间老屋里,缝纫机声夹着滴滴答答的雨水声响了起来。梅子在山村的家里学过刺绣,在南方城市打工时做过服装厂女工,但做旗袍还是第一次。她用木尺比画着,用剪刀剪切着,一针一线缝织着,边做边想着自己穿上旗袍的样子,有种即将穿上新嫁衣般的兴奋。渐渐地,梅子把绸布变成照片上的旗袍了,就连胸前的那朵荷花都绣得一模一样。她觉得那种针线活让她洲上的沉闷的生活生动起来。她边做边忍不住哼唱起大山里老家的歌谣:一绣红牡丹/针儿亮闪闪/穿一根丝线线/把我的郎心拴/二绣出水莲/红线配绿线/莲心苦来藕节甜/莲丝拉不远——有时,梅子也跟照片上的女子说说话,她恍惚觉得自己和照片上的人被细密的针脚缝在一起了。

旗袍做好了,可雨还在下,斜斜的雨幕笼罩着水中的和悦洲。梅子等着天晴,等着天晴时穿上亲手做的旗袍走入街人的目光,那个小小的阴谋让她心情急切。可漫长的雨季还没有停下来的迹象,婆婆总喋喋不休地抱怨着水缸里的苔藓与老天爷,梅子忽略着雨水腐霉的气味,尽量想象着自己以阿莲的面目出现在街上的情景,可总觉得哪里隐隐有些不妥。那天,黄梅歌从街上湿湿地传来,梅子突然醒悟过来,那不妥之处就是黄梅戏:自己不仅要穿上大红旗袍,还应该像阿莲一样能唱黄梅调儿,那样才能像洲上的阿莲。梅子找出婆婆家的老式录音机,翻出一盒黄梅戏磁带,反反复复听起来,边听边学唱着。那盒磁带叫《女驸马》,封面上有个女扮男装的女子,身穿红袍,帽插宫花,一副欢天喜地的样子。梅子哼唱着黄梅调儿,觉得嘴里含了颗樱桃,慢慢地沁出一丝滑溜溜的甜味儿。她越唱越顺口,越唱越觉得那就是从自己心里流出来的,甚至在与婆婆说话时也忍不住用上了那戏里的念白。有时,她恍惚觉得山村、姐姐只是自己的前世,而自己的今生就是在这个戏润流年的洲上长大的。梅子唱戏时,婆婆总侧耳听着,抿嘴轻笑,似乎被水浇灌着,间或很理解梅子似的,察看着门外的天色说:"莫急呵,雨天就要过去了!天就要放晴了!"梅子就笑,她没有发现窗外洲上的树木和花草在雨季里变了颜色。

雨果然停了。当晴朗的日光从雨季的缝隙里透出来时,街人纷纷走出家门,走上老街,似乎在奔走相告着喜讯。梅子兴奋起来,她看见窗外的屋顶上,一只鸽子在久违的日光下啄食着自己的羽毛,恍惚觉得自己就是红色的鸽子。她精心地穿上大红旗袍,领着婆婆家的黑狗,走进街上的人流,仿佛去赴一场蓄谋已久的演出。她走得很轻快,摇着秀颀的身段,在青石板上滑行着。花家超市前聚集着街人,他们在说着天气,在购买油盐,在传递着被雨季封锁已久的消息。最先看到梅子的是花子,她倚在门边嗑着瓜子,一见梅子就惊呼起来:"阿莲来了!"街人闻声把目光聚向梅子,疑惑着期待着欣喜着,目光热热烈烈地飞舞起来,交头接耳声像浪花涌起:"哦?果真是阿莲!""看她的大红旗袍哟!""她的失忆病好了啊!"……梅子心里欢叫,觉得自己被街人的目光撕裂了,又缝合出一个新的人,那个新的人是阿莲还是姐姐,她一时没来得及细想。忽地,一街人喊声传出:"阿莲,你以前黄梅戏唱得可好了!来一段哦!"梅子脱口而出,一腔黄梅调从嗓子里被唤了出来,飘在老街的上空:为救李郎离家园,谁料皇榜中状元,中状元着红袍,帽插宫花好新鲜哪。我也曾赴过琼林宴,我也曾打马御街前,人人夸我潘安貌,谁知纱帽罩呀啊罩婵娟哪——梅子在晕眩中听见不远处的江水拍起掌来。

三天后,梅子仍穿着大红旗袍招摇在老街上,她在渡口又看见了那个算命先生。那个聋目男子面前的石板上,无声地转动着一块铜钱,铜钱的光芒让梅子忆起了什么,却又想不清楚,就直直地愣在那儿。

算命先生抬起头:"你要算一卦吗?是婚姻还是财运?"

"我要算算我是谁。"梅子觉得脑子里黏住了,摇晃起头来。

算命先生一笑:"你莫要欺负我是个瞎子! 你不就是阿莲吗?"

梅子点点头:"是啊,我就是阿莲。"说着喃喃着"阿莲阿莲",向长街走去。

不知走了多久,那个叫毛头的男孩一阵风似的跑来,拦住了梅子。

毛头仰起脸盯着梅子:"你不叫阿莲!"

梅子一愣:"小伢儿别胡说! 我就是阿莲!"

毛头诡谲一笑:"我到派出所查过了,咱们洲上从来没有叫阿莲的人!"

那张照片、大红旗袍,还有黄梅调,足以证明自己就是洲上的阿莲,那孩子是不是有病? 梅子不屑地摇摇头,径直向前走去。

一朵红旗袍就这样在和悦洲上飘来飘去了。

NO.3　寻找毛头

和悦小学查老师走进教室,是在红色的日头跳在江面上的早晨,江风在他的身上凝起微小的盐粒就吹走了,但他知道到了黄昏,那些风还会回来的。

这是九月的早晨,查老师刚从师范毕业分配到和悦洲上任教,他是洲上长大的,去城里读了四年师范,就从一个皮肤黝黑的乡村少年变成白皙斯文的老师了。他熟悉这个长江里的沙洲,可并不熟悉孩子,因而点名是第一节课必须要做的。查老师昨晚就翻看了学生花名册,用《康熙字典》把几个生僻字查找了一下,以免点名时读错字。那些学生的名字大多像洲上的植物一样常见,可他拿不准那个叫"毛乐"的学生是"毛 lè"还是"毛 yuè",多音字多义字真是个麻烦。不过,他自信能巧妙解决这个问题。于是,在这个寂静的早晨,查老师开始信心十足地点名了。他在点名时重新温习了这所学校曾经有过的鸟叫。

"王小波""到!""马原""到!""余苗苗""到!"……查老师看见学生们此起彼伏,就像不远处的浪花。

该到"毛乐"了,查老师推推鼻梁上的眼镜,在黑板上写下"乐"字:"同学们,这是个多音字,可以读成快乐的'乐',也可以读作音乐的'乐'。我们班那位同学叫毛 le 还是 yue 呀?"

一女孩举起小手:"报告老师,他是快乐的'乐'!我们都叫他毛头。"

毛头?查老师愣了愣,记起街上毛婆婆的孙子叫毛头,看来那是他的学名了。查老师目光快速地搜索一遍,没有发现那个长着雀斑的男孩:"嗯?毛乐同学呢?"

"老师,毛头前天就不见了。"

"唔?他怎么不见了?"

"听街人说,他钻进余家大院就没出来,他奶奶都急哭了。"

查老师疑惑起来,他知道余家大院是当年洲上首富的旧宅,那里有九百九十九间半房屋,重门叠户,曲径回廊,是个容易迷路的地儿,可毛头会在那里失踪还是多少有些蹊跷的。查老师看向窗外,洲上老街正散乱着渐热的日光。他忽然觉得街上鳞次栉比的木楼遥远起来,宛若一节沉静的树木随着江水漂动起来。

查老师想:等到放学,自己去把那个叫毛乐的学生找回来。

黄昏时分,查老师被放学的孩子簇拥着向余家大院走去,就像领着一群叽叽喳喳的鸟儿落入夕阳编织的网里。余家大院早已人去楼空,被文管部门列为重点保护单位,由一个头发斑白的老人看管着。街人都叫老人所长,他就吃睡在古宅门前的小房子里,跟岗哨似的。查老师知道要想进入那个庞大的空宅,必须要经过所长同意,这是必要的手续。查老师熟悉一些叫"所"的机构的办事程序,对那些机构怀有敬意,不到万不得已不会麻烦他们。幸好,所长是个和蔼可亲的老人,有几分像师范学校教古代汉语的教授,他胡须杂白,宽边眼镜后露出睿智的光芒,只是年龄有些可疑。查老师走向所长时,所长正患着严重的关节炎,只好坐在门前的竹躺椅上接待他。

"你是查老师吧?"所长想起身表示礼貌的欢迎,可终究没有站起来,抱歉地指指自己的膝盖,"你来找我有事吗?"

"所长,您好! 我想进余家大院。"查老师躬着身。

"哦? 为啥?"所长眼镜片后闪过警觉的光。

"我要进去找个学生。"查老师笑笑,"还盼您能许可。"

"那你写个申请吧。"

查老师赶忙将早就写好的申请书递了过去。

查老师的早有所备出乎所长的意料,所长微微皱起眉头,似乎有点生气,瞥瞥申请书:"你这申请理由不充分,这个古老的建筑物不是捉迷藏的地儿,怎么能随随便便进去找人呢?"

"可是我的学生毛乐就在里面呀,他已经两天没出来了。"查老师有些急躁了。

"不可能! 没有人能不经我的允许乱闯进去的! 你这是对我工作的怀疑!"所长果然生气了。

查老师赶忙赔笑:"所长,我怎么能怀疑您的工作能力呢? 我读过您的著作《和悦洲史》,您的著述严谨和对和悦洲历史负责的精神,一直让我敬佩不已。"

所长严肃着脸想了想:"那好吧。我同意你进去,但只许你一个人进去,那些伢儿不行!"

"可是……人多才好把毛乐快点找出来呀。"

"我说不行就不行! 这里是重点文物保护单位,怎么能让那些小伢儿到里面胡闹呢? 里面的一砖一瓦都是宝贵的文化遗产,毛手毛脚的伢儿碰坏了啥,谁能承担这个责任?"

查老师知道不应该对所长使用否定的语气,只好点点头,接过所长盖上图章的申请书,回头向学生们挥挥手,朝着余家大院铜环叮当的木门走去。他恍惚听见所长的冷哼声"你注定一无所获",惊回头,看见所长的身后一排栅栏被风刷出绿漆来,脚下犹豫了一下,但仍向前走去。

查老师还是迟钝的乡村少年时,曾走进过余家大院。那年夏天,洲上中学举行防空预警训练,一到夜半时分就有模拟的空袭警报呜啦啦地鸣响。洲上中学生都要去余家大院值勤,任务是来回巡视并在警报拉响时把院子里的灯全熄掉,以免被假想的敌机轰炸。这个演习的起因是,曾经繁华的和悦洲在某个岁月被日兵的飞机狂炸过。

于是,那个夏夜,少年查和同桌抱着被单、军用水壶、手电筒和连环画,兴奋地走向余家大院。他俩没有钥匙,就站在门前高喊:"钥匙!"半晌,门前菜地里钻出个老人,不耐烦地看着他俩:"小伢儿,吵啥吵?"同桌挺挺胸脯:"我们是和悦洲少年防空大队的!快开门让我们进去值勤!"老人慢腾腾地打开门,少年查和同桌一副重任在肩的样子,雄赳赳地走了进去。

余家大院里橘黄的灯光前前后后、上上下下闪烁着,就像落入海里的星群。少年查有些紧张,悄声说:"我俩真的要在警报响时,把那么多屋里的灯泡一个一个关掉吗?""当然喽。只要有一点光亮,就会招来敌机轰炸的。"同桌说。"可是……屋子那么多那么黑……"少年查被自己的声音吓住了。同桌笑笑:"我有办法让那些灯一下子全灭掉!""啥法儿?"少年查连声问,可同桌就是不说。少年查无奈,只好拿起连环画,坐在大厅的太师椅上翻看起来,看着看着就入了神,不知同桌跑到哪儿去了。突然,一阵警报声尖厉地传来,少年查心脏狂跳,差点从椅子上跌下。接着,啪的一声,院落里的灯不约而同地全熄灭了,瞬间变成了黑黢黢的洞穴。少年查又怕又慌,喊起同桌的名字。同桌的声音从黑暗中传出,先是怪谲的笑声,然后是得意的低语:"怎么样?整个院子里的灯全灭掉了吧!"少年查摸索过去,一把抓住同桌:"你是咋干的?""很简单哦,我把大院的总开关切断了!"少年查这才恍然大悟。他紧紧抓住同桌的手,空空荡荡的院落里飘来飘去的黑风,让他的皮肤打起皱来。同桌并不害怕,吹着口哨,与警报声遥相呼应着。少年查闭上眼,等待着警报消除,忽地觉得手热起来,睁眼看见一朵火苗从手中的连环画上蹿出来舔着自己的手,便慌忙扔掉。同桌微笑着,扬扬手里一根烧焦的火柴,显然是他把书点着的。少年查刚想骂人,却看见那团火在木窗上烧了起来,失声惊呼:"火!火!"同桌一愣,抓起什么向庭院跑去,片刻跌跌撞撞跑回,将一瓢水泼向雕花的窗牖,把那朵火扑灭了。同桌扔下木瓢,喘着气:"妈呀!幸好庭院里有八个水缸!"少年查蒙蒙地说不出话来。警报声终于停了,少年查和同桌打开手电筒对照着,面面相觑着,之后一直坐在前厅里,一夜没睡着。

这是少年查的一次冒险经历,现在想起来他已记不清余家大院是什么样子了。

这回,查老师又摇着手电筒,向那个庞大的建筑物走去了。一进院子,一股黑色像蝙蝠般扑了过来。查老师在大理石的照壁前站了许久,才适应了院里的光线。这是个大庭院,青石板铺着平整的地面,左右对称地摆放着八口水缸,里面的水已经发绿,漂着荷叶和浮萍。前面,一座座小楼角檐层层叠叠,一条条门道曲径通幽,一扇扇厚笃的门板已经旧黑。查老师看了看,走进厅堂,穹形的藻井盖了下来,那是由雕花的板榫拼成的,被红漆圆柱顶着,就像灰色的天幕。查老师小心地打开从洲上图书馆抄来的余家大院结构图,细细地看了起来。他知道这个院子入口虽小,但内里幽深,藏着曲折、回旋、重叠的建筑体,由厅堂、藏书楼、后罩楼、西式洋楼和近百间卧室组成,若不画出个路线图,可能会迷路的。他环顾四周,咬着笔尖想了想,用红笔在结构图上画出一条扭来扭去的线来,就像一条红蛇游过黄昏,游过余家大院。

于是,天就黑了,查老师开始寻找毛头了。

查老师走上藏书楼，在朦胧月色中看见一排排木架上书籍早已荡然无存，空白处落了一层灰尘。楼里空空荡荡，显然藏不住一个孩子。查老师仔细地把角角落落搜索了一遍，转身欲走，忽地看见八仙桌上还残留着一册线装书，从窗外飘来的几滴雨水濡湿着那薄薄的宣纸。查老师忍不住好奇，走到桌边，伸出食指翻了翻。那是一册类似于家谱的影印本，上面记载着余氏族人开枝散叶的事儿：

> 余庚生，开中泰商行，生子四人。大子余正伦，碍于行走，潜心书画；次子余正纲，承续祖业，光耀门庭；三子余正邦，投笔从戎，兵镇一方；四子余正家，潜隐乡野，不知所踪……

查老师正看得入迷，忽见人影飘来，骇然站起，发现不知何时所长已提着灯笼站在了自己身后。

所长径直坐下，在灯光下更显老态。他手指鸡啄米似的点了点："查老师也对历史感兴趣？"

"不，不……"查老师局促地坐下，"我只是随便看看。"

所长宽容地笑笑："据我考证，你要找的那个叫毛乐的伢儿，是当年余家四少爷余正家的嫡亲重孙。"

"哦？是吗？"查老师捧起那册书，"可这书上不是说余正家不知所踪了吗？怎可料定毛头是他的重孙呢？"

所长把目光投向窗外，宛若江中的水草："你是知道的，余家老太爷余庚生做过清朝官员，后弃官经商，贩运盐业而创下家业。他曾从景德镇买来瓷器若干，打碎后铺了老街半条街，为洲上首富。他的大儿子幼年因火伤足，腿瘸了，因而深居简出，书崇北海，画仿其昌，一生无成，只留下这座藏书楼。二儿子承继祖业，为反动劣绅，在1958年被政府枪决了。三子上过黄埔军校，当过国军师长，后流亡台湾。至于第四个儿子，因参加新四军游击队，被逐出族门，因而这本书上只能含糊其词地说他潜隐乡野了。"

"那余正家后来怎样了?"

"新中国成立后,他当上了皖南某县县长。他的革命事迹在史料上多有记载,不过,他更名改姓叫毛正家了。"

"是这样啊!"

"毛正家老来得子,他的儿子食量太大,在三年困难时期,因偷吃人民公社食堂的馒头被关了起来,后来饿死了,遗下一子,就是毛乐的父亲,后来的事儿你都知道了。"

查老师顺着所长的目光看去,隐约可见院墙上风中摇摆的马齿草,倏地觉得历史就像盘根错节的树。

所长眼镜一闪,像是看透了查老师的心思:"查老师,历史不是树,应该像个鸡蛋,光滑细密,无懈可击。可是,我研究和悦洲历史已有五十余年,却还是发现疑窦重重,让人迷惑不解⋯⋯就像我的关节炎。"说着颓然摇着白发。

"哦,是吗?"

"是啊!比如坊间传闻,那老四余正家原本就不是余老太爷的亲生儿子,老二余正纲乐善好施德望乡里⋯⋯"所长说得太快,气喘不均咳嗽起来,既而感叹,"历史哪能如此分岔纠缠啊!"

"那您相信那些说法吗?"查老师发现灯下所长头颅的影子显得硕大无朋。

"我知道历史研究要有科学精神,不能相信那些说法,可又不得不信。"所长显得很苦恼,"你是知道的,我已年近八旬⋯⋯就在我九岁那年,也就是公元 1941 年,那年春天,在倒春寒的天气里,我在江边的芦苇林里,亲眼看见渡江战役打响前,二少爷余正纲在江边点起了篝火,后来,信号弹就飞上半空,一只只木船从江北驶来了。再后来,我看见四少爷毛正家领着游击队从芦苇林里走了出来,俩兄弟没有称兄道弟,却互称同志,抱在一起笑起来。我不会认错他俩的,老二胖胖的身子裹在黑马褂里,老四穿着对襟衫瘦得像苇秆……显然余正纲并不反动,而是共产党地下人员……"

"这也有可能,人们有时会遗忘一些细节的,历史也是。"查老师觉得历史是个碎裂的瓷瓶,很难严丝合缝重新拼合的。

"就算别人会忘记,可是毛正家能忘了那事吗?"所长激动起来,皱脸上濡上红晕,"就是他……在大关口码头亲自下令把余正纲枪决的!那也是我亲眼所见的,当时余正纲跪在青石板上,一声枪响后太阳穴就爆开了!"

查老师身子一震,耳中穿过一声尖厉的呼啸声。

所长说了太多的话,有些疲倦了,声音缓下来:"我老了,脑子坏了,那些记忆或许并不可靠了。"说完提起灯笼,跛着腿向楼外走去。

查老师如坠梦中。

所长忽地转身:"你知道为啥这藏书楼里没有书吗? 那些古书都被我一把火烧掉了!"说着诡秘一笑,身影消失而去。

查老师惊愕片刻,又翻看起那册影印本。在那本书的最后,他发现了"毛乐"的名字,那名字无根无源,突如其来,就像块坚硬的石子。查老师恍惚起来:难道毛头会藏在那薄薄的卷页里?

查老师在余家大院的过道、走廊里梭巡了很久,也没看见毛头的影子。他越找越急,踩着零乱的手电筒光,向着后罩楼走去。他知道后罩楼是旧时女子居住的地儿,乡间叫它绣楼。查老师踏着粉尘纷落的楼梯走进后罩楼二楼时,看见一树烛光幽幽地亮着,照着一对瓷花瓶和落地镜,那瓷光镜影直晃眼。

查老师刚抬脚而入,就听女子的唤声传来:"查老师,快来看哦。"

查老师闻声看去,看出那女子是学校教音乐的余老师,难道她也是经过所长许可,进来找毛头的?

查老师犹豫了一下:"余老师,你找到了?"

余老师扬扬手里的纸片："我找到一张照片呢。"

查老师有些失望，这才细看起余老师。余老师是个好看的女子，她喜欢站在香樟树下弹手风琴，那风琴的琴键黑黑白白，就像时光的牙齿。此时，她正扭着腰肢，在烛光下摇曳生姿着，让查老师恍若进入了《聊斋》传说。

查老师笑笑："余老师，你怎么来了？"

"我有钥匙啊！"

"唔，你怎么会有钥匙？所长是不会把钥匙给任何人的呀！"

余老师眼里闪动着秘密，故意压低嗓子："这里原本就是我家的老宅，我小时候就住在这里……那时我就把这个钥匙悄悄留下了。"说着神秘地举起一把钥匙晃了晃。那是一把铜钥匙，磨得发亮，看上去有些年头了。

查老师记起，以前是有个梳羊角辫的小女伢常从这座大院里探出头来，后来那个女伢搬到外地去了，想来余老师就是她了。

"真可笑！这座老宅子原来住着人，到处是欲望、算计、阴谋、背叛……现在却成文物了！"余老师一脸嘲弄，"我一直不明白，为什么它不被一把火、一场大水毁掉！难道我的先人在建造它时，真的把防火防水功能修得那么完善？"

窗外，一阵风吹来，吹得看不见的尘埃纷飞。查老师怔怔地看着余老师，恍若隔世。他口吃起来："你……你也是来找毛头的吗？"

"毛头？你说的是那个脸上长着雀斑的男伢吧？你知道他为什么躲进这个大宅子吗？"余老师的脸色在烛光下有些怪异，"他是被我们吓坏了，吓得躲进来的！"

"不会吧？你们吓唬他干什么？"

"我们不是故意的。"余老师垂下眼睫，"那天，我和一个男人……在做爱，被毛头看见了，他怪叫一声就跑了，跑到这儿来了。"

"什么？"查老师讶然，脸红了起来。

"这有什么大惊小怪的?"余老师嘴唇闪出挑衅的红色,"你还没做过爱吧?"

一阵淡淡的桂花香飘来,查老师盯着余老师,他看见了两条长腿的裸白、一对乳房的起伏,还有一张大胆而轻佻的脸,心朴朴乱跳起来。

余老师像猫一样笑着:"你好像有些羞涩,来,让我教教你。"说着抓起查老师的手放在她胸前,"你掂掂,像不像小香瓜?"

查老师抓住"香瓜",身子战栗了一下。他想起街人的传言,说余老师是洲上最有教养的女人,说她与在小城钢铁厂当工人的丈夫离婚后,一直住在洲上。查老师没谈过恋爱,但不妨碍他把手伸得更深入。他在柔软中积蓄起血液和勇气,手掌波澜起伏地游动起来。

余老师满意地点点头,身子温软下来。

查老师知道自己体内有条河流,在漫长的时间里,一直在寻找出口,现在终于如愿以偿了。

后罩楼在激烈地摇晃之后,慢慢恢复了平静。查老师疲倦而空虚地睡着了,他闭上眼时看见余老师手中的照片像枯叶般落下,那个照片中穿旗袍的女子跟余老师像极了。查老师躺在松干的木地板上,忘了找毛头的事儿,连自己都不知身在哪儿了。

手电筒光被余家大院里蒸腾的黑色一口一口吞没了,但查老师仍小心翼翼地沿着手电筒光寻找着毛头。他屏住呼吸,在天井、楼梯、走廊里穿行着,却没找到一条人影,甚至觉得自己都融化在黑色里了。忽地,他听到笑声从假山后传来,寻声望去,只见一座西式洋楼竟然灯火通明着。查老师知道自己一定是在做梦,他想既然已进入离奇的梦境,就得把这个梦完整地做完,于是好奇地向洋楼走去。那是座三层小楼,由洋红砖瓦砌成,矩形的建筑上顶着半圆形的拱顶,窗户上镶嵌着法式的蓝晶玻璃,在灯光下发出蓝幽幽的光。查老师越走越近,忽地看见毛头趴在窗台上向楼里窥视着,头发蓬乱得像长着苔藓的石磙。查老师禁不住上前,顺着毛头的目光看去。

在查老师狭窄的视野里,洋楼里被屏风隔成了左右两间,左边是个古色古香的戏台,台柱上挑着灯笼,一对穿着戏服的男女在咿咿呀呀唱着黄梅戏。女戏子手跷兰花,眉眼生春。男戏子甩袖拂手,恍若温文尔雅的书生。在氤氲的黄梅声里,查老师听着看着,觉得那男戏子有些面熟,细细辨之,发现那油彩的背后竟然是另一个查老师。他忍不住摸了摸自己的脸,摸出一手的油彩来。查老师赶忙向右边看去,那是个西式的舞厅,天花板上的吊灯发出冷清的光,与蓝晶玻璃交相辉映。一对对男女穿着民国服装,戴着面具,在光影下相拥而舞,舞影中还游动着一个男孩。一旁,老式留声机上指针在旋转着,就像古时的日晷。忽而,那个穿着背带裤的小男孩摘下面具,向窗外诡秘一笑。查老师在心里"哦"了声,看出那男孩竟然是毛头。

小楼里舞影绰绰,查老师分不清楼里楼外哪个人更真实,心急起来,即使在梦里,他也不习惯自己同时变成两个或更多的人。查老师想了想,欲走进楼去,可他的手被毛头紧紧抓住了。

查老师低斥:"毛头,放开我!"

毛头嬉笑:"查老师,你干啥去?"

"我要看看里里外外哪个是真实的你和我。"

毛头在黑暗中忽然变成所长,不紧不慢地说:"你以为你是谁?你可以是落魄的商人、神秘的江湖艺人、逃避兵燹的军人……只不过是在戏里戏外、前世今生不同而已。"

查老师觉得自己溺水般喘不过气来,发现时间错乱了。

那张脸一会儿变成毛头,一会儿变成所长,盯着查老师,又说:"时间不会乱,不过是在循环而已。"

查老师茫然了,他真想从这个梦里醒来,便狠狠地掐起自己的手,试图通过疼痛让自己的神志清晰回到现实,可没有成功。他觉得自己被不同的河流撕成了碎片,难以完整地收回合成一个人了。

查老师喃喃道:"怎么会这样? 怎么会这样?"

那张脸定格成毛头,他笑道:"查老师,我知道这个秘密,来,我告诉你哦。"说着身影向假山飘去。

"毛头,别跑!"查老师追去,脚下很软,像踩在厚厚的腐烂的树叶上。他看着毛头像云朵飘动,听见毛头的嬉笑如雨水般明亮地落下,伸手捉去,可毛头从他手里一滑就不见了。查老师慌了,喊:"毛头,你去哪儿了? 回来! 回来!"

院落里没了毛头的声息。

查老师站住,看见庭院里八口水缸落下八个月亮,晃动着墨绿的月影。他迷乱了好一会儿,抬起头看向天上的那颗月亮,扬起手抽打起自己的脸颊,真想把自己抽醒,好从梦里逃出来。

啪啪,啪啪,啪啪……

"查老师,查老师,查老师……"

查老师慢慢睁开眼,先看见一缕手电筒光,然后毛头的脸俯冲过来,便惊呼声"毛头"就醒了。

毛头笑:"你真是新来的查老师? 你怎么来老宅里了?"

"找你啊! 我总算找着你了!"查老师一把抓住毛头。

"那你怎么睡在这里呀?"

"是吗?"查老师睡眼惺忪,环顾四周,发现自己正坐在石凳上,便抬起眼,"毛头,你不是要告诉我秘密吗? 说呀!"

"啥秘密?"毛头一脸迷惑,"查老师,你做梦了吧?"

查老师迟疑起来:"你……难道没去小洋楼看人跳舞?"

"小洋楼那儿黑洞洞的,鬼才会去跳舞呢!"

"那你有没有去过后罩楼,就是绣楼……看到过余老师?"

"我一直在绣楼里藏着,没见到人啊。余老师去绣楼干啥? 她又不是大户人家的小姐。"

"那你有没有看见所长进来过?"

"没。那个所长爷爷有关节炎,胆子又小,虽说看管这里,却从不敢进来。他看见我进来时吓坏了,又不敢进来追我,嘻嘻!"

查老师这才长长地舒了一口气:"看来,我是真的做梦了。我现在不会还在做梦吧?"

"不,查老师,你已经被我叫醒了。"毛头咧开真实的大嘴一笑。

"那我们出去吧。"查老师拉着毛头的手,举着手电筒,沿着记忆中的红色路线图往回走。毛头东张西望,羊羔一样跟着。查老师边走边看,走过小洋楼时看见了老式留声机,走过后罩楼时看见了一张旗袍女子的照片,走过藏书楼时看见了那册薄如蝉翼的线装书,那让他心慌。查老师心有余悸:"毛头,你真是太调皮了!"

一对人影终于从院落里晃荡出来。

当查老师迈出余家大院的大门时,发现街上竟然还跳着夕阳。他急忙看向自己的电子表,发现时间比他走进大门时还提前了五分钟,便纳闷起来:是时间倒流还是电子表坏了? 正确的答案应该是后一项,因为现在的电子产品水货太多,有时不怎么靠谱。

毛头一走出大门,所长就上前威严地瞪着他:"你这伢儿,为啥要跑进院子里?"

毛头仰起小脸,看向天空:"我去里面找那只白色的鸟了。"

"找鸟? 找鸟干啥?"

"那只鸟看见我了!"

"哦? 看见你啥了?"

毛头瞥了瞥所长,边喊着"那只鸟看见我了",边蹦跳跑远。

查老师真的看见不远处的江面上飞着一只白色的鸟。

(原发《青年文学》2015 年第 6 期)

洲尾还有一个洲

去和悦洲之前，没料到长江汛期已经来临。我对气候缺乏敏感，只知冷暖，不知节气，甚至对天气预报都心存怀疑。这不怨我，我从小在城里长大，学的是工民建专业，干的是盖楼房的活儿，只关心高楼大厦拔节生长，不懂春耕秋收、潮涨潮落。我是康城房地产公司的老板，与老天爷打交道不多。我也没料到和悦洲会似曾相识，或许我曾经在梦里去过吧。

我从六岁开始就一直想去那个叫和悦洲的沙洲看看，那是我父亲做知青时下放的地儿。据说，当年父亲挎着上写"广阔天地大有作为"的黄书包，意气风发地去往那儿，可终究没有扎下根来，四年后以哮喘病为由返回银城，在城里当了一辈子管道工。在我印象中，父亲是家里的常驻客人，他除了用老虎钳、螺丝刀修理生病的电线、水龙头时颇为专注外，总沉默地枯坐在小竹椅上，心不在焉，眼神漠然，离我们很远。他对大事小事不闻不问，对家中成员客客气气，从没动手调教过我，甚至从没接触过我的身体，让我觉得能被他揍一顿真是件奢侈的事儿。母亲常常喋喋不休地抱怨父亲的魂丢在和悦洲了，像念咒一样，因而我一直想去那儿找点什么。

父亲从没跟我们说过和悦洲，只是在听到母亲提及那个地名时，白脸会变成猪肝色，喉结一上一下滚动，就像要蹿出老鼠来，但每次都引而未发，慢慢恢复了平常的神情。年老的管道工退休后写了篇回忆录,他满怀深情地回忆了他的童年时光,不无骄傲地记录了他在工作岗位如何任劳任怨,说他小时候常常在银城南郊看着火车咣当咣当远去,说他一生修理的地下管道可绕地球一圈,却没有记下和悦洲四年时光的点点滴滴,只是三次提到那个沙洲,突如其来而又疑点重重,就跟大多数历史学著作一样。他在回忆录的第一页写道:"和悦洲洲尾还有一个小洲,随着江水涨落变大变小。小洲上有座塔,三层六角形,远看像朵莲花浮在大江里。因为那个洲小,不能大面积种植花生、蔬菜,与和悦洲隔着湍流,洲人很少去那儿,或许根本没意识到它的存在。我偷偷去过那儿,那儿寸草不生,都是细密的沙土。走近时,我发现塔檐上摇响着锈迹斑斑的铜铃铛,而且塔很高,看久了脖子就会越来越长。我没敢爬上塔,只在塔下捡了些白里透着麻点的野鸭蛋,还有鹅卵石……"可在他第二次叙述中,那个洲尾的小洲却芳草萋萋,六角塔变成了寺庙,在秋虫鸣唱中,古刹钟声悠扬飘出,惊飞一滩水鸟。在回忆录结尾,那个洲尾的小洲的塔或寺又变成了尖顶教堂,他在那儿看见一对年轻男女疑似在野合。这三次叙述语焉不详,相互矛盾,可能是年老的管道工记忆紊乱的缘故。这怨不得他,可他对和悦洲只字不提,就有些故弄玄虚、欲盖弥彰的小说家的嘴脸了,那不是成心吊人胃口吗?

我一次次做好去和悦洲的准备,却因为这样那样的原因一直未果,比如年纪太小担心迷路、工作太忙没有闲空,甚至有一次都买好了车票,却因意外的尿急误了班车。这次终于如愿成行,得感谢我们康城房地产的售楼小姐苏敏,她是个勤奋的好员工,我和她一直相处得很安全,可三日前她对我说她怀孕了。这怨不得我,所谓智者千虑必有一失,我一再告诫我的员工们不戴安全帽禁入施工现场,我每次和苏敏做运动时都会精心挑选避孕套,不是杜蕾斯、第六感等知名品牌绝不使用,可那次我喝醉了,被她开车带到郊外,在酒精的鼓舞下,一时失控没有采取安全措施就开工了。我还记得那晚她那超分贝的叫声,可没想到会留下隐患。我早把妻儿送到澳洲找袋鼠玩儿了,不想再有不必要的麻烦,于是就对苏敏说:"做掉吧。"苏敏显得很痛苦,想了两个晚上才说让她打胎也行,但要我补偿她的损失。我不愿就范,倒不是因为舍不得钞票,而是有种被人算计的羞恼。我不喜欢被人抓住把柄被人威胁,我又不是长着小尾巴的老鼠,可苏敏就像个午夜的报警器吵个不停,真是烦透了。恰在这时,我在网上看到和悦洲招商项目公告,说那儿拟建个国际自行车训练基地,诚邀有实力的人士加盟。于是,我就千里迢迢向和悦洲进发了。

临行时,我去探望父亲。他和母亲住在一起,自从写完回忆录后就老年痴呆了。他忘记我们是谁很正常,可怎么会忘了自己是谁呢?那个病让他变得开朗甚至调皮起来,就像换了个人似的。他刚发病时曾突然抓住我的肩,对我眯眯笑,让我没来得及防备,身子一缩,眼睛就潮了。从此,他变得笑容可掬起来,开始心安理得地在小区广场上,跟着一帮老头老太跳起旧时代的舞,面色越发红润起来,就像长势良好的向日葵。说实话,失忆的老管道工更像父亲,虽然他已叫不出我的名字。我走进家里时,父亲正坐在电视机前看动画片《猫和老鼠》,笑得像个孩子。我喝着母亲泡的茶,好几次想开口告诉父亲我要去和悦洲的事儿,可话到嘴边忍住了,我不想让那个地名唤醒他的记忆。父亲也不说话,盯着电视傻乐,直到我打开防盗门欲走时,他才说:"走了?"我转过脸点点头。他又说:"别乱跑哦。"他的眼神有些古怪,似乎看透了我的心思。我有些恍惚,蓦然怀疑他的痴呆是装出来的,他要以此为由将前嫌旧账一笔勾销,假痴不癫有时也是一种智慧。

站在开往和悦洲的轮渡上,已是黄昏时分。我独自开车日行千里,就像一条鱼从人潮中游出,直扑向长江里的沙洲。我在网上搜索过和悦洲的信息,据说那个沙洲曾在清末民初鼎盛过,驻扎过清朝水师,开设过盐务督销局,上面有十三条纵横交错的街巷,码头上江轮穿梭,汽笛声声,当然那儿早已衰败了。我站在轮渡上,看着网上的和悦洲越来越近。轮渡轰响着,碾开混浊的江水,喷出雪白的水花。对岸洲上的吊脚楼愈来愈近,在风中飘摇着。轮渡上停着轿车、摩托车、婴儿车,坐立着菜农、游客和身份不明的人,人声嘈杂,热闹得像股漩流,可一到码头就迅速被洲上的静寂吞去了。那沿街林立的木楼、打滑的石板路,冷清得长出了青苔。我没法找到父亲来过的痕迹,只是看到一截斑驳的墙上残留着旧日的标语,似乎在提醒我不虚此行。

我把宝马停在渡口上,张望着街景。忽而,一个阿婆顶着花白的头发从巷口蹑手蹑脚闪出,对着长街唤起来:"小黑! 小黑,回来哦——"我吸着烟,暗自猜测那个叫小黑的人可能是阿婆外出打工的儿子,或者放学未归的孙子。阿婆抬头看见我,惊愕地"呀"了声,就慌慌张张扭身跑去。我有些纳闷,难道我在阿婆的眼里形如鬼魅吗?

我怔怔地看着阿婆的背影,一个满脸雀斑的小男孩从我身后跳过来,歪着头笑:"你莫慌,刘家阿婆是个疯子。"

我嘴唇发干:"那……那她找的小黑是她什么人?"

"小黑不是人,是条狗。刘家阿婆在找她的狗呢!"

我长长哦了声,笑:"小朋友,你叫什么名字呀?"

"我叫毛头,你是外地人吧? 你要找旅馆吗? 我给你带路。"

小男孩很热情,让我想起小学课本中的王二小,那个小英雄曾把敌人引进了游击队的包围圈。我忙说:"不用! 有人来接我的。"

小男孩有些沮丧,深深地看了一眼我身后的宝马,甩打着书包奔去。

我靠在宝马上掏出手机拨了个电话,说了句"我是银城康城公司的,已到贵地和悦洲渡口"就挂断了。我知道要不了多久,这个洲上招商办的人就会屁颠屁颠地赶来迎接我的。我的一个朋友就借考察项目为名,在祖国大好河山漫游过。

洲招商办的人果然如约而来,那是个剃着平头的年轻男人,他向我的宝马行完注目礼后,热情地把我引向不远处的酒楼。酒楼二楼包厢里,坐着个戴眼镜的胖子,脸上堆着虚蓬蓬的笑,就像散发着甜味的膨化食品,他是镇长。我来这个洲之前跟小平头联系过,他别扭的普通话给我留下了很深的印象,至于镇长尚未打过交道。一阵仪式般的客套后,我们边喝酒边聊了起来。镇长一直强调洲上的野生江鱼好吃,餐桌上就有一盘那种鱼,煮得红红的,配着姜葱,跟镇长白净的脸相映成趣着。小平头显得过于急切,见我们久不入正题就抢过话头说开了,他说那个国际自行车训练基地项目是他策划的,可以环洲筑堤建个五公里长的自行车道,再在洲中心建场馆,供自行车运动员训练和食宿,建成后可举办山地车越野赛,把它开发成一个集自行车训练、赛事、休闲功能于一体的地儿。我应和着说,中国是自行车大国,项目前景可观,我们康城公司对此很有兴趣。小平头真是年轻,被我的话一煽就着了火,喋喋不休地沉溺于自己的想象了,就像个狂热的艺术家。镇长皱起蜗牛鼻,不时干咳着,脸上露出水一样的表情。

我问:"那个项目选址哪里呀?"

小平头噌地跳起,推开酒楼向北的窗户,指着远处的江面:"喏,就在那儿,就是洲尾那个洲。"

洲尾那个洲? 我也激动起来,顺着他手指的方向眺去。窗外,黄昏的洲上落上一层淡淡的鸦黄,长街短巷后是一拱一拱的大棚蔬菜地伪装着波浪,再往后白茫茫的江水流入天际。我没有看见另一个洲,只被水鸟撞乱了视线。我疑惑:"在哪儿? 洲尾真的还有一个洲吗?"

"当然有啦! 老辈人说,咱们和悦洲是地藏王菩萨过江去九华山时,脚踩的莲花变成的。后来,和悦洲总是在江里漂来漂去,扎不下根儿。地藏王菩萨就扔下一个铁锚坠住和悦洲,那个铁锚就成了洲尾的那个洲了。"

"那个铁锚洲有多大?"

镇长扶扶眼镜:"那个……我平日太忙,还没上去过呢。那洲上没有一户人家。"

我转过脸看向小平头:"你上去过吗?"

小平头似乎有些醉意:"我上去过,大概方圆两公里吧。"

"那洲上有古塔吗?"

"没有。"

"有寺庙或者教堂吗?"

"也没有,就是个荒洲。"

小平头抱歉地向我笑了笑,似乎不忍让我失望,既而摸摸平头又亢奋起来:"咱们可以在那上面建个塔,通天塔……用螺旋式的车道盘旋而上,骑自行车就能从塔底直达塔顶!"

我点点头:"嗯,这个创意不错。明日我们去洲上看看去?"

"不行!不行!"镇长把手摇摆得像两尾鱼鳍。

"为什么?"

镇长清清嗓子:"现在是长江汛期,坐船过去有些危险,而且大水涨上那个洲了,没啥好看的。"

我笑笑,忽然觉得镇长和小平头有骗子的嫌疑。这怨不得我,我有过太多被骗的经历,比如每个童话故事都无限憧憬地说王子和公主从此过上了幸福生活,比如一知名机构苦口婆心地劝我在月球上买块地,这让我对一些职业保持着警惕。

这天晚上,我在小平头的安排下,住进洲上的小旅社。那是个两层木楼的阁楼,不大,却很干净,外面高挂着大红灯笼,里面陈设却跟城里的酒店相类。我一时睡不着,站在阁楼上眺望夜晚的和悦洲。洲上暗哑的灯火渐次亮起,与天上的星星一起落入江水里,机驳船不时滑过,撕开黑色的江水。月亮越升越高,就像要挣脱开江水的怀抱。忽地,我一阵目眩,看见和悦洲向北的江面上隐约出现了一个洲,那个洲上高耸着六角形的塔,一串串铜铃铛声隐隐约约传来。片刻,那个洲又不见了。我想,也许我的眼前出现幻觉了,也许那个洲尾的小洲就像沙漠里的海市蜃楼，只是昙花一现而已。我能确信的是，江水鼓噪着淹没了江滩，那的确是个波澜壮阔的汛期。

夜晚的江风很大、很凉，我翻看着桌上父亲的手稿。我边浏览着父亲的回忆录，边回想着父亲其人。

父亲曾在某个特定年代当过和悦洲中学老师，这是个不可置疑的事实。与父亲一起下乡插队的王叔说，那时买米买油买布都需要票证，私自贩卖一个鸡蛋都是违法的，像康城房地产老板这样的货色就是枪毙九回都罪有应得。王叔说那话时，一边悠然地吸着我递上的中华香烟，一边鄙夷地斜视着我。王叔在我尚小的时候，就喜欢伸出沾满机油的手捏我瘦小的屁股，骂我是坏小子。他文化程度不高，但熟读马克思的《资本论》，他说我的毛孔里渗透着原始积累的血腥味，当然这不妨碍他理直气壮地享用我送给他的好烟好酒。看着他的苍然白发，我能想象得出当年青春年少的他坐在阳光下，边查字典边阅读《资本论》的样子，那时他的脸上应该漫开着激情的绯红。王叔说，当年他们那批知青离开银城去往和悦洲时，在火车鸣笛声中哭了，眼泪打湿了胸前佩戴的小红花。那哭声具有传染性，先是几个女生抽抽噎噎，然后满火车的哭声就像呜呜刮过的风。这怨不得他们，一个人离开家离开城市，去往一无所知的异乡农村，难免会伤感的。可我的父亲没哭，他说：别哭了！我们唱首歌吧。于是，知青们陆陆续续停住啜泣，跟着父亲唱起来：插队的红旗漫卷着雪花/集合的队伍整装待发/沸腾的热血颤抖的话/革命的口号溅满了泪花/迈开阔步立即出发/不许回头更不许说话/广阔天地把根扎……那是根据苏联《共青团之歌》改编的歌曲，应该说我的父亲是个不错的男高音。

王叔说我的父亲不是因为哮喘返城的。那时，父亲、王叔和数个知青不愿回城吃闲饭，他们结伙搭棚，捕鱼、种稻、养猪，以一种集体主义的方式，想在四面临水的洲上建起一个城邦，他们管那个洲叫"太阳洲"。可太阳洲仅存活了三个月,由于柴米油盐供给不上,知青们纷纷散伙而去,父亲和王叔这才返城了。至于父亲的哮喘病那是可恶的流言,父亲离开和悦洲时只是持续发着低烧而已。

王叔说起这段往事,脸上出现了火烧云,久违的激情又流回他干瘦的身子。

我听着听着,忍不住问:"王叔,那个太阳洲在和悦洲上吗?"

王叔像被风撩了一下,从沉迷的回忆里露出头来,睁大眼睛想了半晌:"就是……和悦洲洲尾的那个小洲啊。"

"那个小洲上有些什么呢?"

"有沙滩,花花草草吧? 还能有什么?"

我不便深究这个问题,于是问起父亲在和悦洲的所作所为。

在王叔的叙述中,父亲是个白皙、单薄的热血青年,他从银城到达和悦洲后,先在渔队划船捕鱼,那个船队忌讳"翻"字,比如烧鱼只煎一面,从不翻过鱼身再煎;饭后筷子不能架在碗上,碗是船,筷是桨,桨横在船上那就大事不妙了。父亲不习惯那种船上生活,搬罾时常把自己弄进渔罾了。幸好,父亲写得一手好字,不久就被派到洲上中学当老师了。父亲为人话少、谦和,颇受洲人爱戴,曾获得大红奖状若干。我小时候就常看见他坐在小竹椅上,捧着大肚搪瓷缸喝水,那搪瓷缸上就有个红红的"奖"字。

王叔认为我的父亲是个好人,只是有个缺点:从不喝酒。王叔喜欢喝酒,一沾酒就会一扫平日的萎缩变得热情洋溢起来。当年,他在银城化肥厂开货车,曾在醉后驾驶着解放牌卡车从外地狂奔五百里回到厂里,回厂后才发现一只轮胎不知什么时候跑丢了。那时,我常常陪着他的女儿在夜晚的小城里寻找他的影子,因为他醉得满街溜达找不到自家门了。我至今仍记得他女儿细细弱弱的喊声在夜风里飘来飘去:爸,回家喽! 爸,回来喽——这怨不得王叔,他们那一代人酗酒成风,不会保养自己的身体。因而,嗜酒的王叔有时不无遗憾地对我说:"你爸不沾酒,没劲儿!"他又说:"你小子没成我的女婿,不送酒给我喝,可惜了!"

其实,我父亲喝过酒,而且每年梅雨季过后都会独饮一次,一喝就醉,直到患上老年痴呆后才休止了。多年前的某个黄昏,母亲从红木箱里翻出布匹晾晒在自家院落里,散发出经年不散的樟脑丸气息,张扬得就像随风飘舞的旗帜。父亲坐在五颜六色的布匹间,坐在小方桌前,觅着花生米,自斟自饮起劣质的散装酒。我趴在板凳上做着算术作业,远远地窥视着、期待着,果然他喝着喝着眼水就流出来了,拍着胸哦哦着,像被青椒呛住了,也像被骨头卡住了。

半晌,他破天荒地向我招了招手,我怯怯地走过去,并不是害怕他像别人的父亲那样醉后揍人,而是他与往日不同的模样让我更陌生了。

父亲伸出手似乎想摸摸我的脸,却僵了僵抹在了自己的脸上。他语无伦次地说:"你不要去和悦洲! 不要去……不许去……记住没?"

我点点头。

父亲又说:"人要是长不大……一直是个孩子,该多好呀!"

我并不同意他的说法,眼珠转向桌上的花生米。

父亲继续说,说着说着就含糊不清了,就跟嘴里长了个蘑菇似的。

我没敢开口,我只是个听话的好孩子。

父亲终究趴在桌上呜呜哭了,他把花生米拂落一地。我只好蹲下身,把那一粒粒黄壳的珠子捡起来。当我颗粒归仓捡起花生米后,一抬头,黑色就灌满了我的眼。

这样的场景每年我都会遇上一次,可事后看见父亲石雕般的样子,又怀疑那不过是我做了个梦,就像梦见屋檐上的冰凌在春风中融化一样。

我曾郑重地问过王叔,父亲为什么一个人喝酒,为什么喝醉后不骂娘揍人,却把花生米弄得四处逃散。王叔一跳而起,激动地握紧拳头就像捏住刹车,断然否定父亲喝酒的事儿,他说:不可能!你爸以前是我们知青的标兵,他是一个纯粹的人,一个脱离了低级趣味的人!你小子梦魇了!你个坏小子,人小鬼大,脑瓜里想啥呢!我没有辩解,只是旁逸斜出地看向他的女儿,那女孩正在用缺齿的小木梳给黑狗梳理着毛儿。窗外,一群孩子在街面上奔跑着,快活地发出尖叫,欢笑声就像从海螺里打着旋儿直钻而来。我知道小伙伴们在玩相互追逐的游戏,可我从不参与,那种游戏让他们看上去就像疯子。

关于父亲,我知之不详,大抵跟王叔说的一样。我曾在市政处办公楼前的光荣榜上,看见父亲胸戴红花、神情严肃的照片,那张照片很薄,薄得让我怀疑那不是我的父亲。多年后,我一直不喜欢照相,不愿让自己的影像出现在公众媒体上。我的一位做餐饮的朋友却把他和社会名流的合影挂满酒店的走廊和包厢,就跟展览似的。我从不去那儿就餐,因为我那朋友没有红鼻子的麦当劳叔叔模样可爱。

陈年旧事就像越堆越高的草垛,泛着枯黄的色儿。我回想着父亲,在心里扯起一团麻。忽而,一声嘀嗒传来,我醒过神来,打开手机,一条天气预报飞来,说明天晴到多云。我手指一动把那条短信删去,才发现自己走神了。我想让江风吹醒自己,便走到窗前。窗外,沿街的门铺差不多全关门了,一扇扇窗户闪着暖暖的光。我意外地看见楼下的桂花树下站着一条人影,那是被称作刘家阿婆的疯婆婆。她仰着霜打的头发,直勾勾地看着我的窗户,眼神像锈了的鱼钩。我啪地关上窗,心里莫名有些发慌。

第二天,和悦洲招商办的小平头早早来了,殷勤地要陪我在和悦洲上转转。我俩悠闲地踏着石板路,在长街短巷里钻来穿去,走马观花地看着那些破败的木楼。小平头很健谈,自称是本地人,大学毕业后舍弃外资公司高薪职位,返乡做了村干部,建设美好家园。他对和悦洲熟透了,随便指指哪个门铺就能说出一段传闻来。他说得太多,让我小心翼翼起来,怕一不小心踩到了尘埃里的旧魂灵。

走了半晌,我蓦地发现刘家阿婆像影子一样跟在身后,于是突然打断小平头的滔滔不绝:"那个谁,那个阿婆怎么总跟着我们?"

小平头被猛然喝住,憋得脸红了红,有些恼火地转过身喊:"刘家阿婆,我们没看见你家的小黑,你去码头那边找找去。"

刘家阿婆畏畏葸葸地笑了笑,剜了我一眼,转身慢吞吞地走去。

小平头转过脸:"没事儿,刘家阿婆脑子有点问题,整日找她家的小黑,没有恶意的。"

"那她……怎么犯病的?"

小平头讪笑:"那个……具体情况我也不清楚。老辈人说,她以前是镇卫生所的医生,那时叫赤脚医生吧? ……她年轻时长得好看,后来不知为啥就疯了,其实也不算疯,对小孩子特好,就是……一天到晚找她家的狗,一找就是几十年了。"

我回头看向渐行渐远的刘家阿婆,她衣着干净齐整,上身穿着蓝士林布褂,梳着发髻,虽然头发斑白却不零乱,如果不是行踪诡秘,应该比满大街的人正常多了。

我和小平头走得有些乏了,就在街上花家超市前的小竹椅上坐了下来。

我边喝着矿泉水,边张望着破旧的长街。

超市女老板趴在柜台上,头一点一点地打着瞌睡,就像阳光下假寐的猫。

我看向小平头,突兀地问:"你知道这洲上有个叫章立国的人吗?"

小平头歪歪头:"谁?"

"章立国。"

"章立国?"小平头喃喃地念了两遍,摇摇头,"这洲上年老年少的人我都晓得,可没有叫章立国的人呀。"

"他是个下放知青,后来返城了。"

"那我得回家问问我爸,他或许晓得。"小平头挠挠头,"章总,您和他一个姓,有啥关系么?"

"他是我父亲。"

"哦,怪不得章总您对咱们和悦洲有兴趣了!"小平头恍然大悟,"那咱们的合作就有情感基础了!"

我笑笑,小平头太情绪化了,这怨不得他,他正是好做梦的年纪。

忽而,超市女老板抬起惺忪的眼:"你们刚才说……说谁?"

我这才看出女老板是个中年妇女,胖脸上爬着细密的鱼尾。

"你们是说章立国吧?"女老板抹抹脸,"我认识他呀。"

小平头兴奋地站起:花姑,你真记得咱们洲上有过这个人?

"对咧。他以前是咱们洲上中学语文老师。其实他还救过我的命呢!没有他,我早沉江喂鱼了。"

我盯着女老板的脸,她的脸显然比父亲的回忆录鲜活真实。

女老板兀自说开了,越说越激动,渐渐沉溺于自己的叙述中。

在女老板的回述中,我的父亲是个文质彬彬、白白净净的青年,他穿着白色的确良衬衫,走在阳光灿烂的校园里。那个学校是由洲上天主教堂改建的,光线暗淡,但因有了父亲,在小女生的眼里变得亮堂起来。那时的教堂早没有信徒洗礼忏悔了,只是偶尔有些地富反右坏分子站在旧日的经堂里请罪。父亲虽然话少,却是公社文艺宣传队的骨干,演起《红灯记》中的李玉和迷死人了。那时洲上码头常常挂起白亮亮的瓦斯灯,上演现代京剧,虽然洲人更喜爱听黄梅戏。

这是女老板说的,可我不太相信。我和父亲长得极为形似,我小时候曾怀疑自己不是父亲的亲生子,可看过父亲童年的照片后,不得不承认自己是他儿子的事实了。我自知自己貌不惊人,那么我的父亲能体面到哪里去呢?也许那只是女老板面对章立国的儿子,善意地说些溢美之词而已。我习惯性地在嘴角露出一丝可有可无的嘲讽。

女老板察觉到我的怀疑,语气更热烈了,她说:"你莫不信,那时章老师按现在年轻人说法，真是帅呆了。他常常站在洲尾，对着江水吟诗……什么蒹葭苍苍，白露为霜……所谓伊人，在水一方……"女老板用方言鹦鹉学舌地吟了起来，听起来有些别扭，可她吟得很认真、很得意。

我打断她的话，径直问："我父亲真的救过你？"

"是咧！"女老板喝了口茶，又说开了。

那是个月色微微发红的夜晚，江上的航灯闪烁在江雾里。现在的超市女老板、当年的小女孩二丫正在江滩上堆沙塔，细细的沙子在她指缝间滑来滑去。她痴迷那种感觉，觉得整个和悦洲离自己越来越远了，就像落入一个梦里。忽地，她看见一只小兔子朝自己眨了一下红红的眼睛，便站起身向小兔走去。可小兔子转过身，一颠一颠地向江里奔去，短尾巴就像鼓槌摆动着。二丫踩着流沙越追越远，一直追到江里。当江水淹到胸口时，她看见小兔子在水里一闪就不见了，这才觉得气闷，想起自家院落里那个煤球炉上的一壶热水。月色随着江水漂来漂去，二丫像是从梦里醒来，听到湍急的水声从江底冒上来，觉得自己就像掉进好大的热水壶里，浑身又凉又烫，便喘着气惊叫起来：救……救命——她边喊边一口一口喝着水，想走回岸边却被江水一波一波拦住，身上的力气被江水一丝一丝抽去，就像朵湿的棉花快变成秤砣了。就在这时，她迷迷糊糊看见一条大鱼朝自己游过来，那条大鱼很白，仿佛是从月亮上掉下来的……二丫醒过来时，发现自己躺在沙滩上，那条大鱼变成了学校的章老师。后来，奶奶带着二丫和四个鸡蛋去感谢恩人，可章老师似乎很不高兴，他生气地把鸡蛋全砸碎了，那蛋黄粘在旧教堂的墙上，像四个黄黄的小太阳。再后来，章老师勇救落水少年的事迹上了报纸，成了大名鼎鼎的知青模范。二丫这才知道章老师原来叫章立国。

超市女老板说得很动情，眼里不时渗出湿湿的水。可我从不相信眼泪，即使那不是鳄鱼的眼泪。我疑惑地问："真有这回事？那我父亲为什么没有提起过?"女老板有些生气,噔噔噔地跑上超市阁楼,取来小油纸包放在柜台上:"喏!你自己看看吧。"我犹犹豫豫地打开那油纸包,灰尘扑鼻而来。油纸包里藏着一张发黄的报纸,上面头版头条以"革命青年的好榜样"为题记下了那个先进事迹,赞扬我的父亲不愧是战斗在农村新天地的好知青。白纸黑字,我只能相信了。我知道那是个热血沸腾、英雄辈出的时代:一个黑龙江知青为了抢救落水的国家物资——两根电线杆,奋不顾身跳进汹涌的洪水中,壮烈牺牲了;插队落户在呼伦贝尔大草原上的女知青,为救风雪中的羔羊失踪了;某建设兵团35团的十多名知青手持铁锹树枝,向着千里火场发起冲锋,为扑灭草甸荒火献出了年轻的生命……多年后,我在电视上看到年老的知青们重返插队地,以当年的连队为单位,面对河流呼喊着那些英雄的名字,心里莫名有些悸动——如此看来,父亲勇救落水少年也是有可能的。可是,我还是有些疑惑:父亲会游泳吗?他为什么不在回忆录里记下此事,为他平庸的人生留下精彩的一笔?

我怀疑父亲救人出于他的梦游。正如好多人身患暗疾一样,父亲有梦游的习惯,在那种状态下,他根本不知自己在做什么,而且醒后即便有人提醒,他也概不认账。在一些夜晚,我会被母亲突如其来的喊声惊醒,看见披头散发的母亲愤怒地朝着大门喊:"章立国,你给老娘回来——"可大门敞开着,父亲置若罔闻,睁大眼睛径直向前走去。他身子单薄,走得很慢,飘飘忽忽,就像一团移动的云。母亲颓然而泣,我只得吧唧吧唧跟着拖鞋尾随而去,我们都不希望爱岗敬业的管道工掉进小城的下水道里。我跟在父亲身后,看着那个失魂落魄的男人走走停停,不时站住喃喃自语,就像传说中的诗人。他无须提醒,总沿着马路牙和斑马线行走,即便夜晚无车也会一站二看三通过,从不违反交通规则,而且目的地永远是城南的河岸,那一度让我怀疑他的梦游是故意装出来的。那些夜晚总有月亮,厚厚的月光铺满了街道,踩上去有些打滑。一路上,父亲偶尔会做做好事,比如把零乱的垃圾筒摆正,把钱塞给桥洞下夜宿的流浪儿,动作僵硬却一丝不苟。更为奇怪的是,他竟然能从河边安全返回家,倒头就睡,让每次梦游都有惊无险。虽然父亲梦游症发作并不频繁,但固执地从繁花似锦的春天一直游到落叶缤纷的秋天,从不间断,就像在固执地寻找丢失的东西。有这种毛病的父亲意外救人也很正常。

关于章立国,超市女老板说了很多,可信可疑。

在离开花家超市时,我对小平头说:"那个女老板很能说嘛。"

小平头笑笑:"花姑啊,她是咱们洲上的媒婆,能把瘸子说成腿脚麻利,瞎子说成明眼人,撮合的婚姻多着呢,洲人都说她是花喜鹊呢。"

我远远地向花家超市望了望,那家商店隐在沿街成排的木楼里并不起眼,洒着阳光的柜台上蹲伏着一只蓝眼睛的白猫。

没想到康城房地产售楼小姐苏敏竟然会千里追踪而来。

苏敏出现在我面前时,我正在码头上望风。她拂拂长发,眺着长街,露出整齐的牙齿笑:"嗯,你挑的地儿不赖,这里风景真不错!"我惊讶得张大嘴巴,怀疑她在我身上安装了电子定位仪。我知道她受过高等教育,喜欢优雅地穿行在咖啡厅、高尔夫球场,是个深明事理、性格柔顺的女人,不会选择撒泼、泼硫酸的方式跟我胡闹,可我心里还是有些慌张狼狈。

两年前,当我和苏敏开始同居时,她的父亲、一个煤矿老矿工听到女儿被一个有家室的老板霸占后怒不可遏,拿着刀具从另一个地方来到银城,闯进我的办公室,要用刀为我做手术。老矿工壮实得像黑塔,可没等他启动操作程序,就被公司保安抓住了。我深知安防工作的重要性,聘请的保安是退伍的侦察兵。老矿工就像被关进笼子里的狮子,须发狂张,一口一口地用"畜生"问候我。苏敏闻讯赶来,她冷着脸说:"爸,您就别丢人现眼了!您怎么不分青红皂白就要砍人呢?"老矿工瞪大眼睛,气得差点晕过去。之后,苏敏带着老矿工参观了我给她买的房子,并掏出写有她名字的房产证,老矿工的火气才慢慢地消了。老矿工小心翼翼地问:"这房子真是你的?"苏敏点点头:"还有给您治矽肺病的钱,也是他给的。"老矿工垂下头,这才接过我递上的烟。我知道这事就这么妥了。其实老矿工是个可爱的老头,后来他跟我喝过几次酒,酒一多就拍着我的肩,卷着舌头颠三倒四地说:"你真是个混球!我也是混球……我只有这一个女儿呀——"那样子跟《白毛女》中痛心疾首的杨白劳似的。苏敏却不是喜儿,她对我们的同居生活还是比较满意的。她喜欢给屋里添置一些花里胡哨却不实用的小玩意儿,喜欢穿着睡袍在客厅、卧室、厨房里走来走去,像个巡视领地的农场主。她有时站在客厅里,卡腰而立喊:"我像不像个女主人?"我懒得搭理她,她提的这个问题相当幼稚。这怨不得她,像她这个年纪的女子还没有完全从梦里醒来。

这不,苏敏的眼里又出现了那种幻想的色彩。

我不动声色地问:"你怎么来了?你怎么知道我到这儿来了?"

苏敏笑:"是你爸告诉我的呀。"

"他……他怎么能……会告诉你?"

"我去看望他老人家时,他总念叨……和悦洲……和悦洲……我就来了。"

我细细琢磨了一下,觉得她没有说谎,我的痴呆的父亲有时话挺多。

于是,我和苏敏并肩走在和悦洲上。她用高跟鞋脆脆地敲着青石板,让老街显得更幽深了。

黄昏再次光临和悦洲时,江水静了下来,江风在长街短巷里乱窜,把光线乱乱地洒在木楼的阴影里。我和苏敏走到一个巷口时,偶遇了刘家阿婆。阿婆立住身,闪了我一眼,直直地看起苏敏。那种眼神让我心里发毛,苏敏浑然不觉,微笑地看着阿婆,很熟稔亲近的样子。

阿婆的目光聚向苏敏的腹部,忽地笑了:"你,有喜了!"

我有些迷惑,苏敏才怀孕两个月,并不显肚子,真不知阿婆是怎么看出来的。

苏敏虚张声势地腆腆肚子,一脸幸福的样子:"是啊,阿婆,我怀孕了。"

"你怀的是男伢!"阿婆语气笃定。

"哦,您老怎么知道的?"

"你得好好保胎,保胎!"阿婆神情惶然起来,声音低下来,像下起细雨。

苏敏瞥瞥我,笑笑。

阿婆望望四周,一把拽住苏敏的手:"你跟我来。"

我刚想出手阻止,可她俩已牵着手钻进木楼里,我只好抬腿跟了进去。

木楼里光线昏暗,老式家具整整洁洁,隐隐有股苏打水的味儿。

阿婆松开苏敏的手,在长条茶几的抽屉里摸了摸,掏出一只绿莹莹的手镯来,转身戴在苏敏的手腕上。

苏敏一愣:"阿婆,您老这是……"

阿婆将中指竖在唇边,嘘了声:"你莫高声! 戴着这个玉镯,就能保住胎了!"

苏敏想脱下手镯,却被阿婆紧紧按住。那绿手镯跟阿婆枯瘦的手绞在一起,让我眼睛跳了跳,莫名想起教徒手攥十字架的场景。

苏敏憋得脸通红,想了想,抽出手来,从小坤包里掏出一沓粉嫩的钞票搁在长条茶几上,逃了出去。

我赶紧跟出去,耳边阿婆的尖叫声追了出来:"千万莫要摘掉手镯哦,它能保胎——"

然后,我看见苏敏蹲在石舂前,稀里哗啦哭起来,呜咽声小旋风般从腹部卷出,眼水把她精心修饰的妆容冲乱了。我不知道该怎么安慰她,只好眼看着洲人眼神怪异地来来往往。

苏敏很快就停住哭泣,转过脸看我:"你心真毒!你知不知你说做掉它……是在吐刀子?"

我的脸灰灰的。

苏敏又说:"我只想做个女主人,有自己的房子、孩子,还有男人……"

我的嘴涩住了,江风吹在脸上火辣辣的。

苏敏渐渐平静下来,用手帕小心地抹去脸上的水,从坤包里掏出圆镜补起妆来。

我如释重负,在心里喘了喘气。我知道自己不是个负责任的大国,虽然在银城建起了自己的领地,但没法给苏敏一个她想要的城堡。

苏敏又向前走去,她调整好脚步和表情,又变得笑意盈盈了。我灰溜溜地跟在她身后,像条狗。

当我们走回码头时,那个叫毛头的雀斑男孩欢蹦乱跳地跑来,像只小马驹。他一见苏敏就站住了:"阿姨,你的手镯真好看!我妈也有这样的手镯呢。"

苏敏笑:"是吗?那你带我去你家看看吧。"

"不行!"毛头飞快地摇摇头,"我爸妈都去城里打工去了,洲上好多大人都去打工了,他们说城里才是好地方。"

苏敏摸摸毛头的头。

毛头眼睛发亮,似乎很愤怒:"阿姨,你是从城里来的,你说说,城里好在哪?难道就比咱们和悦洲好上一千倍、一万倍吗?"

苏敏无言以对。我听见毛头的声音被哗哗的江水带走了。

那只邮筒就像个孤儿站在和悦洲邮电所前,绿漆斑斑点点剥蚀着,恍若一张布满雀斑的脸。它的出现让我想起父亲回忆录中一个零碎的片断。父亲在那本硬皮本里热情地写道:"每每早晨,邮递员骑着绿色的自行车,敲着悦耳的铃铛穿来穿去。他挨家挨户敲开门,从绿邮袋里掏出一封封信递进去,只是那个绿邮袋有些干瘪,只是那年冬天邮递员在打滑的青石板上从自行车上摔下,摔成左臂骨折了。而那时江边,往往有脏兮兮的孩子在放着用卫生所药瓶改制的漂流瓶……"这段文字跟其他文字一样语焉不详,没有交代邮递员出场的地点,可"江边""青石板"等几个不经意的词语,让我确信父亲描述的就是和悦洲的邮递员,那些曾经飞来飞去的信一定跟那个邮筒有关。我想有必要去那儿看看,或许能寻些蛛丝马迹。

我是趁苏敏睡午觉时,走向和悦洲邮电所的。那个邮电所很破落,在隔壁手机店张牙舞爪的音乐声里显得越发冷清。屋里陈设仍是旧日的格局,一截水泥柜台横在堂屋里,墙壁上贴着报刊征订启事,墙角的竹篓里堆着一摞旧信,落满灰尘。而内间有个豆腐作坊,一股豆味由里而外地弥漫开来。屋内无人,我闲看起竹篓里的旧信,那些信或因地址残缺,或因字迹不清,或因不得而知的原因被退了回来,就像一只只断翅的水鸟。

我有种想把那些旧信拆开一读的冲动,刚抓住一封信要撕开信口时,一个妇人的声音传了过来:"别乱动!你是啥人?"

我回过头,看见一个妇人正警觉地盯着我,她穿着黑对襟衫,虚胖,一时看不出年纪。

我拍拍手上的灰,站起身笑:"你好,我是来买邮票的。"

"不卖邮票了!我家老头子早退休了!"妇人上上下下扫了我一遍。

"哦,那您是……"

"我儿子是镇长!"妇人说得嘎嘣脆,不乏得意、显摆和傲慢。

我想了想,从皮包里翻出此前镇长递给我的名片,告诉妇人我是她儿子邀请来洽谈项目的客商。妇人热情起来,倒杯茶,摆上一碟生姜、一碟豆干,请我坐下,陪我聊了起来。我从小洲项目说起,谈到和悦洲的陈年旧事,最后转弯抹角说到当年下放到此地的知青。妇人颇和善,可提到知青时却露出不屑的表情,嘴角泛出鱼泡来。

"您说那些知青啊!那真是一群祸害!他们一到和悦洲,就跟饿死鬼投胎似的,到处打食!别瞧他们干活不行,可打狗真有一套。他们不知从哪儿弄来药,捣碎放在水碗里,放在江滩上。也真是怪了,洲上的狗就蹿来喝碗里的水,一会儿肚子就鼓胀起来,躺在滩上直哼哼。他们就把狗拖到洲尾棉花地里炉吃了,连狗毛都不剩一根。那个年头,咱们洲上的狗都绝种了!"

我想这怨不得那些知青,那时他们正值青黄不接的年纪,是耐不住饥饿的。也许他们的衣着举止可圈可点,就像超市女老板说的,我父亲的白衬衫总有股好闻的肥皂味。于是,我向妇人提出了自己的见解,可妇人从鼻孔里吹出两股气流。

"他们啊整个混不懔!破军衣用麻绳扎着,没了后跟的拖鞋趿着,端着大号搪瓷缸在街上敲着,就跟乞丐似的。那些愣头青还喜欢惹事,有个知青在码头上摆场子练拳,牛气得很呢。可咱们和悦洲是个大码头,啥事没见过?不说那些跑江湖卖艺的,就说清朝那会儿,八大帮会就为争码头经常打斗呢。那知青练的拳在咱们洲人眼里,还不跟小伢做广播体操似的?没几日那家伙就被洲上的二光头打趴在地哭爹喊娘了。那些混混儿野得很,对洲人横眉竖眼的,可对咱家还是客客气气的,你晓得为啥吗?我家老头子是邮递员呀,他们都眼巴巴地等着家里来信呢。"

妇人又显摆了,她说的事儿跟王叔说的大相径庭,颇有横看成岭侧成峰之趣。

妇人说着,忽地盯着我:"您的面相……有些面熟,好像在哪儿见过哦。"

我刚想提及父亲的名字,刘家阿婆的脸从门外探了探,又缩了回去。阿婆的一瞥,让我身上像长毛的桃子似的痒起来。

妇人眼神真好,她也看见了刘家阿婆,觉察到我有些不自在,便冷冷一笑:"甭理她,她是疯子,洲上一来生人她就跟着跑。"

我被生姜呛了一口,咳嗽着:"她是怎么疯的呀?"

妇人目光追向门外,起身关上门才说:"她年轻时犯贱,就疯了。"

"犯贱?"

"是咧。她年轻时在洲上卫生所当医生,风不吹日不晒的,人也长得俏,把咱们洲上男人的魂都勾走了。"

"可那只能让那些男人发疯……她自己怎么会疯呢?"我纳闷。

妇人冷笑得更深了,似乎是从悠远的岁月而来:"人嘛得留点口德,我原本不想跟您说,可您不是洲上人,又是我儿子请来的……我就索性跟您说了。这事干系到她的名节,洲人都不晓得,您听了可别传出去哦。"

我点点头,耳朵好奇地竖起来。

"她做姑娘时,没跟人成亲就怀上了! 您说,这不是犯贱吗?"

"那……孩子的父亲是谁?"

妇人摇摇头:"我哪晓得呀! 我琢磨了这么多年,都没琢磨明白。只有一条,那个让她怀上伢儿的男人指定成家了。"

"哦,那为什么?"

"您想呀,如果是个毛头小伙子,俩人成亲不就成了。可她打胎了! 那也是个小生灵哟,真是心狠呀! 她打胎不就是为了遮丑吗? 不就是那个男人不能光明正大见人吗?"

我嘴巴发苦,和悦洲的茶叶不适合我的胃口,我喜欢咖啡。

妇人仿佛老僧入定,喃喃:"不怕您笑话,我有些疑心她肚子里,是我家老头子种下的……我家老头子年轻时骑着自行车在洲上游来晃去,很招女人缘的。可她打胎了,若是那伢儿能长大成形,就能看出跟哪个男人长得像了。"

我心有旁骛,想起我的一个朋友因老婆盯梢盯得太紧跳楼的事儿,当时我觉得他为那么点鸟事就跳楼着实可笑,如若换成我惊险一跳至少能让康城股份的股票下跌三个百分点,与我相比,他跳得太轻如鸿毛了。可这会儿看着妇人的眼睛,我觉得那个朋友跳得有理。

我站起身准备告辞时,大门吱呀一声被推开了,镇长笑吟吟地走了进来,一见我笑就凝固了,眼睛警惕而不解地看着我。我忽然觉得我和妇人就像在暗室密谋,脸色也不自然了。镇长转眼又笑了,跟我寒暄了几句,热情地把我送出了门。

我走了三步,就听见邮电所的门嘭地关上了。

第二次去洲上邮电所,我是拎着烟酒去的。既然知道老邮递员是镇长的父亲,我总不能少了礼数吧。

那是洲上的黄昏,在别的地方有可能是深夜或者黎明,这是常识,否则为什么酒店大厅里挂满了北京时间、伦敦时间、罗马时间那些让人眼花的钟表呢?我说这话,只是以个人的名义保证那个黄昏是属于和悦洲的。当时,妇人不在家,镇长也不在家,邮电所里空空的。我拐过水泥柜台,穿过豆腐坊,走进后院。院子不大,里面种满了花草和蔬菜,还有一些飞来飞去的蜜蜂。我看见一个穿着旧邮政工作服的老人,正端着喷水壶把晶莹的水流喷来喷去,显然他就是我要找的人。

老人一见我就怔住了,既而把喷水壶放在石几上,上前一把握住我的手。我还没说出父亲的名字,他就认出了我,嘴巴动了动:"你父亲身体还好吧?"

我笑:"还行。可我父亲没跟我提起过您,我还不知怎么称呼您老呢。"

老人并不失落,连连点头:"是咧,他不会向你提到我,不会向任何人提到我,换成我也不会说的……你就叫我冯叔吧。"

老人对我很亲热,比我父亲还像父亲。不大一会儿,他就弄了酱猪蹄、卤猪耳摆在石几上,跟我喝起酒来。我没多问,只是不停地向他敬酒。他也没说什么,直到老年斑隐隐的脸上升起酡红时,才猛地拍了下我的肩,说:"你父亲这辈子不容易呀!"我有些莫明其妙,在我眼里,年老的管道工过得顺汤顺水,也无风雨也无晴,有什么不容易的?老人就此说开了,说起了我父亲的和悦洲往事。

当年,知青章立国来到和悦洲不久,就当上了洲中学的老师。他爱写诗,不断向报刊投稿,焦急地等待发稿的消息,可那些信都泥牛入海没有一点儿回音。不过,因频繁投稿他跟邮递员小冯混熟了,于是小冯就见证和参与了章立国的一段秘密情事。

章立国的确是个要求上进的知青,至少他用红汞、碘酒、红墨水配制的混合颜料,把洲上嫁姑娘的嫁妆都涂成了劣质的红,如果他不返城很可能会成为洲上的职业漆匠。可一根鱼刺引发了一场变故,差点要了他的命。某日,在一场喜宴上,章立国被请到上席就座,他不善言辞,酒量小,就专心致志地对付桌上的一条硕大的鱼。和悦洲上的江鱼很好吃,章立国吃得太多太快,终于被一根鱼刺卡住了喉咙。在喜宴上他顾全大局,不好表现出难受的样子,酒席一散就找到邮电所的小冯,龇牙咧嘴呻吟起来。小冯努力帮他把鱼刺弄出来,用过镊子、面团、陈醋,都未能成功,比挖出反动分子还难。如鲠在喉是令人不堪忍受的,小冯只好陪着章立国去了洲上的卫生所。当晚刚巧是刘珍,也就是年轻时的刘家阿婆值班,她手捏章立国的两腮,用手电筒探照起他张大的口腔,探寻了许久,就像在寻找山洞里的宝藏,却忘了芝麻开门的咒语,也一无所获。后来的治疗方法很简单,刘珍按照民间单方,将鸭子倒悬空中接了一小杯鸭子的口涎,灌入章立国的口中,章立国一阵翻江倒海呕吐,就把鱼刺吐了出来。小冯有些纳闷,既然民间单方手到病除,刘珍为什么要花那么长的时间把章立国捏成长颈鹅呢?

直到后来,章立国再次深夜来访,告诉邮递员小冯刘珍怀孕了,小冯才若有所解。当时,章立国筛糠似的发着抖,就像犯了错的小学生。其实怀孕这种事在洲上并不稀奇,就跟蒲公英播撒种子一样。小冯就劝章立国莫要紧张,只要跟刘珍结婚就名正言顺了。可章立国告诉小冯,刘珍有未婚夫,而且是个现役军人。这事也把小冯吓住了,他知道破坏军婚不是挂个破鞋游游街的事儿,那是要坐牢的。小冯只好建议采取打胎的方式解决问题,并埋怨刘珍堂堂一个医生竟然不懂避孕术,留下了这一引即爆的罪证。章立国抽了两支烟,同意了小冯的主意,可他太懦弱了,不敢向刘珍开口说打胎的事儿。于是,小冯只好把邮电所的刀具、绳索、农药藏好,才偷偷把刘珍约来。他知道黄花闺女肚子大了后,往往会寻死觅活的,他得事先做好预防措施。刘珍来到邮电所听完小冯支支吾吾的话儿后却很平静。她把嘴唇咬破后,就点头应允了。小冯这才松了口气,甚至为能完成这次信使任务自得了好一会儿。唯一遗憾的是,小冯和刘珍的秘密谋面被他未过门的媳妇、豆腐店的女儿无意间撞见了。小冯没有告诉媳妇刘珍怀的是谁的种,只是威胁她如若把此事泄露出去,就跟她一刀两断。这件事后来就成了小冯夫妇争吵不休的暗礁。这怨不得邮递员夫妇,有多少人被内心的隐秘噬咬了一生啊。

可邮递员小冯没想到章立国和刘珍差点自杀了。那晚,小冯在码头上看了一场电影,忽然想起好些日子没见到章立国了,便在散场后向洲中学走去。当洲人杂沓的说话声、脚步声销声匿迹后,小冯在狗吠声中听出和悦洲有些异样,像被江水洗过一般。那个由教堂改建的中学院外有棵野桃树,开不开花没人注意过。小冯走近那棵野桃树时,忽地听见器物倒地声,抬头看见树上吊着一黑一白两条影子。虽然他是个无神论者,但听洲人说过黑白无常那两位从阎王殿而来的兄弟收人灵魂的事儿,据说那俩兄弟跟洲上扳罾能手一样,让人无处可逃。小冯心里一紧,转身就跑,脚下一滑摔倒在地。就在这时,他听见两串挣扎的喘气声,其中一条很细弱、很熟悉,疑似章立国的。小冯慌忙爬起来,再次向野桃树看去,果然树上悬下来的是章立国和刘珍。那一对冤家不是同意以打胎来了局吗?怎么阳奉阴违玩起殉情的老戏了?小冯有些生气,上前用随手携带的螺丝刀割断绳子,两条人影破麻袋般落在了地上。章立国四脚朝天仰卧在地,睁着鱼泡眼,双手僵硬地移向自己的脖子。小冯扑上去,一巴掌一巴掌打在章立国的脸上,耳光颇为响亮。几巴掌后,章立国喘过气来,哇地哭了。小冯转脸去看刘珍,刘珍自力更生地咳嗽着,俏脸严重扭曲了。小冯一屁股坐在地上,大口大口喘起气来,恍惚觉得野桃树上的蓝色电线晃晃悠悠地勒住了自己的脖子。就这样,邮递员小冯救活了一对殉情的男女,他知道和悦洲一带有个风俗,一对男女只要在同一棵桃树上吊死,来世就会成为夫妻,当然这只是乡间的无稽之谈,我们切不可迷信。

之后,刘珍不知用什么办法打胎了,她的肚子经历春华秋实后没有如期鼓起来,她仍兢兢业业工作在洲上卫生所里。而章立国更平静了,整日蔫了叽叽的。后来,知青章立国勇救落水少年事发,邮递员小冯知道后吓了一跳,他知道那件事的真实情况可能是:因情所困的章立国在夜晚的江滩上站了许久,然后跳了下去,企图自杀。可他听到女伢的呼救声,只好游了过去,把女伢救上岸来——也就是说章立国的英勇行为只是误打误撞而已。当然,成了模范人物的章立国就不好再自寻死路了。再后来,章立国返城了,刘珍的军人未婚夫身患某病去世了,刘珍数年后就疯了,总是在找她家的叫小黑的狗。可小冯知道,刘珍爱干净,有洁癖,从没养过猫狗之类的动物……

老邮递员冯叔说完这段逸事后,天就黑了。他说得太多,显得有些累了或者有些醉了,而我一直恹恹欲睡。虽然冯叔说的陈年旧事的主角是我父亲,可我仍提不起精神。我已经不能聚精会神听完一个完整的故事了,生活中发生的一些事儿早已败坏了我的胃口,比如网络上流传的新闻、坊间流布的流言,让我习以为常地厌倦。还有个原因,也许冯叔把那事儿说得过于完整,太像个虚构的故事,让我忍不住怀疑它的真实性。我曾在一本卷角的书里看过一个叫爱弥尔·左拉的人说的话:"彻头彻尾捏造一个故事,把它推至逼真,用莫名其妙的复杂情节吸引人,没有什么比这更容易,更能迎合大众的口味了……"我希望冯叔不是个令人生疑的小说家。

我用手掩着嘴,偷偷打了个哈欠,突然问:"冯叔,和悦洲的洲尾有没有另一个洲呀?"

冯叔愣了愣:"哦,以前你父亲也问过我这个问题,难道有没有另一个洲就那么重要吗?"

我执拗地继续问:"到底有没有呀?"

冯叔的确老了,他颤颤地端起酒杯:"也许有吧,长江年年月月流来流去,即便现在洲尾没有小洲,难保多年后不会由江沙冲积出一个洲的。要是现在就有那个洲,难保多年后不会被江水冲走的。"

"可是,您的儿子,镇长说洲尾有个小洲,还要我在那上面开发国际自行车训练基地项目呢。"

"是吗?我那儿子……有些不靠谱。"

冯叔站起身来,两眼迷离,脚步踉跄,他的这一动静把院子里的蛩鸣秋声惊了起来。我以为他要抒发感情,可他只是对着一垄韭菜掏出一线尿,一句话都没说。

那晚,洲上邮电所院子里的菜地很绿,就跟门前的邮筒一样,似乎刷上了一层绿油油的漆料。

这天早上,晨光来得早。我躺在床上假寐,苏敏早早起床坐在阁楼的窗前读起书。她有早晨朗诵的习惯,打小落下的毛病。她的朗读声有着话剧演员的舞台感:"他大概是说附近有座喇嘛寺,沿着山谷走,我想我们可以到那里弄点吃的,还能躲避严寒。他把那里叫'香格里拉'。'拉'在藏语中是'山道'的意思。他一再强调我们应该往那里走……"那是本叫《消失的地平线》的书,一个叫詹姆斯·希尔顿的美国人写的,说的是四个西方人进入神秘的中国藏区,寻到世外桃源香格里拉的事儿——那本书是我俩结伴去云南旅游时买的。我知道有人向往彼岸、乐土,有人渴望有个赎罪之地或逃避灾难的诺亚方舟,因而,在开发房地产项目时,我就把一个个住宅项目吹嘘成诗意的栖息地、梦中的后花园什么的,然后从那些被蛊惑的人腰包里掏出钱来。我觉得一个伟大的商人本质上就是个兜售梦想者,我做过的最成功的项目就叫香格里拉,虽然那里没有雪山、青草、美丽的喇嘛庙,却热销一空。

如果不是被不礼貌的敲门声打扰的话,那应该是个美好的早晨。门是被小男孩毛头敲开的,他推开门闯了进来,长满雀斑的脸就像被蛀虫咬坏的红苹果。他兴奋地告诉我,老邮递员犯病了。我一惊,老邮递员犯病可能与昨日那场酒有关,我父亲的工友中就有喝多了工业酒精,提前离开人世的。

我忙问:"那个老邮递员怎么就犯病了?"

毛头撇撇嘴:"他老早就有病了。他就爱瞎说,我奶奶说他的话不能信。"

我皱起眉头想,难道昨日老邮递员跟我说的话也是不可信的?

我问:"那他的……病危险吗?"

"犯个病有啥危险? 不就是犯迷糊,满街追花家超市的花姑嘛。大人们喜欢大惊小怪,我就爱在操场上追班上的女生玩!"

我迟迟疑疑看向苏敏,一时不知该说什么。

苏敏安静地站在窗前,手掌一丝不苟地抚摸着书页。

毛头歪着头,指向窗外:"不信,你们看哦!"

我走到窗前,顺着毛头手指的方向看去。

不远处的花家超市前,聚集着一堆人,就像热气腾腾的包子铺。人群中,老邮递员嘿嘿地笑着,他面红耳赤,手哆嗦着,张大的嘴巴里应该还有昨夜宿醉的酒气。花家超市的那个女老板站在柜台前,隔着三米远的距离警觉地看着老邮递员。她比前日精神多了,烫着波浪头,穿着掩住赘肉的旗袍,趿拉着粉红的拖鞋,浑身上下散发出既艳又俗的气息。她喘着粗气,不时用手指抹抹额角的汗,在泼口大喊:"你们……你们还不把老疯子弄走——"围观的洲人笑着,瞧着热闹。

有人出主意:"花姑,你自己打 110 喊警察来啊!"

有人表示反对:"那不行,他是镇长的老头子,咱们洲上的警察哪敢管他哟。"

有人有些遗憾:"嗯?镇长妈去哪儿了,怎么还不现身?"

有人认真地回应:"她啊,指定去洲尾收豆子去了。"

老邮递员对围观的洲人熟视无睹,忽地笑着朝女老板追去。女老板壮硕的腰肢一扭,竟然灵活地躲开了,引得街面上的空气和洲人的笑声像江水一样荡漾开来。

就在这时,刘家阿婆从人群中挤出,伸手将一根银针扎在老邮递员的太阳穴上,那根银针在晨光中很亮很细,就像颤悠悠的麦芒。老邮递员身子一震,脸上的傻笑就像一层冰融去,茫然地看着围观的洲人。刘家阿婆迅捷地抽去银针,钻进人群不见了。老邮递员眼神活泛起来,慢慢找回自己,一转身走了。这显然败坏了洲人的兴致,围观的人三三两两、无精打采地散去。

我也像被银针扎了一下,浑身麻麻地疼。

毛头收起脸,嬉笑道:"这下镇长家出丑出大发喽!"说着踩得木楼梯吱吱叫,冲下楼去。

我看向苏敏,她没有一丝错愕和惊讶,似乎一切都在她的想象之中。

我嘿嘿地笑:"这……这真是咄咄怪事。"

"是吗?"苏敏脸上浮现挑衅的神情,"你昨晚不是跟那老头子谈得很亲热吗?你应该能理解他的。"

我支吾半天,突然问:"你真的怀孕了?"

"你说呢?"苏敏一脸冷嘲,"没必要给你看医院的检查报告吧?再说你也不相信那些玩意儿,那些玩意儿也能造假是吧?"

我被噎住,无话可说。

我想我该离开和悦洲了。

正午时分,洲招商办的小平头来了,说镇长要为我们饯行。我尚未告知他们我要走的消息,镇长是怎么知晓我的心思的?我的脑海里镇长虚泛泛的眼神蓦地变得锐利起来。我们走到酒楼时,镇长已在门前大红灯笼下迎候了,他的脸上仍是蓬松的笑,伸出来的手仍然肥白而温暖。可走进包厢看见桌上的白酒时,我心一动,一粒石子硌疼了眼。那白酒竟然跟我昨日送给老邮递员的一模一样,果然,小平头多嘴多舌地告诉我,那酒正是镇长特地从自家拿来的好酒,以表达对远道而来的客人的诚意。我像糊信封时不小心弄了一手糨糊,不自在地搓起手来。

酒席上,镇长向我表达了诚挚的谢意,感谢我对和悦洲经济发展的关注,也感谢我曾两次亲自上门拜访他的父母。我以酒遮面,五颜六色地笑。

镇长话风一转:"章总,真是抱歉。那个小洲项目我们已经跟别家公司谈好了,不能与你合作了,真是抱歉哦。"

我连声说:"可惜了!可惜了!"

镇长深深地看着我:"不过,我相信将来我们一定会有合作机会的。"

我连连点头,如鸡啄米。

小平头觉得有些意外:"镇长,那个项目是跟哪家公司谈成了?"

镇长浅笑:"跟一家叫天堂的公司谈拢了,不过,不是搞国际自行车训练基地,而是要在那个小洲上开发公共墓园,向外公开出售墓地!"

小平头"啊"了声,脸就灰了。那个可怜的年轻人哪知镇长在想什么呀。镇长是把老邮递员当街出丑的事儿怪在了我的身上,在对我下逐客令呢。这怨不得镇长,我们谁也不愿父亲出丑,那会给子女带来骨子里的耻辱感。

我们继续喝着我送给老邮递员的好酒,闲扯得天马行空,不着边际,最后在互道再见中友好告别了。

等酒劲过了三分,我和苏敏提着行李箱向和悦洲渡口走去。站在渡口上,我吸着烟回望洲上的长街,在心里向这个江中的沙洲鞠了三个躬,那是我替父亲做的,我和这个洲没有丝毫关系。我吸完烟,将烟屁股弹向江面,优雅地抛出一条下坠的弧线。我把手伸向车钥匙,不远处的宝马响亮地回应着。我知道关于和悦洲的梦境就要远去了。

就在这时,刘家阿婆身影一闪,走了过来。她走得很快,瘦瘦的身子摇摆着,就像水中的莲。

苏敏迎上去,握住阿婆的手。

阿婆目光落在苏敏的腹部,满意地微笑着。

我跟着走过去,阿婆突兀地向我伸出手,我一下子僵住了。

阿婆没看我的脸,急急地掀开我的衣领,踮着脚看向我的肩部,点点头:"没错,是在这儿,是在这儿!"

我身子发冷,我知道我的肩上有块见不得人的斑痕,那是我的胎记。可阿婆怎么知道我那儿有胎记呢? 我可以确定自己是在父亲离开和悦洲后,与纺织厂女工的母亲合作生下来的,跟阿婆没有任何干系,可我还是有种被江水溺住的感觉。

阿婆拍拍手:"我家的小黑找着了……你们走吧,走吧。"

一声长长的汽笛响,轮渡从对岸欢叫着开来,我向阿婆笑了笑,拉起苏敏慌慌地钻进宝马,开车向轮渡上驶去。

当轮渡缓缓离开和悦洲时,我和苏敏站在渡船上,向着渐行渐远的沙洲眺去。刘家阿婆仍站在渡口上挥着手,苏敏也挥着手,两人手腕上的绿色手镯遥相呼应着。我闭上眼,却听见刘家阿婆苍老的喊声传来:"和悦洲尾真的还有一个洲,你们千万得信,要不会发病的——"

(原发《清明》2016 年第 3 期,

入选《长江文艺·好小说》选刊 2016 年第 8 期)

少年的戏法

你看不见我,看不见我!

我能看见你。

你还能看见我吗?

能,能。

……

多年前的秋日,两个伢子坐在黄昏的沙滩上,手托薄脆的蝉壳,一问一答,似乎要一直问下去,可声儿随着江水凉去。这是和悦洲顽童的游戏,伢子们在念着"你看不见我"的咒语,一遍遍地试图验证蝉壳可助人遁身的传闻。在他们的梦里,蝉壳会变成小船,带着他们从洲上逃出。他们觉得洲上太暗了,天光被夜晚偷走了。他们担心沙洲会被江水冲得越来越小,最后沉入江底。他们眺望对岸小城的灯火,眼睛随着星火闪亮。可四面的江水包围着沙洲,他们只能反反复复玩着这个古老的游戏,直到那场雨来临,直到一种叫遁身术或者分身术的戏法隐秘地传开——

正篇：遁身术

1

那场雨从华子的姐姐投江开始，下了整整一个月，下得江水发起骚来，急着要进入一泻如注的汛期。我们东张西望着，盼着潮湿的天气快点过去。那样的天气，我们只能厮混在码头上，窝在候船室里张望着过江贩菜的菜农披蓑挑筐，搬运着青青绿绿的蔬菜和宿夜未消的倦意。我们只能坐在理发店里，隔着湿漉漉的水汽，盯着外乡来的俏女子扭着细细的腰身，给妇人们烫鸡窝头。我们只能去台球室，花上五角钱捣上几杆子，把花花绿绿的球儿撞得滴溜溜乱窜。我们开着沉闷透顶的玩笑，互相挖苦、漫骂取乐，却对洲上的雨水束手无策。偶尔，铁皮斑驳的渡船鸣着汽笛驶来，又突突远去，滑过我们百无聊赖的梦。

那个七月，我们正是猫嫌狗厌的年纪，在洲上中学浮皮潦草念完初中，考不上洲外的学校，就只能无所事事，追鸡逐狗，满街晃荡了，就只能被江水围困在这个叫和悦洲的沙洲上，等着稍微长大些，跟父辈的水泥货船跑码头了。可华子总躲在家里，躲在细雨中发霉的木楼里，不肯轻易出门。我们怀疑他在家磨刀霍霍向大头，因为那个叫大头的家伙让华子的姐姐跳江身亡了。

在我们眼里，华子一直有些奇怪。他父亲去世得早，家里只有他妈、他姐和他，冷冷清清活在蝉壳般的木楼里，风一吹就打着颤儿。也许是没有父亲的缘故，他性子孤僻，不喜欢跟我们打打闹闹，总躲在他家的阁楼上自言自语，听起来就像嘴里有一只奇怪的鸟。他从不玩结伙殴斗的游戏，却爱跟我们捉迷藏，并且总扮演躲藏者的角色。有一回，他跟着夜晚的星星藏了起来，因藏得太深，我们怎么也找不着他，只好散场回家。他不知在哪儿藏了一夜，把他妈急得在洲上游来荡去，呼天唤地，快疯了。当第二天的日头从江面跳出来时，他才自己走了出来，抱着他妈哭了。华子看上去很乖，其实从小就爱玩危险的东西，比如火。他酷爱骑自行车，可只会接生和养蚕的他妈是不可能给他买那种昂贵的铁家伙的。于是，他总变些小戏法逗屠夫家伢子开心，获得骑上屠夫家自行车的权利。那是一辆老式的永久牌自行车，是屠夫运送猪肉过江贩卖的交通工具，笨重而威武。华子平日安静得像兔子，可一骑上自行车就会疯起来，就跟小鸟长出翅膀似的。他骑着自行车在沙滩上兜圈子，不停地敲打着哑铃铛。他忽而仰坐车上，用两脚控制着龙头，任其疾驰；忽而倒坐车上，逆向猛蹬车轮；忽而直立座凳上，向天空摇摆双手，就跟玩杂技一样——但那个雨季来临时，我们觉得华子有些小兽的模样了，因为他跟我们一样长出喉结、胡须来，那就是一种危险的征兆。

那个叫大头的台球室老板比我们大不了几岁，是个街头混混儿。他是个矮墩墩的胖子，齐扎扎的短发中间有块寸草不生的椭圆形高地，那是被人用秤砣砸出来的。他胸前晃荡着磨得发亮的佛珠，手臂上用蓝墨汁绘着龙头刺青，眼睛总斜睨过我们的头顶。他初中没毕业就去了对岸的小城，后来又进号子改造了两年，出来后灰溜溜地回乡开了家台球室。我们想从他嘴里打探些洲外的消息，可他从不肯说，而且一提起他的过往就生气。那样的家伙怎么会跟华子的姐姐搞上呢？华子的姐姐长头发上像流淌着顺溜的江水，身上总有雪花膏的香味。她穿着白色的裙儿，整日坐在自家日杂店的小门脸里，坐在灰扑扑的光线里，仿佛要悄无声息地一直坐下去，坐到她家院里的桂树开花。我们原本以为大头和她没有什么瓜葛，无非是大头每日都摇摆着身子去日杂店，把四元五角的人民币搁在玻璃柜台上，眯着眼对华子的姐姐说:一包红梅。华子的姐姐收下钱,摸出一包黄壳香烟轻轻放在柜台上。大头拿起香烟,摸了又摸,像摩挲瓷器,然后吧嗒吧嗒趿着拖鞋而去。可我们错了,等华子的姐姐跳江后,一些风言风语就从洲人的嘴里传了出来。有人说,大头曾把刀戳在日杂店的门板上,对吓得发抖的华子姐姐说,若哪个男人敢娶她,他就用那把刀把那男人给骟了,虽然骗人不是他的职业。华子姐姐只好绝望地跳江了。有人说,大头让华子姐姐怀孕了,她只好羞辱地跟着江水走了。也有人说,华子的姐姐本不想跳江,是大头强行用石头把她坠入江里的。我们不得不相信:华子姐姐的死是大头一手造成的。

华子姐死后,大头有些蔫了,他不再跷着二郎腿,用一根脚趾挑着塑料拖鞋摇来晃去;不再把香烟斜斜地喷向我们,一副猫捉老鼠的模样;不再像侠客背剑一样斜插球杆,嘭嘭击球,三角进洞一杆收,吆三喝六地卖弄他的台球技艺了。但我们觉得这远远不够,即便警车不把大头重新带走,作为弟弟,作为家里的唯一的男人,华子也应该要对大头采取报复行动。他至少应该拿起西瓜刀,把大头追上半条街吧?我们期待着,期待着码头上风云四起。

于是,我们在台球室里,用力捣着球杆,恨不得把那些五颜六色的球儿捣碎。

于是,我们窥视着华子,在等待着他的雷霆一击。

我们奔走相告:昨晚我听见华子在家磨刀了。

我们不耐烦地猜想:华子真是奇怪,他怎么还没动静? 他不会在家玩火柴棒吧?

2

雨水滴滴答答,一进入八月就停了。华子终于走出关闭已久的日杂店,他胸前仍挂着那个雕刻着麒麟送子的长命锁,仿佛那物件已经是他身体的器官了。他头发又长又乱,嘴唇上竟然长出毛茸茸的胡子,眼神不再像以前那样明亮了。他没有去找大头,只是在洲头洲尾晃来晃去,仿佛在寻找丢失的东西。他把什么弄丢了呢?

我们跟踪了他三天,实在忍不住了,就挡住他的去路,小心地问:"华子,你一个月都没出门,在家干啥呢?"

华子翻翻眼皮:"我……我在家练戏法。"

"啥?戏法?"

我们这才想起华子出身于戏法世家,他爷爷从南方而来,就是靠着变戏法在和悦洲扎下根的。他家阁楼上藏着好多戏法道具,还有一本线装的戏法书。可那些戏法跟大头有什么关系呢?

我们失望了,不屑地看着华子,其中一个做过班长的伙伴生气了,扮出猫头鹰的模样,尖声尖气地喊:"鸟戏法!华子,快动手啊!是大头害了你姐,你就不打算为你姐报仇了?"

"为啥?我姐是自己投江……被江神收走的啊。"

我们冷笑:"华子,你个怂蛋!"

华子愣了愣,看看我们一张张青春痘鼓胀的脸,慌慌地跑了。

那时节,我们讨厌大头,讨厌他大摇大摆踩得青石板路叭叭响,讨厌他嬉笑着摸我们的头,讨厌他在台球室里叼着烟的样子。我们早就想把他打翻在地,踏上一只脚了。于是,再见到华子时,我们叽叽喳喳,撺掇华子为他姐姐报仇雪恨,并答应帮他痛击大头。华子听得脸儿一会儿白一会儿红,跟染坊似的,最后捂着耳朵逃回了家。

我们躲在华子家墙根下,听见他压抑的哭声跟着昏黄的灯火一起扑来。他哭了好久,哭得我们就要失去耐心了。

忽地,他喊:"姆妈,我要杀了大头!"

一个妇人的声音火爆爆地响起,那是华子妈说话了:"为啥?你这伢子魔障了呀!"

"他……他害死了我姐!"

"你莫要听别人乱嚼舌头,你姐……她是自己投江的,怪不得别人。"

"如若不是大头欺负我姐……我姐好好的一个人,为啥要投江?"

"这……"华子妈的声儿打了个结,软了下来,跟屋檐下的雨滴声混在一起,"华子,你十六岁了,长大了,我得告诉你一件事儿……你们方家有种遗传病……那病一发作,人就会自己把自己毁了。"

"啥?"华子愤怒了,尖尖的声音就像攥起的小拳头,"不,我不信!不信!"

"这就是命!……你晓得你爷爷为啥要举家从南方搬到洲上吗?你祖上好几代先人都是自己走上绝路的,你爷爷想把家安在洲上换换风水,可那有啥用?你爷爷就没逃脱那个病,自己跳井了。"

"洲人不是说……爷爷是被红卫兵批斗才跳井的吗?"

"哼!当年洲上遭批斗的人多了,粮店的老板、学校的先生……都被批得头破血流,为啥只有你爷爷跳井呢?"

我们静静听着屋里的对话。我们没能赶上亲眼看见华子爷爷之死,只是道听途说过那场老人跳井的盛况。据说,那个慈眉善目的老头因为曾经给国民党官太太变过戏法,被穿黄军装、扎武装带的后生拴住,像牵狗一样在洲上遛了三天后,就轻轻松松抖开严严实实捆住他的绳子,跳进乾隆年间留下的古井,再也没有出来了。那时,红卫兵们忙着烧庙抄家,却没有抄掉方家阁楼上的道具和戏法书,只拿走了破铜锣,为火红的革命擂鼓助威去了。当然,关于这些,我们只是听说而已,没有发言权。

华子没了声儿。

华子妈接着说:"你晓得你爸是咋死的吗?"

华子的嗓门弱了下来,似乎不敢确定自己说的话:"我爸……不是在赌船上被人打死,扔到江里的吗?"

"你爸是被人打杀的,可你晓得啵?你爸性子刚烈,那时已经晓得自己的病就要发作了,他不想自己了结自己,就拼命喝酒、打架、滋事,想借别人的手整死自己,他那是拿自己的命赌气呀……可还是没有逃脱。"

华子妈一声长叹,把屋里的灯火扑得幽幽一闪。

我们想起了华子爸。华子爸原本是个爱说爱笑、爱逗弄小伢玩的男人。我们每回穿着开裆裤到他家玩,他总会吹口仙气,从我们的胯下抓出温热的茶叶蛋来,给我们吃。可后来,他变了,变得总黑着脸吹胡子瞪眼了。有一回,他跟一帮男人在江中心的船上赌钱,赌输了就抽出刀抢钱,被那些人用渔网罩住,一阵拳打脚踢后扔进了江里,尸体三天后才浮了上来,比他活着的时候胖了一圈,仿佛一碰就要化出水来。后来,案子被公安侦破了,好几个渔民被枪敲碎了脑袋。洲人感叹说,凭华子爸耍戏法的手法,不应该输到抢钱的地步的。洲人还说赌钱害人啊!

华子妈的话儿又传了过来,那声音让我们想象出一幅画面:她正闭着眼,吹着刚从灶膛里扒出来的马铃薯,那个果实太烫了,让她张开的嘴里咝咝冒着热气。华子家常年吃那种植物的地下根块,那让华子常常连绵不断地放出烘臭的响屁来。

"你姐也有那病……你记不记得你姐投江前,就像换了个人似的?她整日茶不思饭不想,对着镜子照来照去,自己跟自己说话儿,老鼠吱吱叫一声,都能把她吓一跳……她那就是犯病了。就算没有大头,她也会走上不归路的……我早就晓得会有这一天,可没想到她会走得这么早……太早了哦!"

屋里的黑色被灯火撕碎,又补缀成一片。

半晌,华子的呻吟声断断续续飘出:"咋会有这种病? 为啥我家人……一犯那病就要死?"

"那种病犯起来,就跟鬼缠身一样,就觉得活着没啥滋味,就想死!那是老天爷对你们方家的诅咒! 你们方家哪个能逃脱这个命?"

华子愤怒的喊声炸起:"不,不!姆妈,你骗我,你在骗我!"

华子妈的声音一下子被风吹皱了:"华子,妈骗你做甚?"

"你是怕我找大头报仇,斗不过他,就编这事儿骗我。姆妈,你莫用担心,强子他们说了,他们会帮我修理大头的。"

月亮不知何时出来了,乱乱地白,让我们想起华子妈的头发,其实华子妈还没老,可她的头发杂白了。

"华子,妈咋会骗你?再怎么着,妈也不能拿你爷爷、你爸、你姐的事诓你啊!人都逝了,逝者为大,我咋能对他们乱嚼舌头?"

华子没了声儿,像被夜色吞没了。

就在灯火熄去时,华子似乎喃喃了句:"那我啥时候犯那种病呀?"可没有回音,只有洲畔的江水喋喋不休声传来。我们不喜欢那条江,那条江跟脐带一样,把我们拴在洲上了。

我们从华子家散开,不知该不该相信华子妈的话。

我们深一脚浅一脚地跟着萤火虫乱跑,在青石板的巷子里转悠,差点迷路了。

3

华子又一连好几日没出家门,窝在自家的阁楼上,翻看祖传的戏法书。那本书有些年头了,线装,宣纸泛黄,上面爬着蝌蚪样的文字,还有图画,有几分像码头旧书摊上的连环画,却没有故事,很是枯燥。我们不知道华子为什么会看得那么津津有味。

我们三三两两地去敲华子家的门,可他妈总站在门前,警惕地摸着门环说:"你们莫要打扰华子,他要在家练戏法呢。"

我们纳闷:"他学戏法做甚?"

华子妈叹了口气,又叹了口气:"你们这些伢子,不念书了,总得学门手艺养活自己吧?我家华子不能跟你们比,你们能跟家人上货船跑码头,我家没船,华子能干个啥?"

我们回答不了这个问题,只能无功而返。

我们想:也许要不了多久,洲上又会出现一个戏法师的。据说,当年和悦洲码头很热闹,江汉轮来来往往,形形色色的人在码头上扎堆儿,有耍猴的、碎大石卖大力丸的,迎送着上下江做生意的人、去九华礼佛的香客,还有一些行踪诡秘的人。其中,华子爷爷变戏法的名声甚大,方圆百里无人不晓。我们知道华子家人身上有着与洲人不同的气息,无论华子爸、华子姐,还是华子,都有一双忽亮忽暗的眼睛,透出一股子捉摸不定的光,好像一眼就能看透人的心思,好像藏着奇幻的秘密,好像在做一个长长的梦,让人忍不住多看几眼,那也许就是戏法世家才有的眼睛吧。现在,华子莫非要重振当年他爷爷的雄风?我们虽然对华子不向大头寻仇有些遗憾,但还是期盼他自学成才,成为响当当的戏法师,至少可以让小鸟在青花瓷碗里快活地跳舞吧。

那时节,我们不相信奇迹,却又不肯失望。有一天,我们实在忍不住了,就用口哨把华子唤了出来。我们说:"华子,整日待在家里,会闷出病的,我们去捣台球吧。"华子犹豫了半晌,才跟着我们走向大头的台球室。大头不在屋里,这让我们多少有些遗憾。可华子一进台球室看见那些五颜六色的圆球儿,就像坐上急浪里的木船,竟然头晕目眩,扶着墙呕吐起来。我们只好扶他回家,可他一走出台球室就好了,边走边低着头喃喃:"为啥我家要遗传那种病呀?我的病快发作了吗?我也会自杀吗?"他问得焦灼、无奈而惊慌,可我们没法回答他。他有些恼了,抬眼瞪着我们说:"你们晓得吗?我半夜总做噩梦,梦见满阁楼的鬼魂要抓我。我要练个戏法,从和悦洲逃走,逃开家族的遗传病!"我们被他瞪痛了,我们觉得他是真病了,我们真心希望他能练成某种戏法,从他家族的诅咒里逃出去。可华子真的能练成那种戏法吗?天下真的有一种戏法能让人逃遁吗?

我们不再打扰华子,我们知道江里的河蚌、青鱼、螺壳各有各的活路,谁也不能让它们活成一个球样。我们记得华子的姐姐,小时候我们溜进日杂店偷水果糖时,趴在柜台上做作业的她会扬起眉毛笑:"你们这些小馋猫,去偷吧,别让我姐姐看到了,要不她会打折你们的手!"我们知道她没有姐姐,都以为那只是她吓唬我们而已。那时,我们身上有鱼腥味,外乡人见到我们都做掩鼻状。我们虽然想从洲上逃出去,却为这心恨起外乡人来,可华子的姐姐细眯着眼睛对我们笑着说:"谁身上没有味儿呀! 你们只要多洗澡,就没味了。你们用用花露水啊,六神牌的哦。"我们信了,因为我们闻到她身上有股桂花香。我们不再为自己的气味羞恼,都觉得她像个小小的母亲,虽然她看上去并不比我们大。为此,我们私下里决定:为了华子姐姐大眼睛里迷迷蒙蒙的笑而战。我们深知码头是打出来的,在这和悦洲码头上,我们的祖辈——那些分别归属于六邑帮、两湖帮等八大帮的跑船汉们,就曾争夺码头、角逐鹊江,我们不能没了先人的血性。我们商议:在某个夜晚,用麻袋罩住大头,把他饱揍一顿,再扔到江里喂鱼。于是,我们开始暗地里盯梢大头,各自寻找他身上最适合下手的部位。我们开始准备麻袋,一致认为豆腐坊装黄豆的麻袋最适合大头的体型。我们用弹弓打碎台球室前的路灯,以便制造月黑风高夜。我们忙得险些忘了华子。

那天黄昏,我们围坐在洲尾的江滩上,轮流吸着一支烟,让一缕烟雾传来传去。不远处的芦苇荡里,野水鸭停了聒噪的叫声,江水卷去了酷热的暑气。被江水淘了又淘的沙滩很软,在我们的屁股下打滑儿。我们都感觉到自己,甚至整个和悦洲,正随着沙子滑向江水。我们没有说话,被越来越黑的暮色封住了嘴巴。

忽地,华子的身影飘了过来,就跟打水漂的石子一样。

我们纷纷站起,不知谁喊了一嗓子:"华子,来一个!"

华子走近,站住,疑惑地扫视着我们的脸,讷讷地说:"来啥?"

"来个戏法呀! 你不是在家练戏法吗? 先给我们露两手吧。"

华子"哦"了声,像是醒过神来,随手从裤袋里掏出一根红绸布,扬了扬,迎空一摆,红绸布就变成了一把打开的纸扇。

我们目瞪口呆,没想到华子这么快就练成了这一手。可我们能感觉到他戏法耍得有些浮皮潦草,是在敷衍我们。我们只好把拍掌声、叫好声缩回了肚子。

华子眼儿仍很亮,可一脸倦色,那应该跟半夜噩梦有关。

有人哼哧两声,问:"那个,你啥时候在码头上正式练摊呀?"

华子一屁股坐下来,把纸扇拢起:"其实……其实我只想练遁身术。"

我们瞪大眼睛:"遁身术?啥叫遁身术?"

华子神情落寞,他说遁身术就是戏法师把自己变没了的古戏法——明朝永乐年间,白莲教女首领唐赛儿被捕入狱后,就是用叫作神仙索的遁身术在众目睽睽下逃走的。

我们问:"那你们家的遁身术是咋样的?"

华子说他家祖传的戏法书上说,他家的先人先把自己绑起来,塞进大戏法箱里,锁上铜锁,再打开戏法箱,箱里的人就不见了。

我们见过华子家的大戏法箱,小时候还在里面捉过迷藏。那是个楠木箱,红漆剥落,吊着个锃亮的铜锁,就像小型的迷宫。

我们兴奋地拍拍屁股上的沙子,围向华子。

华子慌得后退了三步:"你……你们要干啥?"

我们嬉笑:"那你告诉我们,戏法师究竟藏在哪儿了?是怎么逃脱的?"

"这个……这是戏法的门子,我不能告诉你们。要是你们都知晓了,那戏法耍起来就没意思了……人活着得有秘密。"

我们毫不在意华子的话,叽叽喳喳地猜测起来:要么那个楠木箱有暗格,华子的先人会缩骨功,把自己变小,藏进暗格里;要么木箱下挖有暗道,华子的先人能悄悄从暗道里逃出木箱……我们说得兴高采烈,连江水也跟着鼓噪起来。

华子的脸红了又白,突然大声说:"你们别瞎猜了! 我要学的遁身术跟我祖上的不一样,我要让人把我塞进谁都能看得见的玻璃箱里,再……再放进江里,在你们眼皮底下从玻璃箱里逃走……真正的逃走!"

华子说话声又尖又脆,我们噤口了。

华子干瘦的胸脯起伏了片刻,转身跑去,边跑边喊:"我会练成遁身术的!"话声未落地他就逃进了淡淡的夜色里。

4

华子又缩回了家里,他真像他妈养的蚕宝宝,也许遁身术就是他要破茧而出吧。

我们经常听见华子妈嘈嘈切切剁蓖麻叶、椿树叶、桑叶,听见夜半他家的蚕哧啦哧啦吃桑叶,那让我们怀疑整个洲上只有他家在下着细雨。我们不敢轻易走进他家,怕一不小心踩到蚕。自打华子爸死后,他家的门关得勤,灯熄得早。他妈对他看管得也很严,半日不见儿子,就站在码头上栖栖惶惶地喊:"华子,回家喽——"因而,作为洲上的伢子,他还不会游水,被我们嘲笑着。很久很久以前的夏天,我们从江里爬上沙滩,四脚朝天晾晒着光溜溜的身子,华子蹑手蹑脚走来,羞怯地看着我们问:"你们家大人就不怕你们被江里的大鱼吃了?"我们被他傻傻的问话引得哄然大笑,比江水还响。而在拍初中毕业照那天,我们像从牢笼里放出的野狗,在洲尾的江滩上乱窜。华子轻手轻脚跟过来,满脸忧郁地问:"你们说,如若我离开和悦洲,去很远的地方,我妈会不会死? 她离了我不会活不下去吧?"我们被他傻傻的话引得开心大笑起来,把江里的小鱼都惊跑了。我们都觉得华子是个没有断奶、长不大的伢子。那也许跟他妈是洲上的兼职接生婆有关,他悄悄吃了不少婴儿的胎衣,那些胎衣可能像蝉壳一样裹住了他。

华子家悄无声息地蛰伏在巷子里,被洲人忽略着,被忽略的还有少年华子。当夏日的暑气在江面上蒸腾得越来越烈时,我们暂时叫停了密谋的行动,耐心地等待着戏法师华子的出场。我们不再满街溜达,门外的青石板街面、江滩上的沙子被日光晒得太烫了,我们宁愿躲在家里下缺了一匹马的象棋,也不愿被晒化。可就在那时,我们听见三次叫声从华子家灰旧的院落里传来,那让我们撒开脚丫狂奔而去,就像听到紧急集合号一般。

第一次尖叫声是华子发出来的,先有个呜呜咽咽的前奏,然后细针一样刺向暮色沉沉的黄昏。我们赶到他家时,看见他抱着头蹲在地上喊叫,形状跟青蛙有几分像。华子妈正撕着一本书,撕得咬牙切齿。我们从没想到那个忧郁的妇人会露出那种凶狠的样儿,她边撕书边恨声大骂:"你个摊炮子的! 我让你学戏法,是为讨个生活,寻个活路。谁让你练遁身术? 你练练小戏法,哄哄人就成了,为啥要练那么危险的大戏法? 为啥,为啥呀?! 你是要气死我呀! 你都这么大了,还不懂事! 你不知妈心里有多苦吗?"华子妈的叫骂声,由铁钉慢慢变成了被雨水打湿的棉花。华子抱着头,拼命地尖叫,就像刺猬。我们不知所措,怔怔地看着那本戏法书变成碎片撒落一地,像下雪。华子妈像做了一番重体力活儿,没撒完书就散架了,扑上去一把抱住华子,哭喊:"我苦命的伢儿啊!"华子停住尖叫,身子打着颤儿,像是要扑进他妈的怀里,又像要挣开他妈的拥抱,跟通了电似的,跟捕进笼子里的鸟似的。这样的场景不宜旁观,我们随手关上院门,悄悄退出他家,任由灰院落里起风下雨。

后来我们才知道:华子为练遁身术,把头扎进自家的水缸里练憋气,把自己绑在桂花树上练逃脱,被他妈看见了,这才引起这场风波。我们觉得华子妈小题大做,有些多虑了:难道华子会把自己栽成水缸里的荷花? 难道华子会把自己变成桂花树? 华子妈是个怪人,那个妇人平日总是一副担心受怕、疑神疑鬼、神神道道的样儿,她经常蹑手蹑脚去邻家偷鸡蛋煮给儿子吃,惹得儿子总放臭屁。她见不得儿子身上有伤痕,哪怕抓痒抓出来的指甲印,都会让她胆战心惊。她常常夜半去洲尾生生庵,为儿子供上几炷香。她每个端午都要用艾草给儿子洗澡,说那样可以驱邪。我们怀疑她有病,我们无不遗憾地想:经她这么一闹腾,华子的遁身术大约是练不成了。我们不希望华子成为理发师或者油漆匠。

第二次惊呼是大头发出来的,突兀而起,像是火药炸鱼的哑炮。我们走到华子家时,看见大头被绑在桂花树上,正一脸惊愕地看着满脸怒容的华子。

我们兴奋起来:难道华子终于向仇人下手了? 我们欢呼雀跃:打啊! 打死狗日的! 我们挤上前,用脚尖、拳头敲打着大头的头、胸、腹。大头的鼻子流血了,花衬衫被撕烂了,可他不出声,只是睁大牛眼魔障般盯着华子,对我们视而不见。

我们高喊:"狗日的,你也有今天!"

大头这才醒过神来,转过脸看着我们,蜗牛鼻耸了耸,慢慢流出泪来,却在笑,貌似疯子:"好! 好! 你们打啊,打啊!"

我们很生气,又来了一阵暴风骤雨。

华子说话了:"别打了! 我姐的事……不怪他。"

我们好奇地看向华子,像看鱼长出了脚。

华子眼睛通红,脸上挂着泪花。

大头喊起来:"你姐是我害死的! 是我害死你姐的! 我要是……懂她,她就不会死! 我……我没想到她会走上那条路,我混球啊——"他边喊边挣扎,绳子在他的身上勒出沟沟壑壑,胸前的佛珠一粒一粒跳了下来,四处逃散。

华子走上前,伸出手想要擦去大头脸上的血渍,却又缩回了手。他定定地看着大头,半晌才说:"大头哥,你能帮我吗?"

大头停住喊叫,张着黄牙森然的嘴,小心地问:"你想做啥? ……"

"我想练遁身术。"

"为啥?"

"我要从洲上逃出去。"

大头长长"哦"了声,很小心地说:"那我咋样帮你?"

华子眼睛发亮,"你答应我,以后你得帮我照顾好我妈,要养老送终……你肯答应我吗?"

"行!可是……"

华子笑了,那是我们从没在他脸上见过的笑,像婴儿的痴笑。他随手一划拉,绑在大头身上的绳子就松落在地,像条蛇。

华子犹豫了一下,上前抱了抱大头。

大头撇着嘴僵僵地躲闪着,似乎不习惯男人之间的拥抱。他傻傻地两眼看天,喃喃着华子姐姐的名字。

我们跟着大头朝天上看去,天上,有一只水鸟拍打着翅膀盘旋而过。

事后,我们才知道:那天,华子妈要去九华山烧香拜佛,就让大头在家看守华子,不让华子练遁身术。当华子把头伸进水缸学鱼吐泡泡时,大头就把华子的头拎出来。一次又一次,大头累得直喘气,也被弄烦了,于是就把不老实的华子捆在桂花树上。可没想到华子轻松地从绑索里逃脱开,不知怎么反而把大头绑了起来。大头这才发出那声见了鬼似的惊呼。我们很高兴,看来华子的遁身术练得有模有样了。我们暗暗想:如若我们能练成华子那一手,公安的手铐就会对我们失效了,那该是多么美好的事儿啊。

第三次尖叫是华子妈发出来的,颤颤悠悠,跟码头上算命先生拉断二胡弦一样。其实,并没有发生什么大不了的事,只是华子昏倒在水缸里了。我们赶过去,把湿漉漉的华子从水缸里捞出来,抬到他家的凉床上,就跟把一条大白鱼放进马槽里似的。华子妈找来洲卫生所的医生,那个背着红十字药箱的家伙说华子并无大碍,只是被水憋住气了。华子醒来后,发起烧来,烧得脸都红了,不时说着胡话。他有时

大汗淋淋地喃喃:"我累啊……我喘不过气来了!"有时梦魇般惊醒:
"别抓我,别抓我!我要逃出家族的诅咒……你们放了我啊!"有时在
梦里偷偷地笑:"我会遁身术了,我能逃走了……"洲上的神婆说华子
是被水鬼吓得丢了魂儿。于是,华子妈一到黄昏就站在码头上,对着
空阔的江面喊:"华子,回家哦!伢子,回家哦——"我们很着急,我们
知道洲上的少年在这个季节发烧,就有可能烧成傻瓜或者奇异的人,
我们不希望华子成为那样的人。

5

华子的病好了,他没有多大变化,只是比以前消瘦了。

这是个阳光明媚、万里无云的日子,在大头的操办下,新戏法师华
子的首场演出在码头上举行了。大头穿着笔挺的西服,胸前飘着红领
带,敲着铜锣跑过一条条街巷,引得洲人蜂拥而来。我们注意到,戏台
地毯跟大头台球室的台球布一样绿,台上摆着个玻璃箱,显然是用华
子家日杂店的玻璃柜台改造而成的。华子站在台上,穿着那件总挂在
他家阁楼上的大黑袍,显得单薄而瘦小。大头站在台侧,那身齐整的
打扮让他看上去就像个局促的新郎。华子妈坐在戏台下的藤椅上,破
天荒地笑着。洲人将戏台团团围住,吹着口哨喝着彩,就连不远处的
江水也啪啪拍起了巴掌。

之后的事情我们不愿再多说。记得当时华子好像向台下的洲人
抱拳说过"父老乡亲,多谢捧场"之类的话,好像表演过口中喷火之类
的戏法,因为当时拍掌声、叫好声太吵,我们记不清了。

后来,华子终于表演遁身术了。他让大头把他绑成粽子状,放进
玻璃箱里,锁上铜锁,然后抬到跳板上,缓缓放到江上。码头静了下
来,围观的洲人悄声跟过去,盯着浮在江面上的玻璃箱,盯着与我们隔
着玻璃的华子。我们目不转睛,看见华子飞快地耸身缩骨,解开身上

的绳索,作势要穿过玻璃而去。就在那时,一片大水浪扑了过来,浑浊的江水把玻璃箱卷进了江里。我们惊呼:华子——可我们两眼空空,不知华子是穿过玻璃箱逃脱了,还是被江水留在了江底,只看到玻璃箱浮上来时已经空了。

从此,华子就失踪了,有人说他淹死了,有人说他成功逃脱了。

我们相信:他去了西双版纳。

反篇:分身术

1

那是莲儿为我一个人耍的戏法,现在想起来就是个梦。

你应该记得 80 年代末和悦洲码头是啥样儿。那时,一条台阶鱼脊般从长街伸入江里,两旁候船室、理发店等各种零碎的小店小摊挤得满满当当。如若那时你在那里看见一个头剃短发、胸挂佛珠、吊儿郎当的家伙,不用搭理他,他活得有些不耐烦,他就是我,洲上的人都叫我大头。我的台球室就趴在候船室斜对面,我没事时就眺望铁壳渡船渐行渐近或越来越远。那跟我没啥关系,自打在政府的号子里待了两年回乡后,我就不打算离开这个洲了。好多年前,对岸的小城就跟风骚的女子一样吸引着我,我一直想离开和悦洲,于是初中没毕业就偷偷逃了。可正如候船室整日播放的歌唱的那样,外面的世界很精彩,外面的世界很无奈。我在城里犯了事,坐了牢,回来后就再也不想走了。我喜欢满码头的鱼腥味,喜欢看逃学的伢子在台球室里撒野,喜欢听野水鸭在芦苇荡里嘎嘎乱叫,不出意外的话,我会这么天长地久地活下去。

我每天都要去后街莲儿日杂店买烟,就跟我妈见天就给铜菩萨供香一样,那样心才能妥帖地安顿下来。那家日杂店是天下最寒酸的小店,它只是个窄小的门面,中间摆着一截玻璃柜台,里面摆放着香烟、糖果、发夹之类的小物件。店里的两侧是木头货架,上面站着低档白酒、油盐酱醋,货品少得可怜。除此之外,只有一把藤椅和一台黑白电视机了。整个日杂店又小又暗,就像伏在鱼檐灰瓦的街巷里的黑猫。但那儿有一棵桂花树,一到八月就会开出淡淡的花。莲儿总坐在那家小店铺的阴影里,脸儿在白花花的黑白电视前白亮亮的。我喜欢她,从八岁开始就喜欢上了她。一次上语文课时,老师骗我们说:人不能一脑两用,比如不可能用左右手同时画出不同的图儿。莲儿听完立马走上讲台,一手拿起红粉笔,一手拿起白粉笔,在黑板上同时画起来,竟然左手画了个红红的圆,右手画了个白方块——就在那刻我爱上了她。我晓得莲儿父亲殁得早,家里只有孤儿寡母,洲上的男伢常欺负她,女伢都不愿跟她玩跳皮筋的游戏。她只好躲在她家的阁楼上,一个人左手玩着右手,或者用小刀分割着不能再小的橡皮,或者一个人站在镜子前,一会儿眉眼生动地唱着黄梅戏,一会儿拍着小手给自己鼓掌,一唱一观扮着两个角色。她显得有些神秘,我不能不喜欢她。说实话,我九岁毒死铁匠家的狗,十一岁踢伤眼镜老师的蛋蛋,十三岁打断异乡人的腿,干过的很多事情就是为了引起她的注意,可她很少瞧上我一眼。因而,当我日复一日走在去往莲儿日杂店的路上时,心里软软的,有一种走向往日的感觉。我很想跟她说说话儿,说啥都行,可每回我跟她隔着玻璃柜台办完买烟的手续后,就像一对哑巴了。

有一天,我终于下定决心要跟莲儿说些啥,于是就在傍晚走进日杂店,对莲儿说:"来瓶啤酒!"那似乎出乎她的意料,她有些惊讶,长睫毛抖了抖,迟疑地递上一瓶绿瓶的啤酒。我挺起身,拎起酒瓶,用牙咬开瓶盖,用深情的长吻灌完了啤酒。我张嘴想说出早已想好的话,可一个酒嗝把那话硬生生地逼了回去。我只好说:"再来一瓶!"她犹豫片刻,又递上一瓶啤酒。我又用牙齿去撬瓶盖,可这回不慎把一颗臼牙咬了下来。我疼得"噢"了声,放下瓶,捂住嘴。她惊得短促地叫了声,又咯咯咯笑开了。那笑声就像一股管涌的江水,吓了我一跳。我没想到她的胸脯里藏着鸽子。我也咧开流血的嘴傻笑起来。笑声真是个好东西,之后我俩就开始说话了,越说越多,越说越软,谈话的地点也从日杂店转移到洲尾野鸭宕的废船上,以及能够避开洲人眼睛的地儿。

两个人在一起时,莲儿总问我洲外的事儿,看得出她很想去对岸的小城。洲上的女子都想离开和悦洲,她们出逃的道路主要有三条:一是考上学校,远走他乡;二是招工进厂,做个城里人;最不济是嫁给对岸工厂里或老或丑的工人。一旦她们逃离和悦洲的计划得逞,就会野水鸭变成天鹅,让同伴羡慕不已。我不想跟莲儿说洲外的那些事,可她却跟我说她早就去过城里了。她说她曾跟和悦洲中学的化学老师谈过恋爱,后来化学老师调到城里中学去了,要带她一起走。虽然她为了照顾家留在了洲上,可在梦里另一个她早跟着化学老师走了。她说得有鼻子有眼,甚至说到了化学老师腮下有颗痣,说到了化学老师筒子楼宿舍的灯光,说到了城里服装店的塑料模特,让你不便怀疑那是她编的故事。

我喜欢听莲儿躲在夜色里说话,即便她说的只是她的梦。

我想,我和莲儿大约是谈情说爱了。

2

莲儿悄悄跟我说她会分身,我本以为那只是说笑而已。

那天晚上,月亮太亮了。我早早把台球室打烊,等着莲儿到来。当铁匠家的黑狗叫了三遍后,莲儿终于来了。她一进屋就关上门,拽灭了电灯。我有些纳闷,看见尚未漫开的黑色里,两支红蜡烛从莲儿的手里亮起来。她穿着白裙子,披着长发,手托花烛,绕着台球室转了一圈,就像托着灯笼的凌波仙女。我看得有些发呆,呼吸粗壮起来。

莲儿走向屋角老式穿衣镜前,轻轻地叹:"多好的镜子啊!"

我不知道那面破镜子有啥好的,那是我妈的嫁妆,红漆早已脱落,跟长了癣似的。我妈嫌它放在家里占地儿,又舍不得扔掉,这才让它落户在台球室。

没等我说话,莲儿把蜡烛搁在桌上,将穿衣镜搬上台球桌,纵身跳上,说:"我给你耍个戏法吧。"

我知道她出身戏法世家,却从没见识过她家的戏法。我好奇起来,问:"啥戏法?"

她站在台球桌绿绒布上,站在老式穿衣镜前,直直地看着我:"分身术!我们家祖传的彩戏儿,就是一个人分身成两个人!"

我脱口而出:"咋可能呢?"

她笑而不答,双手牵着裙角行了个礼,就像小鸟掀起翅膀。

我目不转睛地盯着她。

她念念有词,突然伸手向穿衣镜里抓去,轻叱一声:"出!"

烛光一闪,一阵光线乱舞后,我真真切切地看见另一个莲儿从镜子里走了出来。台球桌上出现了两个一模一样的莲儿,只是一个穿着白裙,一个穿着红裙而已。

我揉揉眼睛,准备细细分辨,不知从哪儿吹来一阵风,吹灭了蜡烛。

等电灯泡亮起时,台球桌上就只剩下白裙莲儿了。我恍惚做了一个梦,便央求莲儿再耍一回,可她却跳下地,留下嘻嘻的笑声,拉开门走了,走回门外白花花的月光里。

我虽然是个没心没肺的人,三两酒下肚就能呼噜响一宿,做梦对我来说是件奢侈的事,可我跟你一样,并不相信那晚的事儿真实发生过,觉得那可能是个梦。

没想到莲儿真的能分身。

那夜,我发高烧,正躺在台球室的铁床上发着汗,莲儿来了。她给我带来了退烧片和黄皮大雪梨。她摸摸我的头，又摸摸自己的头，仿佛发烧的人是她。她见我嘴唇发焦，就拿起水果刀给我削起梨来。她的身影跟坐在日杂店里一样，安安静静，仿佛是桂花树。她削得很细心，慢慢将雪梨的黄皮刨成一圈花瓣，露出雪白生津的梨肉来。我半睡半醒地看着她，恍惚在看墙上的一幅画。

莲儿忽然说："我讲个故事给你听吧。"

我靠在枕头上，点点头。

"其实我有个孪生姐姐，她也叫莲儿。"

我轻笑，没有指出她在说谎。我知道她没有姐妹，只有一个叫华子的弟弟，那小家伙很有打台球的天赋，经常跟他的同学赌球，赢得三两张皱巴巴的钞票。我知道要不了多久，他的球技就会超过我。

"我一直跟我姐待在一起，一起吃饭一起睡觉一起玩，可我和我姐关系不好，从小就争争吵吵，争抢一些东西，比如一条花裙子、一只蝴蝶结。你是晓得的，我性子好静，害羞，闷葫芦一个。可我姐性子野，啥事都敢干。比方说，我不会游水，可她常常夜半游过江去，还脱光衣服，真是羞死人了。我爸活着时，偏爱她，只教她练戏法，我只能眼巴巴站在边上干瞧着。她干了坏事，总赖在我头上，害得我总挨骂。"

莲儿声音细小，就像飞过一群蜜蜂，让我有些头晕。我想她是在编故事，为我解闷儿。

"上中学时，我和我姐喜欢上同一个男生。我一见那男生就心慌，就跑，就故意不搭理他，生怕别人知晓了我的心思，会笑死我的。我姐却跟那男生有说有笑，还一起钻油菜地，不闹个满城风雨不罢休似的。那时，睡在床上，我就跟我姐吵。我说她不知羞，不要脸。她说我假正经，假清高。你说，我俩谁错了？"

我没想到莲儿会突然发问，只得假装头疼，用手指揉着太阳穴。

莲儿眼神散开，没有继续追问，又自顾自说了下去："我从小就是个乖伢子，我只想陪着姆妈、弟弟在洲上过一辈子。可我姐心野了，总想到洲外去。她说城里有高楼大厦,有轿车,有玻璃橱窗……比和悦洲亮堂多了。"

我想跟她开个玩笑:"那后来……是不是你姐跟那个化学老师谈恋爱,跟他去城里了?"

莲儿警觉地瞥了我一眼:"咦?你是咋晓得的?"

看着她那认真的样儿,我实在忍不住大笑起来。我说:"莲儿,那你姐姐现在在哪儿?"

莲儿把头向窗外探了探,将食指竖到唇边嘘了声:"小声点!我姐来了!"

果然有轻轻的脚步声传来,我莫名紧张起来,眺向窗外。

"我来了!"

莲儿的声音在我耳边响起,我惊回头,发现削梨的莲儿忽然像变了个人似的,她眼里没了淡淡的雾气,却开起娇艳的桃花。

她嬉笑:"我就是姐姐!"说着猛地放下雪梨,一把抱住我,火辣辣地跟我亲起嘴来。

我以为莲儿是跟我开玩笑,可瞬间就用舌头感觉到莲儿真的变成另一个人了。以前,莲儿的嘴唇是清凉的,就像含了一片荷叶。可现在莲儿的嘴唇是温热的,就像喷出一团火。以前的莲儿身子是绷紧的弦,微微发颤。现在的莲儿身子是波浪,卷着一阵阵浪头。我闭上眼,却分明看见红裙莲儿和白裙莲儿变来变去。我真的相信她能分身变成一对孪生姐妹了。

后来的日子,我看见了两个莲儿:一个是白昼的莲儿,一个是夜晚的莲儿;一个是水一样的莲儿,一个是火一样的莲儿。那年那月,如若你看见一个女伢文文静静坐在莲儿日杂店里,用剪刀铰着指甲,闲闲地嗑着瓜子,眼神迷蒙就像做梦一样,那就是水莲儿;如若你看见一个女伢光着脚丫站在台球桌上,在放肆地大笑,在跷着脚展示她的红色脚指甲,眼神跟失火一样,那就是火莲儿。水莲儿温柔体贴,胆小忧愁,爱悄悄落泪,有几分像小学会弹手风琴的女老师;火莲儿霸道撒泼,无所顾忌,有几分像豆腐坊那个招蜂引蝶的女老板。水莲儿说,她就爱待在日杂店里,看木板墙上的霉斑漏痕,猜想那是织网的大蜘蛛、忙着搬家的蚂蚁,猜想那会长出蘑菇来,那让她觉得很有意思。火莲儿说,她又过江去城里的小酒馆厮混了,那些男人一沾酒就叫她姑奶奶,就像拴在她腰带上的一条条狗。有时,莲儿站在台球桌上,翘着下巴问我:"说啊,你到底喜欢哪一个莲儿?"我讷讷不语。她又问:"你能看见两个莲儿,害怕吗?"我还是不吱声,尴尬地笑。我觉得自己就像在两个莲儿中间荡秋千。说实话,两个莲儿我都喜欢。

有时我心生怀疑,就问莲儿:"你真的能分身吗?"

莲儿笑:"当然喽,我身上本来就住着姐妹俩嘛。"

我有时发蒙犯傻,就问莲儿:"那是不是我的幻觉呀?"

莲儿笑:"戏法本来就是让人从平常日子里逃开的幻术嘛!"

我知道就凭自己的脑瓜是弄不明白这件事的,只好认为:也许这是戏法世家的女子天生异常的地方吧,要不戏法师怎么能变出那么神奇的戏法来?

不管怎么说,莲儿的分身术都是我一个人的张灯结彩。

3

日头是失去弹性的皮球,在江上跳来跳去。

自打隔壁开了家录像厅后,我守在台球室里,总能听到录像厅里人嘶马吼、打打杀杀,仿佛全世界的仇杀都集中在那个黑漆漆的屋里了。那儿不停地放着港台武打片,把候船的人、逃学的伢子吸引过去,抢走了我的不少生意。我有些无聊,心里长了荒草似的,幸好有莲儿可以想着。我俩见面的机会并不多,偷偷摸摸,就跟当年地下工作者似的。我俩从不提谈婚论嫁的话题,也许那时我俩还没有从青春期走出，也许我俩觉得那些琐事还很遥远，也许我俩对所谓的未来毫无把握。你应该有这种生活经验：在学校念书时写过太多的作文《我的理想》，可一出校门才知道那些作文只是自欺欺人，我们不应该再犯这种错误了。我唯一心烦的是，我常常牙痛，即便你不是医生，也应该知道那是啤酒瓶盖崩坏臼牙落下的毛病。

可就在那个雨季来临之前，莲儿在野鸭宕的废船上，对我说："我想除掉两个莲儿中的一个，让自己变成一个人。"

我被她的这个念头吓了一跳，比她要杀死一个真正的人还吃惊。我问："为啥？"

莲儿眼睛红了，是那个水莲儿。她仰起脸，用手将了将头发："我累了。我姐和我整日吵来吵去，我真受不了啦。"

我有些担心："那你姐妹俩变成一个人后，你会咋样？会不会少胳膊少腿呀？"

莲儿的眼神黯然，有些伤感："不会……我还是我。其实每个人心里都住着两个人，我只是用戏法唤醒了她们……只是除掉一个莲儿后，我就耍不成分身术了！"

我脱口而出："你为啥要耍分身术啊？"

莲儿垂下头："我……我不能离开这儿，不能离开我妈和我弟弟……我只有让另一个自己，从这洲上逃走了。"

我含糊地劝她："那就算了吧！会分身不是挺好的吗？"

莲儿一字一顿："我晓得自己一辈子离不开这个洲了，我想让自己身体里就住一个人了！"

我不说话，闷闷地抽烟。

莲儿把脸凑过来，顺嘴在我脸上啄了一下，我知道那该是火莲儿。

火莲儿嘴角总挂着邪邪的笑，那种笑又像昙花出现了。她扳过我的肩，似笑非笑地看着我："你说，你想让哪个莲儿死，哪个莲儿活？"

我不敢正视她的眼睛，躲闪着。

她盯着我："说啊，你到底喜欢哪一个？"

她问得咄咄逼人，我只好嘟囔："都喜欢……这事儿，你自己定吧。"

"那你得做好准备哦。如果是我，你就得带我离开和悦洲；如果是我妹妹，你就得在洲上好好照顾她。"

我认真地点点头。

莲儿低下头，伸出双手来，一会儿看看左掌，一会儿看看右掌，嘴里喃喃："姐姐……妹妹……姐姐……妹妹……"就像要斩断其中的一只手，难以取舍似的。

我看得心惊肉跳。我看得出：她看左掌时，是水莲儿，一脸犹豫，仿佛在跟人依依惜别；她看右掌时，是火莲儿，兴高采烈，仿佛在玩一个刺激的游戏。

幸好，她看着念着，不一会儿就打起哈欠，倒在我怀里睡着了。她真是累了，打起细细的鼾声。我一直觉得睡梦中的莲儿是最好看的。

之后好几天，我都没见着莲儿。我提心吊胆地等待着，希望破除分身术的事儿只是她一时兴起。那时，从不做梦的我一连好几夜都梦见莲儿被电锯锯成了两半，不流血，却落下纷纷扬扬的白色粉末，像雪。

那天傍晚，我逮着莲儿的弟弟，问他姐姐在家做啥。那小家伙朝我直翻白眼，没说一句话。我知道他很可怜，从小就被他妈关在家里。他妈跟洲上的妇人不一样，别人的伢子闯祸了，姆妈们就会扯开喉咙叫骂，用大巴掌狠揍伢子的屁股，恨不得把伢子打回娘胎去，我的屁股上就留有我妈用缝鞋的锥子刺下的痕迹，那是她老人家模仿岳母刺字的作品。可莲儿弟弟只要犯了芝麻大的小事，他妈就会用巴掌啪啪地抽打自己的脸，让她的脸为儿子的屁股代受惩罚。莲儿弟弟没有挨打，却比挨揍更疼。他往往会嘴里咝咝地吸着气，泪流满面，然后扑到他妈的怀里，紧紧抓住他妈的手，苦苦哀求：姆妈，我再也不敢了——那场景让我有种怪怪的感觉。说实话，我想对莲儿的弟弟友好些，可那小家伙总是把白眼抛给我。看来,要从他嘴里掏出他姐姐的消息,比让英勇不屈的战士叛变还难,于是我只好无奈地看着他跑去。我暗想:再过三天,如若再见不着莲儿,我就直接去她家找她了。

那天晚上,莲儿终于来了。她捧着个用红布盖住的物件,轻手轻脚地走进台球室。几日不见,她憔悴了许多,让人心疼。

她没有说话,把手中的物件搁在台球桌上。

我问:"咦? 啥东西?"

她苦笑:"这就是能让我破除分身术的器物。"

我瞪大眼睛:"啥?"

她猛地掀去红布,原来是个四喜铜娃。

四喜铜娃是和悦洲上常见的铜物件,形状是两个肢体相连的娃娃,那是洲上祈求多子多福的喜神儿。

我差点笑出声来:"就这么个破铜疙瘩……能破除你的分身术?"

莲儿严肃地点点头:"我家戏法书上说了,只要把这个铜娃割成两个娃,分身术就能解除。我在家里用钢锯锯,用铁锤敲,在地上摔,可就是不成。"说着,她叹了口气,叹出一片白雾。

我拿过四喜铜娃,只见上面伤痕累累,却没一条裂缝。

莲儿眼巴巴地看着我:"你有办法让铜娃分开吗?"

我摇摇头:"这铜疙瘩太硬……恐怕只有铜匠才能把它锻开了。"

莲儿急呼:"那不行! 只有我亲手分开铜娃,才能破除分身术。"

我盯着莲儿,在她脸上搜索着蛛丝马迹。

她发呆地站着,就像要把自己站成一尊铜像。

我小心地问:"不就是……铜疙瘩吗? 能那么神?"

她似乎没有听见。

我又说:"不行……就算啦,莫要那么较真儿。"

她仍不说话。

我还想说什么,她忽地抓起四喜铜娃,往地上砸去,嘭的一声,地面一阵震颤。我想拦住她,她又拾起铜物件,砸向老式穿衣镜,哗的一声,镜子碎了。我想喊:莲儿,别这样! 可我鼻塞严重,只好憋着。她白裙发红,脸色更凶猛了,举起铜物件向台球桌砸去,啪的一声,五颜六色的台球蹦跳在地上,四处逃窜。

我愕然地看着她,她蹲下身,嘤嘤地哭了。

我手足无措,不知如何是好。

半晌,莲儿停住哭泣,站了起来,边抹着泪花边向台球室外走去。

我低喊:"莲儿,别走啊!"

我又喊:"莲儿,你的四喜铜娃!"

莲儿走出门,忽地转过身,脸儿被月光照得发白。她坚定地说:"我会有办法破除分身的!"说着就融进了月光里。

莲儿的那句话像被冬日的江水浸透了,很凉,让我打了个寒战。我只好关门落锁,吞下最后一片退烧片睡了。

我不知道莲儿还能用啥法子让她自己不再分身。

其实,你跟我一样愚蠢,知道的东西并不多。

4

江里的水越来越喧嚣,天上的云越来越黑,那是和悦洲在集蓄雨水,一个盛大的雨季就要来临了。

那些日子,我很想念莲儿。说实话,也许受她传染,我也觉得自己心里住上了两个人。当我在野鸭宕废船上静静拥着莲儿时,觉得她是个不能打碎的瓷瓶儿,连主动吻她都不敢。可深夜独坐想她时,我胯下的物件就会硬起来,甚至夜半偷偷去隔壁的录像厅看激动人心的黄片,借助屏幕上的女子,完成对她的想象。那让我羞愧,觉得弄脏了莲儿,可又欲罢不能。幸好,我是个混球,知道自己不是正人君子,做不了洲广播站大喇叭里说的"脱离低级趣味的人",就放任两个自己同流合污,狼狈为奸了。我对自己相当满意,除了脖子有些粗短之外。我不想改变自己,哪怕涂掉一颗痣也不干。我想念莲儿,却不敢去她家阁楼下吹口哨,只得增加去日杂店买烟的次数,实在抽不完,就把香烟整齐地排在台球桌上点燃,让它们伪装成失火的白色森林。

我去日杂店买烟时,却总看不到莲儿,难道她病了?

给我拿烟的是莲儿妈,她低头垂目,偶尔抬头看我一眼却很深,像一口井。

有一回,我接过香烟却不想走,就抽出一支烟点燃,突兀地问:"那个啥……生意还好吧?"

莲儿妈直起腰,没说话,花白的头发跟蒙了蜘蛛网似的。

我舌头打结,又说:"店里的货品太少了,要多进些货,可以卖些流行歌曲磁带,比如齐秦的《狼》……"

莲儿妈盯着我,忽地开口了:"你是想找莲儿吧?"

我的脸腾地热了,就跟洗澡时赤身裸体误入女浴室似的。

莲儿妈移开眼神,低声喃喃:"这个店就要关门了。"

我"唔"了声,说实话,这个日杂店就像洲尾的生生庵,香火惨淡,开张与关门都没啥区别,但我还是问:"为啥?"

莲儿妈垂下头,头发乱乱颤颤:"莲儿……莲儿就要走了。"

"啊,她要去哪儿?"

"她……就要出……出嫁了。"

"她要……出嫁了?"

莲儿妈说着捂住自己的脸:"她爷爷……她爸……都是这样……我晓得她迟早会走这条路的,可没想到会来得这么早。"

我看见屋里的黑色压在莲儿妈的头上,压得她的背都驼了。我知道莲儿的爷爷是在红卫兵时代跳井自杀的,莲儿的爸爸是在赌钱时被人痛打后丢到江里淹死的,可这跟莲儿出嫁有啥关系? 我纳闷:我从没见过谁到莲儿家提亲,也没听莲儿说过她跟别的男人有啥来往,她怎么就要出嫁了呢？我傻傻地望着莲儿妈，烟雾在手指上盘绕。

莲儿妈转身向货架后走去，边走边喃喃："这就是命啊……这是老天爷对方家的诅咒啊！"

我在莲儿妈并不响亮的低泣声中走开了。

我想不明白事情咋会弄成这样，我很气恼，很难过。我喝起啤酒，关起门来把台球捣得吱吱乱叫。我想：莲儿大约要像她的伙伴们一样，借嫁人离开和悦洲了。城里并不好玩，为啥洲上的伢子总想离开洲去城里啊！我想得头昏脑涨，突然，有个念头从麻木的神经里跳了出来：莲儿要出嫁了，那要嫁出去的是水莲儿还是火莲儿呢？她会不会给我留下一个莲儿呢？

莲儿再次出现在我面前时，果真像个小新娘。她把长发盘在头上，嘴唇鲜红，穿着绿裙子，一摇一摆的，比火莲儿还要风情万种，可脚步有些怯意，依稀可见尚未长熟的少女情态来。她趁着月色走到野鸭宕时，我已经在废船上坐了好几个夜晚了。我没有期望她会来，只是在那儿坐习惯了。莲儿说那个废船就跟她家阁楼上的旧戏法箱，一躺进去就觉得整个和悦洲离她远了，而且里面有小精灵像萤火虫一样飞来飞去。可我觉得那只木船太老了，总在脚下吱吱呀呀地叫，快要散架了。

看见莲儿时，我倏地站起身来，仿佛看见一只洲上传说的狐狸，仿佛一勺冰块掉进了沸腾的心里。

莲儿看着我，不说话，脸上不知是江水还是月光在悄悄流。

我艰涩地笑："哦，听说你就要做新娘子了？"

莲儿神情有些古怪，一笑："是啊，我就要做水上的新娘了。"

我气得说不出话来。

"可是，我还没破除分身的毛病。"她忧愁起来，长睫毛抖动着，酝酿着雨季。

我以为她要哭，我觉得她应该哭，可她却静静地笑了："我再给你耍个戏法吧。"

"啊?"

"这个戏法叫水中生莲,很好看。你瞧好吧。"

她孔雀般张开裙子,突然伸出葱白的手指,轻轻一点,废船边的污水滩上忽地长出一株莲来。那绿色的莲叶阔大,上面滚着晶亮的水珠,一朵粉白的花苞俏生生地探出头来。

我惊讶地看着她,怀疑生生庵前的荷花塘就是她用手指点出来的。

她放慢手上的动作,跟电影慢镜头似的,像是要把戏法的门子亮给我看。我这才看清她的手指间,一块绿绸布拉伸着,在污水滩上伪装着荷叶。

正如你所知,戏法的窍门解密后,那种神奇的感觉就没了,就会让人有种被欺骗的感觉。我生气了:"莲儿,你骗人!"

莲儿笑了:"这不是骗人,这是戏法。"

我不服气:"哼! 有本事你就变出真正的莲花来,我不看假的。"

莲儿收住笑,眼睛亮了:"行! 我就把真正的莲花变给你,你跟我来。"说着向旧船舱里走去,仿佛走进了半明半暗的老戏法箱。

我跟着走进去,看见她站住,转身,身子一颤,绿裙子簌簌地落下,在她脚下就像大片的莲叶,白皙而瘦削的身子真像花苞。我是第一次这么完整地看见她的身体,觉得自己正站在江水里,下半身在变硬变热,上半身的脑袋里残余的酒液在左冲右突。我没有去细细分辨她是水莲儿还是火莲儿,那已经不再重要,重要的是我已经箭在弦上了。我走上前,抖抖索索地把她放倒在船板上。她柔软地敞开着,我盲目地进入着,木船在我俩的身下摇晃。我听见船下的江水像一万条小鱼在欢叫,我知道自己的小蝌蚪欢畅地游荡在荷叶上,我看见一缕血顺着破船板缓缓地流进江里。

莲儿轻斥:"疼!"

我呻吟:"哦,小新娘啊。"

5

后来的事情,你应该都知道了,就在那天晚上莲儿投江了。

第二天早上,莲儿从江里浮了上来,被人捞上了岸。洲人围着她,男人们目光躲躲闪闪,妇人们相互印证着莲儿的死亡事件。有人神秘地说,前些日子她总梦见江豚跳水,那是不祥之兆。有人遗憾地说,她昨晚看见有个绿影子一步步向江心走去,但不知那就是莲儿,还以为是仙女在江里散步,否则她会救下莲儿的。有人粗鲁地说,莲儿有可能是被人强暴抛尸的。后来,警车呜啦啦闪着红灯来了,像消防车。可莲儿妈不让公安检查莲儿的身子,口口声声地说莲儿是自寻绝路的,她早就知道莲儿会走的。她瘫在地上,没有落泪,只是一遍一遍地摸着莲儿的小脸儿。莲儿的弟弟,那个可怜的小家伙哑着嗓子喊叫着姐姐,他刚变声,喊声又尖又哑,听起来有些古怪。我心里被麻蜂咬着,又麻又痛又酸,只是躲在人群后,远远地看着莲儿。她身上的绿裙子湿了,盘在头上的长发散了。她闭着眼,脸比平日还要白。奇怪的是,她并没有浮肿起来,也许她紧闭着嘴没有喝一口江水吧。我真想问问她:有没有一种戏法,能让逝者活过来。

莲儿走后,雨就下了起来,一下就是一个月,下得整个和悦洲都湿透了。我很羞愧,于是偷偷踅进莲儿家,跪在了莲儿妈面前。我在号子里都没有向政府认过罪,可这次我知道自己罪孽深重了。莲儿妈却没有责怪我,她说莲儿投江跟我没有干系,那是他们方家遗传病发作了,那种病会让人自己走向死亡。莲儿妈还说莲儿其实只有十六岁,她跟她弟弟是龙凤胎,可为了想让莲儿摆脱老天爷对他们方家的诅咒,就把她的出生年月改大了两岁,可她仍没逃过家族的劫难。我不肯相信莲儿有病,宁愿相信她的投江是为了破除分身的毛病。

我问莲儿妈:"莲儿会分身术吗?"

莲儿妈点点头。

我又问:"那咋样才能破掉分身术呀?"

莲儿妈说:"方家祖传的那本戏法书上说……得走进镜子里。"

我懂了,我想莲儿一定是把江水当作镜子了,她一步步走进江里,就是一步步走进镜子,就是要把身上的孪生姐妹合成一个人。可合成一个人的莲儿能逃出和悦洲吗?逃出和悦洲的莲儿能去哪儿?

如果有一天,你看见了莲儿,无论是水莲儿还是火莲儿,请务必到和悦洲来告诉我。

很多年过去,和悦洲空了,就跟汛期大水过后似的,洲上年轻人早就慌慌地出外打工了。

那些曾经玩过蝉壳遁身游戏的伢子们都长大了,他们都知道有一种家族性遗传病叫抑郁症,却不肯相信。

他们从外乡返回和悦洲时,一跳上码头就会看见曾经的台球室。那儿已经荒了,华子妈坐在破门前的藤椅上,昏昏欲睡着。她一见他们眼儿就会发亮。她笑:"伢子,回家啦。"他们便告诉她:"他们在上海的世贸广场、在北京的天安门前,看见华子在变戏法儿呢。"她便安详地笑:"好嘛!华子总算从方家的诅咒里逃出去了——"

他们走到洲尾野鸭宕,就会看见莲儿的坟茔,那一堆黄土总被大头培土新翻着,越堆越高。

他们离开和悦洲时,站在轮渡上回头就会看见码头上的华子妈,那位洲上著名的接生婆,曾经帮好多伢子出了娘胎,却又义无反顾地割断了脐带,让想重回母亲肚子里的伢子一点办法都没有——而那时,她原本空空的手掌里竟然捧着个雪白的蚕宝宝。他们想:"那个老婆婆在玩什么戏法呢?"

(原发《青年文学》2016 年第 7 期)

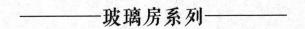

————玻璃房系列————

去云南

1

我是被我的老婆王娟送往白色城堡的。

白色城堡位于银城正北方向五公里外的山坳里。那天黄昏,阳光在银城玻璃幕墙上五颜六色地盛开着,可一遇到漫山遍野的映山红就变成热烈的红。王娟开着红色小车,在弯弯曲曲的山道上起起伏伏,就像被火点着的穿山甲。山道右侧为高陡的山峦,左侧为被双岭夹击的小河。我真担心红色小车会撞上迎面而来的巉岩,或滑下十米之下的河水。我更担心王娟会把我送到我不愿去的地方。

王娟是银城学院中文系副教授,这是个体面的身份。可她又是令人生疑的小说家,她写的那些大学女老师在"关关雎鸠"的掩护下与男生调情的小说,被评论家誉为风雅爱情的典范之作。可我并不这么认为,我是历史系教授,对虚构的东西有种本能的抵触,我曾苦口婆心地劝告我的学生们,不到万不得已千万别去干写小说的活儿。王娟是我的老婆,我了解她的肉体和灵魂,她是个喜欢板着脸训人的人,当年我就是在她的威逼下才考上博士的。那时,她买了两套刀具挂在厨房里,说是用于做菜,可她很少有机会使用它们,显而易见那些刀具是用来对付我的,如果我考不上博士,那些锋芒雪亮的家伙就会把我切了。

所幸我考上了博士,可那些刀具仍在伴随着我,让我常常从睡梦中惊醒。因而,我对王娟总是小心翼翼,像个乖孩子。她曾说我有病,带着我四处寻医。这次,她说接到上级通知,她的丈夫要接受再教育,学制两年。于是,她便开着车把我送往那所据说位于名山大川处的学校了,可我很担心她把我像流浪狗一样扔进大山丢了。

　　渐渐地,一座白色建筑越来越近。那是一座有着围墙的房子,四面楼群合围,只有一个窄小的铁门是绿色的。当红色小车驶近,绿门缓缓打开了,王娟一按喇叭钻了进去。就在那一瞬间,我看见那门上挂着木牌,上写"银城第三人民"什么的,后面两个字我没来得及看清,是"银城第三人民大学"? 我没听说过有这所学校呀。可能是"银城第三人民医院",因为,在这个小城,第一人民医院是向全体市民开放的,第二人民医院是向传染病人开放的,第三人民医院则只对精神病人开放,颇类似于银城学院的院系之分。当然,这里也可能是疗养院什么的。记得那个德国的"思想系统的历史学家"米歇尔·福柯在《规训与惩罚》中有段文字:"在第一封闭区里,有对付各种疾病的医院,对付各种贫困的救济院,为男人、女人和儿童开设的疯人院、监狱……"那么,这座白色城堡属于哪一类呢? 这些无关紧要,王娟不把我扔到露天的山野,我就很庆幸了。

　　白色城堡的院落里,疯跑着穿白底蓝纹服装的人,就像一群斑马。他们和穿纯白大褂的人欢快地追逐着,似乎是在做什么游戏。他们的声音不高却很有力,震得我抽搐起来。我捂起耳朵,担心那些有毒的声音震坏我的耳鼓。王娟用力拉着我的手,领着我向一间白色办公室走去。办公室里坐着一个头上落满雪霜的男子,他和王娟似乎很熟,老相识般打起招呼。王娟叫他"白院长"。白院长很和蔼,但我还是看见他的眼镜后冷光闪烁,像藏匿着锐器。他与王娟说笑后,才看向我一字一顿地说:"你既然来了,就得遵守本院规章制度,服从管理。早上第一次铃响你就得起床穿衣,第二次铃响你就得去做早操……第十三次铃响你必须上床睡觉。"他从第一次铃响说到第十三次铃响,说得有些口渴,狠狠地喝了口水,嘴角泛出螃蟹般的泡沫。我一下子就记住了他的话,这是因为我的记忆力甚好,而且他说的是我耳熟能详的一种叫"作息时间"的东西。说完后,白院长给了我一件白底蓝纹的斑马服,领着王娟和我将白色城堡里的宿舍、餐厅、卫生间、操场等参观了一圈。王娟很满意,不住地点头,像是她要住进来似的。我也很满意,因为王娟满意的表情很动人。

天黑了,我站在白楼的走廊上,看着王娟的红色小车从白色城堡里蹿出,就像一团火越喷越远。我对着那团火喊:"王娟!过两年别忘了接我回家呀!"我觉得自己的声音喊得很响亮,却发现嘴巴一直是紧闭的。两年是多长时间?我对数字一直不敏感,不知道两年和两个月有什么区别,这也是一种病,叫"数盲"。这种病对平常人来说没什么大不了,我们银城学院院长就患有数盲症,他总分不清自己有多少房子和女人,但这不影响他的工作。可我是历史学家,这种病一发作就会混淆时间,连秦朝与清朝谁先谁后都分不清,让历史在当代重演,这样就容易犯常识性错误了。我呆呆地看着那团红色的火消失,醒过神来才看见夜的黑色和建筑物的白色融在了一起,就像墨汁濡在宣纸上。不知什么时候,白色城堡里的一盏盏灯蓝蓝地亮了,就像开在夜气里的野花。而楼下院落已安静下来,那些蓝白条纹的人不知去哪儿了。

我顺着长长的走廊向 306 室走去,那是我的新家。

忽而,一条人影跳了出来,挡在我面前。那是个好看的女孩,腮下有颗黑痣,神态很严肃。她说:"站住!"

我吓了一跳,惊慌地看向她。

她交警般向我立正敬礼:"同志,请出示驾照!"

"我……我没开车呀。"

女孩怔了怔,抓抓头:"那就请出示身份证,出生证也行。"

我把身上的口袋都翻了过来,一脸无奈:"我真的什么证件都没带。"

女孩皱起眉,严肃起来:"你没有证件,怎么去云南呀?"

我愕然。去云南?去云南干什么?难道他们想把我拐卖到云南去?我身上渗出汗,一时不知所措。就在这时,身后陡然钻出一张张脸,爆出五颜六色的笑声淹向我,我慌慌张张向306室跑去。

306室里面放着两张高低床,跟我读博士时的宿舍相类。我刚走进还没来得及适应那白花花的光线,就模模糊糊看见一只手伸了过来。那只白皙修长的手就像一条鱼在游动,接着出现一张近乎透明的脸。那张脸在轻笑:"你好!这个印章送给你。"

我有些恍惚,看见一只手掌上跳着蚱蜢,就惴惴地拿起来一看,是块石头,上面刻着"去云南"三个钟鼎文。我说了声"谢谢",含笑细细打量起白脸。他看上去四十多岁,细长的身子就像标枪似的,扎着马尾松的小辫,颇有艺术家的风度。他直直地看着我,目光从我脸上掠过,聚向我后脑勺的深处。我下意识地回过头,并没有看见什么。

白脸收回目光,拍拍手,不再理我,兀自爬上上铺。

我环顾屋内,另一张高低床处,一个穿着黄色毛衣的男子正挺身而立,居高临下地审视着下铺满脸络腮胡的胖子,在盘问什么。络腮胡神态疲惫,脸上有着因警觉或长时间睡眠不足造成的苍白,显得有些萎缩,他在小心翼翼地回答着。

"你昨晚睡得好吗?"

"好。"

"做了梦没有?"

"做了。"

"前天晚上呢?做了梦没有?"

"做了。"

"你能告诉我做了什么梦吗?"

"我……我看见我哥了,我幸好有个哥哥,要不夜里就害怕……就睡不着了。"

我想那位穿黄毛衣的男子一定是医生或老师什么的,而络腮胡一定是我的学友或病友。我刚想向床铺走去,黄毛衣忽地转过头,声音平静而威严:"你? 是什么病进来的?"

我赶忙立住身,恭恭敬敬地回答:"我患有偏执型精神分裂症。"

"哦?"黄毛衣认真地盯着我,"你常常妄想,以为自己要被人迫害是吗?"

我不好意思地点点头。

黄毛衣似乎看出我的心思:"这个,没什么不好意思的,都一样。"说着指向白脸,"他患有人格障碍,就是形成了一套自己的生活风格和异常的行为模式,这种模式显著偏离特定的文化背景和一般认知方式,对社会环境适应不了。"他又转身指向络腮胡,"他也患有精神分裂症,总觉得自己有个哥哥,实际上并没有,他杀了人却说是他哥哥杀的,因而就进来了。"

我惊惧地看向络腮胡,他似乎比我还害怕,警惕地瞥了我一眼,慌忙站起来走到洗脸池边用力士香皂一遍遍地洗起手来。

我垂下目光,觉得自己在黄毛衣面前就是个老鼠。他就像中世纪的主教。

黄衣主教笑了,声音短促:"我也是精神分裂症患者,这种病跟随我多年了。"

我抬起头,犹豫地看向黄衣主教,他的脸呈国字形,鼻梁挺直,额头光洁,眼窝深陷布下阴影。他竟然也有病? 他竟然说得那么坦然、真诚,就像一个老者安详地诉说自己的关节炎一样。我错愕了半晌,忍不住大笑起来,就像被人戏耍了。

黄衣主教平静地盯着我:"你不要笑! 有病不是我们的错! 歌德说,真理属于人类,谬误属于时代。"

我戛然停住笑,灼灼地看向黄衣主教。难道黄衣主教病前是个哲学家?我努力让自己的情绪恢复常态,如果我还有常态的话。

那晚,我把宿舍仔细地检查了一遍,没有发现任何带有尖端的东西,这才放心地躺在属于自己的床铺上。宿舍宽敞明亮,两根日光灯管平行排列在屋顶上,就像铁轨,一道道雪白的光就像火车一样轰隆隆地沿着铁轨而来,让整个房间淹没在雪崩中。

2

第二天一大早,我被铃声惊醒,那声音跟我老婆王娟的闹钟相似,响起来就像警报。我稍稍蒙了蒙就想起白院长说过的话,赶忙穿衣而起。听到第二次铃响时,我冲出门外向楼下操场跑去。据说有些地方对不遵守纪律者会采取电击疗法,我可不想因迟到受到那种治疗。我喜欢吃药,虽然药让我的头脑越吃越乱,可口感还是不错的。

我跑到一楼时,被一个肥胖的女人挡住了。那女子低着头,蓬头垢面,声音却很热情:"大哥,我这儿有德国的手表、法国的香水、美国的肯德基……要啥有啥,你来一件?我的东西价廉物美,包你满意。"

怎么?白色城堡里还有可以自由兜售商品的小贩?我后退一步,疑惑地看向她。她慢慢仰起脸,那是一张朴素的中年妇女的脸,跟菜市场卖菜的女子没啥两样。我有些烦躁:"我什么都不买!你,让开!"

胖女人慢慢凝住笑,片刻又开心大笑起来:"嘻嘻!真有意思,我头一次听见蝙蝠说话呢。"

我有些恼火:"你是说……我长得像蝙蝠?"

她笑得喘不过气来:"不!你就是蝙蝠!"

我刚想说什么,一个白大褂女子冲了过来,抓住胖女子,厉声喝道:"别闹了!快去做操!"

胖女人挣扎:"我没疯!我没病!你们要给我开康复证明,我要出院！我在外面还有餐馆生意要做呢！"她的喊声顷刻被嘈杂的人声和喇叭里传出的广播体操曲淹没了。

在欢快的广播体操曲中，一轮红日从山谷里跳了出来。四周的高墙上，一群鸟飞落，叽叽喳喳地欢叫着。我们排成歪歪斜斜的队伍，跟着旗杆下的白院长做起操来，动作此起彼伏，乱成一团。我看见：黄衣主教做得最标准，他踏着节奏，身体自由舒展，就像跳舞似的。络腮胡总比节奏快半拍，显得有些着急。白脸却慢半拍，显得心不在焉，像个懒洋洋的绅士。最好笑的是白院长，他站在队伍前做示范，动作像猩猩似的捶胸顿足，有着大义凛然的悲愤，那是家长、领导、老师对不成器的人常常做出的表情。我边胡思乱想，边有板有眼地做操。不知什么时候，那个兜售商品的胖女人竟然双臂举起，扭着过于膨胀的臀部，像翅膀过大的鸟绕着操场飞了起来，边飞边发出笑声："嘻嘻！飞呀！我要飞走了，飞走了——"

早操后，上了一堂健康宣教课，我们便回到各自宿舍。一个穿护士裙的姑娘穿行而来，询问我们的病情，然后在铁皮夹子里的纸上记下什么。我知道，那叫护理病历，跟银城学院人事部门铁皮档案柜里锁着的材料一样，是一种历史记录和书写，对我们一生甚至身后极为重要。我曾想一把火烧掉银城学院那个绿色铁皮柜，可在穿护士裙的姑娘面前我不敢表露出半点不痛快，而是努力配合她的工作，顺从得像兔子。姑娘还给我们发了药丸，那种药对我来说没有什么效果，在服用它之后，我会想办法把它呕吐出来。我怕那些药丸会引起中毒事件。历史上很多大事件都是由黑色、白色、黄色的药物引发或了结的。而且，我听王娟说，当下银城菜市场的食物里含有瘦肉精、苏丹红之类的毒，我还是小心为妙。穿护士裙的姑娘很认真负责，无微不至，长得也挺好看，却过于严肃，总板着脸拿乌溜溜的大眼睛瞪人，这就有些不可爱了。

白色城堡里的人也许知道我是前历史学家，对我挺温和，但对络腮胡就显得粗鲁了。

黄昏时分，络腮胡就像上足劲的木偶，在房间里蹦来跳去。忽而，两个穿白色护士裙的女孩闯了进来，直接走向络腮胡。

一女孩高喊："别乱跑！坐下！"络腮胡怯怯地在下铺坐了下来，双手仍在不停地绞动，眼里透出焦躁。两个女孩上前将络腮胡扑倒，一个女孩紧紧摁住他的手腕，另一个女孩腾身而上，曲着双脚顶住他的膝盖，高高举起一筒状注射器，注射器里缓缓流动着泛黄的液体，就像一筒黄河。那女孩猛地将针扎进络腮胡的手腕，快速推动注射器活塞，黄液便沿着针头流入了络腮胡的体内，无声地消失了。络腮胡挣扎了片刻才平静下来。我看见他青筋虬曲的手腕在白色床单上无力地垂了下来。

这显然是个力气活。一个女孩喘了喘气，拍拍手："好了！这下他老实了！"似乎对自己的工作很满意。说着与另一个女孩说说笑笑，敲着皮鞋傲然而去。那皮鞋声敲得白色房间一阵乱跳。

我目送女孩而去，看向屋内。黄衣主教不知去哪儿了，我只好看向白脸："络腮胡……怎么了？"

白脸像西方人那样耸耸肩："她们说他有酒精依赖症，一到要吃饭时就想喝酒，这不，打针让他安定了。"

我长长吁了口气，幸好我对酒精过敏。

白脸不再说话，从床铺下拿出一块石头刻了起来。我倏地一惊，我怎么没发现白脸藏着刻刀呢？那可是一些尖锐的能够扎出血的物体呀！我身子颤了颤，看着一片片刀光在白脸的手指下跳动，便闭上眼去。我发誓一定要将那刻刀偷偷扔掉！那种东西太危险了。我发病前曾作为代表向政府建议，对大于 5 毫米的刀具进行管制，可政府没有采纳，他们说我又犯病了，就取消了我的代表资格。无论怎样，我不能容忍 306 室有刀具出现，何况我们这里还有个杀人犯络腮胡。

白脸的刻刀在吱吱地叫着，让我很难受。我强忍着，想探听些络腮胡的事儿,这也许是作为历史学家落下的毛病。我摸摸口袋,没有纸笔,却摸到了一个录音笔,那是我以前去乡下进行田野调查留下来的。我在裤袋里打开录音笔,开始向白脸采访了。我知道自己有病,有妄视妄听的毛病,因而,为了保证我的文字客观真实,只有靠录音笔记录了。于是,在录音笔春蚕吃桑叶般的沙沙声中,我和白脸的对话开始了。

我小心翼翼地问:"如果不涉及隐私的话,你能告诉我络腮胡为什么要杀人吗?"

白脸停下刻刀,抬头看着我,忽地一笑:"不错! 死亡是一种诗意的艺术。"

"死亡? 艺术?"

"是呀! 络腮胡进来前是个建筑工地上的工人,他刚来时,那个下巴长了一颗黑痣的女警察……就查过他的证件……"

"女警察? 哪个女警察?"

"就是只要遇见有人进来,就挡住人查证件的那个。她没查过你?"

"哦,你是说那个有痣……警花呀! 她盘查过我,说没有证件就去不了云南什么的。"

"对,就是她……她以前干过交警……她在查络腮胡的证件时,络腮胡拿出了四级电工证,那女警察说那是国家有关部门颁发的有效证件呢。"

我想说我也有有效证件,我的毕业证、职称证什么的都被王娟锁在保险柜里了。就在这时,一个女人悄悄推开门探进头来,像个侦探似的朝房内睃了一遍,悄声问:"要烟要酒吗? 我这儿有法国的威士忌、英国的箭牌香烟……"我认出她就是那个早上挡住我推销商品的胖女人。我对她不礼貌的行为有些生气,便说:"不要! 滚!"胖女人有些不甘心,但还是缩回了头。我想了想,才想起刚才的话题,便继续问:"那络腮胡为什么要杀人呢？他是用什么凶器杀人的？是刀还是毒药？"

白脸放下刻刀，把玩着一块红色的石头，那或许是块鸡血石。

"他呀！他老婆是个乡下的女人，不知怎么就跟他们的工头好上了，你是知道的，这等事很常见，外面很脏。"

"那后来呢？"

"后来……络腮胡就批评他老婆贪图工头的钱财不好，劝她悬崖勒马，可他老婆说，她不是为了钱才跟工头混在一起的，还说络腮胡不像个男人。"

我点点头，从历史学角度来看，络腮胡的老婆与工头之间存在着纯洁的爱情也不无可能，不能把什么事都与钱联系在一起，那是庸俗的观点。

白脸浮皮潦草地交代了事情的起因后，忽然兴奋起来："你知道络腮胡是怎么杀死那个工头的吗？他是把工头从那个还没盖好的高楼上推下去的……那天，络腮胡和工头在楼上交涉，他俩先看了一会儿天上的鸟，然后就争执起来，争着争着，络腮胡突然推了工头一下，就那么一下，工头就像鸟儿在空中划了条优美的弧线飞了下来……可工头没有长翅膀，栽在地上溅出了一摊血……只可惜那个工头没有在空中刻下一点儿痕迹。"

白脸越说越兴奋，恍若沉浸在美好的想象中。

我惊讶："那他杀了人，为什么没进监狱，却到这儿来了？"

白脸回过神来："他说那不是他推的，是他哥哥推的。"公关部门调查过了，他是有个哥哥，可是六岁时就死了，换句话说事实上他没有哥哥……因而，经有关部门鉴定，他是个精神病，精神病患者是一群已经遭到惩罚的人，因而，他就免于刑事处罚了。

我长长地"哦"了声。

白脸又闪烁地笑了笑："对了，络腮胡有个妹夫是律师。"

突然，一直被我们忽略的络腮胡像是醒了过来，拍着床喊："我没有杀人！杀人的是我哥——"他的声音吓了我一跳，但我知道他的话是不能采信的，因为他是事件的当事人，又是病人。在历史研究中，我就曾发现一些当事人对同一事件的回忆互相矛盾，让历史变得破绽百出，比我老婆王娟的小说还糟糕。我瞥了瞥络腮胡，看见他的胡须都竖了起来，就像刺猬，而且他目露凶光，那种目光只有正常人才有。我忍不住心惊肉跳起来。

白脸收拾起刀具和石头，对我说："走！我们去找黄衣主教吧。"

我点点头，赶忙偷偷地关掉口袋里的录音笔，跟着白脸向外走去。

说是寻找，其实是白脸轻车熟路地把我带到了白色城堡的围墙根下。那围墙下，荒草丛生，一蓬蓬的，上面布满阳光的斑点。我远远看见齐腰高的草丛中，身材并不魁梧的黄衣主教正趴在围墙上。他闭着眼，把脸贴在沁凉的墙面上，一双手摸索着，看上去有些像盲人摸象中的瞎子，或者抚摸心爱钱物的守财奴。

我有些好奇，问白脸："他……这是怎么了？"

他每天一到傍晚就是这个样子。

那他在摸什么呢？

白脸想了想，摇摇马尾松辫："他说过的，可我记不得了。"

黄衣主教像是从梦中醒来，睁开眼看我："门！这里是去云南的门！"我诧异，仔细地看向那面墙，墙上根本没有什么门，连狗洞都没有，只是白粉后藏着坚硬的红砖而已。黄衣主教仍一脸陶醉，喃喃道："多好的地方呀！云南，彩云之南……"

我不知道黄衣主教在说什么，但黄昏用黄色封锁了这座城堡，不知墙外山野的映山红今天是否仍红艳艳？

3

好几天过去了，在勤奋探索下，我发现了这座白色城堡里不少的真相,比如那个兜售商品的胖女人患有贪食症,她的肚子似乎总填不满;那个有痣警花原本以为她的前男友是个前途光明的记者,后来却发现他是个在逃犯,于是就急火攻心病了。当然还有其他一些奇形怪状的人,比如一见人就询问"人为什么要长两条腿"的眼镜男生、一见人就爱脱衣服的女生,所幸,这些人都没有什么危险性,他们是被从深山里的封闭区转移到这儿来的,在药物的治疗下,攻击性的暴力倾向都克服了,这才让我警惕多日的心稍稍放松下来。

在白色城堡里,白院长还为我们举行了一场别开生面的儿歌比赛。我们一反平日神神道道、自言自语、疯疯癫癫的模样,精神饱满起来,以歌声抒发了感情,并在歌唱中得到精神的治疗。白院长向前来采访的记者说:"这只是一种音乐疗法尝试,精神的疾病需要精神的力量战胜。"除了唱儿歌,我们在吃饭、吃药之余,打打乒乓球,学学书法国画,只是不能离开这儿。我们被那个绿色的电动门关住,只有完全康复的人才能出去。这里,除了作息时间外,没有什么制度约束,只是说话有两个禁忌:一是不能说"你脑子有病呀";二是不说"你吃错药了呀"。前面一句往往会引发白底蓝纹服装的人情绪反常,病情加重;后一句则能让穿纯白衣服的工作人员大惊失色,他们的职守就是不能给我们吃错药,如若犯错后果很严重。我慢慢习惯这种生活了,觉得生病未必不是一件好事。

可有一件事总让我如芒在背,那就是白脸的刻刀。

说实话,我很佩服白脸,他的刻刀和颜料棒能将诸多事物化腐朽为神奇,比如石头能刻成印章,肥皂能雕出历史书中久违的人物,苹果能变成阿拉丁神灯,就连大拇指也能涂成诙谐的笑脸。如果"艺术家"不是贬义词的话,我很想用它来称呼他。我一直认为对包括小说家在内的艺术家,应该采取计划生育措施,他们除了鼓舌摇唇、涂脂抹粉,对人类没有任何用处。我不明白为什么很多职业如老师、律师等都需要上岗资格证或执照,艺术家为什么不需发牌照就可以干呢?不过,白脸不是个令人生厌的艺术工作者。

让我奇怪的是,白脸跟我还能说上几句话,对其他人却往往视而不见。他总是静静地站在操场上或坐在宿舍里刻画着什么,只是偶尔去厨房拿些鸡蛋壳、萝卜以备雕刻之用。白脸说他上过艺术学院,因创作的作品都为色彩的流动,不像任何地球上的事物而被人嘲笑过,被行家讥为缺乏写实造型能力。曾经,他画了个旋涡状的作品,送到美术家协会想参加美展。美术家协会的官员委曲求全地说:"你这画太抽象了!但是,只要你能说出你画的是什么,比如长江,比如海螺,哪怕是个驴粪,我都让你参展。你说,它究竟像什么?"白脸看着自己的作品,半天才说了句:"我还是不参展了。"因而,他越画越穷,只好靠为画廊制作行画为生。他画苹果、伟人肖像、裸女,那些具有装饰意味的画老百姓都能看懂,看得充满敬意,看得口齿生津,因而一时张贴于银城宾馆、政府会客厅、青少年宫及市民家中。那为他赚取了不少钞票和名声,可他却越画越烦,用他的话说:"那感觉就像被强奸了。"于是,他仍偷偷地画那种不知所云的画,那些色彩就像五颜六色的蝌蚪从他身上游到画上,让他沉迷忘返。后来,他一心想找到一种色彩,一种新鲜、明亮的色彩,可是用过许多颜料和银城各地的水,怎么也调不出来。他终于明白外面的水质太脏了,当然脏的不只是水,还有别的东西,于是他就强烈要求躲进这个白色城堡。这个前史是白脸自己对我说的,未必可信。可他的确有洁癖,常常在一些公开场合因受到不洁之物的刺激,而不合时宜地呕吐,喷出一地斑斓——也许他应该医治的是他的胃。

白脸是个温和安静的人,可他让我头疼的是他的刻刀。

那段日子,我一直想把白脸的刻刀偷到手,扔到白色城堡围墙外去。可白脸从不让人动他的刻刀,如果谁无意间摸了刻刀一下,他就会把刻刀反反复复地冲洗、消毒。他总把那些大大小小的刻刀插在皮马甲上,就像乡村电工似的,然后再穿上白底蓝纹的斑马服外套,随时随地携带着。睡觉时他就把刻刀藏在枕头下，枕着刀锋入眠，而且很警觉。因而，我一直没有机会下手，只好提心吊胆着。我不希望哪天白脸灵感袭来，把我雕刻成作品。

那天早晨，第一次铃声尚未响起，白脸一声惊叫穿破城堡的上空："我的刻刀被人偷了！"另一张床铺上，黄衣主教和络腮胡抬起头，漠然地看了看白脸，又把头缩回了被窝。我扑向白脸的床头，果然发现枕头下已空无一物。我兴奋起来，那些可恨的刻刀终于不见了。白脸仍在喊叫，叫得白色城堡的灯此起彼伏地亮起。他裸着上身，看上去很冷，在瑟瑟发抖，就像风中的叶子。那天从早到晚，城堡里都响着白脸撕心裂肺的喊声："刻刀，我的刻刀呀——"

后来，白脸不叫了，就像哑了似的，整天在房间里走来走去，向前七步，向后七步，直晃眼。他的马尾松小辫散了，他不时地抓自己的头发，就像要抓住头发把自己拎出城堡似的。白院长亲自到306室开导白脸，说院方会去山外买一套精致的刻刀送给白脸。白脸一脸不屑，看得出他对白院长并不信任。我才明白白脸真的有病。当年在银城学院时，我的一位弟子因喜欢的女生失踪，就那么拼命地抓头发，后来就从教学楼顶跳下去了，校医说他患有抑郁症。我不希望白脸如此发展下去，就想请黄衣主教来拯救他。黄衣主教熟读哲学、心理学、医学等书籍，一定有办法拯救白脸。

那天306室只有我和黄衣主教，黄衣主教坐在窗下，一大片阳光在他的头顶亮起炫目的光环，这使他面容模糊却又光芒万丈。我有些目眩，小心地问："黄衣主教，你看白脸的样子，你能救救他吗？"

黄衣主教诡秘一笑："他没事的，他没病。"

我趁机问："那什么样子才叫有病？"

黄衣主教突然抓住我的手按在桌上，用厚厚的《康熙字典》砸了下来。我疼得叫了一声。黄衣主教笑："怎么样？疼吗？"

我点点头。

"那你说说你的手为什么疼。"

"不是你用书砸得吗?"

"不!刚才是你自己用《新华字典》砸的!"

"不会吧?!"我讶然,夺过那本《康熙字典》,"我刚才明明看见你就是用这本书砸我的。"

黄衣主教笑得意味深长:"你现在瞧好了,书是不是在你手上?书是不是《新华字典》?"

我拿起书看了看,果然是《新华字典》。难道是我刚才看错了?或者是我的幻觉?

"你错了!"黄衣主教像是看透了我的心思,"你这样就是病了!谁的认知跟客观世界相矛盾,谁就病了!"

我仍不甘心:"那你怎么看出白脸没病?"

"因为他知道自己想要的是什么!只有正常的人才知道自己想要什么。"

黄衣主教的话在我耳朵里重鸣,我心里一震,似乎看见他的身影向阳光深处而去。

既然白脸没病,那我就放心了。我一连几天都睡得很香,从来没有那样踏踏实实睡熟过。以前在银城家中,我总觉得厨房里菜刀在闪光、窗帘外的眼睛在窥视、客厅里的摄像头在闪烁,因而总是失眠,似睡非睡。而在白色城堡里,没有窥视,连带有危险气息的刻刀都没有了,我能睡不香吗?可那天看着白脸愁眉苦脸的样子,我突然一慌,我发现自己疏忽了一个重要的问题:那刻刀究竟是被谁偷走的?是被络腮胡藏了起来,还是其他人入室窃走的?他们偷白脸的刻刀要做什么?我想着想着又害怕起来,觉得后脑勺有冷风飕飕地吹了过来。

于是,我又在梦中听见霍霍的磨刀声了。

4

这天，是白色城堡的探视日，一些家属与病友就像两股潮水在会见室里进进出出。我的老婆王娟来看我时，会见室里除了我之外，还有两家人，其中一家是兜售商品的胖女人和同样肥胖的男人。胖女人一见胖男人就喊："我饿！我饿！"就像嗷嗷待哺的婴儿。胖男人似乎很怕冷，这样的春天竟然穿着皮夹克，捂着口罩，就像全身盔甲的兵马俑。他告诫胖女人要把零食藏好，然后说起他在外面做生意的琐事，比如，他上个月分别请税务局、工商局吃饭一次，他死乞白赖地请客，如果那些大盖帽不赴宴，他就不能放下心来。再比如，后厨那个笨手笨脚的妇人一个月打碎了餐厅的三个盘子，外加一个高脚杯，等等。听他说的话，我约莫猜出他是做饭馆生意的。虽然他的目光不时从口罩上睃向我，让我不自在，但他是能喂饱人民肚子的人，还是值得我们尊重的。他说话时，胖女人静静听着，不时满意地点头，露出微笑。最后，胖男人站起身欲走，胖女人一把抓住他的手，乖巧而讨好地连声说："你啥时候接我出去呀？"不知什么时候，那个有痣警花走了进来，巡视片刻，听见胖女人的唠叨皱皱眉头，厉声："哼！想出去，得拿到康复证！"胖女人抬头看见有痣警花，有些惧意："我……我很快就能拿到康复证了。"说着仍兀自抓住胖男人的手，"真的！我很快就能拿到康复证了！你啥时候接我回家呀？"她的样子有些无助，就像被父母撂在幼儿园的孩子。至于还有一家人做了什么，我记不清了，因为王娟不停地跟我说话，严重干扰了我的注意力。

王娟看上去很生气，她说："你为什么婚前对我隐瞒病史？"

我是历史学家，最厌恶有人隐瞒或忘记历史，便像受了污辱似的，仰起脖子："我没有！我告诉过你的！"

王娟觑着我："说，你有几年病史了？"

　　我对自己的病史了然于胸。我笑："十五年了！第一次发病是在初三时，那天早晨，天刚蒙蒙亮，我父亲就提着他磨了一夜的杀猪刀，送我去参加中考。从那天起，我总觉得有一把刀在窥视着我，像随时要出击似的……"

　　我还继续说，说我父亲那个屠户的磨刀声，那声音霍霍霍地响了一夜，让我心惊肉跳。但我听见王娟咳嗽了一声，看见她的眼角刀锋一闪，便赶忙闭口了。

　　王娟仔细地看着我，忽地笑了："你得的是偏执型精神分裂症，敏感多疑，有被害妄想，不过，你的记忆力真好！"

　　我点点头，这话我是认可的，我听过许多许多专家说过这样的话。可我不明白王娟为什么还要再次确认我的病症，而且很得意，难道我的病是她期待已久的？

　　说实话，我为我的病很感羞愧，就像那是一节藏掖不住的小尾巴。我不知道自己为什么会生病，我的家族亲人中没有遗传病史。我的祖父曾参加过革命，在长江沿江一带打游击，因机智灵活当过新四军某团长的警卫员。那时是白色恐怖时期，他整天藏在大山里，因山上缺盐，他和他的同志们大腿都浮肿起来，像水蛇一般。后来，他终于等来了解放，却在渡江战役中被大炮震昏了，震得耳聋了，震得丧失了记忆，因而住进了干休所。我曾去看望他，他好奇地看着我，问我是哪家的野孩子。我说我是他孙子，可他细想了半天仍拒绝承认。最后，他呆呆地望着黄昏中的远山，叹了口气说："我好想盐巴的味道呀！"而我父亲是个红色屠户。识文断字的他原被安排为会计或老师，可他偏不干，因热爱杀猪事业，当上了公社大食堂的屠夫，为青黄不接的20世纪60年代做出了一定的贡献。你说，在这样的家庭出生的我怎么会有病呢？而且，我出生时健健康康，在成长过程中也没有受过什么创伤，只是营养不良罢了。要非得说有创伤的话，或许就是常挨老师的惩罚。因为我发蒙迟，在上小学时总分不清"左右"两个字的区别，总把一些规范化的汉字写得缺胳膊少腿,于是老师常命令我把写错的字抄上一百遍。我记得那个老师很凶,他常让我面壁思过,嘴唇、脚尖与墙要三点一线,否则就用竹梢矫正我的站姿。可这有什么呀,那些部队里的战士谁的军姿不比我强?

为寻找我的病根,我曾翻阅过福柯的《疯癫与文明》之类的书。福柯说:那种对小学生的惩罚就是操练。他向我介绍了18世纪80年代后期巴黎少年犯监管所里的事儿,比如那里的规章非常细致地规定了少年犯在每一个具体的时间里应当做的事情,如起床、劳动、进餐、学习、祷告等等。这使得监管所就像一个精心设计的、毫无瑕疵的流水线。如此看来,我的少年时代至少比巴黎某些不良少年的境遇好得多。我能为此犯病吗?我的生病只能是自己的羞耻。

当然,受过高等教育的王娟也是以我的病为耻的。在银城的日子里,我有时听到一些他人制造出来的噪音会烦躁不安,觉得那些声响就像一根根银亮的细针刺向我,于是捂着耳朵说:"妈的!这世界太吵太闹了!"那时王娟会鄙夷地看我一眼,一边优雅地用水果刀削着苹果一边说:"人们不能用禁闭自己的邻人精神来确认自己神志健全。这是陀思妥耶夫斯基在《作家日记》中说的话。"我无奈地闭上嘴,只有痛恨那些多嘴多舌的作家了。我很赞同某人提出为艺术家开设习艺所或再就业服务中心的建议,在那里,我们要让一些作家、艺术家学成工程师或者农艺师,这样就会少一个祸害,多一个对社会有用的人。在我们历史学家前辈中,曾有一个叫司马迁的人被阉割了。我想对作家或可采取此类的方式。我的父亲就曾说过:被阉的猪能长膘。

在会见室里,我满脑子胡思乱想,想得脑瓜热烘烘的。坐在我对面的王娟不知道也不管我在想什么,她在说学院里评职称的事,说男教授与女学生的事。这些事我并不感兴趣,因为那些是无法构成历史,不能当作历史资料来研究的,历史学是一门严密、系统的科学,它应该有必要的尊严,不能变得街头巷尾、家长里短。

王娟好看的嘴唇就像红蝴蝶穿过嗡嗡的蜜蜂群,我看见她用中华牌牙膏刷得雪白的牙齿,突然想起什么,警觉地向她身后望去,低声问道:"老婆,你来时有没有人跟踪呀?"

王娟怔了怔:"什么? 跟踪? 跟踪我干吗?"

我倔强起来:"不! 一定有人跟踪你! 跟踪你到这儿来!"

王娟脸上的笑容慢慢冻结,闪过一股凛冽的风。她冷哼了声:"是的! 是有人跟踪我!"她那神情在我每次犯病时都会出现,似乎是对我犯病的注解或证明。记得我第一次犯病时,她命令我吃下一些白色的药丸。我当时还有股初生牛犊不怕虎的勇气,跟她嚷嚷:"我没病! 干吗要我吃药?"她的脸就变成了这种表情,像刀削般让我顷刻失去了信心,既而害怕起来。虽然后来我一遍遍地用肥皂水洗胃,把胆汁都吐出来了,但还是在她的那种表情中把药一粒不剩地吃掉了。这会儿,她又露出了那种猫藏爪子的表情。

我明白王娟有可能骗我,但忍不住反问:"真的? 真有人跟踪你?"

王娟有良好的语言天赋,否则她也不会成为著名作家。她冷冷地笑,就像奶奶给孙子讲大灰狼的故事一样,盯着我的脸说开了:"是呀! 今天早上,我去超市给你买东西,就是这些水果、饮料什么的,就有一个男人悄悄地跟着我,他戴着鸭舌帽和深度墨镜,披着披风,像影子一样跟着我。我怎么也甩不掉他……"

我张大嘴巴,惊惶地看向天花板。我的眼前,那个穿披风的男人栩栩如生地走了出来,我甚至看见他墨镜后的瞳孔在发光,而且他的左手拿着一种刀,对,就是白脸丢失的刻刀! 我急切地求证:"那个人……是不是拿了刻刀?"

王娟大笑:"是啊! 那刻刀虽小,但像暗器一样隐隐发光! 我就跑呀跑,我以为终于甩掉了他,就开车来看你,看我亲爱的丈夫! 可车刚到山口,我就发现一辆黑色轿车不远不近地跟着我,我放慢车速,回头看见黑色轿车上开车的人正是那个穿披风的男人,他还是跟来……"

我急得站了起来："那后来呢？"

"后来？"王娟怔了怔，停了半晌，抬眼看我，"你说呢？你不是知道的吗？"

我当然知道，我看见那个穿披风的男人追上王娟的红色小车，他飞快地拿出一张画报从车窗外递给王娟。王娟接过画报笑了笑，两人看上去很熟，停下车小声嘀咕了半天。不，那不是跟踪，是合谋怎样对我下手。那个男人我好像在哪儿见过，很熟悉的脸我怎么记不清了？他到底是谁呀？我蒙蒙地想着，不得不抱住脑袋，生怕脑袋像气球一样飞走了。

王娟仍盯着我冷笑："怎么样？这个跟踪的故事精彩吧？你满意了吧？"

我站了起来："不！不是跟踪！是……"我猛地截断自己的话，我不能告诉王娟他俩合谋，我和王娟毕竟是夫妻。

王娟冷哼："那是什么？"

我想起了什么，又问："你说，那人是不是给了你一张画报，那个画报上有云南的风景？"

王娟不再搭理我，伤心地摇摇头，站起欲走。

我才意识到我的眼前那个穿披风的男人手里的刻刀不见了，急忙朝着王娟的背影喊："老婆，告诉我，那个男人手里的刻刀哪儿去了？他把刻刀藏到哪里了？"可王娟的身影风样卷走，我的声音被铁门嗵嗵地撞了回来，在会见室的地上砸出了一个个圆坑。

不知何时，也不知何人给我打了一管安定，我才安静下来。

我看见会见室的桌子上摆放着一袋食物，那袋上写着"万家美超市"，那里面装着王娟送给我的饮料和水果。我奋力挥臂，横扫千军般把那些物件扫荡在地，趴在桌上呜呜地哭了。我不明白为什么王娟不愿告诉我那穿披风的男人把刻刀放到哪里去了。

当我哭够了抬起头时，我看见那个兜售商品的胖女人正小心地将一地水果和饮料收进袋里,偷偷地向会见室外溜去。我大喊一声:"那东西不能要! 那是毒苹果! 那饮料里有毒!"

5

好几天,我一直在寻找偷取白脸刻刀的人。我悄悄窥视 306 室的人,试图寻得蛛丝马迹,但未有头绪。据我分析:306 室四人中,白脸为失主,实无自盗的可能,我除了做梦盗刀之外应无实际行动,而黄衣主教是个智慧之人,不会干这种宵小勾当的,因而,络腮胡是偷刀的最大嫌疑犯,而且他杀过人,应该对刀有着天然的质朴的喜好。于是,我重点监视起络腮胡。

络腮胡一直对我不太友好,总是一副警戒的态度,似乎担心我发现他的秘密。他走路直来直去,但一见我就绕着走,走路的声音也轻了下来,生怕惊动什么似的。他不太情愿回宿舍,总在楼下操场待很久,直到天黑才回来,也不刷牙就飞快地上床睡觉,躲进被单里。他的鬼鬼祟祟的样子更加坚定了我的怀疑,也增加了我的勇气。

那天早操后,操场上一些白衣工作者和穿斑马服的人在玩着老鹰捉小鸡的游戏,煞是热闹。有人在独自行走,不停地喃喃自语:"为什么人是两条腿?"那样子就像外面的哲学家思考"我是谁"的人生哲理。胖女人提着王娟送给我的苹果四处兜售,说那苹果是从日本富士山空运过来的,不信上面还有富士山的雪和樱花留下的白和红。而有痣警花在认真地维持着操场上的秩序,虽然没有车流,但她站在旗杆处的高台上指挥交通的姿势很标准。

我在人群中钻来钻去,终于在楼后寻到络腮胡。他正靠在一棵常青树上晒太阳,仰起脸看着围墙圈起的天空,嘴里喘着粗气,像是经过剧烈运动,像是在氧气稀薄状态下生存的鱼。我悄悄地走了过去。

我的出现让络腮胡吓下了一跳。他跳了起来:"你……要干什么?"

我笑笑:"聊聊,我想和你聊聊。"

"聊什么?"络腮胡警觉地看看四周,又看向我。

"听说你有个哥哥,是吗?"

"是呀!我是有个哥哥,他⋯⋯从小到大陪着我。"络腮胡先是有些犹豫,说着说着就说开了,显然他已经很久没跟人说过话了,话憋多了也会生病的。

"小时候,我哥一直护着我。我被村里的小伙伴欺负时,他就会跳出来,帮我狠狠地揍他们!那年,我和村里的孩子在村头石拱桥上玩泥巴,那些孩子笑我是没爹的野种⋯⋯你说,没有父亲是我的错吗?我很生气,生气也没有用。那些孩子说着说着就动起手来,几个人把我举起扔到桥下的河里⋯⋯就在这个时候,我哥不知从哪儿跳了出来,他上前一阵拳脚就把那些孩子踢下河了⋯⋯那些孩子一个接一个落进河里,迸出一个个水花⋯⋯真好看呀!我真是高兴极了,我大笑,竟然还笑出声了⋯⋯"

"这么说,你哥哥很凶很能打喽!"

"不!我哥哥从不惹事,只是在我受人欺负的时候才会跳出来⋯⋯他长得白白净净的,学习成绩好,老师每个期末给他写的评语都是⋯⋯该生热爱祖国,热爱劳动,团结同学⋯⋯只是他总戴一顶帽子,一个绿色的帽子,就像西瓜扣在头上,不好看⋯⋯如果他不戴那帽子,就基本上没啥缺点了。"

"哦?那他怎么会⋯⋯把你们工头推下楼了?"

络腮胡眼里警觉的光像蜡烛一样跳了跳,结巴起来:"⋯⋯那个工头太欺负人了,他搞了我老婆,我跟他评理,他说要我滚,他要是能把我的工钱全发了,我就滚,哪怕像狗一样爬也行⋯⋯可他还差着我半年的工钱,你说,我能滚吗?我生气,可没有办法。就在这个时候,我哥跳出来了,他原来想替我跳楼的,可他从小怕疼,所以,他就让工头跳楼了⋯⋯那工头跳楼的样子一点都不好看,还砸坏了脚手架⋯⋯"

"哦？真是这样吗？"

"是呀……我到这里后，我哥就再没来找过我……就连前天探视日，他也没来看我。"络腮胡显得有些伤感，眼窝湿湿的。

我知道络腮胡的哥哥要么不存在，要么已经伏法了，他怎么能来看望他的弟弟呢？我笑笑。

络腮胡慌张起来，慌张让他眼里露出了凶光。

我不想再就这个问题深究下去，那与刻刀无关。于是，我转换话题："你喜欢刀吗？你觉得刀有什么用途？"

"刀？"络腮胡嘟哝了句，似乎不能确定这个词的含义，又像是回到回忆中。阳光照在他脸上的胡子上，就像乡村那些被荒废的稻田。因而他的回答就有些抒情了，他说："我喜欢镰刀，那是用来割稻子的。"

我烦了，就像在银城学院做学术课题一样烦了。历史研究意义重大，可历史真相总是迂回、暧昧、荒杂，让人头疼。记得一本书上说：17世纪的历史学家罗列不幸被打成死囚，在大牢里写作一部构思已久的世界史。有一天，罗列无意中以历史见证者的身份，看到两个狱卒吵架的全过程。正好一位来狱中探望他的朋友也从头到尾目睹了这场狱卒纠纷，就向罗列叙述了他的所见所闻。罗列惊讶地发现两人观察的结果大相径庭。这一发现令他沮丧：对于亲眼所见的事，两个人的叙述尚且不同，那些千百年前的事又如何说得清楚呢？于是罗列赶在上绞刑架之前把已经写好的书稿烧了个干净。当然，这是偶然事件，不足以构成怀疑历史学的理由。可我也曾做过一个课题，探究银城盐文化成因和影响。众所周知，银城是在盐业基础上形成的，清初时运盐船只帆樯林立，盐仓堆如山丘，官府专门在此设置盐务督销局管理盐务，由此一业兴而百业旺，银城作为一个商埠就渐渐形成了。可我经过深入的研究，得出的结论让我的眼镜都摔碎了，那就是银城根本没有出现过盐业繁荣的景象，自古至今都缺乏那种叫氯化钠的东西，比如我的爷爷就因缺盐而出现过大腿水肿的病相。

这会儿，面对络腮胡，我忍不住了，图穷匕见地问道："你，有没有偷刻刀？"

"啥刻刀？"络腮胡一脸迷惑，那不像是装出来的。

"就是白脸那套用来刻石头印章的刻刀！"我叫喊起来。

"原来你一直在找……找的就是这个呀！"络腮胡舒了一口气，既而有些不屑，"就那玩意儿，我偷它干啥？不能吃不能用的，送给我都不要！"

"你真的没偷刻刀？"

络腮胡生气了："你说啥呀！偷那玩意儿？你以为我有神经病呀！"说着摇摇晃晃径自走去。撞得碎铜般的阳光叮当作响。

说实话，我曾趁络腮胡不在场的机会，翻找过他的私人用品，但没有找到刻刀。络腮胡的东西少得可怜，只有一张照片，那张照片跟络腮胡相像。络腮胡不至于把刻刀藏进那张薄薄的照片里去了吧？照片不像镜子，能毫无痕迹地藏住大千世界，藏进一张张脸，比如美女、小偷、英雄、杀手的脸。为此，我害怕照镜子，总担心镜子里会钻出一个人来，这是王娟说我病了的又一个证据。我将那张照片抹了又抹，发现它没有凹凸不平的迹象，或许络腮胡真的没有偷刻刀。

在日积月累的观察中，我还发现络腮胡似乎在逃避什么，他看人时总强迫自己看别人的眼睛，看得很用力，似乎在瞪着别人，可眼神深处却在躲闪。他的那种神情跟我的一个朋友相似。那个朋友在一个令人羡慕的单位上班，他善良友好，但有些固执敏感，像个蚕蛹裹住自己，不愿与人交流，因而他的朋友都是稀有动物。他不肯在家庭之外用水洗脸，说那些水里有细菌。他不愿改变自己的穿着，说那是坚持自己的干净的生活方式。他对变化怀有恐惧，哪怕是移动一下办公桌都会纠结不已。后来，他因单位派他到不熟的岗位去工作而焦虑不安，差点自杀了。我在为自己治病的同时，曾为他的事请教过医生，医生说那是一种逃避心理，一种防御式逃避。我现在怀疑那个朋友心里就有个白色城堡,他把自己囚禁在里面了。可我的朋友和络腮胡在逃避什么呢?难道他们也在逃避一把刻刀?

我边想边跟在络腮胡的身后。

络腮胡突然转身,粗声粗气地喊:"你别跟着我!"

我笑笑:"我没跟着你呀!我们只是同道中人而已。"

"我说过了,我没有偷白脸的刻刀!你怎么还不相信?我怎么做,你们才肯相信我呀?"

我不紧不慢地走,不想搭理他。

络腮胡笔直站住,举起右手,缓缓将手握成拳头,放在太阳穴处,一字一顿:"我发誓!我没有偷刀!"

他的拳头就像个含苞欲放的花骨朵。他的动作过于庄严,吓了我一跳。我一直对起誓之类的仪式怀有怯意,那种仪式往往隆重而神圣,就像巨大的光亮让我自惭形秽,让我喘不过气来。在一些历史典籍中,我见过各种各样的宣誓,比如歃血为盟,比如祭旗誓师,比如就职宣誓,都充满着忠诚、捍卫、秘密,往往会引发一些大事件。当历史烟消云散后,也许你会发现立誓往往是阴谋或撒谎的开始。这种仪式应该与平凡的人尤其是我们这些病患者没有关系,因而络腮胡对天发誓的动作显得滑稽、突兀,也有种弥天大谎的感觉。我不敢再看络腮胡,慌慌地逃走了。

我匆匆走过操场,看见草地上一个蓝白相间的"斑马"在看蚂蚁搬家。她像发现真理似的对我预言道:"看呀!天快下雨了!"我猜想她进来之前的职业是气象工作人员,虽然现在气象站的天气预报没个准,但他们勤奋工作的精神值得我们学习。于是,我蹲下身,跟她研究起蚂蚁来。那些黑色的蚂蚁从土穴里钻出来,排成整齐的队伍,就像个辎重的队伍分成四车道前行着,有的搬运米粒,有的背着面包屑,有条不紊地爬过地上的枯草和纸屑,走到一棵棕榈树下,顺着枝干向上爬,慢慢爬进了树洞。我的眼光越看越低,撅着屁股对着围墙顶上的太阳。我真切地听见那些蚂蚁们坚定不移、团结一致的脚步声。那个树洞在我眼里越来越大,成了一个巨大的洞口。更让我吃惊的是,那群蚂蚁齐心协力地驮着大蝗虫,走进树洞就消失了。我突然想:白脸的刻刀会不会被蚂蚁们偷偷搬运到树洞里去了?

那个看蚂蚁的"斑马"突然站起,低声吟道:蚂蚁搬家/扛着粮食出发/密密麻麻/拥拥挤挤/我们的方向是山顶的花/我们要在大雨来临之前/重新找一个新家——

我抬起头,看着那"斑马"嘀嘀咕咕地走远,这才发现自己蹲得腿酸,便直起腰来。当我站起身时,大脑一阵晕眩。我以前有过这种毛病,王娟说那是大脑供血不足、短暂缺氧引起的。可我顾不了这些,扑向棕榈树,用手挖起那个树洞,挖了半天都没有挖出刻刀来。

<h2 style="text-align:center">6</h2>

我该找黄衣主教好好谈谈了,因为络腮胡告诉我,是黄衣主教偷了白脸的刻刀。我不信,但还是要找黄衣主教问问。

有些人天生就是不应该被怀疑的,比如黄衣主教,他优雅睿智得像个哲人,常用悲悯的目光看着我们。虽然白色城堡里,有一些蓝白"斑马"狂热地声称自己是拿破仑、朱元璋、武则天什么的,可黄衣主教并不张狂,而且能出口成章,说出精辟深邃的思想来。他曾诚恳地向306室的我们说:

"真的,人就像一条肮脏的河流,为了接纳这条河流,人们必须是海,才能本身不受污染。看呀,我给你们教授超人:超人即是海洋,你们伟大的轻蔑会在海中沉没。

"他沉沦,他跌倒。你们一再嘲笑,须知,他跌倒在高于你们的上方。他乐极生悲,可他的强光紧接你们的黑暗。"

……

我们在他的宣告声中,敬畏地看着他,噤若秋天里的蝉。这样的人,我怎么能对他有丝毫怀疑呢?

再说白脸日渐消瘦的病就是黄衣主教治好的。白脸自刻刀失窃后,整天在宿舍里躁动不安,就像疯了似的。于是,黄衣主教就教白脸每天早上起来,站在窗前高声说上一番话。白脸依法做了:每每早晨,刚刚沐浴后的白脸面对窗口,高声朗诵起来:"宽恕别人就是宽恕自己!你可能是个很好的木工、管道工、瓦匠,假如不偷东西,还是个很好的人。据说你混进每套房子,都要把全屋收拾干净,把漏水的龙头修好,把厨房里的油烟擦干净,然后才翻箱倒柜。所偷的钱少,你给失主单位写表扬信,表扬此人廉洁奉公。你还备有大量的格言、人生哲理,偷一家送一家……哦,多好的贼呀,我要向你致敬!"——显然,黄衣主教让白脸朗诵的词儿是出自一个叫什么波的作家之手,属于侵犯著作权的行为。可奇怪的是,白脸朗诵时竟然渐渐有了悲悯的热泪,而且日复一日地朗诵竟然把他的病奇迹般治愈了。由此可见,有些作家的作品具有大麻、海洛因一样的麻醉作用。

至于刻刀的重要性是不言而喻的。

我曾问白脸:"那不就是刻刀吗?就那么让你耿耿于怀?"

白脸苦着脸:"你说人的手指重要不?那刻刀就是我的手指!"

这个回答让我迷惑,让我眼前浮现出一些奇形怪状的事物,比如工厂流水线前电焊长在工人的手上,医生的手掌成了手术刀……我赶忙收住联翩的浮想,又问:"你不是要寻找一种颜色吗?找到没?"

白脸无奈地笑:"没有。不过,黄衣主教告诉我,那种颜色在彩云之南。"

"彩云之南在哪儿?"

我也不知道。不过,我相信黄衣主教的话。

我点点头,活在这个世界上,我们得多多少少相信一些东西。但我还是想打消白脸拥有刻刀的念头,于是声音软和下来,就像长辈规劝不听话的孩子不要玩危险品一样："其实，刻刀也没有什么好的，容易划伤你的手。你不如用画笔画画，那样就有可能找到你想要的颜色了。我小时候的一个玩伴，就爱耍飞镖，有一次飞镖从树上反弹回来，刺伤了他的右眼，现在呀他的右眼就是一个玻璃球了。"

白脸嘴唇动了动，仍梗着脖子："不！我就要刻刀！只有刀才干净！"

我苦笑，心底盘算如何在白脸之前找到刻刀。可络腮胡说那刀被黄衣主教拿走了，我想该跟黄衣主教谈谈了。

那天傍晚，白色城堡被暮色封锁了。我知道此时的银城已是灯火璀璨时分，一些人正匆匆忙忙往家赶，一些人正像流莺般从巢里飞出。银城没有季节之分，甚至没有黑夜白昼之别，而这个城堡却黑白分明，我就是在那黑白过渡中走进宿舍走向黄衣主教的。

黄衣主教就像和我初次见面似的，平静地伸出手，正式自我介绍道："您好！我是黄衣主教！欢迎你加入我们！"

我受宠若惊地握了握他的手，他的手有些潮湿。

黄衣主教将两腿交叉，身体扭曲成一个古怪的身姿，用一种舞台朗诵的腔调说："你既然来了，就要记住……太阳是从地下升起的。"

我懦懦不安："请问您为什么以这种姿态站立着，不累吗？"

"只有姿势正确，人的精神才会正确！我们可以通过控制身体的方式，来坚守精神！达摩面壁你听说过吗？"

我似懂非懂，觉得黄衣主教和我以前的博导相类。我小心地问："您说，我们这些患病者，还有精神吗？即使有精神也是有毒的吧？"

"不！我们有精神，有着纯洁的精神，那就是与生俱来的正义、善良和美，就是因为我们的精神过于纯正过于茂盛才患病的！这就是我们天生的疾病！"

我知道我遇见雄辩的演说家了，说不定这座白色城堡里会诞生一个尼采来。我试探地问："您……以前是做什么职业的？"

黄衣主教睁大眼睛想了想："老师？牧师？医生？我记不清了，反正是个思想工作者。你问我这话，是想问我为什么被送进来的吧？"

我越来越觉得黄衣主教没疯，他思维清晰，洞察人心，怎么可能有病呢？

黄衣主教仍保持着那种扭麻花的姿势，继续说："记得我有一个月忘记去上班，在家里对着镜子寻找正确的站姿……领导和同事、亲戚和朋友都不知我去哪儿了。等他们找警察撞开我家门时，发现了我……他们说我当时赤身裸体……显然他们说错了，那是个很黑的夜晚，我早已把电闸关了，没有电就没有光，他们怎么会看见我没穿衣服呢？于是，我就一遍遍跟他们解释，可他们听不明白，就把我送进这里来了……"

我不禁对黄衣主教深表同情，我很理解他的心情。在我有限的人生经历中，我深知外面的人总是怀有敌意，总是想让你这样那样，据说那样就是正常的文明了。

黄衣主教不眨眼地看着我。

我不明白黄衣主教为什么这么陌生地看着我，稳稳心神，笑："你这么看着我干吗？难道你不认识我吗？"

"你是谁？你从哪儿来，到何处去？"

黄衣主教仍很平静，我却被问得发蒙了，不知如何作答。

"你不知道吧？那就让我来告诉你，你是从银城来，要到云南去！"

"云南？我为什么要去云南？"我睁大眼睛看着黄衣主教。

"因为我们都要到云南去！"黄衣主教说得笃定，不容怀疑。

我哂笑，摇摇脑袋："云南我去过，那里有滇池、蝴蝶泉、大理雪山、泸沽湖什么的，我不喜欢旅行，那种走马观花的旅行，就一个字：累！"

黄衣主教笑笑："不！我说的云南不是你去的那个云南，是彩云之南！看啊，就是那朵云彩的南边！"

黄衣主教说着，手指向夜空，可天上根本没有云朵。我在心底窃笑。

"你没有看见吧？我们现在是在一个长长的黑洞里，洞口外就有彩云，出洞后往南走就能到达云南！"

看来黄衣主教毕竟是精神病患者，即使睿智也生病了。

黄衣主教定定地看着我："你以为我是在谵妄地说胡话吧？不！我是太阳！你们只要跟着我走，就能抵达干净、温暖的彩云之南！"

我想彩云之南遥不可及，而现在关键是要找回白脸的刻刀，于是便打断黄衣主教的话："那个，你知道白脸的刻刀在哪儿吗？"

"你为什么要问这个？"黄衣主教反问道，他显然知道刻刀在哪儿。

"是你偷了白脸的刻刀，是吧？"我继续问。

黄衣主教终于将他扭曲的身子放开："你想知道吗？"

"是的。"

"除非你了解一切，否则你将一无所知。"黄衣主教斜睨我一眼，向外走去。

我身子有些瘫软，我可以确信刻刀被黄衣主教偷去了，可他拿那些刻刀干什么？

我站立片刻，尾随着黄衣主教走出宿舍。

门外，天黑了，几盏路灯眨着怪黠的眼睛。我站在走廊上向下望去。操场上的泡桐树下，黄衣主教正在和那个推销商品的胖女人窃窃私语，就像同伙密谋着什么。灯影照在他俩的身上，给他俩披上了黑黑的长袍。我看不清他俩的脸，听不到他俩说什么，但胖女人的笑声咯咯传来，落在夜色中，纷落一地闪烁的露珠。

他俩在密谈什么呢？难道黄衣主教偷了白脸的刻刀，用它与胖女人交易什么了？我急忙冲向楼下，向他俩走去。

当我走到楼下，黄衣主教不见了，泡桐树下只有胖女人。

我走过去："嗯？怎么就你一个人？"

胖女人嬉笑道："是呀！还有你……一只会说话的蝙蝠！"

"就算我是蝙蝠！那你觉得黄衣主教像什么？"

胖女人眉开眼笑，用肉嘟嘟的手比画起来："他呀，是太阳！一个又大又圆的太阳！"

我不喜欢胖女人的聒噪和不礼貌的比喻，便冷下脸："你这个人，怎么可以给别人取绰号！我不是蝙蝠！我哪儿长得像蝙蝠了？"

"我没给人取外号。"胖女人急了，白着脸辩解起来，"我只给人取过一个外号，那是小时候，我们数学老师是个白头发的老头，戴着眼镜，我背后叫他啄木鸟，后来不知怎么被老师知道了，他没骂我没打我，可我晓得自己犯错了。我书读得虽不多，也知道给老师取外号是不尊重老师……从那以后，我再也不敢看老师一眼，一上数学课就把头埋进抽屉里，可是，可是我还是听见啄木鸟咯咯的敲树声。我也没办法呀！……后来长大了，我开了个饭馆，有一天看见饭店里坐满了青蛙、狼、老虎，甚至从没见过的狐狸……他们都饿极了，在等我给他们喂食呢！我就边喊边笑……大家都说我病了，就把我送到这里来了……我是真的看见了呀！"

胖女人说得很诚恳，也很委屈，可我听不下去了，逼向她："黄衣主教……就是那个太阳，有没有把刻刀给你？"

"刻刀？"胖女人惊地叫了声，立马捂住嘴跑了。她那么胖，竟然跑得那么敏捷。

7

我一直以为尘埃、枯叶等琐屑的事物中藏着惊人的秘密，比如某位历史人物日记上涂改的墨点，比如往日时光中过于高亢的声音，等等。白脸也认为一些微小的事物中藏有秘密，不过他说的是花朵、云、西风和石头，这也许是我们这些世界观没有改造好的群落的症候。可是，难道不是这样吗？就连这座白色城堡也开始四处弥散起秘密了，那个秘密就像长了翅膀在暗夜飞来飞去,它在高高的围墙内酝酿着一股暗潮,它让一些蓝白条纹的"斑马"不动声色地泛起波澜,那个秘密就是:去云南。

那几天,胖女人在各个带有编号的宿舍间走动频繁,她扭着过于肥大的臀部,楼上楼下地跑,像是在做减肥运动。她在鸽笼状的房间里进进出出,身影诡秘而又热烈。但她不是在兜售商品,一推开别人宿舍的门就探头四望,然后低声问:"去云南吗?"得到肯定的答复后才侧身而进。这使得"去云南"恍若地下工作者的接头暗号,在白色城堡的人群中散开。显然,这种隐秘的骚动引起了白院长的注意。

那天,白院长把胖女人叫到谈话室问话了。谈话室装有录音、录像等现代化设备,如果不小心在里面放了个屁,都会被那些高科技的玩意捕捉到。

白院长稍稍放低身子,做出一副促膝谈心的样子,笑道:"那个谁?"

胖女人坐在矮凳上,一听到白院长的口头禅,就立马站起:"报告!我是081号!"

"坐下!坐下!不要紧张。"白院长有些不悦,但仍和颜悦色地说,"那个谁,你最近到处串门,在干什么呢?"

"我跟以前一样,在卖东西呀。"

"是吗?"白院长短促地笑笑,"可据反映,你进出那些宿舍时,没有像以前一样带上货物呀。"

"我……"胖女人犹豫了一下,黑眼珠藏在白眼球里,"我去向他们宣传抵制日货呢!"

白院长被噎了一下,想说什么可没说出来。他显然知道"抵制日货"不是一种病,而是爱国主义的表现,他就曾参加过银城老百姓自发组织的"抵制日货"活动,在一条长幅上签过名,虽然他的私家车是丰田,这无伤大雅。而让白院长气堵的是胖女人竟然学会了说谎,学会用光明堂皇的借口遮盖自己的行径了。白院长抬直身子,脸色冷了下来,声音自然威严起来:"081 号,你都学会撒谎了!看来你的病真的康复了!"白院长说得有理,一般来说能说谎的人心智是健全的,跟银城人民一样了。

胖女人惊喜得一拍大腿跳起:"好呀!我康复了!院长,你快给我开康复证明呀!"

"你走吧!"白院长挥挥手,草草地结束了谈话。

胖女人不情愿地转身,走了两步又回过头来:"报告院长,你知道吗?那个'大蝙蝠'整天在找刻刀呢。"

这种告密行为愈加让白院长不满,看都没看胖女人,只说了一个字:"滚!"

胖女人这才恋恋不舍地走出谈话室,她挺直身子,像个没有屈服的志士走回我们的目光中。

我知道"去云南"一定是黄衣主教倡发的,并借助胖女人的嘴巴传播开来的。可我不明白,一句"去云南"为什么会让白色城堡里的"斑马"们莫名兴奋起来。他们难道不知道自己身在高高的围墙内,是出不去的吗?他们难道不知道,去往别的地方一定要找旅行社吗?这真是一群具有浪漫主义精神的病人!可去云南究竟是什么阴谋呢?我想起刚到白色城堡的那个黄昏,有痣警花曾说过去云南需要证件什么的,觉得曾经从事过法律工作的人毕竟比满嘴胡话的人可靠可信,于是,在一个晌午的阳光下,我走向站在旗台上指挥交通的有痣警花,想一探"去云南"的真相。

有痣警花长得好看,至少比我老婆王娟漂亮,我仰起脸看着她。她在阳光下神情严肃,就像一棵雪树。我舔舔嘴唇,我承认那一刻我有点爱上她了。

有痣警花俯视我,一脸公事公办的表情,左手直直地划拉,对我高喊:"靠边!靠边!"说着跳下旗台,向我行了个礼,"您好!请出示驾照！”

我笑笑：“警察同志，我没有开车，我走的是人行道哦。”

“那……你得走斑马线，不能横穿马路，乱闯红灯！”

我抬眼看向她身后的太阳，那太阳的确像红绿灯。我笑道：“您每天执勤，不辛苦吗？”

有痣警花挺挺胸，似乎整理了一下她的大盖帽——我说"似乎"是因为她的头上根本没有帽子。我接着说：“再说，我们这儿也没有什么车呀，只有几辆轮椅，您未必需要每天上岗的。”

有痣警花一脸严肃，严肃得像块舞台布幔：“同志，您得加强交通法规学习！无论有车没车，我们都得遵守交通规则！”

我心笑。银城就有很多这样的规则，比如人际交往规则、交易规则、会议规则等，很多人觉得有些规则着实可笑，但谁都不敢说出来，只是尽力遵守着，就像上演童话《皇帝的新装》——如果有人敢口无遮拦地说出来，那他一定会被送到这白色城堡来。我也没说，我不想让自己病得过于明显。我想还是问问该问的事儿吧。我盯着有痣警花胸前活泼可爱的兔子：“警察同志，我想问个道。”

“好的。”有痣警花热情起来，那种为人民排忧解难的热情，显示出她作为警察的职业素质。

“请问，去云南，怎么走呀？”

“去云南！”有痣警花认真地思考着，忽地抓起我的手，左瞧右瞧，“你的 GPS 定位仪呢？去云南很远，一句话两句话说不清，我得给你卫星定位。”

我赶紧缩回手，生怕她的手像刻刀一样划伤我的手。我说：“您就大略说说去云南是怎么回事吧。”

有痣警花沉吟片刻，忽地唱了起来：“彩云之南我心的方向/玉龙雪山闪耀着金光/彩云之南归去的地方/往事芬芳随风飘扬——”她边唱边欢跳着走了。

我呆呆地站在旗帜下,站在太阳的中心,一时找不到方向。

屡屡寻求真相未果,我不得不对黄衣主教的物品进行突击大检查了,也许"去云南"的秘密就藏在他的那些书里。

黄衣主教很富有,他的床头柜里整齐地叠放着各种书籍,有硬壳、软壳的,有哲学、医学的,甚至还有一本儿歌集。那些书就像一张张模糊的脸挤了出来,争先恐后地想跟我说些什么。我没理睬它们,翻了翻,又把它们塞进床头柜里,那才是适合它们待的地儿。可我还是发现了两件可疑的物件,一件是指南针,军绿色,带有比例尺和放大镜。我抚摸着它,就像抚摸一个心脏。它的指针正指向我九点钟的方向,我顺着那方向看去,目光竟然能穿过宿舍和高高的围墙,看见天上一只银白色的鸟扑翅飞过。我明白了,黄衣主教他们早已做好去云南的准备了。另一件是上面写着"居民个人健康档案"的卷宗,里面有一大沓发黄的表格,什么个人基本信息、遗传病史、症状、健康评介、接诊记录等,爬满了密密麻麻的文字,就像拭不去的胎记。我哗哗地翻动着,其中一份引起了我的注意,因为那上面贴着酷似白脸的照片,那份档案的"临床表现"栏上断断续续有以下记录:

"他赤身裸体只套着一条风衣逛街,然后跑到书画展览馆,用拖把沾上绿油漆,涂去了一幅幅知名画家的作品……据一些知名画家表示,此人的行为属于妒忌……他不出门,把自己关在房间里,窗户上糊满厚厚的报纸,只拿一个高倍望远镜与外面的世界沟通。他说阳光很脏,空气有毒……"

"医学分析"栏则有以下文字:

"1931 年,一项由切尼博士主持的叫作'精神病患者最喜爱的颜色'的研究表明:躁狂抑郁症患者最喜欢橙色和黄昏,精神分裂症患者最喜欢绿色,其他精神病患者最喜欢紫色。住院超过三年的患者几乎都选择了蓝色……精神病对色彩的感觉与常人不同,因而颜色对病人很重要。许多伟大的艺术家就是疯子,据说凡·高就有家族精神病史和黄视症,所以他的画配色相当夸张,晚年的作品更是彻底以黄色为主。这位患者嗜色症状非常明显,他本为油漆匠却自称画家,他入院后却说要寻找一种颜色……建议改造这位患者的色彩观,让患者去彩云之南。"

那几张字迹模糊的表格,让我看得心发慌。这份档案显然是白脸的。难道这就是"去云南"的谜底?可是,去云南跟白脸的刻刀有什么关系?

我慌忙将那份卷宗塞进床头柜里,这才发现地上飘落着一张纸条,上写:"刻刀是雕刻艺术作品的工具,刀片有斜尖和圆口两种,有一种蝴蝶齿的刻刀,刃呈圆弧,适合在凹面上使用。"我合上纸条,一时内急,赶忙跑向卫生间,酣畅淋漓了一下,并随手用那纸条擦去了我的排泄物。我常常在不该犯糊涂时犯糊涂,这曾使我多次历史研究在接近真相时功亏一篑。

天色模糊起来,我抬头看见高高的围墙上青灰色的水泥板制造的天空,猛然意识到白脸、黄衣主教和络腮胡都未回来。空空的306室让我有种孤独感,就像被遗弃在荒原上。我有些想念我和老婆王娟组成的那个家,以及王娟的身体,虽然她眼神尖利,但在床上身子还是挺柔软的。就在这时,我听见一声尖厉的叫声。我兴奋起来,向着尖叫声传来的方向奔去。

尖叫声是从充满光明的囚禁室传来的。我看见囚禁室里,一个蓝白纹的男人被数个身穿白大褂的人手脚麻利地捆绑了起来。白大褂分工明确,配合默契,按手的按手,绑绳的绑绳,片刻就把斑马男捆在了铁床上,和我父亲杀猪的场面相类,只是那个斑马男不像猪那样发出闷哼声,而是尖叫:"我要去云南! 我要去云南——"喊得声嘶力竭。白大褂对自己的工作很满意,白院长出了一身汗,像沐浴过似的,他喘了口气,不无焦虑地说:"201号的病又犯了! 得把他送到重病区去!"斑马男用力挣扎,绳子和衣服发出拉锯般的摩擦声。他的脸因狂躁变形了。我不敢再看，头疼，憋气，身体发冷，我甚至看见白大褂们的手指都变成了刻刀。我转身就跑，越跑越快，可斑马男的喊声在追赶着我，就像风声在我耳边、在白色城堡呼啸："放开我！我要去云南！我要去彩云之南——"

8

我终于从白院长口中得知黄衣主教的底细了。

第二天早上，我在第一次铃响之前就醒了，跑到囚禁室前，发现昨晚那个被捆绑的斑马男已经不见了。我思前顾后纠结了半天，鼓足勇气敲开了白院长办公室的门。我虽然病了，但我的历史学家的职业操守仍在，我不希望那个斑马男的失踪就像李自成、石达开下落不明一样，成为历史之谜，那样的话对我的后辈是不负责的。

白院长友好地接待了我。他脸上的笑就像精致的瓷砖。于是，在阳光尚未抵达白色城堡时，我和白院长开始交谈了，我俩的话就像两条颜色不一的鞭子互相逃避而又纠缠起来。

我盯着白院长的黑眼珠，那是他身上唯一的黑点："白院长，昨晚那个被关在囚禁室里人哪儿去了？"

白院长手指敲着办公桌上的报纸，眼睛垂下看着散发着铅粉毒素的报纸，嘴里念念有词："2011年10月，广东省卫生厅表示，广东重性精神病患者保守估计在140万左右，比如深圳富士康跳楼员工、广东南海本田企业集体罢工员工、留下遗书抑郁自杀的官员、集体喝农药自杀的小学生，都有精神病……我们银城也是！我们院使命在肩，责任重大呀！"

我看着白院长办公桌上印着红色标签"银城第三行政办1号"，执拗地问："白院长，那个被关在囚禁室的人哪去了？"

"那个谁，你得体谅我们工作的难处，我们的工作风险很大，筷子、罐头、香烟、打火机、指甲刀,这些平时看似普通的东西,一到你们手里都可以成为伤人伤己的工具,因而,你们在进来时都要做全身检查,以防不测。你们虽然有病,但智商一点也不低,私藏那些东西的办法很多。我们得对你们负责!"

白院长的这番话我深有同感,比如我就一直以为白脸的刻刀具有危险性,并一直在追查。而且,当年我在银城学院任教时,也常对学生说:"我要对你们负责! 对社会负责! 对历史负责!"说这话时我能感觉到自己高尚起来。因而,在第三次发问时,我的底气就有些不足了:"白院长,请你告诉我,那个关在囚禁室的人去哪儿了?"

白院长推推眼镜:"有些病人,我们会把他放在这座光明的房子里,但有些病人我们必须把他投入到黑暗里!"

白院长完全是历史的面目,我知道自己再问也无法求索到答案,便小心翼翼地问:"他去的那儿,有传说中的电击疗法吗?"

白院长不置可否地笑笑,转移了话题:"那个谁,你了解你们宿舍的黄衣主教吗?"

我点点头,赶紧又摇头。

白院长用一次性纸杯为我倒了一杯水:"别紧张! 你想想看,黄衣主教是否跟你说过什么去云南的计划?"

我郑重地接过纸杯,一不小心把水弄洒在裤脚上,只好再次摇头。

白院长有些失望,语调放低放缓了:"你不要听他煽动,被他的假象迷惑! 他是个危险人物!"

"危险?"我眼皮跳了跳,"他有什么危险?"

"他以前是我们这儿的医学工作者。他硕士毕业后分配到这儿工作,起初干得不错,工作踏踏实实,认真负责,还酷爱看书,钻研理论,经他的手不少病人都康复了,而且他写的论文屡见于国家核心期刊……那真是年轻有为呀! 可是他有个毛病,就是有些各色。你是知道的,我们工作人员一律要求穿白大褂,可他总穿黄色的衣服,这不符合我们的着装纪律。我关心他的成长,就一次次找他谈心,做他的思想工作,让他改掉那个毛病,可他就是不听,真是可惜了……"

我忘记了喝水,嘴唇干涩:"那,他怎么也病了?"

白院长停了片刻,像是在平复情绪,然后说:"其实,我早应该发现他总穿黄衣是危险前兆、一种病相了!可我对他过于宽容,只是把那当作生活作风问题,没引起足够的重视,否则的话,他不会走到这条路上的……"

白院长痛心疾首,和我老婆王娟教训我时那种恨铁不成钢的表情相类,那种表情不能不让人动容。可此时我只对黄衣主教得病的经过充满期待,便急急地问:"那后来呢?"

"后来?有一次不知为什么,他在查房发药时,给一个病人发错了药。你是知道的,你们在什么时候该吃什么药,是有病理学根据的,是由院章严格规定的。吃错药,后果严重呀。因而,我就按制度处罚了他。你知道怎么着?他竟然振振有词地说,那是他的临床试验!说时还拿出一粒药丸当着我们的面吃了下去……"

白院长一时气结,说不出话来。他显然过于激动了。这与他的身份不相符,这也是发病的预兆。我赶忙提醒他:"白院长,你得注意控制情绪。"

白院长悚然惊醒,挺身站了起来,语速加快,又变得义正词严了:"他那是公然向科学、向制度挑战!怎么会有好结果呢?于科学而言,药是给非常人吃的,正常的人吃了就会发病;于社会而言,挑战制度也会发病!因而,他理所当然就病了……他太危险了!"

"那他……怎么个危险法儿?我看他很文雅,不喜欢玩刀弄枪,没有暴力倾向呀!他就是喜欢把书本上的字儿大段大段切下来,喂给我们吃,这有危险吗?"

"对!这就是危险!他对你们说的话就有毒,是一种传染性的病毒!"

我急得站起:"那你们为什么不把他送到重病区去呀!"

白院长古怪地一笑,似乎在平抑内心挣扎的什么:"哼!我要让他活在我的视线之内!"

我突然觉得白院长让我难受,赶忙端着纸杯向外走去,尽量不让纸杯里的水晃荡出来。

白院长在身后突然问:"对了!今天你吃药了吗?"

我站住:"吃了!吃了!"

白院长扶扶眼镜:"那就好!对了,你给我看住黄衣主教,一见他有什么动静就报告我!他是个危险的人!他手上不玩刀,可心里藏着刀!"

他心里藏着刀?我恍然大悟,还是正常人的思维准确呀!白院长怎么知道黄衣主教把白脸的刻刀偷偷地藏在心里了?我抑制不住激动,纸杯里的水全洒在脚尖上。我飞快地向宿舍跑去,决定跟踪黄衣主教,找出他藏在心里的刻刀。这是我一直要查找的真相,也是白院长赋予我的光荣使命。我的寻刀行动因白院长的嘱咐从隐秘走向合法,变得崇高起来。这让我心潮澎湃,我突然体会到:当一种欲望找不到合法的出口时就会发病,而找到合法的出口时就会变得名正言顺光荣起来,比如,我的血脉贲张的肉欲曾被我认为是耻辱的,可一旦以婚姻的形式合法化后,就成为为人类繁衍做贡献的光明正大的行为,就能与王娟通力合作了;比如,历史上一些人的残暴、威权的欲望在正义的名义下,就会变成令人景仰的英雄气概,大义凛然。这真是一件奇妙的事。明白了这个道理,我可以负责任地说:我已经康复了,变成正常人了,甚至比白院长和王娟还要健康。我想在完成这个光荣而艰巨的任务后,就打电话让王娟接我出去,让自己重获新生。

于是,那天我一直监视着黄衣主教,一刻都不让他从我眼前消失。可黄衣主教并没有什么异常,他照常吃饭、看书、上卫生间,甚至整个白色城堡都比往常安静多了。那个有痣警花不再站岗执勤,手里不知怎么多了个玩具汽车。那辆车在她嘟嘟的伴奏下,在水泥地面上缓缓而行。那个兜售商品的胖女人不再推销物品,而是给每一个穿白大褂的工作人员殷勤地送上一个苹果,连声说着"谢谢"。络腮胡整天坐在宿舍里,拿着那张酷似他的照片笑,不时温情地唤两声:"哥,哥……"白脸突然热情起来,帮助白大褂油漆起建筑物的护栏,很专业也很专心,把一些已经生锈的栅栏刷得绿意盎然。原本嘈杂的白色城堡变得井然有序、欢乐祥和起来。但我仍不放松警惕,密切关注黄衣主教,可他自始至终没跟谁说一句话,甚至没有飞一个眼神。

只是有个现象有些奇怪:在下午的电视室里,一大批蓝白纹的"斑马"坐在长条凳上看电视,电视在播放银城新闻,一个银城重要人物在发表讲话。要在平时,早就有人竞相换台了,或调到动漫频道,或调到时装表演什么的,然后发出不同音质的笑声。可这天却没人换台,没有一丝笑声,大家笔直地坐着,呆呆地盯着电视。就在这时,黄衣主教旁若无人地鼓起掌声来,声未落,所有观看电视的"斑马"迟疑了一下都鼓起掌来,就像飞过一群扑打翅膀的水鸟。我觉得这个现象有些怪异,但不知怪在何处。

善于伪装的夜色终于来临了。白色城堡里,一些灯半明半暗地亮了,那些灯光容易让人麻痹和神情恍惚。第十次铃响后,我们在食堂吃饭。我稍一疏忽,就发现一直在北墙下闷头数米粒的黄衣主教一闪就不见了。我吃了一惊,赶忙放下碗和汤勺,追了出去。我着急地满城堡寻找黄衣主教,从楼顶开始一个一个房间地找,连卫生间都没放过,仍未见人。我又在操场上、花坛边寻找,还是没看到一星黄色。我有些慌神了,站在旗杆下发怔,就像等待认领的孤儿。

不知什么时候,络腮胡钻了出来,对我笑笑:"你在找什么?"

"找刀!"我脱口而出。

络腮胡看上去这几天睡眠很好,不像以前眼里充满血丝。他的神态也变得和善起来,轻声说:"我早说过了,白脸的刻刀是黄衣主教偷走的。"

我点点头:"我相信你。"

"你真的相信我?"络腮胡有些激动,一把拉住我的手,仰起脸看我,"你真的相信我?"

我再次点头。

"好! 那我带你去看黄衣主教用刻刀在做什么!"

络腮胡像是捡到了弥足珍贵的东西,对我充满感激。他的手变得温暖起来,拉着我飞快地向南面围墙跑去。

我又看见黄衣主教陶醉般趴在高高的围墙下的情景了。他站在疯长的半人高的草丛中,把脸贴在围墙上,用手抚摸着光滑的墙体,闭着眼一脸痴妄地喃喃着什么,恍若午夜的梦游者。

我挣脱开络腮胡的手跑过去,高喊:"黄衣主教……你在干什么?"

黄衣主教倏地醒来,转身靠在围墙上,直视着我:"你……你还是跟来了!"

我不再惧怕黄衣主教,变得咄咄逼人起来,那是因为白院长给了我力量。我逼近一步:"你把刻刀藏在哪儿了? 拿出来!"

黄衣主教平静地笑:"反正这个秘密迟早会告诉你的。你自己看吧。"说着他慢慢拂开双胯之间的长草,一个洞口豁然出现了,那是从坚固的围墙上挖出来的口子。地面上摆放着一排刻刀,那正是白脸丢失的,只是不再干净,不再锋利,上面满是豁口和卷刃。我终于明白,黄衣主教就是偷了那套刻刀挖出这个洞的。我急上前,从洞口向外探去,竟然看见洞外夜色中的山野盛开着暗红的映山红。

一股风从洞外清冷而迅速地灌了进来。我回头看向静立一旁的黄衣主教:"你……你这是要干什么?"

黄衣主教神秘地笑:"我早就说过,我要打通黑色的甬道,带领你们去云南! 只要从这个洞口钻出去,往南而行,就能抵达彩云之南!"

我惊愕得一屁股坐在地上,一些植物刺得我的臀部微疼,我想站起逃去。

黄衣主教上前一把按住我的肩，一手捂住我的嘴。

我站不起来，喊不出声。我被这个惊天的真相震住了，忘记了挣扎。

黄衣主教向不远处的络腮胡喊："快！快去通知其他人，我们今晚就走，就去云南——"

9

显然，这是一次外逃事件。

我早就知道白色城堡的工作人员除了对我们进行日常治疗、监护外，还有一项重要的任务，就是"三防"，即防假服药、防自杀、防外逃。据说，某年夏天的晚上，白色城堡的工作人员查房时发现囚禁室里的一个"斑马"不见了，继而发现囚禁室窗户上拇指粗的钢条点焊成型的护栏被人生生地拉弯成一个可以进进出出的通道。那个"斑马"正是从此越窗而出，又不知怎么翻过近三米高的围墙跑了。据说那个"斑马"因服药过量产生病理性性欲亢进，实在忍不住逃了。可黄衣主教们为什么要向彩云之南潜逃呢？

夜色愈来愈浓，就像一朵朵棉絮压得我喘不过气来。我被黄衣主教按在地上，动弹不得。不一会儿，一阵杂碎的脚步声蟋蟀鸣叫般轻轻传来，就像月光踩着落地的树叶奔跑。我的面前顿时出现一群人，他们是络腮胡、白脸、有痣警花、兜售商品的胖女人，还有其他一些"斑马"。他们黑黑地站成一群，就像栖落一群乌鸦。他们不说话，连喘气声都没有，只是静静地看着我和黄衣主教，眼睛镀银般发亮。

黄衣主教用目光抚摸过每一个人，又看向我。他捂住我的嘴的手没松开，但另一只手在我肩膀上安慰性地抚摸着，让我的心慢慢安静下来。接着，他用一种天使般的声音说："难道你就不想念你老婆吗？"

我唔唔地说不出话来。

黄衣主教像个浪漫诗人抒情地说:"你想一想,你的老婆,她的皮肤是那么白,她的乳房近乎完美的圆形,还有她的柔软、她让你耳热的呼吸……"

我的欲望被调动起来,说实话,我在白色城堡里待得挺好,可有个不适应的地方,那就是在进来之前我与王娟虽然同床异梦,但有着比较有规律、比较和谐的性生活,可那在进入白色城堡后就被迫中止了,这让我有些烦躁。我不知道黄衣主教是怎么知道我的难言之隐的。

黄衣主教笑笑:"我告诉你,你老婆就在彩云之南等着你!她正躺在月光下,裸着美好的身子等着你!你说,你想不想去?"

我迟疑了一下,用力地点点头。

黄衣主教这才放开捂在我嘴上的手。我匆忙呼了口气,不自觉地向洞外看去。我苏醒的身体提醒我,我是该去云南了。至于白院长赋予我的神圣使命,就让它见鬼去吧!我迎着黄衣主教大爱的眼神抬起头,坚定地说:"好!我跟你去云南!"

我的话未落音,就跟着传出齐声低喝:"我们跟你去云南!"

黄衣主教无声地笑了,他看向一个终日携带着生活用品,如牙刷、毛巾等的"斑马":"说说!你为什么想去云南?"

那个"斑马"挺直身子:"我要去云南,这里不是人待的地方!我没病!我是被他们骗进来的,不是出于我的自愿!"

黄衣主教点点头,又看向下一位:"那么,你呢?"

"这里高墙大院,铁门紧锁,没有自由!"

我看见兜售商品的胖女人背着一大包东西,一根火腿肠从袋口露出来。她无比虔诚地看着黄衣主教,轻轻叹了口气:"我要去云南!在云南我们都是健康人!我可以跟那里的蝴蝶、大象说话,而谁也不会说我有病!"

黄衣主教满意地点点头:"说得好!这次我们能去云南,你干得不错！你利用推销商品之机，联络了一批同道，功不可没啊！"

胖女人听到夸奖，脸竟然羞涩地红了，恍若纯情少女。

黄衣主教目光星点，在人群中荡起涟漪。

白脸说："我要去云南，寻找一种颜色！"

又一个"斑马"说："我受不了啦！在这儿，他们随时查房查铺，总偷听我的梦话！"

最后，黄衣主教定定地看着络腮胡："你说说！"

络腮胡挠挠后脑勺："我……我哥，我哥哥要接我去云南呢，他说那里很暖和。"

黄衣主教这才收住目光，抬头看天，似乎天上有什么光影吸引住了他。他的声音温暖而透明地飘在半空中：

"这座白色房子，正如萨德书中主人公自我禁闭的城堡，是无休止制造痛苦的修道院、森林和地牢。我们要逃开它，去云南！云南，彩云之南，那里，人会重新发现被他们遗忘却又昭然若揭的真理。那里，身上的一切被道德、宗教以及拙劣的社会所窒息的东西都将复活。那里，因为云彩的作用，不止有黑色、白色，而有着七彩。那里，能够唤醒我们对那些存在的神圣的飞行、栖身于树上的精灵的回忆……"

黄衣主教边说边高举起指南针，越举越高，似乎要举到围墙之上，举到天空之上。

我们的头随着指南针越抬越高，我们看见了夜空中的星群。我知道，此时，那个指南针正指向彩云之南。我知道，那个指南针正和北斗星交相辉映。

黄衣主教高昂着头，左手托着指南针，右手以掌抚胸，低呼："走啊！去云南！"

人群中"斑马"们学着他的样子，一手托起，一手抚胸，跟着低呼："去云南！去云南——"

整个围墙下沉浸在一种肃穆、庄重的气氛中，那种气氛让原本僵滞的夜色又轻轻地飘动起来,被月光照得波光粼粼起来。

突然,一柱手电筒光猛烈地划开黑色冲了过来。我们惊回头,看见不远处手电筒光的深处,站着一个被光照得模糊的人影,那个人影惊呼:"你们! 你们要干什么?!"我听出那人就是白院长。

黄衣主教笑着走向白院长:"我们要去云南,彩云之南!"说着手掌像鹰翅轻轻一划,三名身强力壮的"斑马"便冲了过去,他们一哄而上,将白院长撂倒。白院长极力挣扎,却被三个"斑马"死死地按在地上。他想喊却喊不出声来,嘴里被塞进了毛巾,随后又被撕开的白色床单捆绑了起来。我早料到白院长不是他们的对手,我早看出那三个"斑马"就是整天说自己在少林寺学过武术的武林高手。

黄衣主教又做了个手势,三个"斑马"像扔沙袋似的把白院长扔到灌木丛中。

黄衣主教瞥了眼白院长,走到洞口,高喝:"排队! 查证件!"声未落,有痣警花敏捷地跳上前,以婀娜的身子挡住洞口。斑马们井然有序地排好队伍,向着洞口拥去。有痣警花威严地敬礼:"请出示证件!""斑马"便递上一物件。有痣警花细细地察看物件,满意地点点头,避开身,以手示意洞口:"请! 一路顺风!"……就这样,"斑马"们一个个地被有痣警花放行了。我看出那个被叫作证件的物件,就是白脸雕刻的"去云南"的印章,但材质不同,有石头、木头、萝卜、鸡蛋壳等,可谓丰富多彩。我赶忙在袋里一阵乱摸,竟然发现我初到白色城堡那晚白脸送给我的印章还在。我松了口气,迎着有痣警花走去。

有痣警花敬礼,胸脯骄傲地抖了抖。我看得有些入迷,但还是在她的"一路顺风"声中钻出了洞。我听见一阵抑制不住的欢呼:"去云南——"那欢呼声,伴着我们穿过黑色,走进阳光……

(原发《钟山》2013 年第 2 期)

玻璃房

正篇

1

一架飞机从楼顶掠过时，天空是粟黄色的，我真的看见飞机的银翅颤了颤，就像蜻蜓飞过乡下的草垛。

此时，我坐在窗前的藤椅上边晒太阳边看画报，不时抬眼看看窗外。这是离银城飞机场很近的城北小区，楼下是一条街，被破败的铁皮棚挤挤挨挨地占领着，就像聚集着一群流浪儿。就在那条街上，一辆装满钢材的货车曾撞翻一辆送孩子上幼儿园的校车，可那些泅泅的血迹已被前日的那场雨洗刷干净了。小区已经老旧，幢幢楼房被蜘蛛网般的电线缠在一起，虽然墙上剥落的粉皮和龟裂的裂纹颇为醒目，但身形纹丝不动，似乎还可以稳稳当当地立上一百年——当然遇上地震除外。我就住在这儿，我渴望能住在一个布满阳光的玻璃房里，可那只能是梦想。我是一个疑似作家，因而有大把的时间待在家里，虚构或发呆，甚至透过那个破旧的望远镜东张西望。而此时，我在写那

篇叫《记忆:火光呼啸》的小说。我想以传记的方式真实地记录下我的
家族,以备我在忘记自己时能在这篇小说中寻到我的前史。这篇小说
已经写了一部分,我是这样写的:

　　在我的记忆里,冬天是温暖的。曾祖母坐在藤椅上,坐在公
元 1930 年间的某个雪日,双手焐着泥火罐,眼神平静而缥缈地看
向窗外——不知她有没有看见远处起伏的山岗或并不起伏的长
江。我的曾祖父是个叫朱天伦的老人,他马粪纸般的脸灰灰的,
撒落着斑斑点点,就像麻雀拉下的尿蛋儿。他从没有晴朗地笑
过,总沉默着,就像躲在旧日的天气里的蛹蝉。听说曾祖父中过
进士,风光过,可他在某个冬天殁了。而曾祖母仍在暖阁里坐着,
似乎要一直坐下去,坐在淡淡袅袅的薰香里。暖阁之外,是高悬
泥金门匾"朱府"的院落,庭院很大,空荡而寂寥,我的父辈就像种
子播撒在那里,撒落在乡间。

　　在一些草堆燃起烟火的黄昏,木镇镇北田野的小学堂外,一
个妇女蹒跚走出,抖着簸箕,咯咯唤鸡。数只鹅黄的小鸡扑跳着,
争先恐后地围过来啄米。朱启东会执卷书,背手而吟:离离原上
草/ 一岁一枯荣/ 野火烧不尽/ 春风吹又生——间或,光头或梳
着冲天辫的男孩走来,鞠躬:先生早——那清秀的教书先生就是
我的祖父了。

　　而朱府院落内,竹林边躺着一头死獐。我的三祖父朱启南赤
膊举着石磙,臂上肌肉蹿动,滚着筋儿。片刻,他坐在石春上,点
燃烟袋,火光中闪烁一张坚毅、沉郁的脸。那头野獐就是三祖父
在某个月黑风高夜的杰作。三祖父时常上山捕逮野物,镇上木匠
所用的墨斗钉儿大多是用他屠杀的野獐的角儿做成的。

　　我的四祖父朱启北是个国军军官。他总身穿国军军服站在
木镇的雾光中。偶尔枪响,他会拨弄驳壳枪,枪口会喷出一丝白

烟,一只鸟就会落在脚下。当他把枪插入匣中,准会吹响嘹亮的口哨。我的两个如花似玉的姑奶奶启青、启白总在早晨醒来。每每晨光初露,朱府木楼暖阁,就会有女子推开窗牖探出头来,探出昙花一现或葵花盛开的景致。然后,穿旗袍的启白会站在镜前梳理长发,然后拿起书,做个鬼脸,踢踢踏踏走下楼去。而穿青袄的启青会坐在圆凳上,一边绣着手帕上的鸳鸯戏水图,一边温和地笑……我想曾祖父为我的父辈们取名,如打麻将般依序打出"东西南北",而两个姑奶奶一青二白的名字,是否暗合着曾祖母听了不下百遍的白娘子传奇?

那一天正午,日头滑在长江边苇林上空。炮兵营地,一片苇林,数盏风灯。营地前的空地上,搭起竹台挂起布幔。台下,密匝匝地肃立着国军士兵,英俊的年轻军官石诚鹤立鸡群地站在人群前。布幔后,一个化了妆的女生掀开幔角偷看石诚:"瞧!那个军官多年轻多俊呀!"

启白随着女生的手指方向望去:"我认识他……他是我四哥军校的同学石诚。"

女生便嬉笑:"那你要不要嫁给他做个官太太呀?……"

台下,石诚面向士兵,喝令:"诸位兄弟,木镇国中的同学来为我们表演节目!现在,我炮旅要为同学们表演炮击以示欢迎!好!目标西稻场!准备!射击!"

大炮旋转起钢蓝的炮筒。一声炮响,火光一闪。苇林上空,掌声四起,像水鸟稀里哗啦地拍打着翅膀。

随之,二胡咿呀响起。台上,朱启白跷起兰花指,唱着黄梅戏。她有没有察觉到台下石诚在用一种满怀渴意的目光注视着自己?

那年那月,总有一些生活的细节鲜活着、生动着。那时,江边码头上,从江汉而来的大客班船来来去去,丢下什么又带走什么……

　　这篇小说我写得很累,因而不得不从时光中泅回,又回到银城的城北小区。

　　此时,小区寂静无人,但我看见那个失明的路灯下站着一个男子。他戴着墨镜,穿着黑色 T 恤,显得形迹可疑。他似乎每天都准时站在那儿,看久了就像一棵枝叶并不茂盛的树。

　　我很想下楼和他打声招呼,却怕会冒昧打扰他,于是就一直默默地看着他。

　　不知什么时候,他抬起了头,看着天空。

　　我终于说:"嗨,你也在等待飞机吗?"

　　"不,我对飞机没兴趣。"那名男子的声音有些沙哑,听起来就像夹裹着沙子的风,他透过墨镜看我,"我只想找个人说说话。"

　　然后,他的身影就消失了,可脚步声却越来越响,片刻,他敲响了我的门。

　　我打开门:"你好,你是来找我说话的?"

　　"嗯。"他点点头,走进来时忍不住回头向门外张望了一下。

　　我说:"你是谁?"

　　"我叫朱文,曾经是一名便衣刑警……"

　　我请他在沙发上坐下。

　　他欠欠屁股,扶扶墨镜:"我在刑警队接受过一项秘密任务,就是培养和管理线人,这是公安系统破案最有效的手段之一。那时我是公安局的特殊红人,在这地界提起我的名字,黑白两道无人不知……你怎么会不认得我?"

　　我皱眉思索:"朱文? 不好意思,我搬来这儿不久。"

　　"没关系……听说你是个作家,作家不就是编故事的嘛! 你不介意我说说我的事儿吧?"

我用纸杯倒了一杯茶："你说，你说。"

他将香烟放在鼻孔前嗅了嗅，像是陷入了回忆："那年，一名案犯黑某不知从哪儿弄到枪，在越狱后逃脱追捕时，打伤了多名民警，让我们公安局上下破案压力很大。就在这时，我从线人那里获得一个重要线索，一个名叫黑子的人手上有枪。我就向领导汇报，局长非常兴奋，指示我要不惜一切代价摸清此人……"

我抬头盯着他，想从他的表情中辨出真假——他说的似乎是真的，至少不是我的同行。

他继续说着，眼神飘向窗外："我从局里借出了一辆公爵王，扮成一个贩毒大哥，去黑子经常出现的窝点卧底。那里是一个毒窝，窝点内几乎都是瘾君子。我跟他们称兄道弟，自称是贩毒的，却从来没在人前吸过毒，后来他们就起疑心了……"

我看着他忽张忽闭的嘴，一时耳朵短路听不见他的声音，脑袋里却像电视屏幕般上演起精彩的情节来：黑衣人啪啪地将子弹装上膛，将枪指着朱文的脑袋：你不是贩毒的吗？你今天必须吸！朱文知道他此时只有两条路，要么吸毒让黑衣人相信，要么死路一条。于是，他佯装熟练地吸起毒来——这个场面我有点熟悉，应该是在警匪片中看到的吧。

突然，朱文的声音再次响起："后来，那个案件破获了，我获得了公安部授予的三等功！"

他的声儿把我从想象中惊醒。我抬头看向他，笑："哦，你真是个英雄！"

他点点头："那是……当时我满脑子想的就是破案、立功，忙得不着家，还不能跟家人讲自己到底在干什么。我相信自己迟早会牺牲在卧底的岗位上，为了避免儿女情长，我甚至刻意回避和儿子建立感情……"

我"唔"了声，身子向前凑了凑，他的叙述显然吸引了我。

他却像是想起了什么,忽然站起:"我该走了。"

我一急,跟着站起身:"那个谁,你去哪儿?"

他笑笑:"哦,我该回去了。"

"你住在哪儿?"

他指了指我家前面的那幢楼:"喏,就是那儿。"

如果朱文能耐心地再坐上一会儿,我可能会跟他谈谈我的恋爱史,比如,我跟十八岁的女友在乡下电影院看电影的场景。那里,北风吹得电影海报呼啦啦响,然后一场大雪就来了,把原本就冷冷清清的电影院白花花地遮盖住了。电影院里却很暗,屏幕上乱乱的光线投影着与我们无关的故事,我和女友就躲在暗淡的角落里,练习拥抱、亲吻以及其他……我喜欢跟别人谈那些事儿,那会说明我很健康,并证明我的存在。可朱文走了,走得让我措手不及。

朱文的背影消失后,我透过窗玻璃,眼睛不眨地盯着对面那幢楼的那个房间。我担心他只是我的幻觉。幸好,不大一会儿,朱文就出现在对面的房子里,看来他不是我的幻觉。我总是怀疑我的所见所闻是幻觉,因为831的白大褂说我患有轻度的妄想症,这是有可能的。我没敢告诉白大褂我是作家,虽然作家患有妄想症未必不是件好事——至少可以写出与众不同的作品。诗人希伯莱就是凭想象力写作的,在1817年出版的《文学生涯》一书中,他用了很多篇幅来写想象和幻想,他说幻想"实际上只不过是摆脱了时空秩序的一种回忆"。可我还是为自己的这种病感到羞愧和恐慌。

2

银城的夜色来得早,玻璃房外的天色似乎暗了些,我看着自己写的小说,看着看着就发现忘了写我的三祖父启南和四祖父启北是孪生兄弟了。其实很多传记都是破绽百出的。不过,我的家族的确有孪生的传统,我隐约记得我有个孪生弟弟,可不知他叫什么名字、到哪儿去了。

那么,在这篇小说中,三祖父和四祖父应该是个怎样的关系呢?

疼痛有时是一种提醒,我想得头疼起来,这才想起自己该吃药了。我的墙上有张纸条,上面写着我该何时吃药、何时上卫生间等等,就像小学校的课程表。此时,是我吃药的时间了。

吃下两粒一黄一白的药丸后,我的头就不疼了。我想起对面楼上的朱文,就走到窗前眺望起来。这个小区规划建设得很好,楼房就像同一型号的火柴盒整整齐齐地排列着,颇有些孪生的意味。朱文所住的楼栋跟我的住处一前一后,又是同一楼层同一单元。他家的格局跟我家一模一样,就是位置相反,就像我家的对称图形或投影。这怪不得我们,谁让这个小区户型是一样的呢?

我隔着窗玻璃漫无目的地眺望着,慢慢将目光收拢到对面的楼上。没想到朱文也站在窗前看向我。我俩相视一笑,颇有几分心有灵犀的感觉。我的笑还没有完全绽开就凝固了,因为窗玻璃之后的朱文的脸突然让我想起一个刑满释放的贩毒者来——他怎么和我在831遇见过的那个贩毒者长得相像呢?

正如你所知,我是个妄想症患者。我的这个毛病大约源于六岁时的某天,那天,街上的朱家祖屋很暗,我趴在乌鸦般翻飞的黑色中,寻找滚落在床底的玻璃球。当我捡起玻璃球站起身时,头有些晕,转身之间发现我家的穿衣镜竟然像清水塘一样明亮。我目不转睛地盯着穿衣镜,欣喜地看见镜子里有个和我一模一样的人。我指着镜子大叫:"快来看啊,快来看啊! 我是双胞胎! 我弟弟藏在镜子里了!"父亲闻声走了进来,他看看镜子,又看看我,狠狠地给了我一巴掌,指着镜中的弟弟黑着脸骂我:"你他妈的傻啊! 那是你自己!"我的玻璃球被打落在地,一蹦一跳地不知跳到哪里去了。我心里知道镜中的人就是我的孪生弟弟,但嘴上不敢坚持。父亲的巴掌很有力,能打死一只青蛙。而且,他打了我一巴掌后,又朝我挥起了掌,可那只手掌突然转向打在了他自己的嘴巴上。然后,他开始对着镜子打他的嘴巴,一下一下,噼噼啪啪,把牙都打出血了。我骇然,捂着脸跑了。

从那以后,我一看见对称的图形就心慌。让我羞惭的是,从小学到高中,我一遇到6和9、b和p,就会费力地分辨半天。幸好我的智商颇高,总算考上了大学。到银城后,我对着模样相近的高楼大厦常常犯蒙,就像误入了迷宫,但凭着地图总算在城里生存下来了。我尽量深居简出,在家里待久了一不小心就成了作家。后来,我的病越来越严重,总觉得周围事物模糊不清,好像隔了一层纱帐或隔了一堵墙,甚至整个银城就像玻璃城堡一样,可以变得像一个光滑的平面,可以变幻不同的颜色,一些事物可以变得很大或很小,变得很远或很近,变得陌生而疏远,有种不真实的感觉。我并不讳疾忌医,就去831就诊,那里的白大褂说我具有双重人格。我翻阅了医学典籍,"双重人格妄想症"就是同一个人在不同的时间内产生两种完全不同的内心体验,表现出两种不同的性格,或者两种不同的人格在同一个人身上先后交替出现。我是信任白大褂的,就定期去831复诊,顺便带回来一些药物,其中有种叫维斯通的药,副作用太大,吃了整天迷迷糊糊的,我不愿意服用它,可又不敢不用,我怕白大褂给我或者给他自己耳光。

831除了白色就是玻璃,到处人影绰绰,是一些奇怪的人聚会的场所。我遇见那个贩毒者时,他总是戴着墨镜,身上隐隐散发着一股奇怪的味道。他表情沉默机警,动作干净利落,像是受过专门的训练。他不合群,不多话,但我们还是知道他曾经既贩毒又吸毒,是个毒物。那时,他正在戒毒,每周都要去831戒毒大楼接受一次戒毒心理治疗。

于是,我和那个贩毒者相遇在午后的阳光下,那时,831很白,就像下了一场大雪。我俩穿着同一规格的服装,这让彼此之间有种同病相怜的感觉。我俩面对面地站在就诊室前的走廊上,也许因为离得太近,他的暴露在墨镜之外的脸显得模模糊糊,表面长满了毛茸茸的光晕,显得并不真切。

我笑:"呵呵! 这里的阳光真暖和……那个谁,你也常来这儿?"

他不笑:"我来这儿反复戒毒,都有 100 多次了。"

我惊讶:"你的毒瘾有那么大?"

他点头,警觉地瞥瞥四周:"是啊! 自从那年吸上毒,我就开始沦入万劫不复的境地了。"

我疑惑:"那你就不能彻底戒了它?"

他不屑:"那你能戒了你的妄想症吗?"

我有些担心别人听见我们的谈话,就伸头看了看就诊室里的白大褂,幸好,那个白大褂只是在低头伏案工作。

他笑了笑,压低嗓子说开了——

"那次回深山里的老家戒毒,毒瘾发作时,我满地打滚,谁也按不住,实在不行了,就跪着求三叔给我一点毒品,三叔抱着我哭说:'侄儿啊,三叔什么都能给你,这个不能给啊! 你怎么沾上这个了啊! 再说三叔到哪儿给你弄那东西啊……'八天后大劲儿过去了,我觉得没大碍了,就又回来重新工作了。因为有过这次经历,觉得戒毒也不难,大不了再回老家深山里难受几天也就好了。后来又复吸了,再戒再吸再戒……别的瘾君子吸毒可以感受到快感,但是我却从来没有真正享受过毒品,吸完毒品的人话特别多,因为担心自己在吸毒之后失去控制力,乱说话暴露自己,招至杀身之祸,我就拼命地绷紧神经……"

我微笑地听着,他的话就像决堤的河流,显然他已经憋了很久了。

——这就是我和那个贩毒者相遇的经过,现在想来,我还记得他说完话转身离开时,曾狠狠地剜了我一眼,似乎有种警告的意味。如此看来,那个朱文如若就是那个贩毒者,我和他今日相见就不是偶遇那么简单了。

站在窗前,我信马由缰地想着,突然听见对面的楼栋里传来朱文的喊声:"喂! 你别胡思乱想了,那样妄想症就会复发的。"

　　我骇然，赶忙把思绪截断。我不明白仅一面之交的朱文怎么知道我有妄想症？难道他真是那个毒贩子？他既然是毒贩子，为什么要骗我说他是个警察？

　　我慌慌地离开窗台，心想自己该买个新的望远镜了。

　　我躲进屋里，仍能感觉到对面楼上朱文逼视而来的目光，只好像鸵鸟一样把头埋进自己的小说《记忆：火光呼啸》里，那上面有这样一段文字：

　　　　刀客，就像一片血腥味的铜锈色的词语，弥漫在木镇乡间。他们在山间出没，下牒于人夺财索命，就像春天最后一股冷峭的寒风。

　　　　灯如花开的夜晚，我的祖屋朱宅喑哑着一豆灯火。木楼暖阁里，我的大姑奶朱启青在灯花下绣着手帕，烛光映红她的脸。她能听见驳船的汽笛声不时地从长江上传来，能看见屋内小蛾虫扑向烛花，扑扑地焚去。突然，一只硕大的仓鼠从地板上蹿过。启青吓得跳起，惊叫："鼠！鼠！鼠！"就在这时，人影一闪，刀客的首领刀客豹跳入楼里，又旋风般卷去。朱启青短促的叫声，被席卷而去，只留下几丝颤音飘在夜空。朱宅转眼又陷入了寂静，而马蹄声渐渐远去，敲不醒夜街的什么。

　　　　早晨，四祖父朱启北心急火燎地赶回来了。朱宅门环被叮当碰响，老仆朱籽颤巍巍地探出了头，他看见门外站着年轻飒爽的国军军官朱启北和石诚，便欣喜道："少爷回来了……回来就好了！"朱启北撞门而入，边走边喊："昨晚家里出什么事了？"朱籽小跑着跟在身后，喋喋念叨："昨晚上有人把青子小姐掳走了……要是老太爷在世，谁敢动朱家的一根汗毛？"朱启北怒气冲上脸，回头低斥："你啰唆什么！昨晚三少爷去哪儿了？他不在家吗？"朱籽躬着身："三少爷说是去山上打野獐了……"石诚抬眼望着朱启北，语调平静："北子，你看是谁掳去青子小姐呢？"朱启北站住，掏出枪耍弄，看着天，一字一顿地吐出两个字："刀客！"话音未落，一声尖锐的枪响掠过朱宅上空，朱籽打个冷战，空张着嘴望着朱启北。院落的林中，数只鸟惊地飞散……

我的四祖父朱启北就驻防在木镇街上，他和军校同学石诚驻扎在同一个营地。他是曾祖母让人捎信喊回来的。朱启北走向暖阁二楼木梯时，曾祖母坐在藤椅上，神情绝望，手抚膝盖上的朱启白，喊："白儿呀，你青姐从小就性子弱胆子小，她被什么人掳去了呀……朱家败落喽——"朱启北走入暖阁，喊："不！朱家不会败落的！"曾祖母抬起头，一把抓住朱启北的手，像溺水人抓住一根稻草，仰起脸："北子哎，光耀门庭，只有指望你了！"朱启北用力地摇摇祖母的手，哑着嗓子说："姆妈，您就放心吧！"

那天夜晚，朱宅灯火幽幽。院内小竹林的深处，朱启白穿着碎花旗袍，仰卧在躺椅上，听风过耳。月光洒在她身上，把她琢成了汉白玉似的石雕。石诚走来，站在椅侧，看着眯眼假寐的朱启白，半晌才开口道："白子，你真美……"朱启白似睡似梦，忽地抽泣起来。石诚一怔，不知所措："你怎么了？……怎么哭了？"朱启白睁开眼，脸上浮现淡淡的惆怅，轻轻地说："我只是觉得心里闷得慌，这个院子就像个鸟笼，整个木镇就像个鸟笼——"说着，忽地热切地仰起脸，盯着石诚："你带我走吧……离开木镇，离开这鬼地方！"石诚的脸上掠过一丝不易察觉的笑，既而浮出满脸真诚。他弯下腰，双手扶起躺椅，既像倾下满怀的爱情，又像在做进攻前的准备动作："白子，等打完仗我就带你走……去南京秦淮河上划船！"朱启白看着天上的月亮，一脸神往："南京，那儿没有刀客……没有血腥……只有歌舞！"石诚没等朱启白说完，就动作起来。朱启白被吓了一跳，低喊着"别……别这样"，渐渐不再挣扎，把头埋入了石诚的怀里……

　　而那时,门外,犬吠声訇訇传来。朱宅的堂屋内,一盏灯忽悠忽悠地闪动。朱启北和朱启南在默默地喝酒。一条人影一闪,一个刀客披着破獐皮坎肩背着刀而入。朱启北霍地站起,刚想掏枪。朱启南却按住了他的手,朝着刀客问:"根子,什么事?"刀客自顾自地坐下,灌口酒:"南子,你妹妹青子被刀客豹掳进天王洞了!"朱启北手按在驳壳枪上,冷哼:"说!天王洞在哪儿?"刀客冷冷看着朱启北:"你想动手?你他娘的以为老子是吃素的?老子十八岁做刀客,白的刀,寒的鞘,热的血见多了!别以为你披一身国民党的狗皮老子就怕了你!"朱启北眼里跳着火星:"你……"刀客大大咧咧又灌了口酒,瞧也没瞧朱启北就纵身闪出门外。

　　油灯在风中幽幽地吐出火朵。

　　朱启北松开皮带把手枪搁在神龛下,朱启南站起身用手扰了扰灯火,这对孪生兄弟此伏彼起着。

　　朱启北瞥了瞥朱启南:"南子哥,咱兄弟俩喝一杯!……咱朱家四兄弟,大哥做了教书先生……有没有出息,只有看你我的了!你有没有听乡人说……说咱朱氏坟山长势不如以前了……记得小时候方家四兄弟在河边打我的事儿吗?……你来了,咱俩三下两下就把方家四兄弟打得磕头求饶了……那时候真好……咱兄弟俩劲往一块儿使!可——"

　　灯盏火苗扑扑跳闪,把火舌舔在朱启南的脸上。

　　朱启北不再说话,默默地喝起酒来,半晌,忽地说:"南子哥,你走的那条路很危险!"

　　朱启南手一抖,酒从杯中泼出,空空地张着嘴,惊讶地看着朱启北。

　　朱启北把目光聚在灯火上:"南子哥,我知道你现在干的一些事儿,你知我知,我就不说了……只是以后咱兄弟俩面对面碰上,可别怪我的枪不认人了!"

朱启南犹犹豫豫地说:"北子,你们守不住长江的!你就弃暗投明吧!"

朱启北在黑暗中一笑。

朱启南叹了口气,默默地看着朱启北:"你要好自为之呀!"

"好!咱们不说这些了!"朱启北说着吐口酒气,低低地斥道,"他妈的!刀客豹!"

一盏幽幽的灯火跳出窗外。

这样的夜晚,我的祖辈之间会发生怎样的故事?而我的家族正在夜色中如剑草般荒芜或生长,正爬向或滑下月亮的高岗——有时夜晚比白天更生动。

……

读着读着,眼前玻璃碎片一闪,那光虽然被黄昏模糊了,但仍刺疼了我的眼。

3

银城是个好地方,玻璃房很多,那些场所很适合写小说。

说实话,我喜欢我写的小说。我不敢妄想自己是大师,但可以负责任地说,我的小说至少比那些总在三角或圆形上缠缠绕绕的爱情小说写得好。有些作家就像从未过完青春期,总在做着春梦,他们应该是情感类的妄想症患者,在我的老家会被人叫作"花痴"的。而我写小说,是在用文字寻找自己。

此时,我在阅读自己的小说《记忆:火光呼啸》,正看得入迷,不知什么时候,那个叫朱文的人又来了。他大大咧咧地坐到沙发上,坦然地看着我,就像他是这个屋子的主人。

我惊愕地抬起头:"你怎么又来了?"

他笑笑:"我晓得你对我有些疑问,特来释疑的。"

我摇摇头:"我俩应该算是陌生人吧? 我对你怎么会有疑问?"

他盯着我:"你是不是怀疑我隐瞒身份? 怀疑我在骗你?"

我强笑:"我一贫如洗,你能骗我什么?"

他把香烟放在鼻子下嗅着,似乎想从烟草里闻出什么,半晌才说:"我说过我是警察,这没错。可我现在是个刑满释放人员……"

我慌慌地"哦"了声。我常常把自己的想法藏得很深,以至于一些编辑都说我的小说晦涩难懂,可这个叫朱文的人是怎么知道我刚才的念头的? 难道他一直在监视我?

他不理会我,自顾自地说:"我说过我曾经做过卧底警察,我工作的环境就是跟一些犯罪分子混在一起,而且就是在那次破获黑某案件中染上毒瘾的。"

我点点头:"这个你已经说过了。"

"那我去老家深山里戒毒的事儿,你应该也是知道的了?"

我不置一词。

他闻了闻香烟又继续说:"你知道我是怎么事发入狱的吗? 前年,我的线人、吸毒人员李某为立功,骗我去给他送毒品。当我将0.32克海洛因贩卖给他时,就被我的同事当场抓住了,我就这样被判刑了……在看守所里,必须要经过戴手铐、穿号服等必要程序的。记得一副脚镣扔到我面前时,我愣住了。管教半开玩笑地问,自己会戴吗? 我能说什么,只好说,给人戴了十多年了,我能不会戴吗? ……脚镣很沉,看到玻璃里反射出自己戴着脚镣的身影,我哭了……我没想到自己为公安事业付出了青春、健康,每天冒着生命的危险工作,最后自己却戴上了手铐、脚镣……"

我没有打扰他,只是笑了笑。

"我知道你笑什么,你是笑我自甘堕落,从一个警察成了一个令人不齿的毒贩,是警察的败类! 是不是?"

他被我的笑点着了,激动起来:"可我是因公染毒的! 在那次庭审中公诉人就出具了公安部门的证明,证明我是在工作中染上毒品的!我不是警察的败类!"

我就像在一个人的剧场里,看着独角戏。

他咳嗽起来,愤然走了。他的影子投射在地板上,依依不舍地跟着他走,和他摇摆的身体呈现出不规则的对称图案来。

我心慌起来,眼里他的身影模糊起来,就像隔了一团烟雾。我真想追上去摸摸他,用手感来证明他是不是幻觉。

朱文消失了。我靠在沙发上,在心里一遍遍地劝自己:关于朱文只是我的幻觉。为了驱开这个幻象,我又正襟危坐,默默吟诵起埃里希·弗洛姆的《在幻想锁链的彼岸》中的句子:

"人是一个物种,只有在劳动过程中,人才慢慢地从大自然中解放出来,并且,在这一解放的过程中,发挥了自己的理智和情感的能力而渐渐地成熟起来,成为一个独立的和自由的人。当人已全面地、合理地控制了自然的时候,当社会已消除了阶级冲突这一特征,'前历史'便宣告结束,一部真正的人类史便宣告出现了……"

阳光下,我的样子就像个念佛的高僧。

而那里,从窗外吹来的风拂开我的小说《记忆:火光呼啸》,难道风能读懂那上面的文字:

　　　那是刀客豹掳去朱启青之后的某天,那是某个蓄谋已久的日子,我的四祖父朱启北终于率部围剿刀客了。

　　　崔嵬的群山,葱茏的树,细细的雨。一队国军士兵呈扇面扑向丁家祠。片刻,呐喊声四起,响彻山谷。岭下,朱启北骑着白马,挥动手枪,喊:"弟兄们,冲呀———"他的身边,一杆大炮朝着岭上旋动炮筒,喷出火光。

　　　岭上,丁家祠在炮声中爆开,绽开烟花。祠内,刀客们抓起泥罐灌酒,将酒气喷在刀上。刀客豹从草丛间露出头来,烟火擦亮眼睛,在喊:兄弟们——

喊杀声中,国军士兵一边开枪,一边掩卷而上。刀客们举着秋浦刀,从岭上噪噪地吼叫扑下。两支队伍撞在一起,成了捉对儿厮杀的场面。

朱启北连续开枪射击,一声枪响就有一个刀客栽入草间,他打得极抒情、极有节奏。刀客豹上蹿下跳,一刀劈下,就有国军士兵手捂脑袋上的血大叫一声向后倒去,他打得极亢奋、极具美感。

渐渐地,枪声喊杀声弱了下去,像被风吹得凋零的果实。

一瘦刀客冲上,靠住刀客豹的背喊:"把子,你快走! 风紧! 咱们顶不住了!"

刀客豹,转过脸笑:"你回来了……你把青子送走了吗?"

瘦刀客抹抹头上的汗,眼光机警地落在远处,嘴上却说:"把子,我把嫂子送到何家畈何郎中家了…她要生了……把子,你快走! 留得青山在,不怕没柴烧!"

刀客豹将秋浦刀舞出一股风,扯着嗓子喊:"日他娘的! 老子就不走!"话音甫落,一声枪响,瘦刀客闷哼一声,滑倒在地。

刀客豹转身想扶住瘦刀客,可朱启北的手枪已顶在了他的太阳穴上。

朱启北:"你就是刀客豹?"

刀客豹:"老子就是!"

朱启北:"我已等你九个月十八天了! 你必须死! ……青子呢? 你把她怎样了?"

刀客豹笑:"她给我生儿子去了! 我有后了!"

朱启北大喊:"跪下!"

刀客豹仰脖嘎嘎地笑。一声枪响。血从太阳穴喷出,漫向脸颊,但他精剽的身子被秋浦刀撑住。又一声枪响,刀客豹痛苦地哼了声"青子",倒在地上。

大山在笑声中旋转起来。

而田野深处,村落错落。一间挂着"何记药坊"破木匾的棚屋里,老式的多屉柜,竹匾里翻晒的草药,破旧的"妙手回春"锦旗,在草药味中散发出潮湿的气息。朱启青挺着硕大的肚子,躺在竹床上呻吟。火炉上煮着泥黑罐,何郎中一边在石舂里碾着草药的粉末,一边怔神地看着炉火,恍惚间在跳动的火苗中看见:瘦刀客举着秋浦刀喊:"何郎中,你知道刀客是什么人?这女子…你要好好接生!大人、小孩都要没事!要不,老子杀了你!"说着把一摞银圆放在桌上,抽刀斩去木桌一角,转身跳去⋯⋯何郎中不得不闭上了眼睛,他觉得一股寒意从脚下传来。他听见朱启青扭动木床声、强忍的呻吟。何郎中站起拿起毛巾敷在朱启青的额上。朱启青艰难地向何郎中笑笑,突然大叫起来。

门外树下,老人戴着斗笠,抽着烟卷。一年轻后生兴奋地走来,喊:"国军跟刀客打起来了!满山都是血呀!刀客把子刀客豹死了!"老人"哦"了声。

一声婴儿的啼声便在老人的意韵悠长的声音中破门而出。棚屋里,何郎中笨拙地抱着婴儿,喃喃:"生了!生了!"朱启青看着婴儿安静而疲倦地笑。

门吱呀被推开,年轻后生探进头:"何郎中,告诉你⋯⋯刀客被国军杀光了!刀客豹死了!"说着看见启青,一怔,把头缩了回去。

何郎中怔住,喃喃:"真的?真的吗?"

朱启青一脸茫然:"死了?"

何郎中醒过神来,小心地看着朱启青:"那⋯⋯我送你回朱府?"

朱启青摇摇头,闭上了眼睛。

何郎中沉默地看着朱启青，半晌，语调慌乱，像是自言自语："这孩子…有七八斤重呢……好胖呀……他叫什么名儿呢……叫……叫何首乌吧？"

朱启青默默地望着何郎中，轻轻地点点头。

何郎中抱着孩子嘿嘿地笑起来："何首乌？何首乌——"

那是个梅雨季，我的表叔何首乌出生了……

4

说起何首乌，这让我想起一位女同学，她喜欢写诗，笔名也叫何首乌。不久前我在一个叫"春"的地方同学会上见过她。我还知道我真的有个表叔叫何首乌。

我的表叔何首乌早年在银城医院做过妇科医生，现在在木镇街上开着自己的诊所，方圆几里的乡民没有不认识他的，就连三岁小孩子都知道镇上有个会打针的何爷爷。不信，你可以去查找 2011 年 8 月 30 日的《银城日报》，那上面有一则关于他的新闻：

那年夏天的一天，是让何首乌同志一辈子都忘不了的日子，也是改变他一生命运的日子。那是他家乡的一个堂叔突发疾病需要紧急抢救时，因镇上没有医生来进行救助，那个从小就和何首乌有着深厚感情的堂叔走了。给堂叔送行的时候，何首乌没有流泪，那是因为自己作为一名医生却在亲人最需要救命的时候不在身边，他感到愧疚，于是心里就有了个决定。他找到了单位，说明了家乡的情况，希望自己能够回乡办一个医疗诊所……

当然，报纸上没有说我的表叔何首乌也有病，他常常会在一阵急促的咳嗽之后吐出一口血痰,他喜欢用毛笔蘸上那血及颜料画梅花图——这只是一个容易被人忽略的小意外。

想着表叔何首乌,我走到窗前,习惯性地向远处眺去。平日里,我的目光是一些障碍物遮挡不住的,它能越过水泥楼群,直抵长江边的木镇。可此时,我的视线被撞疼了,我看见对面楼上的朱文了。他正在整理一些红色的纸片和本子,那显然是些荣誉证书,或许就是他的立功受奖证书,它们被橡皮筋捆绑得整整齐齐,搁在茶几上——看来我没法回避朱文是真实存在的这一事实了。

我心中一动,放下半边窗帘,躲在帘后观察起朱文。

朱文也许真的做过警察,他的反监视、反侦察感觉真好。我看见他的手倏地停住,就像碰到了刀锋,然后他快速起身,走到窗前,也放下了半边窗帘。他的动作和我如出一辙,不知他是否也在窗帘后窥视着我。

我看不见朱文了,只好仔细地观察着他家的客厅。那间客厅的陈设与我家相类,一组布艺沙发围着玻璃茶几,与挂在墙上的液晶电视相互守望着,只不过他家的沙发色彩偏黄,质地显得比我家的柔软些。让我觉得奇怪的是,我家屏风前有个半人高的仿古瓷瓶,他家客厅的屏风前也有个半人高的仿古瓷瓶,只不过我家的瓷瓶上盛开着花开富贵的牡丹图案,他家的那个瓷瓶釉彩的是百鸟朝凤。我不知道朱文和我是谁抄袭了谁家的装修风格,但我知道时下有种叫"拷贝"的武器颇为流行,就连山羊都可以克隆了。

这种发现让我的心情很不好。我走回沙发,沉下心来,趴在电脑前续写起那篇叫《记忆:火光呼啸》的小说来。我在键盘上啪啪地敲打着,一个个汉字就像酒醉似的跌跌撞撞地跳了出来。它们是从某个历史年代而来,与我有着血缘关系,与我很亲近。我甚至能感受到它们的温度、质地,以及遗传在它们骨骼里的棱角。我喜欢这种感觉,渐渐有些迷醉,在那段岁月里流连忘返了。

突然，一阵尖锐的电话声响起。我愣了愣，起身去接电话。就在那时，我看见对面的楼房里，朱文也从电脑前站起，扑向他家的电话。我家的电话和他家的电话都是红色的，跟消防车一样红。这是怎么回事？我和朱文家的电话怎么同时响了呢？朱文是在监视我，还是模仿我？我的头又疼了，便放下烫手的电话，大叫一声冲进卫生间。我不知道此时朱文是否也冲进了卫生间，可等我拉响马桶冲水时，便听见对面楼上的卫生间也发出一阵哗的冲水声。我急忙提着裤子跑到窗口看向对面的楼房，那儿，朱文也正提着裤子看向我。我没法不吃惊，我举起拳头对着天花板喊："谁他妈的说天下没有相同的叶子——"

有人说历史是惊人的相似，可生活能如此一模一样吗？我走回客厅，低着头不敢再看对面的楼房。我心情烦躁极了，手儿痒起来，不知不觉地撕起那个屏风前仿古瓷瓶上的牡丹花。当那牡丹花一瓣一瓣地被我撕落后，我惊讶地发现，我家的瓷瓶上也露出了百鸟朝凤的图案。我突然想起刚才朱文也和我一样趴在电脑前，难道他也是在写作或者抄袭我的小说吗？我转身看向电脑里自己的小说。我刚才写下的文字是这样的：

没有人能忘记那年四月二十一日那场大火。

黄昏时分，长江东流，鹊江揉碎在暗红中。突然，几束信号弹滑响而上，在半空中划亮优美的弧线。炮声响起，像滚过一阵阵春雷。刹那间，无数道光线从北岸飞向南岸，映红了天空。无数只小船飞上江面，击起浪花。一场大战开始了——

木镇街上不远处的大堤上，国民党军队的阵地像被江水冲出一个决口。我的四祖父、国军某部旅长朱启北从硝烟中钻出头来，拂了拂身上的土块，拿起望远镜望去。镜头中，江边共产党的军队正从小木船上冲上来。他们端着枪，喊杀着。朱启北在心里哀叹了一声。又一声炮响，朱启北头被炮声震得晕了晕，扑倒在地。当他再次站起睁开眼时,发现眼前的色彩全都消失了。时间僵滞下来,他看着远处逼来的共产党军队,在浓烟中忽隐忽现,一个动作一定格,枪口喷出如碎裂的白布般的火焰,张开嘴空空地喊着什么,就像一场无声的黑白电影。

而苇林中,我的三祖父朱启南在一丝不苟地擦拭着驳壳枪,每一个动作都让他积蕴起点点滴滴的冷静与力量。他忽地鸣枪,片刻,灯火处便生长出齐整整的蓝衫的游击队员。朱启南双眼烁烁,默读队员,脸上镀上冷色,挥手之间,一队人马扑向国民党军队的阵地——

朱启北又从硝烟中凸现出来,他目光冷冷地看着江面,看见自己的士兵被身后的炮火大口大口地吞没了。他有种大势已去的无力之感。半晌,当朱启北默默地回过头时,一米之外,石诚已用手枪对准了他。朱启北没有去看石诚,目光却射向石诚身后的树林里。那里,一排肃立的士兵臂上束起红带,半掩半显的炮口萦绕着几缕白烟,那些炮口已调转了方向,深深地俯视江面。

朱启北明白了什么,目光直直地盯着石诚:"你投靠了共党?"

石诚笑:"是的!我早已弃暗投明了……蒋氏王朝长不了了,识时务者为俊杰!"

朱启北冷然:"那你还等什么?开枪吧!"

石诚用枪用力地抵住朱启北的太阳穴,忽地抬枪朝天开了一枪,哑着嗓子:"北子,你走吧——"

朱启北瞥了眼石诚,转过脸看看江面,才一拐一拐地走去,走进了苇林深处。

长江,火光照彻江水。北岸共产党军队的阵地上空银光四射,南岸国民党军队的阵地陷入一片火海。朱启北听见有人高喊:"过去了!过去了!百万雄师过大江了——"

夜,清冷的月,空荡的木镇街上,朱宅,风吹得门环喑哑地作响,院内竹林边,一只只新木船在燃烧。老仆朱籽栽在血泊里,他的耳旁小收音匣子闪着红色的指示灯,正在播放共产党打过长江的消息。朱启北跑了进来,看看空空的院落,一枪射停收音机,奔向后院,牵出一匹马,骑上马狂奔而去。马蹄声敲响寂寥的静夜,敲打着黎明前的黑暗。而曙光已袭向木镇街上的天空……

雾光初露,长江流去。一匹马奔在广袤的苇林。忽地,朱启北从马背上摔下,滚了滚,闷哼一声,仰面朝天。白马转了一圈,又嗒嗒地跑回,站在朱启北身旁,嗅嗅他的呼吸,喷出团团白气,然后仰头发出长长的嘶叫。四周,青绿的苇秆蓬蓬勃勃。朱启北趔趔趄趄地站起,环顾苇林,抬眼看天。苇林在旋转。天空在旋转。朱启北摇摇脑袋,从头晕目眩中定下神来,这才发现朱启南正从苇林深处走了出来,身穿对襟衫布上衣,腿上打着绑腿,手握手枪,盯着自己。

朱启北愣愣地看着朱启南,半响哑着嗓子说:"三哥,给支烟!"

朱启南从袋里掏出香烟抛过去。

朱启北接过烟点燃,喷出烟雾,笑:"你动手吧!"说着转过脸抚摸白马的长毛。

朱启南缓缓抬起枪,枪口幽幽地盯着朱启北,忽地收枪,转身而去。

朱启北转过脸看着朱启南的背影,掏出枪,眼里暴射出光芒。

一声尖锐的枪响掠过苇林的上空。白马惊得一声长啸,向苇林深处奔去。

朱启北举枪向天射击,发出怪笑,掏出打火机,将四周苇秆点燃,火苗开始蔓延。

红的火与青的苇,在缠绵,在厮杀,在呼啸,苇林顿时成了一片火海。

一声枪响，朱启北的笑声戛然而断，尖锐的枪声在苇林上空颤悠悠地发出绝响。

大火。大火。大火。

看着小说稿，我松了一口气。幸好，我写下的文字还在，没有被窃去。没等看完小说，我就飞快起身，将窗帘全部严严密密地拉上了。我知道一些窗玻璃上藏着眼睛，我不能让他人把我的小说以偷窥的方式窃去，那样的话，我的家族记忆就没有了，我就会成为一个失去姓名的孤儿，也没办法溯源而上找回自己了。

我干完遮遮掩掩的活儿后，坐在沙发上气喘吁吁，那是因为遮蔽真实是种高强度的工作，一些历史学家就是因为从事此项职业而皓首穷经的，他们辛辛苦苦地删除着历史的真相和旁逸斜出的枝叶，尽量让历史呈现出条理清晰、义正词严的面貌，但他们的努力让历史更加疑点丛生、欲盖弥彰。而且，此时的我已被对面楼房里的朱文弄得心悸了，就像六岁时在穿衣镜前突然发现自己的孪生弟弟一样。你说，我怎能不心慌？

我躺在沙发上，就像一条被搁浅在沙滩上的鱼，嘴里冒出气泡。

就在这时，门外传来敲门声。我打开门，门外又出现了朱文的脸。他在喘着粗气，似乎是一路跑过来的。

我半掩着门，说："你到底想干什么？"

朱文笑笑："我看见你家的窗帘都掩上了，大白天的拉窗帘干什么？我还以为你出事了呢。"

我冷笑："你是期待我出事，是吗？"

"哪能呀！"朱文说完，一扭身就从门缝里钻了进来。他的身材虽然并不肥胖，但能从门缝里挤进，还是让我有些措手不及。

"没事就好！"朱文说着就坦然自若地在沙发上坐了下来，"我在家里观察你好久了……我家和你家面对面，是个观察你的好角度。"

"不！不是观察,你是在监视我。"

朱文在我的眼神追逼下有些尴尬,片刻说:"是的！我承认,我是在监视你。"

"你为什么要监视我?"

"我是受人雇用的……我现在是私家侦探了。"

"是谁雇你监视我?"

"这个我不能说……这是行规。每个行业都有自己的规矩,你得理解我,我也不容易。"

我不太关心秘密,就坐了下来,语气不再咄咄逼人:"那……说说你为什么要做私家侦探吧。"

朱文又掏出香烟放在鼻子上嗅着,就像烟草味能给他带来什么。

我怀疑他的毒瘾犯了,便劝道:"当年你跟线人的那种关系,也就是相互利用。现在你都不干警察了,就不要再跟那些人来往,把毒瘾彻底戒了吧。"

他摊摊手,显得很无奈:"我早就下过决心戒掉毒瘾,再回到自己热爱的岗位上,只有这样我才能重新抬起头。可是,我回不去了……局里哪还能让我一个贩毒犯上班啊,再说我的家已经散了。"

"那你就不能做做别的工作?比如出租车司机什么的?"

"不！我只会,也只想做警察,哪怕跟警察相类的工作也行。"

我思索起来:"既然这样,你可以让你们局给你一些补偿啊。"

他有些惊讶:"补偿?补偿什么?"

我字斟句酌:"根据国家有关规定,人民警察因公致残的,有权享受国家的抚恤和优待。如果经过鉴定你确实达到因毒致残的标准,你就可以持有相关部门的鉴定结论,申请国家抚恤金……毕竟你是在执行卧底任务时被迫吸毒且染上毒瘾的,是因履行公务而吸毒的。"

他精神一振,坐直身子:"你是说我染上毒瘾是因为卧底工作的需要?"

我支吾道："我说不好……我不是律师,也不是相关机构,对这个没有解释权。"

他一萎,脸色又黯淡下来,眼里似乎有泪,半晌才说："我现在只有公安机关给我开具的因公染毒的证明了,只有它能证明我不是警察中的败类。我要是牺牲在工作岗位上,那样多好啊! 留给家人的就不会是现在的屈辱而是光荣了!"

我无语,不知自己还能说什么。

他笑笑："我的事就这样了……那个谁,你知道我为什么要到你家来吗?"

我摇摇头。

"我在对面的楼房里监视你好几个月了,发现你家的摆设跟我那儿一模一样,这让我感到既亲切又好奇,所以就忍不住登门拜访你了。"

我笑："我也很想去你那儿看看。"

"其实,也没什么好看,我那儿跟你这儿一样,只不过是隔着窗玻璃而已。而且,我不欢迎你去我那儿做客。"

他说着摇摇晃晃站起向门外走去,忽地转过身:"你是不是怀疑我偷了你的小说稿了?"

我脸一红,赶忙分辩:"没……没。"

他笑笑,扔出一沓稿纸:"这就是你写的日记,我在楼下垃圾桶里捡到的。"

我拿过稿纸瞥了瞥,有些愕然,我记得自己从没写过这个东西。我刚想说什么,可朱文在啪的关门声中消失了,就像我在一些小说中虚拟的人物。

5

我可以负责任地说,《记忆:火光呼啸》是一部家族传记,在叙事时我力求真实,避免虚构,只是在时间的河流里追溯自己的根系,只有根系才能证明我的存在,才能不让我在妄想症中迷失。

我走到窗前的藤椅坐下,悠然自得地眺向窗外。此时,夜色丝丝缕缕飘来,一些不同形状的人开始匆匆归来了。他们或骑着自行车,或拎着菜篮子,就像飞回的倦鸟。从严格意义上说,这里并不属于住宅区,只是一个漂在城北的岛屿。而且,据说因为银城机场扩建的需要,这儿过不了多久就要拆迁了。如果这里没有楼房了,那这些人会飞到哪儿去呢?

我看着,想着,一团鸦翅般的黑色渐渐淹没了我。

忽而,一架飞机从楼顶掠过时,天空是暗蓝色的,我真的看见飞机身下的夜航灯闪了闪,就像天幕上怪黠的眼睛。

随后,我看见了朱文,他不知怎么又来了,正站在我的面前盯着我。

我站起身,跟他面对面而立,在夜色下就像一棵树上两根颇为对称的枝丫。

朱文说:"对了,你应该记得我出狱时的情景吧?"

我一愣:"你的事,我怎么知道?"

"不,那也是你的事。当我们出狱时,我们的儿子来接我们,他没有说话,只用手机放了一首歌……"

我想起来了,兴奋地说:"对对!那首歌就是刘欢唱的,叫《从头再来》……"

朱文直直地看着我,诡秘地笑:"你终于想起来了!……可是你真的想起来了吗?"

我愣住，突然想起朱文可能是我的那个孪生弟弟，而且他曾从事的"警察"和"贩毒者"两种角色，可能是由我俩分担的，那么，我是警察还是贩毒者呢？我的冷汗渗出来了，惊问："你……你告诉我，我是干什么的？"

朱文走近一步："可以肯定，你不是作家！"

我感觉到我和朱文的呼吸灼灼地混在一起了，我梗着脖子喊："不，我是作家！你都看见了，我今天还在写那篇叫《记忆：火光呼啸》的自传体小说呢！"

朱文冷笑："什么自传体小说？那是你的虚构，是你的幻觉！"

我理直气壮："我的这篇小说是传记，是真实的！"

朱文的声音大起来："可你连祖辈们的历史都敢胡编乱写！你知不知道，你写的四祖父朱启北和三祖父朱启南不是孪生兄弟，他俩其实就是同一个人，他是潜伏在国民党中的共产党！"

我愕然。

朱文将一本书向我砸来："这是银城市政协文史办编写的《木镇史料集》，不信，你自己看看！"

我拿起那本书匆匆翻看起来，果然，在书的第 831 页有我祖辈的革命纪事，我眼中的两位祖父确实只是一个人。

我辩解道："可是，我曾在银城干休所看望过三祖父，不过他已经被大炮震聋了，听不到我的问话了……当时，他拿出一张当年的全家福，那张黑白照片上就有三祖父，也有四祖父，两个人长得太像了，只是一个穿着国军军装，一个穿着对襟衫……他还给了我一个望远镜呢。"

我拿起那个破旧的望远镜，朝朱文扬了扬，以示证明。

朱文脸色哀悯起来："你知不知道你有妄想症？你总是喜欢给人，也给自己幻想出个孪生兄弟来？"

我生气了："那不是幻想！你以为我不知道你是谁啊，你就是我的孪生弟弟!"

朱文身影模糊起来:"我不是你的孪生弟弟……"

"那你是谁? 你说,你说啊!"

"我就是你! 就是你自己! 就是你幻想出的另一个自己!"

"不可能! 你不是监视我的人吗?"

"是的,我说过有人雇我监视你,其实雇我的那人就是你,你在幻想中自己雇自己监视自己!"

这句话真难懂。我火了,举起望远镜向朱文砸去。

一声哗的碎裂声,我看见我对面的窗玻璃如同瀑布般碎落一地,而那个叫朱文的家伙不见了。

我环顾四周,边寻边高喊:"朱文,你在哪儿?"

朱文没有出现,他的声音却在我的头顶萦绕:"我就在这儿,因为你就在这儿! 我就是你,你在哪儿我就在哪儿!"

我慌了,伸手向半空中胡乱抓去,想把朱文抓出来,边抓边喊:"你……你真的不是我孪生弟弟? ……你真的就是我?"

朱文的声音向窗外飘去,越飘越远:"你还不肯信? 那你说你叫什么名字?"

我脱口而出:"我,我叫朱文啊。"

反篇

我有病,关于我因何而病,有多个版本的说法,那些说法就像不同的玻璃碎片的反光,让我目眩。而我恍惚记得我的发病就与那次同学会有关。关于那次聚会,我写了篇有据可查的手记,抑或是叫《春天的聚会》的小说,现摘录如下:

1

我必须上路了，应邀前往一个叫"春"的地方。

我的春天在哪儿，要不是那些矫情的布谷鸟来唤醒，我都想不起了。我与春天擦肩而过已经多年，曾经的春天，我们用普通话纠正着方言，我们暗恋着跳民族舞的女孩，我们用黑白被单和方格稿纸写诗……那时我们正处在青春期，那时的春天总跟发芽的植物有关，比如莫名其妙害羞的花朵、摇头摆尾张扬的狗尾巴草、精力旺盛聒噪的鸟叫……换句话说，我们毫无悬念地发情了。现在，我跟银城一样，不再四季分明，只知道"开花结果"是最大的谎言，只会用自己的体温感知风的冷暖，还有忍无可忍的感冒，幸好有医治敏感的速效药。

我是从事传媒的商人，被人们称作"儒商"或者"掮客"，这种职业总是追逐新鲜的事物，容易学会遗忘，比如我常常听到一些女人温习我和她们的夜晚故事，却对那些内容一无所知；比如我热衷于倾听小城电视台的喋喋不休，却上个厕所就把他们说的全冲进马桶忘得一干二净。我不承认自己健忘，我的记忆力很好，能把公司来往账目、银行卡号及各种密码记得清清楚楚——因而，我不可能没来由地想起春天的，这次猛然想起春天是跟一个邀约有关。

昨天，我收到一个手机短信，有人约我去那个叫"春"的地方，说在那里我可以找到春天。现在，诈骗短信满天飞，谁信？可是，那个短信用一个久远的称呼唤醒了我，它用的是学校年代同学对我的昵称，这个称呼就像一张老照片，是那么熟稔。我以为是哪位同学的恶作剧，便回了个电话过去。电话铃声是那首著名的歌曲《同学的你》，响过半曲之后，一个女性的声音传来：

"你好。"

我赶忙问："你是哪位？"

"不记得我了？我是你的同学呀,我邀请你来做客,希望你明天就动身。你不会让我失望吧？对了,别忘了带一首你自己写的关于春天的诗。"

电话到此就断了,恍若有人窃听一样,显得有些匆忙。

我又拨过去,电话那边就没人接听了。

我放下电话,想来想去,没辨出那声音是出自哪位女同学之口。我想:这大约是一次同学会的别具风味的邀请吧？我慢慢回味着电话中那个女人甜美的声音,欢欣鼓舞起来。于是,我决定赴约。

其实,那个叫"春"的地方我知道在哪儿,银城向南四个小时车程就到了,那里曾是开满桃花的山谷。没想到十多年未见,那个山谷竟然长出了山庄,就像邻家清纯的小妹妹一夜之间变成夜总会女郎一般。走过石桥,顺着山路上坡,树木葱茏间,一些知名或非知名的花迎面而来,两旁四处伸展的岔径,渲染着粉红的桃,有那么点曲径通幽的意味。而那些树木的背后,一些小昆虫已经苏醒了,就像一些尖锐的词语,随着早春清冷的微风,忽儿近来,忽而远去,但是因为叶簇阻隔,有些东西是掩而不见的。然后就是平常得不能再平常的酒店,依山而建,徽派风格,显得有些突出,就像走秀的模特。难道就这么个地方能春光乍现？

走进酒店,没有人迎候我,只有清一色穿着旗袍的小姐走来走去,职业性地热情着,妖娆成另一番春天的样子。我还没问明白什么,前台小姐只是看了看我的身份证,就说房间早有人帮我预定了,说完就拿着房卡把我引向 9 号小别墅。

9 号小别墅,就是隐藏在酒店四周的树林里的小木屋。

我没料到的是,9 号小别墅里已经有三个人先我而至了,他们热情洋溢地迎接了我,都说是我的老同学,可我并不认识他们。

那个鼻梁上架着眼镜的男人,他说他叫史今,是某大学历史系教授。

那位腆着肚子的男人,他说我们曾叫他石头,他现在是某地产公司老总。

还有一位女士,她说她叫何首乌,是人民的教师。她浓妆扑面,眼角已残忍地爬出几丝不易察觉的鱼尾纹,举止却仍像天真烂漫的小姑娘,幸好她仍很苗条。

他们果真是我的老同学吗?我仔细地分辨着他们的外貌,竭力想从他们的语言中找到旧日时光的证据,却一无所获。我闪烁其词地跟他们聊着天,间或,谈起学生年代的趣事,虽然一点儿印象都没有,但还是跟着他们大笑起来。我不敢否认他们所说的一切,我早已学会向生活妥协了。我想:这是我的错,我已遗忘了许多面孔,就算在生活中,许多嘴脸对我来说也是模糊不清的。

一场热热闹闹而语焉不详的聊天后,我惊讶地发现:没人知道邀请我们的主人是谁。我突然觉得这可能是个圈套。这一发现让我不安起来:难道这是个传销的窝点?难道有人以春天的名义要绑架我?想着想着,这个叫"春"的山庄恍惚迷宫般把我裹挟起来。我回到自己的房间,认真地阅读了旅客须知,检查了四壁有无摄影头,这一举措多少让我轻松了一点。我站在窗前,抽起香烟,隔着淡淡的烟雾,门外的桃花渐渐隐入夜色,有种恍若隔世之感。但是,我分明能感觉到那片桃花正在暗处欲伸出粉红的舌头袭击我。

2

晚上,山庄酒店会议室里坐满了像史今一样的疑似同学,我们像地下工作者找到组织一般,紧紧地握手,热烈地交谈,一个个酒精中毒的模样。

只是会议室里没有悬挂条幅,这使这场聚会主题不明,有着非法的可疑。

话题自然围绕豆蔻年华的爱情展开了，同学们纷纷爆料，有人说当年一男生为追求一女生，将写着"我爱某某"的手抄海报贴满学校周边的电线杆上，在风中呼啦啦地招摇，就像春天的宣言。有人说，当年一男生与一女生彻夜未归，凌晨双双归来时裤子上沾满了青草和黄泥……这让我们渐渐回到了校园年代，一种久违的春天气息便在会议室里姹紫嫣红起来。

后来，人民的教师何首乌走上台，朗诵起一首《我爱的春天》的诗，她就像个纯情的小姑娘，显得有些害羞、有些紧张，但她的诗却让春天涂脂抹粉起来——原来，春天与爱情有关。于是，聚会就有了主题，同学们次第走上台，说起自己对春天的理解，大家对春天的理解大同小异：就是与青春有关。

那个叫石头的地产老总说，如今的春天就像农家的小妹妹从乡下转移到城里了，城里的春天就在工地上，它是城市发情的部位，让城市如密林一样生长……

史今说，他正在着手编著一部《春天编年史》，在他的那部著作中，春天是一种记忆。

有个已是妇科医生的同学说，春天是一种病，症状是浑身发痒，病因是那些蝴蝶搬运的花粉病毒。他说话时，我注意到何首乌同学打了个喷嚏，似乎被花粉感染了。

我看着笑着，渐渐失去了警惕，我想这次聚会不应该是个圈套，大约是某个事业有成的同学借此机会来彰显他的成就吧，他应该会在聚合结束时摊牌的。他又何必故弄玄虚？其实，这个世道很简单，一切都昭然若揭。

只是，我不明白为什么自己记不清那些昔日同学了？

我想从何首乌同学那儿得到答案，便转到她面前，小声跟她窃窃私语起来：

"何首乌同学，你真的还记得我？"

何首乌有些羞涩，以手掩唇："当然记得，在学校时，你不是暗恋我吗？"

"真的？"我有些愕然。

"是啊！你还给我写了十八首情诗呢。我刚才朗诵的诗就是你写给我的呀！"

我像被抓了现行的小偷，低下头以手挠头，把头发挠掉了数根仍然没想起有这回事，只好转换话题："你……知道是哪位同学邀我们来聚会的吗？"

何首乌听完张大眼睛，一脸纯洁地望着我："不是你邀我来的吗？我的手机里还有你的通话录音呢。不信我放给你听。"

我真不明白何首乌竟然能不顾深刻的鱼纹尾，还能睁开如此纯洁无辜的眼睛。我能说什么，只有闭嘴了。

最后，我们在齐声合唱中结束了聚会，我们唱的是那首《春天在哪里》：

> 春天在哪里呀春天在哪里
> 春天在明媚的山谷里
> 这里有红花，这里有绿草
> 还有那会唱歌的小黄鹂
> ……

3

聚会散去时，已是夜半。

我想在这个开春之际的聚会上，我找到了春天，不过，那是很久以前校园时代的春天。现在的春天应该在灯红酒绿的地方，那里活色生香的春天盛开着,泛滥着,溃败着。于是我寻觅酒店夜总会而去。

果然,夜总会里莺歌燕舞、红肥绿瘦。我不想浪费时间,直接认领一位小姐回到9号别墅。别墅里没有人,不知人民的老师何首乌、地产老总石头、历史教授史今去哪儿了。那时山庄的夜色淹没了许多东西,一个个衣冠楚楚的人类就像鱼儿游入黑色的海水中没了影儿,他们三个人的消失是情理之中的事儿。

我带回那位小姐,并不是因为她有什么特别吸引我的地方,而是因为她的艺名中有个"春"字。此外,这是欲望汹涌的夜半,大部分小姐已排上钟点被人领走了,我也没有多少可以选择的了。把小姐领进别墅后,我把房间的灯开得很暗淡,并没有仔细观赏她。我早已过了对女性口眼鼻耳有着过多审美意趣的年纪了,有个大致的感觉就可以了。再说,仔细观赏别人,是对他人的不尊重,对从事特殊服务业者也不例外。我只粗略地知道:面前是个女性,她看不出年龄,脱掉皮大衣后,露出微胖的身体,米色短裙下是出淤泥而不染的白色,不小心撩起的红色内衣就像窗外的桃花。我开始抚摸,一阵踏踏实实的肉感充盈在手心,我就像溺水者抓住救命稻草,慢慢找回了自己。这位小姐比较专业、敬业,这种品质难能可贵。因而,在我与她持之以恒的合作下,那种事情进展得很好。

就在春风欲度玉门关时,突然,房门被踢开了,然后灯光大亮,我和小姐一下子就暴露而出。

毫无礼貌的闯进者是两名人民的警察,还有人民的教师何首乌,他们的闯入显得比我还急切。我听见警察高喊:"不许动!"我没有搭理他们,甩过皮衣让小姐掩护好赤裸的身体。我的举动引起了警察的愤怒。他们对我忍无可忍,冲上前一左一右抓起我的手臂反剪过来将我摁到地上,另一只手也不闲着,朝着我的腹部击打起来,就像敲鼓,不仅敲得很专业、敬业,而且很卖力,累得气喘吁吁。我不明白警察为什么愤怒,他们抓我不就是为了名正言顺地罚款吗?何必对我那么照顾？难道是担心一丝不挂的我会用什么杀了他们？

何首乌同学也不肯闲着,在发出愤怒却带着花腔的尖叫声后她高举照相机向我不停地按动快门。这不是我预想的结果,我本想在与小姐完成运动后,跟她礼貌地说声"后会有期"的。看来,真正的结局应该是:我该给两名恪尽职守的警察赠送一面与桃花同种颜色的锦旗了。

我终于晕了过去。

就在晕过去之前,我听见人民的教师何首乌得意扬扬而又歇斯底里的笑声,听见她在坦白地告诉我,是她把警察引来的。我知道自己被那个喜欢朗诵春天诗歌的何首乌出卖了。我眼儿一黑,觉得自己正慢慢坠入一个幽深的古井。

我做了一个长长的梦,梦见自己迷失在山谷里。我分不清方向,盲目奔走,一棵棵树横七竖八地迎面冲撞过来。我好不容易避开树,一条条小径又在我脚下分岔着、缠绕着。我左冲右突就是冲不出来。忽而一朵花急速击来,我感到一阵剧疼,像中弹似的优美地倒在草地上,就昏迷了过去。

第二天一大早,我醒来时发现自己正躺在别墅后的桃林里,鼻尖上飘着一股淡淡的青草味,对,那就是久违了的春天的气息。

我确信自己还活着。

我环顾自己,发现自己身上衣服穿得齐齐整整。我一时迷惑,也许昨晚找小姐的事儿根本没发生过,那只是我的一场了无痕的春梦;也许昨晚我被人抢劫打昏了扔到这儿了,现在的公共安全很不好;也许……一切皆有可能。

我没有多想赶忙爬起来,刚立住身就看见历史教授史今走了过来。他抱着一本厚厚的书(大约是他编著的《春天编年史》),恍若牧师般对着我说:"哦,总算找到你了,我还以为你被春天谋杀了呢。"

我摇摇仍然浑浑噩噩的脑袋,很是诧异:"春天能谋杀人?"

史今一笑："跟你开个玩笑而已……你这么早就起床出来散步了？"

散步？我愣住，试探地问："史同学，昨晚发生啥事了？"

"没有发生什么呀，同学聚会而已。"

我笑了，我可以像我的那个从事新闻宣传的朋友一样确信：昨晚找小姐的事儿根本没发生过。说句题外话，我的那个朋友说谎很有特点：说第一遍时脸红，自己都不相信；说第二遍时满脸犹疑，半信半疑起来；说第三遍时斩钉截铁，自己就确信无疑了——这是成熟的人类基本的美德。

我的步伐自信起来，边走边问史今："那个……何首乌同学呢？"

"何首乌同学？她不就是你老婆吗？"

"啊！怎么可能！"我绝望地叫起来，"她怎么会是我老婆？我老婆叫霞子呀！"

"你连自己的老婆都不知道？还要我说？"

"那……她现在人在哪儿？"

"她一早就离开这儿回去了。"

史今对我有些不屑，撇撇嘴走了。

我蒙住，一时不知说什么好。

我把此次春天的聚会前因后果想了三遍，却理不出头绪，就在我准备放弃思考时，忽而脑瓜一闪：对，我得查出是谁邀请我来聚会的，这才是问题的关键。

我走进 9 号别墅，看见史今正在收拾东西，他要从这叫"春"的山庄撤离了。

我上前盯着他，问："史今，你知道是谁邀请我们来的吗？"

"这个山庄就是石总的地产项目，是他邀请我们来同学聚会的呀。这你不知道？"

我突然发现，在这个奇怪的山庄里，每个人都知道真相，就我一个是傻瓜。

史今仔细打量我,清清嗓子:"这么看来,你或许真不是我们的同学,或许是石总的手下拨错号码邀错人把你弄来了。"

我问:"如果我不是你的同学,那你们……为什么不点破我?"

"我想,有些同学真的以为你是我们的同学之一,有些同学也拿不准你到底是不是,有些同学虽然明白你不是,但没有必要那么较真点破你……"

我盯着史今:"那你呢,为什么?"

"我嘛,我是搞历史研究的,我知道有些东西一直错下去,就成历史了。这次聚会的照片上、通讯录上不都有你了吗?现在谁还能说你不是我们的同学?"

我不是个喜欢寻根究底的人,那样的人存活率很低,或者集中居住在831。我不想再问什么,却能感觉到一股料峭的风已钻进骨头,让我禁不住打了个冷战。

随后,我搭着史今同学的便车离开那个叫"春"的山庄了,一路上许多东西欣欣向荣着,那的确是春天,而我从春天出逃了。

4

回到银城后,我在办公室里躲了几天才忐忑不安地回到家,可我妻子和平常一样如沐春风,似乎什么事都没发生。我实在忍不住了,就小心地跟她说:"前几天我去一个叫'春'的地方参加同学会了。"妻子一笑:"你说什么啊,这一个月你一直在家里,没出大门一步,能参加啥同学会?你是不是做梦了?"她说得斩钉截铁,我一时拿不准,赶忙去找心理医生,以便自己能健康地活着。

在心理咨询室,我躺在摇摇晃晃的椅子上,唠唠叨叨说起春天聚会的事儿。医生看上去很有耐心,他一边记录,一边点头。等我口干舌燥地说完,他眼里的笑一闪即逝,然后从抽屉里拿出一沓纸递给我。我好奇地接过看了起来,疑似心理医生的手记。我没看完脸就红了。我抬眼看着医生:"你是说我,患上妄想症了?"

医生含蓄地点点头:"妄想症是一种精神病学诊断,就是由生物学、心理学和社会环境因素等病因作用于大脑,破坏了大脑在一定范围内相对稳定的功能状态,导致认识、情感、意志行为等精神活动出现异常……"

我愣愣地看着医生的嘴,他的牙真白。

医生侃侃而谈:"你想想,你原来是不是很有教养,现在却变得出言不逊,好发脾气,对人无礼貌了?"

"你是否常头痛、失眠、易疲劳、注意力不集中、情绪不稳定?"

"你是否常对着镜子自我欣赏、自言自语?"

"你是否敏感多疑,如怀疑别人讲自己的坏话,别人的一言一行、一举一动都是含沙射影地针对你,甚至认为电视上、广播里、报纸上的内容也与你有关?"

"……"

我听到耳朵里一群蜜蜂在叫,忍不住问:"你到底要说什么?"

医生笑笑:"你说的春天聚会的事,都是你臆想出来的。"

我辩解:"不可能! 我刚刚亲身经历的事,怎么可能是臆想出来的!"

医生笑得更好看了:"你妄想的内容连贯、结构紧凑,就像亲自经历的一样,你是个系统性妄想者,比那些缺乏逻辑性的非系统性妄想者有水平。而且你这样的患者,对荒唐的想法总是坚信不疑……如果一个人坚持的信念是错误的,甚至与社会现实及文化背景相抵触,还毫不动摇,不是妄想症还能是什么?"

我张张嘴,声音弱了下来:"你是说,那个春天的聚会全都是我胡思乱想的,根本没那事?"

医生:"是啊! 不信你回去找找看,有没有那个聚会的照片、纪念册什么的。"

我抛下一沓钞票,转身飞快地向外跑去。我将我的所有可以藏物的皮包、抽屉、柜子等全翻了一遍,的确没有找到一丝聚会的残存之物。我无奈了,不得不相信心理医生的话,开始接受心理医生的药物和心理治疗,我有时忍不住想:难道那个春天的聚会真没发生过? 于是,我病了。

(原发《钟山》2014 第 4 期,

入选《长江文艺·好小说》选刊 2015 第 1 期)

灭鼠记

1

他们觉得奇怪:江鸿经常冒充警察,为什么真警察不抓他? 他们分析这件事有两种可能:要么江鸿疯了,要么警察疯了。他们说得有理。

我就是江鸿,在风景秀丽的银城疗养院休养,有些嗜睡,但只要阳光照到锃亮的手铐上,就有一道光让我精神振作起来,穿上警服出去办办案。其实在二十多年前,我没有贪睡的坏毛病,可以毫不吹牛地说,那时我非常聪明,能看透同学向老师邀功求宠的心思、老师对女生秘而不宣的念头什么的。可我现在脑瓜偶尔有些乱,偶尔会生生病,我知道那是一只1988年银城师范的小白鼠干的,那个小东西咬伤了我的脚趾头,毫不留情地给我留下了后遗症。

仿佛在不久以前,我还是师范生。那时,我常左手托着下巴,右手摸着浅浅的胡子,看着窗外教学楼后的小树林,那里有好多小松树,会落下枯黄的松针。在小松针塔里,有两只松鼠在嬉戏、在做爱。我便转过脸,意味深长地瞥向左边座位上的胖妞。她一本正经地端坐着,眼睛不眨地看着秃顶老师。可我知道她在想什么。

在两个人的小树林里,胖妞喜欢跟我玩一种古老的游戏,她总扮演警察,我只有充当罪犯的角色,那让我对警察职业充满向往。她穿着短裙,被球形的物体鼓舞得像个莲蓬。她拿着纸质手铐,跳着肥白的大腿,向我追来。我拔腿就跑。她总想逮住我,可最好的成绩只是抓住了我的一只鞋。她很恼火,于是叉腰站住,高喊:"86号,站住!"我一进师范就获得了学号,号码是86030235,按照学校规定,前面两个数字表示入校年份,后面分别是专业、班级以及在班上的排序。这种学号频繁出现在学校为我们统一配备的器具上,比如被单、刷牙缸、脸盆,那些东西同一个模样,若非有这种数字标识还真难以分清呢。于是,我只好闻声站住。胖妞走上前,用纸铐铐住我,摆出一副训话的表情,可她的下巴浑圆,而且爱吹泡泡糖,就显得不那么严肃了。她呵斥道:"86号,你为什么要逃?"我挺直身子,规规矩矩回答:"报告警花,我想尿尿。"胖妞绕着我转圈,审视着我:"嗯?你不老实!"我赶忙用手遮住直翘翘的下体,有些结巴:"报告警花,我思想不纯洁,要加强改造,重新做人!"之后,天往往就黑了,胖妞就对我下手了。隔着薄薄的衣服,我被她的哺乳部位挤得头晕,想跟她保持一定的距离。她冷哼:"笨蛋!贴紧点!说爱我!"我只好照办,含糊地说:"报告警花,我爱你。"她又说:"来,走一个!"我就探出脑袋在她脸上啄了一下。她再喊,我又啄。我真担心那样下去会变成啄木鸟。

其实,我跟胖妞并非兴趣相投,她喜欢物理,一郁闷就抱着物理习题狂做。而我参加了学校文学社,写些与警察有关的小说。其实,我跟她也没有发生过你所期待的那种事,我俩的接触只在腰部以上,那就像小时候男女同桌划定的三八线,是泾渭分明不容突破的。可有同学对我说,他看见我们的辅导员环抱着胖妞辅导功课。我想这也没什么不好,我们的辅导员刚从省城师大心理学系毕业不久,虽然物理学科不是他的专长,但诲人不倦的热情还是值得表扬的。我向胖妞求证过这事,她不置可否,却盯着我一个劲儿地笑,好像我跟辅导员有什么不正当关系似的。当然,我和所有老师的关系都很正当,主要是我做作业,他们批改。我们的老师都很认真,能把"✕"画得锋芒毕露,我想:说老师是园丁真是没错,那个"✕"就是他们修剪花草的大剪刀。我不喜欢当老师,但对毕业后能拥有那把大剪刀还是心存向往的。

白鼠就是在这样的季节来临了。那天,全班同学都在化学实验室做实验,那里满是带有刻度的奇形怪状的玻璃器皿,映得我们的脸儿发亮。我聚精会神地把一种液体放在试管里加热,试图为人类制造几毫升氧气。我不敢看化学老师,他的眼镜太厚,七彩阳光透过那镜片就成绿色了。他躬着身来回巡视,一再叮嘱我们要小心,不要打碎玻璃器皿,因而我不想招惹他。可化学老师径直向我走来,用鼻子嗅来嗅去,忽然咆哮起来:"你在干什么?"我抬起无辜的眼看着他。他揪起我的耳朵:"你这儿怎么这么臭?!"我忙说:"老师,我真的没放屁啊!"化学老师不再理我,快速戴上防毒面罩,套上胶皮手套,从我的实验台抽屉里拎出一只死老鼠来。我不得不佩服他的明察秋毫,但他不该生气。化学老师又大吼:"这是怎么回事?你昨晚在这儿干了什么?给我写份检讨!"说着把老鼠钟摆似的摇了摇,就扔出窗外了。我才发现那只老鼠是白色的。

我深知我和胖妞从没在化学实验室玩过游戏,那地儿实在不适宜谈情说爱。但到了黄昏,我还是认真写好检讨书。我在检讨书中申辩道:昨晚我真的没在实验室里下耗子药,只是用显微镜观察了一下白色黏稠状的流体。那东西在显微镜下游动着大量的微生物,细长细长的,就像大头针。那是我的精虫,是我自力更生从自己体内弄出来的,而且没有毒杀老鼠的功效,应该没有违反校规校纪啊!我把检讨书交给化学老师,他更生气了,嘴唇抖动得像风中的两片叶子,一遍遍地说:"你这样下去,毕业后怎么能成为一名合格的人民教师?"就在这时,远远传来男生们兴奋的喊声:"白鼠!宿舍里有白鼠——"化学老师这才暂时忽略我,矫健地向着男生宿舍楼奔去。

之后的事情就好玩了,先是男生宿舍出现几只白鼠,接着食堂有白鼠出没,最后校园随处可见白鼠的身影。奇怪的是,女生宿舍没有发现一只白鼠,老师们一致认为那是女生爱干净的缘故。老师说的话我们不能不信,否则就会生病,否则就会像现在的我一样,住在银城疗养院白色的房子里,却常跟着风声溜回曾经的白鼠时代。

2

　　白鼠刚刚拜访师范学校时,受到同学们的普遍欢迎。我们有了充足理由,可以在上课时间窝在宿舍里翻箱倒柜进行大搜捕,陪着白鼠游戏。我们更高兴地看到学校慌神了,他们不敢把这事儿上报到银城卫生部门,不敢把这消息公布于众,那样会让社会对师范的卫生、饮食状况担忧的。那个时候,我们学生总让老师、家长忧心忡忡。

　　我还记得当我们宿舍出现第一只白鼠时,胖妞就像班级卫生委员似的,积极地帮我们灭鼠。她在男生宿舍里光明正大地追逐起老鼠。那只老鼠比我可爱,毛色雪白,眼睛发蓝,眼珠骨碌碌乱转。胖妞绕着上下铺的铁床追逐着,红色内裤旗帜般招展起来。如果她能稍瘦些,那她的样子就多少有些像独舞了。小白鼠跑得很快,而且不沿着直线跑,不像我们学生经过入校军训走路总踢踏着正步直行,因而她总抓不住它。我坐在下铺,窃笑不已。胖妞追累了,开始采取脚踢的方式袭击白鼠,但鞋尖总是与床脚、墙壁磕磕撞撞,没碰到老鼠的一根白毛。多年以后,我再见到胖妞时,发现她有好多鞋子,就算三只蜈蚣都穿不完,而那些红皮鞋、小马靴等鞋面虽然油光发亮完好无损,可鞋尖一塌糊涂,就像被霰弹扫射过似的。

　　直到一个黄昏,一只黑猫来到我们男生宿舍,我才醒悟到胖妞徒劳无功是有原因的,因为她毕竟不是猫。我早就认识猫,我母亲养过一只猫,它喜欢在雪地上用脚丫踩出朵朵梅花,喜欢在阳光下用爪子推着线团绕圈,喜欢丰富多彩地喵喵叫唤,很温柔可亲。可那只光临我们宿舍的黑猫却很威严,吹胡子瞪眼,可跟体育老师媲美——那也许是因为它是学校请来的捉鼠能手的缘故吧。它箕踞在桌上,黑毛油光可鉴,慢慢转动圆脑袋,伸着长长的胡须,瞳孔忽大忽小,眼神尖锐地斜睨着我们,或许在它眼里我们就是老鼠吧。黑猫是生物老师送来的,她是个比我们大不了多少的女老师,总穿着黑色皮裙在校园里走来走去,皮裙下露出的白色长腿颇为引人注目。我们不喜欢生物课,但从没有男生逃过她的课——我们对赤裸裸的真理渴慕已久。生物老师踩着小皮靴把黑猫送来时,不无威胁地说:"这只猫很厉害,不仅能抓老鼠,还会下地捉蚂蚱、上树抓麻雀。据说有人亲眼看见它与一只菜花蛇战斗过,它把菜花蛇一下一下地抛向天空,直到把蛇弄得奄奄一息,才得意地喵喵三声扬长而去。"看着威风凛凛的黑猫,我们相信了生物老师的话,都觉得它像小型老虎,那个叫维克多·雨果的人不是说过"上帝创造出猫,是为了让人类体会到爱抚老虎的乐趣"吗?我们围在黑猫的身边,期待夜晚的来临。

那夜来得早,一到晚上,我们就关掉宿舍所有的灯,躲在被窝里,噤声看着月光下的黑猫。夜色越来越深,黑猫一动不动,只将三角形的耳朵警觉地张开捕捉着动静,眼珠发出蓝幽幽的光,就像名贵的蓝宝石。忽而,白鼠出来了,雪团似的滚动起来。黑猫喵了声,纵身扑了过去,恍若黑色的闪电袭击向白鼠。它的黑影映在白墙上,渐渐变大,塞满了整个宿舍。我们用被子捂住嘴,齐齐地"哦"了声,像是惊呼,又像是赞叹。我们想老鼠应该必死无疑了。可当黑猫的影子飘过后,白鼠却跳上了木柜,悠悠地晃起短短的小尾巴,吱吱地叫起来。黑猫抬起前爪,茫然四顾,眼睛闪出一个亮点,又扑了过去。老鼠再次安然无恙地跳上了墙角落满灰尘的书堆。之后,黑猫一次次张牙舞爪,一次次一无所获,就像一只打水的竹篮。宿舍里飘起一黑一白的影子,乱乱的。黑猫屡扑屡空,我们看着看着就乏味了,便陆续睡去。第二天早上醒来,我们看见黑猫伏在窗户上,肚子紧紧贴在铁窗棂上,身子颤抖不已,柔软的黑毛在晨风中打着旋儿,齐整的胡须变得长长短短乱蓬蓬的,伸出爪子向虚空中探着,其实窗外只有可供蚂蚁逃跑的常青藤——显然昨晚的战斗以黑猫失败告终了。我们睁着惺忪的睡眼愣了片刻,接二连三地大笑起来。看着黑猫可怜的模样,想想它初来乍到时的神气活现,我们没有理由不发笑。

我抱着黑猫找到生物老师,把昨晚的战斗情景绘声绘色地说给她听。她一边不停地开关着办公桌的抽屉,一边若无其事地听着,白脸慢慢红起来,眼睛水汪汪的。她忽然生气了,小白杨似的站起,气呼呼地说:"这才是第一天晚上,怎么能立马见效?你把黑猫再抱回去,它一定会抓住老鼠的!你要记住猫是老鼠的天敌!"说毕用皮靴后跟狠狠地踩了我一脚,没等我疼得叫出声来就气势汹汹地走了。我不知道生物老师为什么会生气,其实她是个性格温和的人。她给我们演示过温水煮青蛙的实验:用酒精灯的火苗突突地把冷水舔温,然后将一只绿皮青蛙扔进温水里。青蛙被烫得挣扎了几下,片刻就适应了,四肢摊开舒适地浮游在水里,就像个洗桑拿浴的人。酒精灯的火舌继续舔来舔去,水越来越热,最后蒸腾起好看的热气,青蛙便在开水中安详地走完了一生。生物老师把这个实验做得很细心、很温柔,就像伺候孕妇,这样的老师怎么会生气,怎么会用皮靴后跟踩我呢?多年以后,我才意识到生物老师踩我脚趾的位置和白鼠咬过的地方惊人一致。

我把黑猫抱回宿舍,省下鱼刺喂养它。它不再捉老鼠了,一到晚上就往脸盆里钻,悄无声息的。它竟然发胖了,还染上了一个陋习,不知怎么跟老鼠学会了沿墙根溜达的习惯,白天也鬼鬼祟祟的,就像夜色里潜行的小脚女人。我们生气了,就偷来老师的教鞭帮它矫正身姿,或者把宿舍的灯全都亮起,制造光明正大的氛围,让它堂堂正正起来。可没有用,它屡教不改,我们只得像父亲们对待我们那样,颓然扔下教鞭,任其自流了。可黑猫一到晚上就开始叫唤,声音低迷婉转,恍若午夜绽开的昙花,一声接一声儿,往人心里撒痒痒的种子。我们很气愤,就把拖鞋扔向它肉嘟嘟的头。我们气得青春痘鼓鼓的。我们有理由生气,我们十八岁了。

也许是黑猫光临我们宿舍的第九天,同学们实在忍受不了它的夜半歌声,就委托我把它送还给生物老师。教师办公室里鸦雀无声,生物老师在批改作业,那让她好看的脸更生动了。我不想让她再生气,就把黑猫藏在身后,想找个机会扔下它就走。生物老师警惕地瞥了我一眼:"同学,你有什么事?"我站直身子笑笑:"没……没事,我想看看我的作业。"生物老师不再看我,专心致志地给一本本作业打起红叉。我一声不吭,目光俯冲过去,透过她白皙的脖子和长长的黑发,看着作业本上盛开的红艳艳的花儿。生物老师身上有股香味,那气味跟胖妞身上的大同小异,我想胖妞长大后也会成为老师的。可生物老师的气味显然浓烈多了,让我鼻子直想打喷嚏,我强忍着,终于把黑猫塞进书柜里,说了声"老师再见"就抽身溜了。

不知走了多少米,我听见生物老师的尖叫声:"呀?猫!"

3

后来,老鼠越来越多了,那些白鼠从食堂后低矮的植物里,从厕所肥沃的土地里,源源不断地钻出来,他们排成整齐的队伍招招摇摇行走着,或者三三两两心平气和地散着步。我们忧虑起来,开始在睡梦中担心它们爬上我们的额头,开始气急败坏地驱赶着它们。更有甚者,学校文学社社员秦风,那个形态像可疑的小说家的家伙散布出一条耸人听闻的消息,说那会引起鼠疫的。他说鼠疫是一种借鼠蚤传播的烈性传染病,症状是发热、败血等,致死率极高,人类历史上曾流行过三次。他说一个叫阿尔贝·加缪的老外写过叫《鼠疫》的小说,里面一场灾难訇然爆发,人们在一个医生的带领下,与鼠疫展开了惊心动魄的搏斗,到处都是混乱、恐惧、绝望、奔逃、祷告……于是,他推销的那本小说在学校畅销起来。

学校闻风而动,召开紧急会议,研究应对白鼠之策。会议是在阶梯教室举行的,我们好几个学生代表前来观摩会议。我坐在台下,看着台上圆桌而坐的老师们,那些长发飘飘的脑袋、光头秃顶的脑袋、油光锃亮的脑袋此起彼伏,就像河里漂着的葫芦,那让我莫明其妙兴奋起来。我身旁的秦风也很高兴,他笑眯眯地吟着:"下雨待在家里,看别人在街上奔走,是惬意的。"我听得有些心烦,可他说那是罗马人维吉尔写的诗,我就不好表示反对了。我左顾右盼,看见不远处角落里胖妞的眼神落在校长的秃顶上,闪出隐约的光点。

会议终于在防空警报般的铃声中开始了,校长要求老师们根据自身学科的优势,为灭鼠进言献策。

数学老师是个脑门发亮的老头,主张用数学方式杀鼠。他引经据典说,傅立叶曾说过,上帝也有必要按照数学法则行事,否则,他就会和我们一样随心所欲、独断专行,但是,如果上帝也服从他无法改变的数学法则,那他会发现,他在这样做时也会感到荣耀又符合自身利益。

化学老师一脸不屑,兀自抚摸着自己满是苍然白发的头,终忍不住毫无礼貌地打断数学老师的话:"哎,说那么多空话有什么用? 你就说说杀鼠的具体方法吧。"

数学老师愣住了,表情有些尴尬,闷了半天才说出一句:"二二得四是死亡的开始,二二得五有时才有那么点意思(陀思妥耶夫斯基《地下室手记》)。"

老师们哄然大笑,数学老师在笑声中低下头,发亮的脑门暗了下去,就像关上了一盏灯。

物理老师是个大胖子,他站起身推推鼻梁上的眼镜说:"要给老鼠执行死刑,必须解释一下斩首机,这是传统力学的机器……切——当然是很宽的大刀,就落下来,这个机器就叫斩首机(陀思妥耶夫斯基《白痴》)……这种机器是技术进步的成果,可以减少老鼠死亡的痛苦,而且最好在斩首机中间安装一个可钉死老鼠的十字架,据物理学权威人士计算,把一只老鼠钉死在十字架上只需六分钟。"

化学老师又按捺不住了,他轻笑:"哼!那是什么权威人士?如果把老鼠换成你,他们敢肯定你不会受罪?谁告诉他们的?有哪一个被砍掉的血淋淋的脑袋自己从斩首机边站立起来,向人们大声叫喊一点也不疼?有哪一个死人会以他们特有方式走过来,向发明者表示感谢,说这是一个伟大的创造,就这样用下去吧,这个机器干得真不赖?(雨果《死囚的最后一日》)"

物理老师生气了,脖子上的青筋像蚯蚓一样。

生物老师文文静静地站起来,把她修长的脖子从黑色皮衣里伸出来说:"我赞同化学老师的意见,斯特拉霍夫在《关于有机生命的通讯》中说了个故事,说笛卡尔养了两只心爱的小狗,他常常以打狗为乐,因为他假定它们没有真正的感觉,结果把它们的痛苦的嚎叫视为普普通通的声音,就像敲打乐器时发出的声音一样……我们也可以像笛卡尔大师那样,把老鼠当作没有感觉的动物,那它们就不会有什么死亡的痛苦了。"

生物老师的话引来热烈的掌声,可我看见角落里胖妞噘着嘴,鄙夷地吹出一个大大的泡泡糖。

会议开得有些乱,我甚至看见美术老师,那个梳着大辫子的女老师,捂着雀斑星点的鼻子嘤嘤哭了。好在校长挺有威严,拍了九次粉板擦才让会议在曼舞的粉笔灰中井然有序起来。最终,会议决定学校成立灭鼠委员会,由校长兼任名誉主任,由德高望重的化学老师任指挥长,下辖宣传组、研究组、行动组、物资组等机构,各班均成立战斗队,全校动员,全生皆兵,掀起了一股浩浩荡荡的灭鼠高潮。

我也积极参加了灭鼠运动。我的书法功底好,写碑写了几十斤报纸,因而被分到宣传组。那天,为刷写标语,我第一次走进女生厕所,那里的便器光洁照人,显然是用化学实验室的废酸刚洗过。我知道自己的职责,不敢过于留恋那优美的地方,迅速用毛笔龙飞凤舞地写下了标语:鼠来蓬门闭,露滴牡丹开。我正洋洋得意地自我欣赏着,化学老师走了进来。我赶忙立正躬身:"指挥长!"化学老师摆摆手:"你还是叫我老师吧!"说着目光扫射在标语上。被赋予神圣使命的他脸色红润起来,也和蔼起来:"好!写得好!还挺有古文功底呢!这样吧,你去行动组担任组长,要好好干哦。"我受宠若惊,两脚并起,躬起身:"谢老师栽培!"

我怀着知遇之恩,涌泉相报的心情,跟着化学老师行动起来。我领着部下从校医务室领出一桶桶白色粉状物,撒遍学校的领地,就像为学校提前降下一场雪。可是,战果不佳。我曾亲眼看见,一只肥硕的白鼠对那些白粉熟视无睹,踏雪无痕而过。我不得不向化学老师汇报说:"老师,校医务室的毒鼠剂可能不适合白鼠胃口,它们都懒得吃呢。"化学老师皱起眉,点点头,若有所思地走了。

过了几天,化学老师兴奋地邀请我去研究组视察工作。那个组就在化学实验室办公,聚集着化学老师的得意门生。当我走进那里,发现除了奇形怪状的玻璃器皿外,又多了些贴着标签的铁皮桶,整个屋里弥漫着中药店和农药店的芳香。一位师兄兴奋地领着我们参观起来:"瞧,这是草莓味的,是粉剂!""这是小麦味的,是胶囊制剂!""我们研制了八种口味的毒鼠剂,总有一种味道是白鼠爱吃的!"我看着、闻着那些粉状的微粒,发现实验室里有股西式蛋糕店的味儿,忍不住吧唧了一下嘴巴。我很佩服研究组,他们比学校食堂的大师傅专业多了。化学老师很稳重,他没有咂巴嘴,只是满意而且得意地点点头:"好!我就说搞化学是最好的专业嘛!关键时候就看出来了吧!"我不好意思地笑笑,心悦诚服地为自己所选的中文专业羞愧。我又兴奋地想:我们的灭鼠行动一定会前景光明的。

4

为了灭鼠工作,我好长时间没跟胖妞玩游戏了。

那个周末,胖妞命令我到螺蛳山报到,否则就给我加长刑期。我没有办法只得前往。我爬上山顶时,只见胖妞正严肃地坐在琼楼前的石凳上。她的面前摆着一本厚厚的物理习题集,放着一打刚削好的铅笔,就像锯木场的树堆。她愤怒地盯着纸,尖尖的铅笔在纸上狠狠地画着。

胖妞一见我,便停下笔:"86号,你这些天为什么不向我报到?"

我笔直而立:"报告警花,我最近在灭鼠。"

"哦?有成果吗?"

"还行吧。"我含糊地笑,态度恭敬,恭敬得让我小腿肚抽筋。

胖妞盯着我:"听说就灭鼠的事儿,历史老师跟学校意见不一致,是吗?"

我挺胸立正:"是!历史老师说那些白鼠杀之不尽,不如反其道而行,把它们养起来。他说秦朝宰相李斯在粮库当保管员时,就把那里面的老鼠养得大腹便便的……这叫前车之覆,后车之鉴!"

"那你觉得历史老师说得对吗?"

"是!老师说得都永远正确!"

"是吗?"

"是的!报告警花,我有个疑问,为什么猫不捉老鼠了,猫不是捉鼠能手吗?"

胖妞把如同向日葵的脸移近:"86号,你怎么会这样想?无论猫捉不捉老鼠,学校都不应该养猫的。"

我疑惑:"那为什么?"

"如果学校养猫,那还要养老师干什么?你莫要胡思乱想,要保持心地纯洁,否则英语老师就是你的……前车之覆!"

我一惊,把两支瘦腿夹得更紧了。我们的英语老师会说六种外语,可正是因为他会说的语言太多,脑子就乱了,就被学校送进附近的831医院了。

不知过了多久,天黑了下来。胖妞见火候已到,就开始教育我。她的哺乳部位是我一生所见最好的球体,我耐心地摩挲着,突然放了个屁。胖妞生气了,勒令我回去把《爱莲说》抄写十遍。我有些委屈,那不能怪我,我来螺蛳山之前很匆忙,只在街头买了个烤山芋吃了,我现在饿了。可话说回来,跟胖妞在一起,我很快乐。在她的帮教下,我懂得了女性局部结构,那比生理卫生教材生动形象多了。在她的教育下,我学会了逃跑和服从,这对我将来能成为合格的公民颇为有益。

那天,我们在山顶磨蹭了好长时间,蓄意等待天黑。当小城的灯火次第亮起时,那些明亮的暗礁在我们脚下聚来,把我们抛在孤零零的岛屿上。我想念起家乡派出所的红砖院子,我曾被抓去那儿,被警察叔叔抽去裤带,只好提着裤子蹲在墙根的暖气管下,那时的感觉跟裸露在夜晚的山顶上颇为相似。我记不清那次是因何缘故被送去那儿的,只记得父亲常常对我说:"你如果不听话,就把你交给警察。"由此可见我跟那红砖院子应该有必然的渊源。

天黑后,我和胖妞的游戏又开始了。

胖妞挺拔地站在琼楼前的石凳上,俯视着我:"86号,站直了!"

我条件反射地挺挺身子,可膝盖上还是挨了一脚。我知道那一脚踢得好,我长得细胳膊细腿、膝盖和背部总习惯性地弯曲着,是需要矫正的。

胖妞瞪着眼睛:"86号,别看着我,看向正前方! 你知不知道你眼里有黄色的颜料?"

我赶忙转脸看向远处山下蓝光闪烁、扑朔迷离的电视塔。

胖妞跳下石凳,围着我转起圈来,不时用竹梢敲打着我的膝盖、后背和屁股,皱着眉说:"你这个样子真是不可爱! 你得学会立如松、坐如钟、行如风!"

我尽量挺直身子,可挺起的只是某个器官。这怨不得我,胖妞的身子波浪般拍打着我,还有她那引人遐想的夹竹桃的气味,我没法不鼓起风帆。

胖妞又跳上石头:"86 号,你在想什么?"

我尽量把脚跟并起,双手情不自禁抬起,就像学习直立行走的狗:"报告警花,我在想……在想……我不想参加早操、参加合唱、参加考试了,我不想上学了。"

"那怎么行?"胖妞有些意外:"那样你会拿不到毕业证的!"

"我不想要毕业证了!"

"不行! 我们都得要有毕业证! 现在上公交车都要买票,没有毕业证怎么行?"

我心头一震,想起某个黄昏,我放学回家路过形如电影院式的建筑前,一个穿着制服的大胡子男人突然冲过来,揪住我的衣领就往里面拽。我高呼:"放开我! 你拽我干吗?"大胡子比我还急:"培训班就要开始了! 就差你了!""什么培训班? 我为什么要参加培训班?"我喘着粗气,觉得瘦小的身子要被绞成麻花了。"你不是那个谁么? 快进去啊!"大胡子的手很有劲儿,恍若刮起的龙卷风。"不! 我是我,不是你说的那个人!"我争辩,我想大胡子把我当作另一个人了。我真不明白为什么母亲们会跟菜花鱼一样,生出这么多形状相似的准孪生的我们来。情急之下,我从兜里掏出学生证挥舞着。大胡子抄手夺过学生证瞥了瞥,这才松下手:"哦,你真的不是他,我认错人了。你走吧。"我小心地抢回学生证狂奔而去。现在想来,那回我幸亏带了学生证,否则一定会被拽进那个黑白影院一样的建筑里,可见证件真是重要的物件啊。

我不说话,但心有余悸地发慌着。

胖妞歪着头呈45度思考着,那让她的脸像词语一样发白。她忽然说:"不要问我是谁……让官僚和警察们去专心保存好我们的身份证吧(福柯《知识考古学》)!"

她的声音有些古怪,我竖着耳朵也没听懂,但我知道她是在教育我,在向我阐释证件的重要性。我惘然地看着她好看的脸。

胖妞真的生气了,嘴巴噘了起来。

我赶紧说:"报告警花,你说得对!我会好好学习,一定要拿到毕业证!"

胖妞这才笑了,用手指捏着我的脸,就像我是可以捏塑的泥坯。我任由她捏着,对自己的皮质充满着信心。

胖妞笑了:"86号,其实,你可以犯些错误的。"

我惊讶地张大嘴:"报告警花,为什么?"

胖妞的手更有力了:"傻瓜,你只有犯错才像你啊!我才能爱憎分明地管教你呀!"

我的确很傻:"那……那我应该犯啥错呢?"

胖妞将她的胸挺了过来:"如,爱我……"说着仰起脸,闭上了眼睛。

说实话,我并不明白爱她和那揣着兔子的胸部有什么关系,但我还是盯着她那儿看,快要看成斗鸡眼了。多年以后,我一看见戴墨镜的男人,就怀疑他们都曾经有过跟我一样的经历,在用墨镜掩饰他们的斗鸡眼,当然这是后话。

在那天夜晚的山顶上,胖妞红着脸说:"86号,抱住我!"

她又咬牙切齿地说:"傻瓜!抱紧点!"

她又声音弱得像小鸡似的说:"吻我!"

我尽心尽力地按着她的指示做了,我发现犯错是件开心的事,尤其是在黑夜漂浮的岛屿上。

我忘了螺蛳山顶有没有白鼠出没。

5

灭鼠行动艰难地进行着,那让我们行动组的人都熬红了眼,就像一只只红眼的鼠。

化学老师显然轻敌了,那些各具风味的毒鼠剂投入到战场后均告失败,只是杀死了一些可怜的蚂蚁。可我们仍乐此不疲,在校园四处播撒着那些粉状的毒鼠剂,就像个冬日玩雪的孩子抑或蒲公英。化学老师不知道我们隐秘的快乐,他给我们配备了战斗篷、猎枪、水壶,让我们按照工厂三班制的作息制度,蹲守老鼠们。这一计划有违化学学科专业精神,有着回归原始狩猎传统的嫌疑,但却让我们更加精神焕发起来。

那天夜晚,我端着猎枪,藏在学校图书楼里打埋伏。那支猎枪是旧的,做工精细,但年代已久,枪杆上生成了斑斑的锈迹,恍若散落满天的星斗。夜越来越深,为抵抗瞌睡,我吧嗒吧嗒玩着腿上绑着的皮护腿的搭扣,跟猫玩耍自己的尾巴似的。那皮护腿是我爷爷传下来的,上面满是抓痕,不知是什么动物抓的。忽地,一只白鼠不知从哪里钻了出来,蓝眼像玻璃弹子一样闪着光。它翘着胡须嗅嗅清冷的空气,摇摇摆摆地沿着"之"字形路线,从走廊钻进了图书室。我没法用猎枪瞄准它,只好抱着枪蹑手蹑脚地追踪而去。

月光从窗外乱乱地照进来,图书室很暗,一排排书架上堆放着各种封皮的书籍,布下浓浓的阴影,一股虫蛀的气息直扑鼻子。我恍惚走进了迷宫抑或茂密的森林,一块块上写"社会科学""自然科学""文学艺术"的木牌摇摇欲坠地从头顶悬挂而下,层层叠叠的书架黑影幢幢地倾轧而来,我有种缺氧般的眩晕,不断用手背擦亮眼睛,追寻着白鼠的踪影。有一会儿我失去了目标,有种迷路的感觉。当我再次看见白鼠时,白鼠已爬上书柜,用鼻子孜孜不倦地嗅着那些落满灰尘的书,嘴里发出吱吱吱的叫声,很快乐似的。我并不认为它能读懂那些书,于是张开手扑了过去。可它却倏地不见了。我有些迷惘,一本一本地打开那排书,终于发现白鼠变成照片藏在一本厚厚的硬皮书里,正怪谲地转动眼珠看着我。我用力抖动书,想把白鼠抖下来,可是只抖落一把带着光斑的文字,就像白鼠的粪便。

我茫然地站在图书室里,想起我和胖妞曾躲在那墙壁式的书架角落偷偷接过吻,不免担心我和胖妞会不会也变成厚皮书里一张照片式的标本。历史老师说过我们都会成为历史的,而历史就在那些书里。我的视线渐渐模糊起来,看见朦胧的月光里,一块块岩石般的书籍越来越厚,向我碾压过来。我惊呼一声逃出图书室,被猎枪绊倒在走廊上。我趴在地上,闻到我刚撒未久的毒鼠剂的芳香,莫名生出难耐的饥渴,真想张开嘴大口大口地把那色彩斑斓的药物吃下去。多年以后,我对自己磨损的记忆多有怀疑,觉得那晚也许我真的吞食了毒鼠剂,就像我在白色疗养院吃医生按时发给我的黄白药粒一样,那些粉状物的味道挺不错的。

我们的夜守捕鼠行动未出任何成绩,化学老师生气了,他没有检讨他主持研制的灭鼠剂的效果,却指责我们没有像警察那样受过专门训练,并指出教育的重要性。我揣测着他的心思,好心好意地提醒他要不要把我们师范改造成警察学校。他瞪我一眼,没有采纳我的建议,眉头皱得更紧了,就像钉上了一只海螺,整天愤愤地骂:"这群害群之马!"我想化学老师的这个比喻有些不妥当,可情有可原,他毕竟不是教中文的老师。但我知道他对灭鼠也无能为力了。

灭鼠行动眼看就要流产了,一时间白鼠成了学校里常说常新的话题。每天早上,新鲜的晨光或晨雾弥漫校园时,学生们会迈着轻快的脚步,在操场上边跑步边愉快地打着招呼:

"哈哈!白鼠!"

"是呀!白鼠!"

"你看见那只没长胡子的白鼠了吗?"

"看见了……它真的很白,比昨晚看见的那只还要肥。"

"你知道那些白鼠是从哪儿来,要到哪儿去吗?"

……

学生们友好地讨谈论着白鼠,就像谈论共同的朋友。

穿皮裙的生物老师忧愁了,穿过校园就像穿过雨巷,身影散发着紫丁香的气息。

一个没有下雨的黄昏,她在教学楼前拦住化学老师,寒暄了几句,突然说:"好吧! 琐碎的问题说够了,现在我们谈点正经事吧。你今天吃过东西没有?"

"我不记得了……好像吃过了。"化学老师推推眼镜,认真地思索着。

"从你的脸色来看,你该补充营养了。"

"哼! 你是生物老师,又不是医生,怎么能说我缺乏营养?"

"谁都知道你这段时间很忙……你又一夜没睡吧?"

"是的! 我们在守捕老鼠!"

"我看你们快变成猫了……我这里有块面包,是鱼腥味的,你吃点吧。"

"好吧! 谢谢了。"化学老师接过生物老师沾着口红的面包碎碎地嚼起来,眼神躲闪地四处张望着。

"你们……难道就没有一种灭鼠剂管用?"生物老师眼睛尖尖的。

"一种灭鼠剂? 哈哈!"化学老师大笑起来,面包卡住了他的喉咙,他强忍着吞咽下去,"何止一种,上十种,上百种我们都有,一种比一种管用!"

生物老师有些不悦了:"那你们到底杀死了百分之几的老鼠呀?"

化学老师收住笑:"百分之几! 你是什么意思? 是怀疑我们的灭鼠成绩吗?"

"不,百分之几是学校里的那些数学老师说的。"

化学老师思索了片刻,微微地笑了:"百分之几! 他们使用的是地地道道的华丽措辞,听起来这些措辞是这么舒服、这么科学。他们说的是百分之几,这意味着对什么都不必感到惴惴不安。如果不用这样的措辞,那么……那也许就会令人忧心忡忡!(陀思妥耶夫斯基《罪与罚》)"

生物老师歪着头:"你这话的意思……是说老鼠也应该按一定的百分比存活吗?"

"是的! 比如说,按照统计学原理,任何社会总有一定比例的罪犯存在,因而,我们没必要,也不可能把罪犯赶尽杀绝。"

生物老师愤怒了,好看的脖子僵硬起来,愤愤然:"不! 你这是谬论! 是为自己的失败找借口!"

"不! 我说的是科学!"

化学老师丢下这句话,不再理睬生物老师,漠视她皮裙下白色的真理,把脚步踩得咚咚响走了。

虽然化学老师坚持着,可我们都知道,面对白鼠,就像面对雾气或沙子一样的敌人,我们毫无办法了。

这天晚上,我又荷枪走在月光的校园里,夜行狩鼠。胖妞钻了出来,挡住我的去路,一脸洞若观火的表情,嘻嘻一笑:"就凭你们也能灭掉老鼠? 你们的错误就是不相信物理学! 化学老师他太老了! 灭鼠,那要看我的!"我愕然看着她,她仰着脸,月光把她的脸涂得像圣洁的雕像,"你就瞧好吧! 我可以断言,明天早晨白鼠就会消失!"我蒙了,灭鼠委员会成员都是男生,她一个女生怎么能说这话? 当我醒过神来,胖妞的身影已经消失了,只有一句哐哐当当的话在回响:可以断言,明天早晨老鼠就会消失——

6

第二天一大早，晨雾还没有从校园里散尽，化学老师就在阶梯教室里召开起灭鼠委员会紧急会议。我迟到了，自觉地走到墙壁前罚站。化学老师没有批评我，他在兴奋地说："同学们，我们的灭鼠战斗取得到胜利了！老鼠已经被我们消灭得无影无踪了！"说着从蛇皮袋里抖出一堆白鼠尾巴，那些小尾巴散落在讲台上，就像白色松针堆起的塔。看到如此丰硕的成果，我们都很惊讶，因为我们虽然使用了众多化学武器，但没见过白鼠的尸首，那些小尾巴是从哪儿来的呢？该不会是化学老师用尼龙绳假冒的吧？我们还没来得及拍掌叫好，化学老师激昂地喊："虽然白鼠消灭了，但它们还会出现的！我们的委员会不能解散！我们要发展壮大，争取加入城市爱委会！"我听见两个男生交头接耳："爱委会？是爱情委员会简称吗？""是吧？一定是！他们就喜欢用简称！"接着欢呼声四起："加入爱委会！加入爱委会——"

散会后，我才得知一个惊人的消息：白鼠在黎明来临之前全部不见了，校园里连一根白毛都找不到了。那些白鼠是怎么消失的呢？它们还会出现吗？还有，胖妞是怎么知道今天老鼠会消失的呢？难道她是会预言的巫婆？生活真是有很多的谜。

关于白鼠的消失，胖妞后来是这样跟我说的，她说是她发明的灭鼠器让白鼠全军覆没的。她说这话时还拿出一个小巧精美的金属网状的机器，里面就有两只白鼠翻着肚皮，就像躺在阳光下睡觉。她还拿出一张自绘的学校地图，上面用红红蓝蓝的彩笔标着白鼠的洞口位置、行走路线，就跟小型迷宫似的。她说，那些这是她灭鼠成功的证据。

胖妞边向我展示金属网，边嘲笑化学老师："切！他一个糟老头，连鼠洞都找不着，还能干什么？化学算什么玩意儿？物理才是最好的专业!"过了一会儿,她又伤感起来,"其实医学比我们的物理更好!我曾想用我的发明捉住白鼠后,再用医学的方式为它们做绝育手术,这样它们就不会繁殖了,可我不懂医学啊!"我安慰她:"报告警花,你说得对!我乡下爷爷家的牛,一到春天就不老实,就跟别的公牛打架,牛角都抵弯了!我爷爷就把它阉了,自那后牛就不再受伤,不再影响春耕了!"胖妞转忧为喜:"86 号,有进步嘛!"

那天,胖妞说了很多,显然被成功的喜悦六奋着:

——她说:我老爸是少管所的警察,这培养了我喜欢玩"警察抓小偷"游戏的爱好。我还有个天赋就是发明。我在十二岁时,就用废电线制作了一个带电的球拍,拍死过好多蜻蜓,那些蜻蜓一碰到电球拍就会卟地闪出火花,翅膀青烟一样就灰飞烟灭了。上师范后,我对物理兴趣浓厚,无论力学、电学、磁学,没有什么习题能难倒我。

——她说:自打帮助你们男生灭鼠踢坏高跟鞋后,我就想发明一种灭鼠的机器。我想了三个星期才想出来了,其实那灵感来自某男生的学号。我把学号编码原则转化为物理关系,就制作出这个具有电子定位功能的机器,它能准确地将白鼠的位置找到,再通过电流把它们击昏。我制作出好多这样的灭鼠器,按照自绘的地图投放在校园里,就等着丰收了。

——她说:那天傍晚,我去教学楼后小树林巡查灭鼠器,正好遇见化学老师。他从树后冒出头说:"同学,你在做什么?"我竖起手指,示意他闭口。他不得不停住嘴,盯着我的灭鼠器,一脸好学的样子。我只好低声向他解释:"这金属网是电子灭鼠器,白鼠只要一进去,就会嘀的一声被电昏。"化学老师一脸不信摇起头。就在那时,一只白鼠就像表演似的,从草丛里钻出来,一头扎进金属网里,就四脚朝天了。接着四周嘀嘀声不断,附近的灭鼠器一个接一个响了。化学老师感叹说:"这真是最完美的机器啊!如果在学校的每一棵树下、每一个管道口、每一个栏杆上,都井井有条地放上这些机器,那该多好啊!"说完聚精会神地看着我的灭鼠器。接着嘀嘀声像小夜曲一样响起,化学老师每听到嘀的一声,身子就抖一下。再后来,我再去巡查我的灭鼠器时,发现金属网里都空了。我觉得奇怪,是不是我的发明失灵了?那天,我在学校家属区前,看见化学老师的老婆背着化肥袋慌慌张张地往校外走。我起初以为那袋子里装的是萝卜之类的果实,可走近一看却是长眠了的白鼠,原来是化学老师夫妇偷偷摸摸帮我打扫战场了。其实,我在做灭鼠器时,是给了白鼠改过自新的机会。我想把小白鼠电昏后,交到卫校去。可化学老师夫妇杀害了它们,把它们装进化肥袋扔进学校门前的河里了。那些白鼠浮在河水里,就像一只只海豚。于是,我决定找化学老师好好聊聊,便在教学楼后小树林里拦住了他。他穿着白大褂,正在调整着我的灭鼠器的倾斜角度,并用野花伪装着,动作娴熟。我叫了声:"老师好!"他吓了一跳,就像被抓了现行的贼,那让我比逮到老鼠还高兴。我说:"老师,您在干吗?"化学老师飞快地把双手藏进白大褂的兜里,一脸端庄地说:"我帮你师母采些花呢。"我笑。不一会儿,化学老师的身子忍不住扭曲着,显然他的手攥着白鼠,而且手指被白鼠咬得发痒了。他的表情有些怪异,我怕他咬我,在他抱头鼠窜前跑了。

　　——她说:顺便说一句,我在废寝忘食制作灭鼠器时,总是想到86号,他给了我工作的激情。我们学校的男生大多穿着米黄色校服,一到晚上就趴在教室里自习,弓腰缩颈,眼镜发亮,渐渐养成了谦虚好学的模样。可86号一到晚上就梦游,在校园里四处游荡,在学校橱窗、墙壁上画些小猫小狗,但第二天醒来绝不会认账,还顶着乱蓬蓬的头发显得很委屈。自从白鼠出现后,学校男生们都找出各种借口从校医务室领膏药,贴在嘴上,揭下来又贴上去,再揭再贴,利用粘力把刚长出来的胡子拔光了——他们害怕自己呈现出白鼠多须的特征。可86号却任凭他的几根胡子荒草般长着,挺好玩的。一看他那样儿我就想跟他玩"警察抓小偷"游戏,至少他的梦游、他的胡子,就是我教育他的理由。

我没法确定胖妞所说的是否真实,但我知道她的确有发明才能,她曾修好过我的那个总往后走的手表。那块手表恢复正常后,我的梦游症就好了,能够按时睡觉、起床、上课了。我希望胖妞没有说谎,希望白鼠真是她消灭的,虽然我并不讨厌白鼠,并不希望那个物种就此消失。

<h1 style="text-align:center">7</h1>

说实话,胖妞有点儿疯疯癫癫。我曾提议我俩响应男女平等的号召,正儿八经地谈谈恋爱。可她不同意,非要玩那种游戏,说她要完成《86号是怎样炼成的》毕业论文需要我配合。我暗暗庆幸,幸好我们学校不是卫校,否则她会剖开我的肚皮做解剖实验的。我之所以肯做她的教育对象,主要有两个原因:一是她的身上有股夹竹桃的气味,让我想入非非;二是我从小就是个乐于助人的好孩子,从不愿辜负别人的期望,比如,我的小学老师想把我训练成升旗仪仗队战士,常常让我在黑板下以军姿一站就是两节课,我都热情地给予配合过。我很乖,身体也乖,就是有些时候管不住自己的下体,那个小东西也许就是我的小尾巴,它可耻地勃起着,就像中国古代四大发明之一指南针,也许具有发明爱好的胖妞会对它有些兴趣的,可我打心眼认为胖妞的哺乳器官才是最伟大的发明。

那个周末的早上,我还在梦中捉鼠时,被敲门声叫醒了。门吱呀一声,我一睁开眼就看见一颗硕大无朋的向日葵向我俯冲过来,便大叫一声仰身坐起,这才发现向日葵原来是胖妞的脸。胖妞揪住我的耳朵,环顾宿舍没有他人,神神秘秘地说要带我去看白鼠。我有些发蒙:白鼠不是被她消灭了吗?哪儿还有白鼠呀?我没敢多问,慌乱地穿上外套,迷迷怔怔地跟着她走去。

那是学校食堂的小仓库,里面常常堆放滚着露珠的萝卜。仓库门很厚重,我推了推,门板一动不动,像极了化学老师沉默的脸。

我不服气,抓起铜门环使劲。

胖妞幸灾乐祸地叫:"嗨!往上!往上!"边说边用肘子捅我。

我晃着脑瓜,使出吃奶的劲把铜门环往上提,弄得满头是汗,终于把门打开了,跟做贼似的走了进去。

"老天保佑,化学老师千万别出现哦!"我说。

"闭嘴!你个傻瓜,你没听见脚步声吗?"胖妞边说边拉着我藏入窗下。

一串脚步声忽高忽低,门外,早起锻炼身体的生物老师渐行渐远,她的皮裙被晨雾吞没了。

我仍探着头向外看。

胖妞敲了一下我的头:"看什么看!"

我讪笑着转过脸:"那个……老鼠在哪儿呀?"

"就在那!"

我顺着胖妞手指的方向看去,只见曾经囚禁过大白鹅的铁丝笼里蹲伏着一只白鼠,它睁着乌溜溜的眼珠看着我,翘起尾巴跟我打着招呼。

"噫?老鼠不是全都消灭了吗?这里怎么还有一只?"

"你个傻瓜!这只白鼠是我偷偷藏起来的,是我们学校硕果唯存的老鼠!"

我笑了,觉得胖妞真可爱,就凑过去亲了她一口。胖妞像被触到了开关键,转身抱住我,跟我对起了口型。小白鼠也不甘寂寞地吱吱叫着。

又一阵脚步声传来,胖妞猛地推开我:"有人来了,快走!"

我意犹未尽,舔舔嘴唇,跟着胖妞走去。我俩一步一步移动,踮着脚,屏着气,每隔几秒钟交换一下明亮的眼神。

门外有人高喊:"他们逃不掉了!""是时候了,终于可以现场捉拿他们了!"

我有些胆怯,抓住胖妞的手:"他们不会捉住我们吧?"

"不会!"胖妞笃定地说,"我们一定能从他们鼻子底下溜走的!"

果然,我和胖妞趸出仓库时,一群戴着护校队红袖章的人已飞奔而过。

我的嘴上挂起胜利者的微笑:"呵呵! 他们没捉住我们,一定会倍感痛心的!"

胖妞用脚跟嘭地关上仓库门,发疯般跑了起来,边跑边欢呼:"我们成功了!"

我紧紧地尾随着她的背影,绊了几次脚,却没有追上她。

"快点!"胖妞喊,"追上他们,看看他们要捉什么?"

前面护校队员在飞奔,我和胖妞跟在后面追,不一会儿,学校足球场上所有的人都奔跑起来。"这边跑,从那里包抄!"他们叫着,"快快,他们跑不了啦!"

不知跑了多久,我实在跑不动了,一屁股坐在足球场上,听着自己的肺像鸟一样哗啦哗啦扇着翅膀。我觉得自己快要死了,却仍没明白我们在追赶什么。

当晨雾散去,天空万里无云,晴朗得像块蓝玻璃。我和胖妞又去螺蛳山顶玩起追逐游戏,从阳光明媚玩到天色发黄。胖妞玩得脚酸了,坐在草地上,显得很疲倦。她说:"86 号,来,帮我揉揉脚!"我只好照办,把她的脚搁在自己的膝盖上,脱下她的鞋子揉了起来。

我俩边揉脚边说话,把天都说黑了。

胖妞忽然说:"86 号,别光揉脚,别的地方也得揉揉!"

我就把手放在最伟大的发明上揉了起来,她懒洋洋地躺着,嘴里吹着泡泡糖,就像甩在岸上冒着气泡的鱼。她眼睛并不看我,脸色渐渐升起晚霞,忽地坐了起来,一把抱住我,就像打摆子似的。

就在这时,一道手电筒光照射过来。胖妞像从梦里醒来,猛地推开我。我没有防备,被她推倒在地,后脑勺磕出一个包来。当我坐起身,发现面前多了一个多余的人,那就是我们的化学老师。他在夜色中显得很模糊,可眼神尖尖地刺向我们。他说:"你俩还是学生!你俩明天写份检讨交给我!"胖妞脸色很难看,像溺水了。我有些高兴,我不仅毛笔字写得好,检讨书也写得好,于是想跟化学老师探讨检讨书的创作构想,可他说了声"伤风败俗"就转身走了。我觉得他错了:"伤风败俗"是医学专业用语,俗称感冒,这是六月温暖的天气,我和胖妞没有脱衣服,只是相互取取暖,怎么会感冒呢?可我们得原谅他才疏学浅,虽然他德高望重,但毕竟不是学医的。化学老师的背影迟钝而苍老,他实在为我们操碎了心。胖妞对着他的背影说:"哼!什么检讨书,不就是想要我交出我的灭鼠器设计图纸嘛!"我无话可说,我知道这个时候应该表现出羞愧的样子,可心里却毫不介意,如风过耳。

显然,我低估了这件事的严重性。我们学校有二十二条校规,其中就有"严禁恋爱,违者严惩"条款,学生们都认为那只是唬人的玩意儿。那种虚张声势的禁条到处都是,比如,只要站在我们学校的水塔下就能看到:近处校门前的小河上,一块"不许游泳"的木牌巍然屹立,积极地鼓舞着我们下水的勇气;远处,广袤的稻田上,一个个稻草人迎风起舞,热情地欢迎着麻雀前来啄食……我们深知,如果对任何规矩都遵守的话,那就会成为小白鼠。但这次我麻痹大意了,直到有一天,我从辅导员嘴里得知学校正在研究开除我的学籍时才慌了:如果被学校除名,那么我的学号就没有了,没有了学号,我还是什么呢?我必须检讨。

8

后来的几日,我一直在思考是谁把我和胖妞的行迹告诉化学老师的,要不是有人通风报信,就算化学老师长了狗鼻子也不会在螺蛳山上抓获我们的。我想来想去,觉得同学秦风最有可能,原因有二:一是我们忙着灭鼠时,他没有参加战斗,一直在诡秘地刺探着;二是他在鬼鬼祟祟地写小说,从不把他写的玩意给我们看。因而,他的告密嫌疑很大,就算怀疑白鼠是从他的小说里跑出来的也未尝不可。于是,我用肥皂制模配制了一把钥匙,趁着秦风去文学社跟女同学讨论"面对大海,春暖花开"时,小心翼翼地打开他的蓝色皮箱。皮箱里满当当的,齐整地摆放着校服、书籍、硬皮抄,还有一沓方格稿纸,鼓捣出一股扑鼻的樟脑丸气。

我随手翻开一张纸片,上面写的是捉老鼠的绝妙方法:"夜晚来临时,将一只喝白酒用的小酒盅倒扣着,压在一粒香气四溢的油炸花生米上。而后再用一个粗瓷的青花碗扣住小酒盅。青花碗要选得合适,大小能盖住老鼠,又够重,老鼠顶不开。小酒盅必须有盅足,要足够高,支起的缝隙能让老鼠顺利通过。花生米、小酒盅、青花碗三者位置一定要调整好,老鼠自由进出大碗底下,一动花生米,小酒盅和青花碗确定能相继落地,把老鼠扣住却让尾巴露在碗外。如此,只要用老虎钳子夹住老鼠尾巴,掀开大碗,擒鼠即可大功告成。此外,捕鼠的器具使用一次之后,必须充分清洗消毒,不能留有被扣老鼠发出的危险警告气味信息。"我把那张纸片看了两遍,不得不佩服秦风的文笔之美。我想起我喜欢吃油炸花生米,便情不自禁地摸了摸自己的尾骨。我有理由认为告密者秦风抓住我的尾巴了。

我继续翻看着蓝色皮箱里的稿纸,把秦风的小说抽了出来,可看过后却大为失望了。我对小说的理解是,写得好坏不说,但一定要真实。秦风在小说里竟然说灭鼠战斗的胜利应归功于我们的辅导员,这就有些胡编乱造了。他的小说是这样写的:

——我们辅导员是省城师大心理学系毕业的,他虽然从事教育事业才两年,但成果显著。曾经有个贼被辅导员抓住了。辅导员没有把贼交给警察,而是跟他聊了一晚上。那个贼从此痛改前非,改行摆地摊了。在阳光灿烂的日子,他就在师范门口铺上一地的旧书,然后端坐在小马扎上,向来往的学生微笑。他卖的那些书都是童话读物,从格林到安徒生一应俱全。他担任我们班辅导员后,在教室、宿舍挂上许多长方框,上面写着师范生行为规范、寝室守则,还有名人名言,我们的班风从此就变得秩序井然了。因而,我们没有理由不热爱我们的辅导员。

——自从白鼠出现后,辅导员忧心如焚,经过七个不眠之夜,终于撰写出一份白鼠教育方案。他建议:为便于了解白鼠行踪,把学校的教室、宿舍等建筑物全部改造成透明的玻璃房,再在学校水塔处修建一个瞭望塔,派专人值班,高高在上观察白鼠的一举一动;然后,把白鼠抓住,给它们开学习班,教授它们礼仪、技艺等,考核合格者颁发毕业证,送去校办工厂当工人,不合格者继续深造。校长接到这个方案后拍案叫绝,可因为学校财力有限,改造学校建筑难度太大,只能实施白鼠学习班计划。辅导员就把学校图书室安装上铁栅栏、铁纱窗,布置成学习班,白鼠学习班就此隆重开学了。

——白鼠学习班很受欢迎,曾有两只松鼠混进去听过课。我也曾旁听过辅导员给白鼠上课,他先给白鼠分发奶糖,然后拿出各种各样的猫的挂图,讲解起猫的品种、生活习性等。那些白鼠一开始吱吱吱地闹着,后来就举着前腿拉扯着粘嘴的奶糖,后腿恭恭敬敬地直立起来,老实多了。几堂课下来,辅导员觉得哪只白鼠可以毕业了,就在它的脖子上挂起一块铁皮牌,剪去它的尾巴送去校办工厂。我问辅导员:"老师,你怎么知道哪只白鼠能毕业啊?"辅导员头上沾满粉笔灰显得很智慧:"你要学会观察,如果白鼠眼神呈斗鸡状,那就是没学好;如果白鼠两只眼一东一西,眼神散了,那就该毕业了。"我被辅导员的学问折服了。

——我去校办工厂考察过白鼠工作情况。因为校办工厂属于生产重地,闲人免进。我只在门前窥视过,我远远看见那里的工人们把纺锤状的小白鼠拎在手里,像栽萝卜似的,种在潮湿的菜地里。我想他们种植下白鼠后,会等待开花结果的。种瓜得瓜,种豆得豆,种下白鼠会长出土豆吗?不管怎么说,辅导员真是桃李满天下了!

这就是那个在学校推销阿尔贝·加缪的小说《鼠疫》的秦风对白鼠之战的叙述,明显脱离生活,有些居心叵测。可我隐约记得,我是帮辅导员在图书室刷过"白鼠学习班欢迎你"标语的,从这个细节来看,这篇小说不无真实的可能。可这也说明不了我和胖妞的事儿是秦风向化学老师告密的啊。

我想我得跟秦风谈谈了。

晚上,熄灯铃响过后,我对上铺的秦风说:"喂,你小子有没有出卖过我?"

秦风把油光可鉴的头从上铺伸过来:"什么?你有什么能让我出卖的?"

我语塞,总不能向他坦白我和胖妞的事吧。

秦风盯着我,执拗地问:"你有什么能让我出卖的?说呀,说呀!"

这个疑似作家的家伙好奇成癖,总想从我们身上挖掘出素材,以便编造他的小说。我后悔捅了马蜂窝,看着他不知该说什么。他的变色眼镜白茫茫一片,是那种一圈儿一圈儿的白,直到深处才有个针尖大的黑点。我看着看着,眼前就旋起旋涡,脑袋晕眩起来。我闭上眼高喊:"停!停!"

我再次睁开眼时,秦风仍炯炯有神地盯着我,眼镜变成黄色了,一双剪断秋水的眸子在镜片后闪亮。他嬉笑道:"你怎么啦?"

我叹口气:"你小子又不近视,为什么要戴眼镜呀?"

秦风推推鼻梁上的眼镜:"这个你不用担心,眼镜戴久了,眼睛就一定会近视的!"

我转移话题:"那个……你小子为什么说白鼠是辅导员驯服的呀?"

"难道不是吗?辅导员可是专业教育工作者哦。"秦风诡秘地笑,忽地收住笑,"嗯?你是怎么知道这个的?难道你偷看了我的小说?"

我有些羞愧,摆摆手:"不不!你的那些小说有什么好看的?我是听你说梦话说出来的。"

"是吗?"秦风抓抓脑袋,翻翻眼珠,"这些日子我常做梦……那你还听到我说什么了?"

"其他我就知之不详了。"我心里窃笑。

秦风这才放松警惕,兀自说:"我以前不爱做梦……都是那些老鼠惹的,它们整夜整夜地叫,干扰了我的睡眠。幸好,它们终于被赶尽杀绝了。"

我点头,做出心有灵犀的表情。

"我得治治做梦的病了,否则说梦话会泄露秘密的。"秦风坚持不懈地抓着头,显得很苦恼,"可是哪个医院有治做梦病的专科门诊呢?"

我打了个哈欠:"睡吧睡吧。"

秦风缩回头,喃喃着"哪个医院有治做梦病的专科门诊呢",渐渐睡熟了。

我睡不着,数着绵羊,却听见秦风在梦中呼叫:"看啊!白鼠!白鼠——"

9

自从白鼠消失后,我不知写了多少份检讨书,终于熬到毕业了。

如果有人问我在学校学得最好的科目是什么,我会如实回答:那就是检讨。我毫不吹牛地说,我的检讨书老师们争相传阅,还入选了师范学校校本教材。我决定毕业后继续努力,一直把检讨书写下去,写得更喜闻乐见,当然这只是我的理想。

终于毕业了,拿到红彤彤的毕业证那天晚上,我和胖妞又在螺蛳山会面了。那时,山顶上的天空燃烧着火烧云,让我怀疑要发生火灾。胖妞的脸也很红,或者说被火烤着了。我们一遍又一遍温习那个"警察抓小偷"的游戏,我还故意摔了一跤,让胖妞如愿以偿地抓住了我。她很高兴,从书包里拿出一串红辣椒般的小鞭炮,点燃后扔进空竹筒里,乒乒乓乓炸响,就像擂起欢庆的鼓。我不知道她为什么要在"森林重地严禁烟火"的山上放鞭炮,却不敢向她请教,她的表情就像淡淡的水波,我不便把它搅浑、搅乱,就一直没有说话。

忽而,胖妞盯着我说:"86号,我们猜谜玩吧。"

"是!警花!"我嘴里应着,心想这比做物理习题好玩多了。那些习题是能工巧匠设计出来的,只能让我觉得自己很蠢。而我很擅长猜谜,能猜出胖妞出的所有的谜语。

胖妞说:"早晨四条腿,中午两条腿,晚上三条腿的,是什么?"

我知道那是埃及金字塔狮身人面故事里的谜语,便答道:"报告警花,是人!"

"天下一绝,打一字。"

"报告警花,是人!"

"再有三月就是春,打一字。"

"报告警花,还是人!"

胖妞不再出谜,仰着脸看向天上。

月亮渐渐被风催了出来,胖妞牵着我走进茂密的树林。那里,草地很柔软,有着风吹过暑热后的温暖味儿。胖妞站在银灰色的月影里,把衣服一件件脱下来,叠放在一旁的小树上,就像布置新房。我很想上前帮助她,却心慌气躁站着没动。我没想到一贯小气的她会如此大方,以前我只能接触到她的局部,现在她竟然完全开放了。我眼睛不眨地看着她。她把自己横放在草地上,就像躺在蜡染的绿被单上。她竭力舒展着身子,波浪一样闪着白得令人惊讶的光泽。后来,我上前就着稀薄的月光研究起她的结构。我有那么一阵儿恍惚,摸着她柔软的球体,莫名其妙地想起了白鼠。当然我不是学生物的,只能流于表面,而且开始颤抖了。她一甩头,用头发遮住自己的脸。我俩在挣扎、在喘气,都流出了眼泪。我俩都缺乏经验,做得很艰难,而且她流血了。

后来,我俩的身体分开了。我们穿上衣服,面对面坐着。

我低下头,就像个尿床的孩子。

胖妞皱着眉喃喃说了句挺有化学专业素养的话"生米煮成熟饭了",就不再说话,也许她还在疼。

月亮穿过一朵朵黑云,看着草地上我曾在显微镜下观看过的气象万千的体液,半晌,我担心地问:"草地会怀孕吗?"

胖妞笑:"是啊!这里会长出一个小86号的。"

我有些心慌,又问:"那你会加长我的刑期吗?"

胖妞目光闪亮:"86号,你听清楚了,你的刑期是一辈子!"

我说:"是!警花!我一辈子都要接受改造!"

很多年过去了,再回想起那天晚上,我恍惚觉得那天夜色是紫色的,有些东西是白色的,而且胖妞没有吹泡泡糖。

很多年过去了,我被白鼠噬咬过的伤口完好如初了,可鼠疫经常发作。我查过有关书籍,那上面的文字说白鼠之疫不能彻底治愈,那种毒素总残留在血液里,伴人一生,毒发时的病症是:心跳加快,莫名亢奋,身体发热,频出虚汗,四肢乱动,病重者整个身子会像个闹钟一样颤动不已,陷入癫狂状态,直到把体内的能量消耗殆尽。但我不知道这种病会引发意识模糊,甚至会出现妄想和幻觉。我说过,我常常会在阳光灿烂的日子,以疑似警察的身份走出白色疗养院去办案,比如处理蚂蚁们的交通事故、红眼白兔们的情杀案件。可我总是碰上一些对象,他们不服管教,他们义正词严地对我说:"就算是这样吧,不必激怒一头母牛。我不欠任何人的情分。我以交税的方式向社会付费,为的是不让人家偷我、抢我、杀我,此外谁也不能要求我做更多的事⋯⋯即使我一根手指头都不动,我也有充分自由"(陀思妥耶夫斯基《少年》),他们的话让我哑口无言。而且现在手铐变小、变精致了,夹住两个手指就像莲花戒指一样,虽然很好看我却不会使用,这让我难堪。可我忍不住还是穿着警服往外跑,我想这跟鼠毒有关。我对自己身上的鼠疫束手无策,只能每天量量体温,让自己的身体保持在 36 摄氏度左右。我有时也怀疑也许白鼠根本没有咬过我,也许白鼠根本没有毒,我就看见过幼儿园里好多小女孩都养着小白鼠,说是宠物。

对了,忘了说别人的事儿了。如今,化学老师有一项发明获得了专利局的承认,并批量生产,畅销一时。那个产品跟胖妞发明的金属网状的灭鼠器相似,只是换了个名字,叫少儿不良习惯矫正器。胖妞呢,她就在火车站广场摆摊修手机,她的摊子上有个玻璃罩子,据说能产生温室效应。我每次从那儿走过,她都假装不认识我。而那个叫秦风的同学成了历史学家,因而他跟历史一样离我很遥远了。

现在,再也没人叫我"86 号"了,人们都叫我"江鸿",我有时真想重返 1988 年的师范,重新爱上胖妞、化学老师、同学,还有小白鼠。

(原发《钟山》2015 年第 5 期,
《作品与争鸣》杂志 2016 第 2 期选发)

第五季

总得有个开始

接到老四的电话是在凌晨,我睡眼惺忪,没说什么。这些天我在写一篇关于猫的小说,担心自己一张嘴会有模仿猫叫的嫌疑。据说,有些作家为写麻风病人会去麻风村住上几天,为写老鼠会观察老鼠眼里米粒大的眼屎。我也是作家,也有这种毛病。

这个毛病应该是 1988 年师范生活的后遗症。我还记得那个傍晚,我蹲在教学楼前的水泥花坛上,拣着好看的女生使劲看,忽地听见有人唤我的名字,回头一看是个长发披肩的女生。我愣了愣,长发女生走近我,瞧着我的脸咯咯笑了。我满头雾水,被那笑声挠得心里痒痒的。长发女生说:"今大学校文学社开会,你跟我一道去!"我抓抓后脑勺:"可我不是社员啊。"女生扬扬长发:"你现在就被录取了!"那时我还没摆脱新生的畏葸,而且只看过金庸的武侠小说,对文学还没有足够的信心,有些犹豫。"快点儿!"长发女生有些不耐烦。我只好跟着她而去,从此落下了毛病。多年后,我有时挺想念那个长发女生,她是我的师姐,有个好听的名字,叫果果。

我现在的职业是记者,常窝在家里用电脑敲打小说。我的小说写的都是非虚构,可老四总指责我的小说不真实,说时一脸义愤填膺,就像我是个骗子。

这不，老四打完电话就来了，坐在对面的椅子上，把大盖帽端端正正地摆在桌上，用他惯有的警察口吻说话了：

"你写的都是些什么玩意儿？全是胡编乱造，如果说谎要交税的话，你穷得都没裤子穿了！你那些狗屁小说满纸臆想和诽谤，如果能作为呈堂证供的话，我早就把你抓进局子里去了！"

我细心地看了看他的腰部，没有发现锃亮的手铐，便不屑地摊摊手："你是在妒忌我是个作家！"

"我妒忌你？你没听过人民菜市场那个猪肉贩子骂人的经典台词吗？……你是作家！你妈是作家！你一家人都是作家……当然我个人认为作家的身份还是合法的，不能混同于歌厅小姐。"

我生气了，梗着脖子："我的小说，你根本读不懂！"

"算啦！我还不晓得你那点破事儿？就说你的小说《第五季》吧，不就是在仿造当年的师范生活吗？"

我有些发慌："你……你是怎么晓得的？"

"我一眼就瞧出来了！比方说，小说中那个戴鸭舌帽的电工，其实就是我们的现代汉语老师，他让你考试不及格，你就在小说中居心叵测推测……"

我辩解："你别对号入座……再说戴鸭舌帽的老师退休后的确自杀了！"

"这是事实，那个案子是我经手的……你知道他的尸体是在哪儿发现的吗？是在师范学校门前的河里，你应该知道那条河的。"

我点点头，我知道那条河是从小城老街流来的，但不知流往何处。

"说起来有些不符合逻辑，他人都浮起来了，可鸭舌帽还紧紧扣在头上，那让他体面多了。"

我笑笑，那个老师是个秃顶。

"关于他的死亡，我们认定是自杀，据调查，他生前患有严重的幻想症……我们发现他在日记里反复回忆一个梦……梦见自己沿着天梯从天上下来,可再想回天上时,不知谁斩断了天梯……当然关于他的自杀,只是推理。"

我没说话,以沉默表示不赞同。

"他的日记里还记着一件让他终生耿耿于怀的事,那件事你是知道的。"

我张大嘴:"什么事? 我怎么会晓得?"

"那件事发生在 1988 年的师范,有群男生想利用化名叫圆圆的女生色诱他,不让他把他们干的坏事向校方汇报……他很气愤、很痛心,但为了那些男生的前途着想,他还是没把他们干的坏事捅出去……毕竟他是爱护学生的好老师。"

我讶然:"不……那件事不是这样的! 我在小说《第五季》里写的才是真相!"

"我们讨论案情,不能以小说为证据……老师在日记里详细记下了那件事的经过,还把那群男生的名字一个不落地记了下来,其中就有你! 你不该在小说中恶毒诽谤他!"

我哑口无言了。老四是我的师范同学,不知怎么从老师转行到公安了。他在校时写过侦探小说,被文学社社员们集体嘲笑过。现在他穿着警服威武多了,我还能说什么?

老四笑了,他喜欢看我的窘态。

我赔着笑,不想开罪他,我的好多小说都来自他提供的案件,我对那些案卷有着浓厚的兴趣,跟七岁时爱玩积木一样。

老四满意地站起,戴上大盖帽走了。

我有些羞恼,但我以一百元人民币的名义保证,我小说里的事儿都是真实的,不信,你可以读读。

那个学校有个琴房

应该有鸟飞过那个学校。

初夏夜的学校很静,夜风凉凉的,里面流窜着一丝丝早桂花的香气。坐在教室里上晚自习时,我总是犯困,只得把头伸出窗外,眺望迎面扑来的星星,或远处星落的灯火。那时,老三准会站在教学楼后的小树林里练习拳击。他穿着黑绸练功服,戴着拳击手套,耸肩缩头盯着前面,黑熊般左右摇晃,终于朝着沙袋砸出一拳。沙袋悠起来,被坠弯腰肢的树枝发出嘎吱嘎吱的声音,似乎就要折断了。就在那时,一阵琴声从琴房里传来,就像石子打着一串水漂,把夜色荡起白亮亮的光片。我俯视着比树粗壮的老三,刚想对楼下叫声好,晚自习的下课铃声便警报般地响了,我只好缩回头,跟着黑压压的学生逃散。

那是1988年的银城师范学校,它位于小城南郊,与老街遥遥相望,与新建的纺织厂毗邻而居,数幢楼房立在田野里,被围墙圈养着,颇有几分鹤立鸡群的范儿。一条脐带似的小河从老街漂来,在校门前缓了缓,把布匹、菜叶甚至避孕套留在拐弯处,又流向不知名的远处。我们知道它的上游老街是小城最古老的胎记,总有机械厂的轰鸣声响入云霄,总有冶炼厂的硫黄烟吐向天空。而沿河蔓延的二层老屋就像蘑菇似的,面街的松木门窗洞开,叫卖着各色物件。临河有石阶从屋墙上倒挂下来,总有一些女人在洗衣洗菜。我们常常在黄昏时三三两两沿着河散步,却很少去老街,至于原因我可以肯定地说,并不是因为害怕迷路。

那所学校有教学楼、实验楼、宿舍楼、食堂之类的地儿,与小城众多学校不可能两样,唯一不同的是有个琴房。琴房是个围合式的平房群,从圆形月亮门进去,三面皆是鸽子笼似的琴房,除了唯一的钢琴房外,每个小琴房里都摆放着一架脚踏风琴,就像蹲伏着纺织娘。那里面,钢琴昂贵得如同精英分子,只有通过旁敲侧击,才能发出短促有力的铿锵声。风琴虽然长得像钢琴,但它是平民化的气鸣乐器,要通过脚踏板带动风箱吹响音笛出声儿,弹奏的动作类似于抚摸。那座琴房是为幼师班女生准备的,于是每到夜晚,站在教学楼的二楼走廊上,我们能看见一个个女生孕妇般抱着手风琴,招招摇摇走进月亮门去琴苑"生产"了。当然,我们看得更仔细的是那些女生的脸、臀或其他,那让我觉得琴苑就是用来养鸽子的。

晚自习结束后,月亮下的教学楼走廊就像银亮的铁轨,滑行在夜色里。凭栏远眺的不止我一个人,还有我的同类们,比如老大跷着黑得发亮的皮鞋金鸡独立着,衬衫假领上束着的红领带在风中轻扬。瘦麻竿的老二已蜕去一身乡土气息,他不时扶扶黑框眼镜,镜片后波光闪烁,瘦长的身子仿佛标枪斜插在那儿。小牛犊子似的老三似乎有多动症,一遍遍地摸着硬扎扎的短发,或攥起拳头让厚实的胸肌呼之欲出。老四总是不愿出席这种场合,躲回宿舍看《福尔摩斯探案集》去了。至于名列老五的我摇曳着乱蓬蓬的长发,一副半梦半醒的样儿。虽然哥几个来自五湖四海,却各怀心思,比如老大把班长当得有滋有味,梦想当上学生会主席;老二苦学画技,梦想毕业后继续深造;老三对未来的教师生涯颇为满意,整天忙着练拳长肌肉;而我爱趴在床上写朦胧诗,梦想成为诗人。我们住在同一间宿舍里,用着学校统一发的带着编号的床单、脸盆、毛巾之类的物品,有着同类动物的生活习性。比如,我们爱在午夜来临前检阅来往琴房的女生,那些女生呼啦啦长开了,日渐紧绷的牛仔裤或丰盈的裙子像云朵一样飘来飘去。她们迈着矜持的步子,骄傲地挺着小胸脯,麋鹿般走过我们的视线。不远处纺织厂灯火通明,传来嘤嘤嗡嗡的缝纫机声,就像夏夜纺织娘的叫声。我们不知道学校琴房和纺织厂里究竟藏着多少好看的女子,但她们姹紫嫣红着,让人怀疑那儿是春天最早到达的地界。我们欣欣鼓舞,常常对着琴声和灯光,嘶哑着嗓子唱:"姑娘姑娘,漂亮漂亮,警察警察,挂着手枪——"

那时,我们是师范学校的学生,我们深知那所学校是人民教师的摇篮,在源源不断地为小城输送语文、数学、音乐、体育等门类齐全的老师。我们喜欢那所学校,只是挺烦两件事儿:一是学校晚上熄灯时间太早,一到九点整,学校的电工就会拉下宿舍楼的电闸;二是校方规定,女生宿舍楼不向男生开放。也许学校还有第三条规定,不许琴房有声儿。这个我就记不清了。

小说《第五季》前半部是这样写的

我是在夜晚来临之前被老大叫回宿舍的。

那时我刚被学校学生科科长训过话,那个胖胖的女科长母鸡般咕叽咕叽说了半天,无非向我严重申明学校纪律,诸如不许蓄长头发、不许穿奇装异服什么的。最后她总结道:"你是个师范生,出去是要当老师的,你这吊儿郎当的样子,怎么能身正为范?"我挺直身子听着,心里默念着《麦田守望者》中的话:"你可以是好人,却同时让人心烦。要人心烦很容易,你只要给人许许多多假模假样的忠告——你只要这样做就成。"当然,这怨不得女科长生气,任何一个苦口婆心的老师,看见一位矮个学生站在水泥球场上,顶着又长又乱的头发,穿着红拖鞋,打着绑腿,一个人捧着篮球梦游般跑来跳去,都会生气的。我承认自己有错,我被训蔫了,抱着篮球低头往回走。校园小径两旁长满一排排泡桐,那是一种易于繁殖的落叶乔木,长着又绿又大的叶子。而围墙之外的田野,一些向日葵正以相似的姿势,将金黄色的花盘朝向日渐滑落的日头。我的目光散乱着,忽地听见老大的喊声:"老五,开会啦!今晚有行动——"我闻声看去,老大的黑皮鞋在泡桐叶里一闪就不见了。我磨磨蹭蹭往前走,直到走进夜色里。

我们经常在宿舍里开小型会议,研讨以何种方式应付考试,如何筹资为老大买身合体的西装,如何骑着自行车尾随下夜班的纺织厂女工之类。这次会议有点意思,听说一个搞水果批发的老板把两卡车哈密瓜运进了学校早已废弃的食堂,老大提议晚上去那里弄几个瓜回来尝尝鲜。我们均表示赞同,既然那个老板好心好意把瓜送来了,我们怎能却之不恭?我们被想象中的来自新疆的瓜味鼓舞着,虽然明知自己将成为正襟危坐的人民教师,但十七八岁的我们总会患上一些乱七八糟的小毛病,就连班上刚从公鸭嗓变过声来的最小的男生,都有事没事眯着眼抚摸自己的喉结,不知是在苦恼还是陶醉——或许青春就是一种具有传染性的病。

那晚,夜气缭绕,飞舞着不知名的虫子,毛茸茸的黑色在尽力遮盖什么。我们踅到废食堂,老大爱惜新皮鞋,藏在角落里吐着烟圈。老二站在食堂前的台阶上,边佯装用功的学生背诵古诗边放哨。老三负责接应,小个头的我只得担负起翻窗潜入的重任。我推了推老式的木窗,一阵灰尘从窗棂上张牙舞爪扑来,窗户吱呀一声就开了。我钻了进去,落进空旷而幽暗的梦里。废食堂里就像藏了个紫槐花开的季节,飘浮着一屋子浅紫色的雾。我站了好一会儿才适应里面的光线,看见一堆堆哈密瓜挤在一起,青黄的皮下渗出淡淡的清香。那时我对圆形的事物充满热爱和好奇,便欣喜若狂扑上前抱起一颗圆鼓鼓的东西,慌张地喊了声"北岛",转身把瓜递向窗口。老三的头像蘑菇般冒出,和瓜一起消失了。我又转身抱瓜,又喊"北岛",又将瓜递出去。"北岛"是这次行动的暗号,我们在向那位诗人致敬,致敬一次就收获一个瓜。我翻窗而出时,恍惚看见一只猫敏捷地跳过哈密瓜堆不见了。

哥几个一人抱着一个瓜穿过黑黢黢的泡桐树影,一溜小跑跳过月亮门钻进琴房。那里是学校最动人的部位,尤其是在夜里。那时,老三早就跟女生圆圆泡上了。老三领着我们钻向 12 号琴房时,正在弹风琴的圆圆脸上唰地开起了桃花,红红的。也许是因为琴房太小,也许是因为我们身上有些贼气,圆圆拦在门口,转了好一会儿眼珠,才轻手轻脚地把我们分别引入不同编号的琴房,就像给她的女伴分配紧俏商品。我刚钻进 16 号琴房,就听到 12 号琴房的门嘭地响起,那显然是急不可待的老三用脚关门发出来的。我被那响声吓了一跳,手中的哈密瓜险些滑落,赶忙慌手慌脚地剖开瓜递给灯下的女主人。吃完瓜后,我一手瓜汁地傻站着,迷迷瞪瞪地看着那个女生弹起琴来。她弹得很认真,两只腿踩着大踏板,双手在琴键上跳动,马尾松似的辫子在我眼前甩来甩去,就像在用缝纫机辛勤工作的裁缝。她那飞动的手指下不是花花绿绿的布匹,而是一串串音符。那些音符串起来就是苏联歌曲《莫斯科郊外的晚上》。我邻居家的阿姨常在桂花树下用手风琴弹奏它,那个阿姨曾是我们矿山工宣队的成员,她家门前有两棵树,一棵是桂花树,另一棵也是桂花树。我看得有些恍惚,突然,晚自习的下课铃声响起,我又吓了一跳,向女生笑了笑,莫名发慌地跑了。我跑到教学楼的楼顶,看着琴房的灯火一盏盏熄去,一群蝴蝶飞了出来。说实话,我一直想不起那次吃哈密瓜的滋味,却记住了那位女生眉心的一颗痣。

那晚,我在哈密瓜的梦境里梦遗了,就在我趁着月色迷迷糊糊换下自己污点斑斑的内裤时,老三忽地从宿舍门外闯了进来,鼓胀着青春痘喊:"妈的!我和圆圆被抓住了——"

老三说的"抓住了",不是指偷瓜,而是指他和圆圆谈恋爱的事儿。学校有禁止学生谈情说爱的规定,那与校门前小河边竖起的"不许下河游泳"的木牌一样,是不可违犯的。可那天晚上,不知是不是哈密瓜惹的祸,老三和圆圆竟然在小小的琴房里,被巡查用电安全的何电工抓了个现行。

关于老三泡上圆圆的情事,我得有所交代。那是某个黄昏,足球场上草色浓绿,老三在习惯性地绕着跑道跑步,他跑两圈,蹲下来紧紧鞋带,再跑两圈,脚下的细沙和橡胶鞋底亲热地发出嚓嚓的轻响。老三一定觉得自己奔跑的姿势比较优美,但作为旁观者的我只能说他因过于肥胖,有几分像滚动的球体。那时,眉心痣女生正在操场上推着圆圆磕磕绊绊学骑自行车。那是一辆褐色的金狮牌自行车,车轮锃亮闪出光圈。忽地,眉心痣女生撒开手,圆圆发出快活的尖叫,边喊"停不住了",边摇摇晃晃向校门口冲去。老三愣了愣,撒开脚丫追去。之后发生了什么,我不得而知。事后,老三说,圆圆在河边摔倒了,他主动上前扶起了她,然后就推着她学骑车。一切很正常,只是似乎听见河边的茅屋前,一个菊花般开在夕阳里的阿婆对着他俩的背影在喊:"伢儿,快跑!伢儿,快跑——"后来,一到晚上,老三就像掉了魂似的,总往琴房里跑。我曾在某夜亲眼看见老三猫身闪进12号琴房,圆圆尖厉地喊了声:"别关门!"但门还是被强硬地关上了。透过小窗户,我依稀看见圆圆将她的脑袋靠在老三的肩膀上,不过只有几秒就移开了。再后来,老三告诉我们,圆圆的手是软的,圆圆的唇是热的。为此,我观察过圆圆,她的脸上还残留着细小的茸毛。她似乎有洁癖,喜欢对一些事物骄傲地噘着嘴。我不能确定她的部位如老三所说,但相信浑不啦叽的老三是不会说谎的。

至于那个哈密瓜之夜发生的意外事故,我们不必去想象,老三随后就坦诚地告诉了我们。他说,他和圆圆没有听到熄灯铃声,等他俩醒过神来才发现时间已过九点。那时女生宿舍楼早就被生活老师一把锁锁住了,圆圆回不了宿舍,他只得陪她在琴房里度过一个初夏的夜晚。他又说,那是临近暑假的前夜,他深知漫漫夏日见不着圆圆了,就流连忘返地把手游在蝉壳里。他觉得时间过于宽裕,就去剥圆圆的上衣,却遭到顽强的抵抗。就在那时,何电工推开了琴房的门,灰色的鸭舌帽像鳄鱼嘴般伸了进来。

我们都认识何电工,他是学校唯一的电工,主要负责查修学校所有电线电路,以及熄灯铃声响起时准时拉下宿舍楼的电闸,给学生带来安宁。他在满腹经纶、风度翩翩的老师中间很不起眼,就像缩手缩脚的鼹鼠。他总是戴着灰旧的鸭舌帽,弓腰穿行在校园里,即使七月流火的夏日也坚定不移地顶着帽子。那帽子显然不是用来御寒的,而与光秃秃的头顶有关。我曾听到喜欢吟哦宋词的白发老师一次次地跟何电工打招呼:"老何,走,一起剃头去!"而我们长发飘飘的油画老师从不跟何电工说话,却画了一幅画,画上何电工在风中扭曲着身子,双手抓向空中的鸭舌帽,张大嘴巴喊着什么,那画颇有几分像蒙克的《呐喊》。

老三说到何电工闯进琴房时,我们不再关心鸭舌帽,都仰脸看向老三,急切地问:"后来怎样了?"

老三摸摸短发:"还能怎样?那狗日的何电工盯着圆圆看了好一会儿,眼珠都要掉下来了!他说他要把这事儿向学校汇报!"

老大显得有些失望,一屁股坐在床上,意犹未尽:"老三啊,琴房那么小,又不是广阔天地,你还想在那里大有作为啊!"

老二满脸忧患:"老三,你这是以身犯险!咱们学校纪律可严了,校方要是知道你违反校规,可能要开除你的!"

老三眼里暴射出刀刃一样的光:"他要敢告密,老子给他放血!"

老二有些发慌,推推眼镜:"老三,莫冲动!咱们农村孩子,千军万马过独木桥,考上师范不易啊!咱们再想想办法吧。"

我们跟着老二将目光移向老大。

老大摸出一支烟,仰着头缓缓吐起烟圈,脸上阴晴不定。当第九个烟圈升上天花板时,老大突然问:"老三,那何电工说要向学校汇报时,有没有说别的话?有没有暗示你要做什么?"

老三摸摸猪鬃般的短发:"对了,他说这个星期六晚上十二点,他会去琴房,让圆圆一个人在那里等他,有个交代。"

"星期六晚上十二点……一个人等他……"老大喃喃念了三遍,眼儿一亮,笑了,"好!有办法了!"

哥几个赶忙将头往老大身边拱去。

老大笑得五彩缤纷起来："你们知道何电工单独见圆圆想干什么吗？那何电工想在月黑风高夜，用向学校告密的事儿威胁圆圆，让圆圆束手就范！"

我一阵迷糊："什么束手就范？"

老大斜睨我："何电工见色起意，想占圆圆便宜！这你都不懂？"

我"噢"了声，像被锐器敲了一下，恍惚听见哈密瓜爆裂的响声。

老三怪叫一声，拳头在床上弹了弹。

老二的眼镜差点摔在地上，失声喊："什么？不会吧？"

老大站了起来，满面春风："这是好事！这样事情就好办了！我们得采取守株待兔行动了！老三，你让圆圆星期六晚上准时赴约，到那时我们埋伏在琴房外，只要何电工一伸出魔爪，我们就冲进去，把他逮个正着！到那时，何电工还敢不听我们的？我们要把他鸭舌帽掀了，露出他的秃顶来！"

哥几个愣了愣，都笑了，我们很想目睹何电工不戴帽子的风采。

那天晚上，我们商量好行动计划后，跑到琴房陪着圆圆一直到天亮。圆圆趴在风琴上压抑着嗓子哭了许久，后来终于在低泣声中睡着了，像猫。

于是，某个夜晚注定要发生什么了。

星期六的晚上，月光出奇皎洁，在琴房屋顶洒下一层薄霜。琴房里果真人迹罕至，就像废弃在西风里的花房。哥几个早就开始准备了，我们晚餐后在学校小店里买了几瓶啤酒，在河边喝出一身马尿味，然后一遍遍地高喊着此次行动的暗号："卑鄙是卑鄙者的通行证，高尚是高尚者的墓志铭"。这个暗号是我选定的，在当时应该是足够响亮的，哥几个对这个暗号都很满意，喊得气壮山河。等到夜色像遮羞布盖下来时，我们来到教室亲切地看望了上晚自习的同学，随即在签到簿上签下自己的名字,就溜回了宿舍。在宿舍里,老大演员般在镜子前照个没完,把黑皮鞋擦了又擦。老二把脸苦得像茄子,像喝了韵味悠长的中草药,不时冒出一句:"这事行吗?""老实说我是个和平主义者。"可没人搭理他。老三躁动不安,不时看看手表,据说那手表是他考上师范时全村人送给他的。他拳头松了又攥,就像困兽磨着爪子。我安静地注视着老大,默念着《麦田守望者》中的话:"我进房时,斯特拉德正在镜前打领带。他一辈子总他妈的一半时间在镜子前。"我对即将到来的事件缺乏深刻的预见。

午夜终于来了,不远处纺织厂的女工敲着自行车的铃铛,莺歌燕舞地散去。琴房里一盏灯幽幽亮着,就像大泽乡的篝火。我们知道那里面只有一个人,就是女生圆圆。她应该像关在笼子里的兔子,在受惊般等待何电工的到来。我们潜伏在琴房的角落里。老大拿着手电筒,攥着一朵即将燃起的火把。老二有些畏葸,缩在我们身后。老三咬着牙齿,不时低声强调:"我要打碎狗日的牙!"我想老三的想法有些奇怪,他又不是生物老师需要收集人体标本,要何电工的牙做什么?我们等待得毫无耐心,影子摇晃得像月光下的稻草人。片刻,一阵脚步声犹犹豫豫传来,何电工果然来赴约了。他的身影移过月亮门,越来越近。我听到身后老三痉挛般的呼吸声,感到老二瘦棱棱的身子在发抖,看见老大的表情在黑暗中模糊一片。我们在等待着,等待即将上演的一幕。在我们的想象中,那个场景应该是这样的:琴房里传来圆圆的喊声:卑鄙是卑鄙者的通行证——我们闻声而起,高呼着"高尚是高尚者的墓志铭"冲过去。老大的手电筒像瀑布般亮起,我们饿狼扑食般闯入琴房,将何电工一举拿下,然后各负其责地狠揍他。虽然我们否决了老三给何电工放血的方案,但赞同由他敲下何某的牙齿,多少颗不限。胆小的老二可以对付何电工肥实的屁股,我集中精力关注何电工疲软的下肢,老大则负责审问。我们被那欢乐的景象鼓噪着,可何电工走到离 12 号琴房一米处停下了,他扭转脖子四下张望,手指游进帽里挠了挠,抑或嗅到危险的气息,抑或临阵胆怯了,突然转身往回走。他走得很急,走出了一股旋风。鸭舌帽在风中滑翔了一下落在地上,他短促地叫了声,迅速弯腰抓起帽子戴回头上,慌慌地逃了。我们蓄谋的行动计划落空了。

看着何电工渐行渐远的背影,老三像是疯了,他想冲出去追上何电工,却被挡住了。老大顾不上爱惜黑皮鞋红领带,衣冠不整地从身后抱住老三的腰。我和老二一左一右抓住老三的胳膊,就像挂在喷气式飞机的翅膀上,这才真切体会到老三平日坚持不懈地健身真是没有白费工夫。老三大口大口地喘气,粽子般的身子左冲右突,饱满发达的肱二头肌在窜动,脸上肌肉扭曲,拳头在空中挥舞,张大嘴巴发不出声音,就像溺水的人。看着老三狰狞的模样,我想起学校里暗自流传的传闻,说老三吃过朱砂。众所周知,在乡间,朱砂不是用于绘画的材料,而是一味中草药。大人们往往给癫痫发狂的孩子服食朱砂,治疗效果明显,但副作用也是有的,吃过朱砂的孩子会变得脾气暴烈易怒。关于老三的流言蜚语或许来自他的同乡,在那些绘声绘色的传言中,老三出身于乡下屠夫世家,那种家传的职业让他家在青黄不接的乡村显得颇为富足,一些猪下水、猪蹄膀的肉香在他家经年不散,渲染着油光水亮的光景。可是,老三的母亲却弃家出走了,村里人说她是让城里人勾引走的,依据是她是从城里来的下放知青。我对此事半信半疑,可老三自己说过:他小时候喜欢看父亲一刀下去,猪血喷薄而出的放血场景;他上小学时曾因老师责骂而放火烧过小学校一角堆放的稻草垛,让校园升起晚霞般的火光……不过,我不愿意相信这些,因为我觉得这对女生圆圆不公平。圆圆白净娇艳,喜欢小动物,在银城化纤厂家属区她家的阳台上养着鸽子。她曾要老三从乡下带些小米来喂养鸽子,可老三家不种小米。这样的女孩与乡村屠夫之子混在一起,简直就是一种亵渎。再说,老三虽然蛮横点,可并不暴躁,他体格健壮,应该不会癫狂的,将来做个爱踢学生屁股的体育老师还是绰绰有余的。

哥几个就这样僵持着,憋得脸发绿,却没人发出一丝动静。我们不想惊动琴房灯下的女生圆圆,就像不敢惊落早晨的露珠。我们不敢松手,担心手一松,午夜的学校会狂奔起一头狮子。忽地,一阵钢琴声叮叮咚咚传来,恍若一股水从头顶流下。在明晃晃的钢琴声中,老三渐渐平息下来,板结的肌肉渐渐松弛,身子越来越软,慢慢露出了笑意。我们都累了,试探地松松手,贪婪地喘起气来。老二感慨了声:"多美的音乐啊!"我点点头:"嗯,好像是老克莱德曼的《水边的阿迪丽娜》……"哥几个不再说话,听着夏夜风中钢琴声飘来飘去,仿佛很陶醉,其实我们不懂音乐,只会在学校熄灯后号叫"我是一匹来自北方的狼",挺招狼的。可没想到那晚的钢琴声那么美妙,让我们就像浮游在波光粼粼的海水里。

我们傻傻地听着,钢琴声忽地没了,琴房一下子又暗了下来。我们这才想起 12 号琴房灯下的圆圆,便移步寻去。那个小风琴房里灯还亮着,却空无一人,也许圆圆早就走了,也许圆圆根本没来。我们懒洋洋地向月亮门走去。走了两步,老大倏地站住:"不对啊!琴房里没人,刚才的钢琴声是从哪儿传出来的?闹聊斋了呀!"哥几个都站住了,难不成琴房里有狐仙?我们交换了一下眼色,悄手悄脚向唯一的钢琴房走去。那个钢琴房是琴房的重地,只有音乐老师才能进出,准确地说是那位三十多岁女音乐老师的领地。女音乐老师长得很漂亮,戴着变色眼镜,光滑的长发披下,丰满的身子裹在旗袍里,浑身上下似乎有种水在流动。哥几个曾在宿舍里讨论过她,一致认为学校全体女生只是含苞欲放,而她是完全盛开了。那会儿,女音乐老师不应该在钢琴房里的,那里没有亮灯,一片漆黑,寂然无声,怎么会有人呢?我们满腹狐疑地钢琴房向走去。

突然,钢琴咣的一声响起,那显然不是用手指弹奏出来的,而是大面积的器物压得琴键挣扎地发出来的响声。我们身体一震,接着听见钢琴乱乱地呜咽起来,只有猫那种动物才能把钢琴踩出那种声响。我们扑到钢琴房窗前,老大猛地按亮手电筒,把一柱光投了进去。

我们看见钢琴房里,那位女音乐老师被一个男人压在钢琴上。

我们听见钢琴房里,那位女音乐老师发出压抑不住的花腔女高音。

我们看见一个男子惊惶地扭过脸,那张脸很陌生,却极易记住。

老三喃喃了句:"妈的! 真白啊!"之后,我们就落荒而逃了。

我不得不再次说起那个初夏的夜晚。

那时,我们学校成立了护校队。学校的女生都很美,曾经有一个男疯子溜进学校,他头发蓬乱,目光呆滞,可看见擦肩而过的女生,眼里就会掠过一道惊奇的光,感叹道:"哦! 美啊! 你们像天使一样美!"为此,学校紧急行动,组织男生成立了护校队,防止疯子之类的可疑人员混进校园。

那晚,从琴房逃出后,老三去学校门口警卫室值班了,他是护校队的副队长,负有值勤的职守。我们则想回宿舍睡觉了,可尚未走到宿舍楼,就听到学校大门处传来喊声:"抓贼啊! 抓贼啊——"那是老三亢奋的叫声。我们转身快速向喊声奔去,只见校门前三条白花花的手电筒横冲直撞地扫射着。等我们赶至现场,两位戴着红袖章的护校队员已抓住一男人。那男人被压在铁栅门上,被两个拳头左右开弓击打着。男人背对着我们,一只手紧紧抱住铁栅栏,一只手伸向门外摇摆着,发出痛叫和不成调的抗议声。虽然护校队员是学生,但揍人技术练得颇为专业了。我们学校女生过多,过于娇艳,难免会招蜂引蝶。小城的冶金学校、煤炭技校的男生曾结伙来我校走马观花,因而护校队就练就了一身本领。有一回,京剧团学武生的青年男演员来我校炫艺,在足球场上翻起漂亮的跟头,却被护校队副队长一脚踹翻,最后鼻青眼肿地灰溜溜走了。护校队员揍人是经校保卫科默许的,因而他们干得很卖力。

噫，老三怎么不在场？他刚才叫得很响很欢啊！我转身寻去，看见老三黑黑地站在我身后。他盯着那男人在冷冷地笑，笑得无声无息。男人靠在铁栅栏上，费力地翻转身来，似乎想说什么。可老三手里不知什么时候多出一块红砖，向着男人劈头盖脸砸了过去。我听见噗的一声血肉碎裂声，看见男人额头血呈散射状喷出，在地上蚯蚓般爬动起来。我闻到一股血腥味，觉得胃里钻进了黑蚂蚁，忍不住转身呕吐起来，吐得天上的月亮旋转起来。我用不着回想，就知道那张满是血污的脸就是钢琴房里蓦然回首的男人的脸。

夜色浓得像墨。老三满脸泪水地大笑起来，然后疯狂地向校外跑去。我闭上眼，听见一个苍老的喊声从河边传来："伢儿，快跑！伢儿，快跑——"我们总是听见学校门前河边茅屋里阿婆的喊声。有天黄昏，我看见那个阿婆仰起雪白的髻子头朝天看，嘴里咕哝着什么。我笑着上前说："阿婆，天上没有飞机哦！"阿婆收回目光看了看我，凑到我耳朵边压低嗓子说："伢儿，天上有老鹰呢！老鹰抓走了我孙子！我孙子睡在摇篮里，被老鹰叼走了喽！"我愣住，抬头看天，苍茫的天空中根本没有鹰的痕迹。阿婆又说："我早该养猫了，有猫老鹰就不敢来了！"我的心收缩起来，疑惑地看看发髻苍白的阿婆，拔脚就跑，越跑越快。我的耳朵灌满风声，阿婆的喊声直追过来："老鹰来了！伢儿，快跑啊——"不过，这事跟老三的奔跑没有关系，他奔跑着，迅速变成黑点消失了。

老三就那样一直跑出了那个热烘烘的初夏，跑出了1988年的那所学校。一个热烈的暑假后，老三被学校开除了。我们文雅地分析过老三向那男人痛下杀手的原因。老大认为那是老三性格偏执，具有暴力倾向所致。老二认为老三是因为无视校规谈情说爱事发，精神承受不了，才做出崩溃之举。我则认为是老三被那晚的白色激怒了。我们各执一词，未能向老三当面求证，因为他消失了。不过，老三在12号琴房的墙上留下了几个螃蟹似的大字"到此一游",不知是他什么时候奋笔疾书的。

转眼二十多年过去了,女生圆圆成了小城花园路幼儿园的园长,老大成了银城土地局的官员。我成了《银城晚报》的记者,常为老大之类的成功人士歌功颂德。我和老大常在一起喝酒,谈些官场、商场、情场以及街头巷尾的逸闻,比如银城师范学校退休的电工老何为什么要杀死他妻子后又自杀?有时我们也偶尔谈谈师范生活,但绝口不提老二。

老三呢,那家伙成了民营企业家,他的模样没有太大的变化,肱二头肌仍像潜伏在白绸上衣下的老鼠。我只是不明白,他的办公室里为什么要摆着一架豪华的斯坦威三角钢琴。

偶尔想起老二

我在写《第五季》时偶尔会想起老二,可一想起老二,记忆就会受阻。那时,我便站在银城新闻大厦的办公室里,透过干净得近乎不存在的玻璃,远眺云层或别的什么。这幢楼以十八层的高度鹤立着,让我有种栖于海中岛屿的感觉。这幢楼当然也有楼顶,上面盛开着一个叫旋转餐厅的事物,但我从没上去观光过——活着的我们难免有些固执,不是吗?我只是执拗地把头扭向窗外,虽然时间像砂纸一样把视线磨钝了,可我固执地在小城上空一遍遍地搜寻着,等待与某年的一座高楼不期而遇。有一天,我想我得去找找曾经的老二了,但不能不说这是个蠢主意,因为去银城 831 医院探望一个精神病患者不是件好事,人们都觉得那个医院里的病人不属于我们的同类。

老二患病了,他的病跟一张泛黄的报纸有关,那是 1988 年 12 月 26 日的《银城日报》,上面有条题为《银城师范一女生跳楼身亡》的短消息:

本报讯　昨夜八时许,我市纺织厂大楼发生一起少女坠楼身亡事件。据悉,该少女为银城师范学校三年级学生方方(化名),该女生生前因与一男生早恋偷食禁果而怀孕,就从该校对面纺织厂大楼跳下,结束了十九岁零七天的生命。警方怀疑该女生因为怀孕担心社会压力,想不开才走上绝路的。该校表示,死者前一周因身体不适已请假回家,校方对此事不应负有责任。本报呼吁社会各界尤其是学校应加强对学生的教育。

这条消息下角还有一则寻人启事,至于寻找什么人总被我忽略着。这张报纸就放在我的旧相册里,偶尔会露出来,提醒我什么。这条消息过于简略,有些事儿没说清楚。关于方方的坠楼,我无法告诉你真相,只能告诉你那个事件的几种可能:一是女生死于他杀,至于那些爱恨情仇的细节,你可以参照一些小说去想象;二是女生死于失足坠楼,因为失足是少年的通病;三是女生死于自杀,但她没有怀孕,怀孕不是自杀的唯一理由;四是女生因为怀孕而自杀,不过她的怀孕与我们的老二没有关系,究竟是谁在她的体内播下种子的——我和你一样好奇;五是正如我们熟知的那样,女生的确是因怀了老二的孩子而自杀的,这可能是最令人绝望而索然无味的真相了。

我还记得方方坠楼身亡后,校委会研究决定开除老二以儆效尤,可最终只给了他留校察看的处分。据说,那是老二在校长办公室跪了四个小时,外加年轻的油画老师以辞职威胁校方的结果。不过,老二说那得多谢方方的妈妈,那个阿姨虽然因丧女之痛一连打了老二好几个耳光,但仍请求学校不要开除老二,给他一个改过自新的机会。这事儿不知是真是假,可老二说时眼睛红得就像红眼兔。我想这个版本的说法过于煽情了,仅凭这一点就可见老二没干记者有些可惜。可无论怎么说,老二后来顺汤顺水毕业了,分配到市郊小学当上了美术老师,再后来就成了小城的知名画家。他没有结婚,也没有艺术家应有的情事绯闻,在住进 831 医院过集体生活之前一直打着单儿。只是,他一改画风,不再画父亲,而是画起女性人物。那些画上的女人多为少女,她们站在河边,与水中倒影相映成趣。她们身影飘忽,面容模糊,就像一阵风就能吹走似的。自那件事发生后,老二一直否认女生怀孕的事实,也许是想借此逃避对方方之死的愧疚,也许是想保护少女清白的形象。我们都曾这样急切地辩白过什么,以便健康地活着,可老二还是病了。你说,一个人不相信报纸,不相信警察,他还能不病吗?老二不知怎么就恐高了,一到高处就会呕吐、心悸发慌。银城有太多的高楼,偷去了他的睡眠。于是他整日焦虑,慢慢就消瘦了,随之而来的就是他的画作迅速从市政府会议室、小城名流的办公室撤离下来。对此,他毫无办法,只好在回答完医生 400 多个问题后,住进了831 医院。那所医院在银城郊外,红色围墙外开着深黄色的菊花,是省级园林式单位之一。

那天,我在去找老二之前随手给他买了顶帽子,毕竟他曾经茂密的头发已经荒凉了,毕竟深秋有可能就要来了。

我来到831 医院,经过必要的手续后,终于见到了老二。老二竟然比以前白胖了许多,可见现代医学确有神奇的功效。他面前摆着两张地图,一张是印刷版的世界地图,一张是未完成的草图,上面画着井然有序的方格,显然他是在以放大比例的方法,努力把彩印的世界地图复制到白纸上去。他似乎画了很久,脸部在厚厚的光线中很模糊。

老二看见我,想了好一会儿才放下直尺和铅笔,笑:"哦,你来啦!"

我点点头,想起生活节俭的老二一直不抽烟,只好把香烟塞进自己的嘴里。

老二盯着我,压低嗓子:"你得相信我,她不是因为怀孕才跳楼的!"

我蒙了,难道老二看出我的来意了?要不他怎么一下子就把当年女生从记忆里打捞出来了？我发蒙的样子看上去很傻。

老二以为我不信他的话，一把抓住我的手，声音急切起来："你得相信我，我根本没有动过她，她怎么可能怀孕呢？"

我不解："这么说，师范时……方方跳楼，跟你没关系？"

老二摆正脑袋，翻着眼白，忽地转过话头："哦，你还记得老街吗？"

"老街……你说的是学校门前小河上游的老街？"

"是啊，那里两层木楼上挂满了被单、衣物、尿布，就像……就像……"

老二被一个比喻句噎住了。

我赶忙补上一句："就像染坊。"

"对，就像染坊！学校里的颜色就是从那里流来的。"

我知道那条老街已于数年前拆去，同时拆掉的还有机械厂、工业学校，那里早就盖起高档住宅小区了，但我不想跟老二讨论这些。

老二飞快地瞥瞥门外，将头靠近我，一脸神秘兮兮："你晓得啵？那儿有好多卖私货的妇女！"

我当然知道这些了，当年老街总散发着樟脑丸的气味，总有算命先生盘踞在拐角，总有女子游走在灰暗的街面上销售她们的货物，比如毛桃之类。

老二将头凑得更近了，声音更低了："有一回，我去那儿的书店买素描纸，一个胖女人不知从哪里钻了出来，挡住我，把我带到街角，拿出一堆东西问我要不要……"

老二说得过于急切，呼出的气体不均匀，吹得我耳朵发痒。我把头往后仰了仰："什么东西呀？"

"是……是春宫图！"老二迟疑了一下，还是说了出来。

我笑了，这有什么可神神道道的？我就在那里买过香港出品的杂志《龙虎豹》，上面全是让当年的我耳热气喘的光屁股女人。

我还在微笑，老二又说："你晓得啵？如果老大不在楼顶弄舞厅，方方就不会死,方方恐高!"

我的笑僵住,老二话题转换得太突兀,可那就像小土鼠拨亮冬天的阳光,让我眼儿一亮,终于看见一直想寻找到的那个高楼了。

我刚想说什么,老二突然站起,发出刺耳的喊声。

我意识到老二的病又犯了,赶忙丢下帽子,抽回自己的手,就像把搁浅的鱼放回大海,慌慌张张地离去。我跑出 831 医院,还能听见老二碎玻璃般的声音在追着我:"她说我把她弄疼了! 弄疼了——"

老二或者沿着楼顶向上

1988 年银城师范学校的某个夜晚,一个男生也曾尖着嗓子喊过这句话——那个男生就是当年的老二。

那时,学校对面有一幢楼。那是纺织厂大楼,并不高,只有六层,但足以摔死人。我的武警朋友说过,消防气垫安全范围在十米以下,也就是说如果有人愿意从纺织厂楼顶跳下,即使有气垫相护也难保活命。这是个专业课题,死亡有时很专业。那幢楼原本与我们无关,却因老大的一个美好的计划走进了我们的生活。

老大是个满脑袋瓜想法的人,他颌下的皱纹表明他远比我们阅历丰富。他说过他曾是小城北京路一霸,在一次公安严打抓捕中漏网后,逃到乡村老家,换了个名字重新复读三年才考上师范的。老大常教育我们:"其实,女人就那么回事儿! 我十六岁就泡上灯泡厂女工了,她喜欢让我摸她,她胸口鼓鼓的,像是从灯泡厂偷回了两个大灯泡!"老大常游走在学校之外,不知在做些什么。那年那月,你如果看见一个男青年在老街推销太阳镜,在北京路小酒店呼朋引伴,在灯光幽暗的录像厅里观看下半夜裸片,那就是我们的老大了。

这样的老大,无论做出什么事都不稀奇,可没想到他竟然要开舞厅。他要租下学校对面纺织厂大楼楼顶,弄个叫情人谷的露天舞厅。

这个异想天开的想法惊得我们直叫唤,恍若夏日河边的青蛙。

老大喷着烟雾,兴奋而耐心地说:"你们用猪脑想想,现在不是流行跳舞吗?"

我点点头,这是个事实,小城有好多舞厅,门票五元,男男女女们一钻进去就搂搂抱抱在一起,美其名曰:跳交谊舞。每场舞总有一支漫长的黑色舞曲,舞厅的灯光全灭去,放出一群喘息的怪兽。我曾追随老大去过那种地方,无意间踩到一个软软的物件,老大借着灯光看了看,认定那种形如矿山装炸药的袋子小塑料制品是避孕套。

老大又说:"你们用猪脑想想,咱们这儿附近有财专、冶金工校、卫校,咱们情人谷舞厅一开张,那还不被学生挤爆了?"

我再次点头,这周边的学校里都是一毕业就有工作的青春年少,他们比较闲,闲得蛋疼时就去谈恋爱,我们总不能让他们都冒着危险去钻小树林吧?

老大更得意了:"我还要准备一把把锁卖给那些谈恋爱的学生,让他们把爱情锁在楼顶的栏杆上!"

我像被高僧点化的小和尚大悟:"好!老大,那我以后就专门负责把那些学生锁上的锁偷偷打开,再卖给另一对,这样就能循环利用了。"

老大拍拍我的头:"孺子可教也!"

我笑,老大也笑,我们笑得张狂。

忽地,钻出一句怯怯的问声:"老大,那以后我和方方去跳舞,你不会收我门票吧?"

我看向老二,他正仰着一张急切、期待的脸。

老大大笑,笑出了眼泪:"老二,你个傻蛋!我怎么会收你的钱?那舞厅就是咱哥们的,我们要在楼顶上好好跳舞,天天向上!"

老二这才局促地笑了。

我们开始为情人谷舞厅奋斗了,具体来说就是帮一些单位在墙上涂些什么,比如为建筑工地刷上宋体的"高高兴兴上班　安安全全回家",比如为一些酒店大厅画迎客松,真不知道老大是怎么揽上那些活的。我们干得很欢实,老二尤其卖力,他之所以后来能成为知名画家,与那次赶活应该不无关系。那所师范学校有一位书法老师,就是靠曾经的年代狂写大字报,练下扎实的基本功的。

有时,看着拼命干活的老二,我劝道:"悠着点儿。"

老二忙里偷闲掏出手绢,擦擦眼镜笑:"得赶进度哦。咱们不是快要毕业了嘛。"

老大冒出头:"老二,你这么急,是想能快点儿跟方方到楼顶跳舞吧?"

老二白皙的脸上飞过羞红:"是啊……以前方方跟我说过好几回,想去舞厅跳舞,可我哪有钱请她去舞厅啊。你们知道的,我家不宽裕。"

我和老大就不吱声了。

我们知道老二家在农村,父亲早逝,靠着母亲供他上学。他从不在学校食堂打菜,一碗青菜汤都没买过,只靠着从家里带来的黄豆、腌菜度日。哥几个住在一起,他免不了要共享我们的饭菜以及颜料,这没什么,我们还是相信共产主义的。可他总觉得有些亏欠,抢着洗碗打开水,帮我们把棉被叠得跟炸药包似的。老二不喜欢别人提他乡下的往事,我们对这个话题很小心,从不去碰这个地雷。可老二却在某个夜晚跟我说起过他的童年逸事,就是一个意外。那是个四月多雨的夜晚,月光跟着坡下的河水流走了,屋内灯光却很亮,日光灯管在头顶嗡嗡轻响,就像藏了一群睡梦中飞舞的蜜蜂。老大不知所踪,我和老二面对面坐在床上,各想各的心思。就在我打出第一个哈欠时,老二说话了。那个寡言的家伙突然没头没脑地说起了童年,而且说得颇为激动。他向我描述了这样一个场景:在乡下金黄色的油菜地里,童年的老二和隔壁的小女伢躺在热烘烘的泥土上,听着春风把油菜花吹得像波浪般滚来滚去,看着飞来飞去的蜜蜂勤劳地搬运着香气。后来,香气越来越浓,童年的老二忍不住翻身咬住了女伢儿的嘴,他见过女伢儿的爸妈就那样咬过。老二没有父亲,他希望自己快点长大,长成父亲就可以咬人了。再说,女伢儿的脸红扑扑的,确实诱人。可女伢儿哭了,跳起来边哭边跑:"你弄疼了我!弄疼我了……"老二说完这事嘎嘎笑了起来,笑得满眼是泪,边笑边喊:"她说我把她弄疼了!哈哈,她说我把她弄疼了——"喊声又尖又细,像是从山谷里挤出的风,刺得我起了一身鸡皮疙瘩。

我们都承认老二是个天生会画画的人,我们的油画老师是个长发披肩的年轻男人,那个狂傲的家伙总说老二有绘画天赋,说如果老二不是来自家境贫寒的乡下,上个美院将来定会成大器的。那话我们听得不舒服,老二好像也不受用,他脸色青青白白,就跟开颜料铺似的。老二喜欢画男人,他的一组题为《父亲》的作品曾在学校阅览室展览过,那些带有编号的"父亲"们或是皱纹深如沟壑的老农,或是透过厚眼镜看人的乡村教师,或是头顶安全帽的建筑工人,甚至有一个是骑着绿色自行车的邮递员。这不奇怪,那时罗中立的油画《父亲》正在风行。可我知道老二的"父亲"们只是以学校开水房的锅炉工、校外田间种植向日葵的老农之类为原型创作而成的,甚至有一张还有伟人画像的影子,那么,老二的真正父亲应该是个什么样子呢?那时,我们没法想那么多,只是对老二跟相貌平常的女生方方搞上的事儿有些微词。方方有些像果农的女儿,圆实红润,有股成熟果实的香气。老大苦口婆心地说:"老二啊,我真不明白你为什么喜欢她,她要是再胖点,就能跟足球媲美了。"我想老大说得对,方方的确胖,并不适合跳舞,可她为什么要老二带她去舞厅呢?

两个月后,我们租下纺织厂楼顶,在上空焊上网状的钢管,高悬起镭射灯,挂满瓜果一样的彩色灯泡,并把四周栏杆刷成绿色,沿着栏杆放置起红红黄黄的塑料椅,如此,情人谷舞厅终于亮相了。

舞厅正式开张的那天晚上,是圣诞节之夜。我们在周边的学校围墙上贴了几张自画的海报后,就在楼顶上紧张而漫长地蹲守了。我坐楼梯口的木桌前,负责收钱,面前摆放着一把把崭新锃亮的永固牌铁锁。老大在一支接一支地抽烟,老二却不知去了哪里。天一擦黑,就有学生三三两两、探头探脑地走进。当小城邮电大楼上的钟楼当当敲响八下时,我才看见老二和方方一前一后爬了上来,刚想张口喊住他们,他俩的影子就滑入舞厅的黑色不见了。接着,老大兴奋的喊声传来:"情人谷舞厅欢迎各位的光临! 圣诞节狂欢舞会现在开始,让我们尽情跳起来!"声毕,镭射灯猛地亮起,束状的光线直扑下来。就在那时,我听见一声尖叫:有人坠楼了——

我的眼前一黑,不记得那夜天上有没有月亮和星星了。

那天晚上发生的事儿是银城师范生活的一部分,可我不想让老二就这样进入我的小说。我甚至希望这件事根本没有发生过,只是我的臆想。

老大是这样走进我的小说的

夏天总是提前来。

那个夏日,我把窗帘拉上,空调开启,躲在办公室里写小说。忽而,门被嘭地推开。一个女同志抖着两只大乳房毫无礼貌地闯了进来,大着嗓门喊:"老大被关进去了! 老大被关进去了——"我快速站起,因为大脑供血过慢一阵迷糊。女同志又喊:"你个大记者,不会连老大关进去都不晓得吧?"我刚想问"您贵姓",发现女同志是我昔日的同学朵儿。我愕然问:"哪个老大?"女同志扭扭肥硕的屁股表示不满:"还有哪个老大?"我怔了片刻,才把老大与银城土地局局长对上了号。"他的事发了,受了点贿儿,就进去了。他忘了带剃须刀,你给他送去吧,要电剃须刀!"女同志说完转身就走,走到门边又喊,"对了! 他就关在九城畈农场!"声一落门便嘭地关上,朵儿没了身影。我坐回皮椅,抽了半支烟,才想起那件发生在 1988 年夏天的事儿,一件似乎跟昙花有关的事儿。

我说过我们的老大想法很多,这让他的父亲很无奈。我曾多次见过那个机械厂六级钳工的父亲走进宿舍,遮去大片的阳光,稳稳地站住,抽下腰间的牛皮裤带,一鞭鞭抽打着他的儿子。他的儿子闭着眼靠在高低床上,双手抱着头,任凭皮鞭飞舞不发出一丝呻吟,只是偶尔抽搐一下。父子俩配合默契,都一言不发,整个场景就像黑白电影的片断。父亲抽累了,停下手,把完好无损的裤带拴好,转身踏着大步而去。儿子身上的鞭痕红红地游动着,就像一丝丝失真的颜料。之后的几天,老大会窝在宿舍里,用红花油涂抹身上的鞭痕,跟待字闺中的女子涂脂抹粉似的。

我曾问老大:"疼吗?"

老大咧咧嘴似笑非笑:"你说呢?"

我刚想赞扬他的父亲牛皮裤带质量真好,却听到一声口哨声划过,那是从老大嘴里发出来的。

那口哨声也曾在午夜响起。那是个昙花开放的夜晚,我和老大穿过稀疏的星星走进学校植物园时,夜色已攀上葡萄的藤蔓,那些葡萄还小,小得就像露珠。我俩坐在石阶上等待着,不知过了多久,老大突然说:"昙花开了!"我转过脸看去,呈现在我眼里的是一朵低垂的花慢慢抬起,花瓣张开,露出白生生的花萼。我俩不再说话,静静地看着,大约过了四个小时,花瓣渐渐收拢,又垂下头去。我感叹:"真是好看的花啊!"老大冷哼:"不! 昙花不是花,就跟雪花一样!"我不服气:"昙花怎么不是花? 你难道没有生物常识?"老大不说话,气咻咻地向植物园门外走去。我赶紧跟上,老大深受老师器重,掌管着植物园铁栅门的钥匙,我不想被他锁在园子里,陪着花花草草过夜。当我尾随着老大走出植物园时,一声突如其来的女性尖叫声传来。那声音太突然了,我看见尖叫划过老大白皙的脸,留下一条血痕,当然那也可能是植物的花刺划破的。声未落,老大跑动起来,我也跑动起来,把午夜的寂静踏出一个个旋涡。我俩跑到学校对面纺织厂前柏油马路上,看见一个纺织女工蹲在地上呜呜地哭着。她穿着紧身裤,臀部的衣服裂开,露出的内裤就像绽开的石榴,藏了一个小型的桃花林。老大仿佛被敲了一榔头,"哦"了声,很痛苦的样子。我被桃红的火灼伤了眼睛,也步调一致地短促"哦"了声。我俩转身就跑,以比来时更快的速度狂奔起来。我们的后脑勺被女工的哭声马蜂般追刺着。就这样,我和老大跑进了小说《第五季》……

小说《第五季》中与老大有关的字儿

一个传闻在师范学校秘密传开了:据公安推测,夜袭女工案的凶器是剃须刀,因而可以确认是男性所为,该名男子可能心理变态,仇视纺织女工漂亮的衣服。嫌疑犯初步认定为社会男青年、师范男生,还有附近831医院的男病人,那些病人患有精神疾病,被关在高墙内,但并不排除他们从里面跑出来犯案的可能。这个传闻让学校女生惶恐起来,那个季节,她们原本穿着短裙骄傲地露出白生生的小腿,现在纷纷穿起厚厚的牛仔裤,也许她们的臀部感觉到即将而来的剃须刀的寒光了。可男生向纺织厂跑得更勤了,他们说是去看河里的月亮。

传闻跟那个瘦男人有关。瘦男人看不出年龄,声音却跟小孩一样。每每黄昏,学校门前那条从老街流来的河波光粼粼,像条鱼从纺织厂前游过。瘦男人便在河边走来走去,遇见人就凑上去,指点着纺织厂大门,以目击者的身份低声说起那起纺织女工被袭案,他说得神神秘秘而又热热烈烈,嘴里飞出金色的蜜蜂。他说:"刀很小,是飞鹰牌的! 就那么一闪,嘻嘻,红色就出来了!"有人认真听着,神色沉重下来;有人窃窃私语,带着黄色的笑意走去;有人惊慌失措,愤怒地喊:不许胡说……无论路人怎样,瘦男人都像获得奖赏的孩子,快活地拍着掌笑起来。渐渐地,路人烦了,就没人再听他唠叨了。瘦男人只好孤零零地靠在河边树下,委屈地对着擦肩而过的人喊:"我说的是真的,你们都不相信我!"瘦男人从黄昏一直站到夜色来临,从一棵树的阴影站到路灯空虚的光线里。我和老大远远地看着他,觉得他很孤独,忍不住走向他。他却盯着我俩,发出尖叫,一转身跑了。

老大疑惑:"他为什么怕我俩?"

我不敢肯定地说:"他认出我俩了?"

其实我俩是很愿意相信他的。

几天后,公安把我叫去讯问了。那时,全体师范生都在做早操,铿锵的音乐从教学楼顶高音喇叭里欢快传来,学生们穿着校服整齐划一地舒展着腰肢,男生模拟展翅的鸦群,女生穿着白裙模仿小白杨。我就像个错别字被老师剔出来,带进了学校保卫科。保卫科里有两个身穿制服的公安,还有那个瘦男人。他一见我就尖叫:"就是他!"我被那叫声刺得一颤。

公安问:"小同学,这几天晚上你有没有去过纺织厂大门外 500 米处?"

我有预感公安会来找我,走进保卫科时,我差点说出"你们总算又找我了",可终究因跟公安不熟,没有说出来,只是把头低了下去。

公安继续问:"你看见是什么人划伤女工的吗? 或者在路上看见什么人了吗?"

我脱口而出:"昙花。"

年轻的公安一听,立马摊开纸笔。

络腮胡公安有些忧郁,点上香烟,盯着我:"昙花? 小同学,你就不要跟我们扯谎了。你知道我们为什么找你吗?"

我装作一无所知的样子,摇摇头。

络腮胡说:"事发那天晚上,有目击者看见那个嫌疑犯牙齿很白。"

我呻吟了一声:"哦,一定是那个瘦男人说的。"

"是谁说的并不重要。有没有人说过你的牙齿很白?"

我脊背上渗出汗来。

络腮胡不容我喘息,接着说:"而且,我们走访了你以前就读过的小学、中学,查过你的档案,虽然你的档案清白,可一位老师说你小时候偷过同桌的钢笔,有这事吗?"

我不得不点头。我至今仍记得九岁时,一个男孩边号啕大哭边狂奔的情景,那就是我。那天,我的同桌钢笔丢了,老师就让我们一个个站起来接受讯问,以便确定谁是小偷。老师站在高高的讲台上,拍打着粉笔擦,面前下着一场雪。老师戴着眼镜,眼神像妈妈纳鞋的尖锥,刺向一张张脸。我们都很紧张,就连调皮的二癫子都把脸藏到课桌下吐着舌头。当老师问到我时,不知为什么,我竟然莫名羞愧,脸儿像铁匠铺的铁砧一样发烫。我低下头,不敢看老师的眼睛。老师盯着我,他的眼神让我窒息。老师突然说:"你抬起头,看着我!"你为什么不敢看我?我的头越来越重,跟沉甸甸的向日葵似的。就在这时,同桌举起小手:"报告!老师,一定是他偷了我的钢笔,他说过我的钢笔好玩!"老师笑了,笑得我心惊肉跳。他满意地停止讯问,让我去黑板下罚站。我整整站了两节课,我想哭想动,都被老师喝止了。我的小腿越来越麻木,就像站在潮湿的泥土里快要发芽了,心里越来越觉得自己就是那个偷钢笔的贼。放学时,老师对我说:"坦白从宽,抗拒从严!"我实在忍不住大哭起来,边哭边喊:"是我偷了钢笔!是我偷了钢笔——"老师微笑了:"能承认错误就是好学生!说,你把钢笔藏在哪儿了?"我被问住,转动脑瓜:"是啊,我把那偷来的钢笔放在哪了?"后来,我哭着跑回家,再也不敢走近那所小学的大门。爸爸没有办法,就让我转到别的学校。再后来,我在填写报考志愿时,毫不犹豫地选择了师范,我想我要当个老师,戴上跟那个老师一模一样的眼镜。事隔多年,我辗转过好几所学校,但那件事还是被公安查出来了。可是,我直到现在都没想起那支钢笔究竟放在哪儿呀?难道那件童年的事儿就能证明是我用剃须刀划开纺织女工屁股的?我低下头努力寻找证据,忽地想起"白牙"应该是罪犯的标志。记得当年的中学同学花儿曾说过我的牙很白,这样看来,公安怀疑我就不会错了,我应该就是夜袭女工的人了。我理清思路,记忆鲜活起来。我说:"我坦白!我投案自首!"

年轻公安打了鸡血似的兴奋起来,用笔尖点着纸,催促说:"快说!快说!"

我闭上眼开始回想:"那天晚上,我从学校植物园出来后,在纺织厂门前闲逛,一群女工说说笑笑下班散去,只有一个女工落单了,她走得很慢很孤单,我就伸手向她的臀部摸去,手指缝里的剃须刀一划拉,咝的一声,她的裤子就绽开了……"

年轻公安飞快地记录着,突然问:"你的动机?"

我愣了愣,对他毫无礼貌打断我的回想有些不悦,但不敢提出异议。我得配合公安,争取宽大处理。我苦思冥想着,就在年轻公安不耐烦敲着笔尖时想了起来:"你们知道我小时候偷过同桌的钢笔,同桌是女的,打那以后我就恨女生想报复……"说完,我如释重负,在心里忍不住为自己的机智拍掌。

络腮胡公安一笑:"小同学,你编这个故事干啥?你应该懂法,这可不是能随便乱说的哦!我们知道你不是嫌疑犯,我们找你,只是想让你把那晚的情况回忆一下……"

我愕然,既而犯起愁来,既然不是我干的,又会是什么人呢?我绞尽脑汁回想着,眼前渐渐出现一片桃林,然后是女子恐惧而痛苦的眼睛,最后看见一条黑影快速地奔去。那条黑影回过一次头,但黑暗中脸型模糊不清。我无法确定他顺着河水会跑到哪里去,这座小城有许许多多的小河,七转八弯地缠在一起,但最终应该会穿过田野、村庄,流入东去的长江。我一无所获,只得摇摇头,坦率地说:"我真没看见什么人。"

络腮胡公安更忧郁了:"那行,小同学,你可以走了。"

年轻公安有些失望,合拢起记录本。

我没有办法,只有让他们失望了。

我跑到学校操场上,在风中慢慢冷静下来,突然想起自己刚才太疏忽大意了:如果当时公安相信了我的话,问我把凶器剃须刀藏在哪,我该怎么回答?那个问题就跟童年的"钢笔藏哪了"一样,注定是我没法回答出来的。我越想越不寒而栗,回望起办公楼上保卫科的灯光,发现那里的窗玻璃涂了绿色的油漆,灯光似乎想从里面冲出来,却被紧紧关住了。

我的眼睛绿了。

我不知道公安有没有找老大谈话。我更没想到老大竟然蹲守了七夜,把纺织女工被袭案的元凶抓住了。

于是,老大成了见义勇为的英雄,成了我们全校师生学习的榜样。他被请到周边学校做事迹报告了。他坐在高高的台上,对着话筒娓娓说起来,苍白的脸上出现了汹涌的红晕。在他的叙述中,那个夜晚在我们眼里清晰起来:

那天晚上,老大躲在河边草丛里,听着草尖上的水珠发出微小的爆破声,看着蚊子像小型战斗机一样飞来飞去。纺织厂卷过下班的人流后,灯火慢慢就枯萎了。老大亢奋起来,伏在坡下,抬头紧盯着被月光洗得发白的路面。终于,一个女工骑着自行车滑出纺织厂,骑了五百米左右就停了下来,弯腰捏打着轮胎,嘴里咕哝着什么。老大匍匐前进,靠近女工。就在这时,一个胖男人走进老大的视线,胖男人悄无声息地走近女工,将手伸向女工因弯腰而翘起的臀部,动作很温柔。老大一阵热泪盈眶,用森林失火般的激情高喊:"住手!"说着一跃而起冲了上去。胖男人愣了愣,一把揪住老大,像扔麻袋似的把老大扔在路边。老大身子一滚,抱住胖男人的腿。胖男人拽拽自己的腿,没有成功,便蹲下身,手像鸟翅一样划过。一条血线游了出来。老大闻到一股甜腥腥的气息,觉得胳膊被火燎了一下,兴奋地喊:"来人啊!抓罪犯啊——"胖男人看中了老大的背,抬脚踩了上去。老大闷哼,看见眼前飞出三只萤火虫,接着听见自己的胸部肋骨断裂的声响。老大觉得那响声悦耳动听,就跟花开的声音一样,于是把胖男人的腿抱得更紧了。就在胖男人看中老大的头部准备下手时,女工才从惊愕中反应过来,一扳手砸在胖男人的头上。自打纺织厂发生夜袭案后,女工们都随身携带型号不一的扳手防身了,那让不远处的小五金店的扳手一时脱销。老大看见月光从胖男人的后脑勺顺流而下,变成好看的红色瀑布。胖男人抽搐了一下软软地倒在地上,将胖脸暴露在夜空之下,血从嘴里汩汩流出。后来事情就简单了,有人闻讯赶来,把早已昏倒的胖男人抓住了,把老大送进了人民医院。

就这样,老大的事迹传开了,他如愿以偿地站在众目睽睽下,在我们的掌声中一丝不苟地维持着微笑,却掩饰不住内心的喜悦,就像怀孕的少妇。

那天晚上,我和老大坐在操场上,把手掌弯曲成小灯笼呵护着一支点燃的香烟,然后轮流喷出一团烟气。老大被烟呛得直咳嗽,但脸上的笑意甚浓。

我说:"老大,我真羡慕你,咱们学校每届毕业生只有一个名额可以留校任教,我们这一届指定就是你了!"

老大一反往日心事重重的样子,扬了扬头,轻轻一笑,不容置疑地说:"我早就说过,昙花不是花,你偏不信!"

于是,我坚信,老大毕业留校应该是毫无悬念了,也坚信纺织厂夜袭案不会再发生了。

可某个黄昏,那个满嘴童音的瘦男人又出现在河边的树下,一见行人就兴奋地说起什么。

我走过去,他上前拦住我,神神道道地说:"我看见了!"

我问:"哦,你看见什么了?"

"两只青蛙!"

我觉得这话有些乏味,转身欲走,却被瘦男人一把抓住胳膊。他虽然瘦,力气很大。

瘦男人压低嗓子:"你知道吗?那是艺术!"

"什么? 艺术?"

"做那种活就是艺术,刀要锋利,动作要有分寸,只能划破衣服,不能划伤女人的皮肤,那样才完美!"

我骇然,吃惊地看着他。

瘦男人诡秘一笑:"这事还没完!"说着跳蚤般跑开了。

纺织女工被袭案发生后,我常去卫校找朵儿。朵儿是我中学同学,我考进师范时,朵儿也考上了卫校。当年,朵儿体形丰满、声音洪亮,我的身体正在发生奇怪的变化,光滑的下腹开始出现黑绒毛,喉部开始长出硬邦邦的东西,嗓子忽尖忽哑很难听,那些都让我恐慌。自从童年偷窃钢笔事发后,我对自己说:绝不能再偷同桌的任何东西了。因而对同桌朵儿总是低眉顺眼,不敢正眼看她。可朵儿总生气地对我说:"你抬起头,看着我啊! 我有那么难看吗?"我不吱声,把头塞进课桌肚里,佯装看古龙的武侠小说。过一会儿,她的声音就会低下来,又说:"其实,你的牙很白!"

我常去找朵儿,每次都有一个合法的理由。那天晚上,我和朵儿走在卫校前的小树林前,边走边踢着石子,中间隔着长长的沉默。我有些紧张,想说些什么,却找不到舌头,憋了半天才冒出一句:"我俩去看录像吧。"那时,小城有许多录像厅,隐蔽在大街小巷的角落处,那些地方光线幽暗。我不太习惯暴露在阳光下,而在黑暗里就会心安。我和朵儿钻进录像厅,坐在简陋的长椅上。灯光暗了下来,我开始很平静,可朵儿的发梢拂来拂去,让我渐渐不安分起来。她似乎对录像片很有兴趣,一边嗑着瓜子,一边把头扭来扭去寻找着最佳观影角度。一股暖烘烘的气息从她身上散发出来,我忍不住了,用手轻轻碰了碰她的臀部,那短暂的一击让我迷醉。我连续不断地碰着,她似乎没有察觉,只是嗑瓜子的速度慢了下来。我向四周看了看,没有发现有人注意我。我的手终于抖抖索索地游过去,揽住她的腰。我被自己的动作吓了一跳,可她没有反应,我想如果她稍有动静,我准会立马逃之夭夭的。她似乎被录像片完全吸引住了,不再摇头晃脑,不再嗑瓜子,尽量挺直身体仰起脸,身子越来越烫。我心惊肉跳地欢乐着,却舍不得把手抽回来,我在心里背着哈姆雷特的台词:毁灭就毁灭吧!

我和朵儿在录像厅的黑暗中斗牛般一直相持到散场,然后沿着昏暗的走廊和楼梯走出迷宫,重新游回夜晚的长街。我送她回卫校,一路上探讨了医院的气味。朵儿显得心神不定,她说她喜欢福尔马林的气味,她说我们应该学会用酒精洗手。我俩走了约半个小时才抵达卫校。朵儿默默走进大门,忽地转过身叫了声我的名字。我以为她有话要说,支起了耳朵。可她没说话,只是微微一笑就飘走了。看着她的背影,我发现她的身材变瘦了,说话声也变细了,仿佛一夜之间换了个人似的。我在卫校门口站了许久,直到一阵清风吹来,这才想起忘了问朵儿卫校是否也发生过类似纺织女工被袭事件,忘了告诉她夜行要当心。

在返回师范的路上,我走得很慢,反刍般回味着刚刚发生过的微小的颤栗。在老街拐角处,一个女人拦住了我,鬼鬼祟祟地从口袋里掏出一副扑克:"喂,买副扑克吧。"我愣了愣,接过扑克看了看。女人笑了笑:"里面可好看了!五十四张牌,五十四个裸体女人!只要五块钱!"我脸儿一热,掏出五块钱递去,慌里慌张地跑了起来,耳边满是女人猫叫般的笑声。跑到河边,滞滞的流水声淹去了一切,我才慢下脚步,打开扑克一张张地看了起来,那些红桃黑桃草花方片什么的,都是一丝不挂的女人。她们波涛汹涌着,把我对女性的想象击得粉碎,原来女人就是这个样子啊! 我边走边观赏着扑克牌,看完一张就随手扔进河水里。那一张张扑克牌随着黑色的河流、白色的月光流去,就像被风吹走的一朵朵肆无忌惮盛开着的桃花。等走到师范大门前,我举起空空的扑克盒笑了。

老大显然受到英雄荣誉的干扰了,有时他会偷偷地抚摸着那张大红奖状容光焕发起来,有时会警惕地偷听三五同学说笑,似乎要从那些无聊的话里抓到有害的字词。他开始失眠,整天睡眼惺忪,竟然上课时也像我们一样打起了哈欠。

我有些不解,就在植物园的黄昏问他:"老大,这段时间你怎么了?"

老大不说话,眯着眼,有一颗水珠从他眼角渗出。

我又问:"老大,你到底怎么了?"

老大猛睁开眼,直直地盯着我:"你能告诉我,这些日子同学们在说些啥吗?"

我被问住,同学们整天叽叽喳喳,那些话就像自来水,谁能记得住啊。

"比如昨天晚上,你和老四在宿舍走廊上说啥了?"

经过老大的提醒,我想起来了,我说:"没说啥呀! 就说一个机械厂工人跳楼自杀的事儿……那个工人倒栽在机械厂的花坛边,脸都扁了,血儿足足淌了五分钟。可惜,那些血很快就被消防战士用高压水龙头冲得干干净净,就跟没事发生一样……"

我说得兴奋起来,很想详细描述一下那位工人跳楼的每一个细节。

"哦? 真的?"

"当然是真事了! 这事老街那儿早就传开了!"

"不,我是说,你们真的就只说了这事儿?"

"是啊,要不我们能说啥?"

老大推推眼镜:"那前天午餐时,你们蹲在食堂台阶上,边吃饭边说了啥?"

我抓抓脑袋:"哦!我们在说学校前面831医院里的疯子……我们偷偷去那里看过,有个疯子戴着眼镜,斯斯文文的,对着树上挂着的小黑板在给一群疯子上课呢!他教的是唐诗,教学水平跟我们的老师有一拼……"

"真的吗?"

"当然是真的。"

老大瞥瞥植物园外:"那……你们就没说过我?"

"说你?你有啥好说的?"

老大摇摇头:"我不信!你们一定在背后议论过我!要不,为啥只要我一到你们身边,你们就不说了。"

我有些理解老大了:"老大,你就别敏感了。马上就要毕业考试了,瞧你的精神状态,可别考砸了……我们混个及格就成,可你必须得考好,才能留校的。"

老大身体一哆嗦,揪起自己的头发:"是啊!老师说这场考试对我一生很重要……可我该死的记忆力衰退了,看书总是记不住!"

我伸出手拍拍他的肩:"老大,你也不要压力太大,那是睡眠不足导致的,你只要好好睡一觉就好了。"

老大不说话,神情恍惚地向着植物园门外走去,我赶忙跟上去,怕他一时疏忽把我锁在里面。

此后,我们仍然能在午夜听见老大的床铺不时发出嘎吱嘎吱的响声,就像一条船摇过来的橹声。有时,老大会大叫一声,猛地从床上弹起,张大嘴直喘气。那些动静就像锯木场纷纷扬扬的声儿,打扰了我们的睡眠,很烦人。我们劝老大看看医生,他很生气,犟着脖子叫:"我没病！没病！"我们束手无策，商量着去831医院偷些镇静剂、安眠药回来，偷偷给老大服下，但终究没有实施行动。

老大还是在那场考试中哭着跑出了考场，那时离结束铃响仅有三分钟，但他还是坚持不住跑了。我放下试卷追去，追到植物园时，那个铁栅门却被生锈的铁锁反锁了。我喊："老大，开门！开门——"园子里没有回音，只有老大的哭声在空旷地回荡。我透过铁栅门看去，只见老大坐在石阶上，边撕着课本边像甩在岸上的鱼张大嘴巴哭着。他的哭声并不嘹亮，一团乱麻似的缠在一起。我焦躁地伸长脖子，真怕他张大的嘴巴喘不过气来。他撕完课本，掏出打火机点燃那一团碎纸，火苗一蹿一蹿的，就像蛇的舌头。我急得直踹铁栅门，担心那团火会引发火灾。我对有些事情的预感，常常会被莫名其妙地证实。我甚至想到：当公安问起这场火灾时，我会心甘情愿地成为纵火犯。幸好，那团火慢慢蜷成灰灰的一团，被风吹散了。也许是哭累了，老大四脚朝天仰卧在草地上，几秒钟就睡着了。他睡得很香，发出起伏有致的呼噜声。我一屁股坐在地上，放下心来。我知道老大留校无望了，可他却能酣然入睡，也算幸运了。可我还是隐隐有些不安，难道是因为他在睡梦中没有吹响口哨？

那天晚上，我又听见一串女人的尖叫声，那声音把我从睡眠中惊醒就没了下文，我想我是做梦了。第二天早晨，就有消息传来，昨夜又有一位纺织女工的臀部受害了。我起床刷牙洗脸，忽地想起没看见老大的身影，难道他昨晚一直睡在植物园里没回来？我把手伸进木柜去拿老大的生活用品，想给他送到植物园去。无论怎样，我们都要刷牙的。可一丝锐疼，我的手指被割了一下，挤出一条直直的血线。老大的柜子里竟然有一盒已打开的飞鹰牌剃须刀片。

其实，老大的脸很光滑，没有长一根胡须。

三天后，第二起纺织女工夜袭案被侦破了，罪犯果然是从831医院逃出来的病人。

当警车闪着红红的警灯驶到纺织厂时，正是黄昏。我刚好从那儿经过，看见公安从警车上跳下，吓了一跳，赶忙上前对络腮胡公安说："这事真不是我干的！昨晚我一直老老实实睡在宿舍里，同宿舍的同学都可以做证的……"络腮胡公安微微一怔，不耐烦地拂开我向前冲去，我才发现他们不是奔着我来的。

不一会儿，公安从纺织厂里揪出一个人来，那人正是满嘴童音的瘦男人，他嬉笑着，就像刚跟公安开心地玩过捉迷藏的游戏。瘦男人从我身边经过时，突然站住，收住笑，一脸诡秘："你相信了吧，我说过这事没完的！"公安很生气，用力推搡他。可他竟然纹丝不动，像棵树一样挺拔着。他对公安显然没有兴趣，像老朋友似的对我呵呵笑，压低嗓门说："他们虽然从我口袋里搜出了剃须刀，可刀片上没有血迹，显然没有使用过！我要干的话，会很艺术的，只会割开衣服，不会见血的！他们抓我，真是很愚蠢！"我不敢说话，因为公安已经愤怒了，他们用脚踢着瘦男人的屁股，似乎在为纺织女工复仇。可瘦男人坚贞不屈着，哈哈大笑着。在他的笑声中，一群麻雀从半空飞来，叽叽喳喳地绕着他的头顶盘旋起来，那些鸟儿用翅膀运来了晚霞，让天空慢慢红了起来。

这时，一辆白色救护车闪着绿灯驶来，两个穿着白大褂的医生跳下车，脚步匆匆地向瘦男人走去。瘦男人看见白大褂，嘎地收住笑，表情冻住了，目光呆滞起来，张大的嘴巴显得空洞无物。医生走到瘦男人面前低声说了句什么，瘦男人就软了下来，顺从地跟着医生钻进了白色救护车。白色救护车喘口气，一转眼就消失了。

围观的人议论起来：

"哦？果然是精神病干的！"

"这事831医院也得负责任，他们怎么能让疯子跑出来害人呢？"

"那个疯子一定是花痴！"

……

我闭上眼，一粒沙子飘进了我的眼睛。

我长舒一口气，仿佛从一个长梦里醒来，很累。

我记得那个瘦男人总戴着鸭舌帽，他病前是老师还是电工身份不明。

我忘不了当时在路灯下，老大脸色苍白，他哆哆嗦嗦说了句："昙花就不是花！"

其实，有些事我真的不想说。

很多年过去后，一个偶然的机会，我遇见了当时的卫校生、现在的保健院护士长朵儿，她又胖了，当年卫校时代腰间的流水韵味像水分一样挥发了。她的声音又洪亮起来，隔着马路大大咧咧地喊着我的名字。她对我说："看你的牙，都被香烟熏黄了！你得戒烟！你得洗牙了！你以前牙那么白！"我心里一动，又波澜不惊了。

很多年过去后，老大转行做了土地测量员，渐渐就成了银城国土局局长。我偶尔跟他混在一起，混在一起的还有朵儿。

那次，看着老大脸上青色的胡茬，我问："哦？你也长胡子了？"

"当然，我是男人嘛。"

"那你平时用什么刮脸呀？"

老大笑笑："我不习惯用电动剃须刀，那玩意儿就像一张喋喋不休的嘴！我还是手工刮脸，刀片用的是老牌子，飞鹰牌的。"

再说说那只猫

1988 年的师范学校有好多声音，比如每天早晨五点整音乐班男生准时吹响的小号声、每天晚上穿着黑衣站在操场上练功的体育班男生的吼叫声、每天夜半把鸡窝头伸出宿舍窗外美术班男生的号叫声，他们会让我梦见绿色军营、乡下白果树下的黑白无常以及荒野里的狼，然后就被吓醒。但我更能听见一阵明媚的猫叫从学校的阶梯教室传来。

那是春天,学校文学社开设了文学讲座,主讲人是向老师。他戴着鸭舌帽,坐在高高的讲台上,边汲着茶边说着诗歌创作中的押韵技巧。他对现代汉语语音颇有研究,能用口腔里的器官将平舌音和翘舌音、前鼻音和后鼻音完美地表现出来,那让我们觉得自己习惯于方言的舌头有些短。向老师是文学社的顾问,他不仅教我们寻找诗歌的韵脚,还声情并茂地朗诵着艾青的《大堰河,我的保姆》。我们很佩服他。可我听到的猫叫跟他没有关系,虽然他家养了只黑猫,那只黑猫总是一有机会就叼着他的鸭舌帽乱跑。

我听到的猫叫跟文学社里比我高两届的女生有关。她的诗写得很朦胧,在小城日报副刊上经常发表,据说有戴望舒《雨巷》的韵味。她常常穿着长裙,站在阶梯教室里朗诵她的诗。每每那时我就会想起阳光下的白猫来:夏日午后,阳光灿烂,白猫蹲在草地上,发出明亮而柔软的叫声。后来,我学会了写诗,在诗里称她为果果。那些诗都不押韵,我羞于拿出来给向老师批阅,但必须得给果果看。可果果从不评点我的诗,每回看着看着就会发出咯咯的笑声。

多年以后,我长大了,有了一个不喜欢养猫、患有洁癖的合法妻子。有一次我在街上偶遇向老师,看见他掀开鸭舌帽抓挠着头顶,忽然对诗歌失望起来,就再也不写诗了。有一次我去西藏旅行,在拉萨八角街看见一块猫眼宝石,就与小贩在袖管里比画了半天,终于把那块石头买下了。我把它挂在脖子上,每每一个人的晚上抚摸着它,就会听见阳光下的猫叫。

那只猫也跟一些叫方方、圆圆的女生有关。

也许这不算是结尾

那个下雪的周末,有个师兄来拜访我,我顺便邀上老四一起去酒店小聚。

阳光斜斜地照进酒店包厢时,我和师兄等着老四的到来。我本想趁着闲暇和师兄探讨一下小说,可他对这个话题没有兴趣,只是热心教着服务员叠纸鹤,浪费了不少黄黄白白的餐巾纸。那是师范女生爱玩的手工活,一些女生叠了一只又一只纸鹤串在一起,挂在宿舍里,美其名曰千纸鹤。没想到师兄也擅长此道。看着他上下翻飞的手指,我暂时忽略了服务员旗袍开叉处的部位,想起他的故事。师兄也是师范学校文学社社员,喜欢一个幼师女生,两人一起钻过小树林,一起在公园草地上露宿不归。他为她叠了一千只纸鹤,把她的小窝变成了鸟的天堂。可毕业时,她点燃了那些纸鹤……这个故事很俗套,我想象贫乏,如若把它弄成小说就臭大街了。

当夜色游来时,师兄等得不耐烦了,这才和我抽着烟说起往事。师兄和老四不熟,对老四的印象仍停留在师范时代。

——你说的老四,是不是你们班那个络腮胡? 我记得他总爱给他的书编上书号,还盖个萝卜印章,是吧?

我点头。老四说过他出身于书香门第,父亲曾是某县图书馆馆长,因与黄梅戏团女演员风流事发,被遣送回乡当了民办教师。老四还说他父亲书法写得好,他老人家每天一睁开眼就憋着一泡尿对着报纸龙飞凤舞出一首唐诗,才对着屋后菜地快意地抛起一线尿来。这应该是真实的,因为老四的毛笔字写得好,可能出于遗传。

——对了,老四在校时不是跟女生谈恋爱,差点被学校开除了吗?

我再次点头。老四是跟我们班的胖妞谈过恋爱,可胖妞把那事儿向学校汇报了,还说老四缠着她,请求校方予以制止。

——是吗？那为什么学校后来没有开除他呢？

我想起了老四的名言"我将去也"。那时，老四得知学校要勒令他退学，就不再去找胖妞，也不去教室上课，整天窝在宿舍里睡觉，鼾声大作了三天，才飘飘忽忽地走出宿舍，边在校园里游荡，边神神道道地念着：我将去也！我将去也——后来，辅导员避开老四召开秘密会议，对我们说：无论老四干什么，你们都不要惹他，他有可能患有忧郁症，一刺激就会自杀的。我们和学校的意见一致，不想有同学从教学楼楼顶跳下来，或者投身校门口的河里。我们把老四当作大熊猫保护起来，不过，偶尔也会对着他的背影低声喊"我将去也"，然后心有灵犀地暗笑起来。就这样，老四不用上课，不用做作业，一直混到了毕业。

我和师兄正聊着，老四推门进来了。他把大盖帽端端正正地挂在衣架上，转身向师兄热情地伸出手。我为他俩做了引见，两人客客气气地放下手坐了下来。

师兄盯着老四的脸，仔细观察着，忽而一拍脑门："那个谁，你不就是那个喜欢在操场上转来转去，嘴里喃喃我将去也的……那个同学吗？"

"哦？我在学校说过那句话吗？不会吧？"

师兄为自己的发现激动起来："对啊对啊！听说你因早恋差点被开除了，有这事吧？"

"是啊！我在校时也算风云人物，挺招女生的。一个女生总缠着我……因为关系到个人隐私，恕我不能说出她的名字……后来，学校知道了但没管我……那时我混得还行，上课、做作业随我自便，从没老师管我……"

师兄惊讶地张大嘴："那为啥？"

"想当年，我是老师面前的红人！我陪着现代汉语老师下象棋，给文选老师抄论文……他们能不给我面子吗？"

这回轮到我惊讶了，难道我的记忆紊乱了？我慌慌地离开包厢，躲进卫生间拨打另一个师范同学的电话,只向他求证一个问题:师范生老四有没有一句名言"我将去也"?得到肯定的答复后,我挺着身子踱回包厢,心里叽叽喳喳地窃笑,隔着香烟雾看着老四。我恍惚觉得他是我虚构的人物,对自己的小说又有了信心。

终于可以喝酒了,老四提议先为我们的鸭舌帽老师干一杯。我们均表示赞同,并回忆起那个老师的音容笑貌。老四说,他印象中的那个老师教学严谨,而且注重对学生进行品德教育——师范学校门前河边那个"禁止下河游泳"的木牌就是他插上去的。师兄重点说了那个老师一丝不苟,喜欢穿蓝涤卡的中山装。一时气氛颇为融洽。

喝完酒后,我们又去了麦田酒吧,那个酒吧藏在小城的脚趾头上,但我们还是找到了它,因为师兄就是那个酒吧的老板。那个酒吧挂满了旧电影海报、破 CD,还有猫的照片,有种怀旧的感觉。我们撕着鱿鱼、喝着啤酒,看着一群女孩用细长的吸管汲着液体,玩着拼图游戏。

不知夜深几许,老四说起我的小说《第五季》个别片断还是挺真实的,比如毕业联欢会写得还行。我摇摇装着酒精的脑袋,没有在意。老四接着指出我在那个场景的描写中忘了写地震了,那天晚上不仅有流星雨,还发生过地震——他在日记里记得清清楚楚。我不想跟他讨论这个问题,可他竟然掏出一篇日记递给我,然后毫无礼貌地告辞了。

那篇日记有些奇怪,与传统日记风格不符。

1988 年 6 月 28 日　　晴

昨天是 88 届师范毕业生全体大联欢的日子。

虽然他不止一次想过退学,但总算坚持到毕业了。他一早就醒了,捆扎好书本、铺盖、皮箱,做好随时从学校撤离的准备。渐渐地,同学们三五成群地走了,宿舍里只剩下他一个人。他听着下铺同学扔掉的闹钟嘀嘀嗒嗒地走着,突然想念起一个人,就是那个一直追求他的女生胖妞(化名)。他希望她能走进宿舍扑入他怀里,求他原谅或做些别的什么事,但一直没人敲门。他便想着那个不知想了多少遍的问题:到底是谁把自己和胖妞的事向学校告密的呢?他用击鼓传花的方式把全班同学想了一遍:胖妞是当事人,应该不会这么做,这么做对她有什么好处?是老五,应该不会!那家伙对男女情事懵懵懂懂,而且不多话,只会在狗屁小说里泄露心里的秘密。是老大?值得怀疑!老大有一百个理由出卖自己,比如作为班长,他是老师的耳目;比如作为下铺,自己打呼噜声总让神经衰弱的老大难以入眠……他想了许久,像在用心地求解着方程式。

窗外阳光越来越亮,他坐不住了,就穿着拖鞋去校园里闲逛。在琴房月亮门前,他遇到了鸭舌帽老师。那个老师对他很好,曾把他的床单带回家,让师母洗得干干净净送回来;曾抚摸着他的乱发安慰他说人生难免有挫折,风雨之后见彩虹。于是,他站在老师面前,恭恭敬敬地叫了声老师好。老师和他面对面站着,半天才说了声:"同学,出去后要好好做人啊!"他看见阳光在老师的背后开起了花,突然哭了。

终于到了晚上,毕业大聚餐时,好多同学吃着喝着就原形毕露了,他们红着脸交头接耳说着什么,一副兔死狐悲的样子。他没有喝酒,走到一个个老师面前,向他们鞠躬,祝他们身体健康。他看见女生胖妞抽着肩一直在哭,眼泪跟流不完的自来水似的。接着,他们去参加毕业典礼,校长发表热情洋溢的讲话后,就是跳舞唱歌之类的节目,最后典礼在大合唱《毕业歌》中结束了。

一些毕业生回宿舍了,另一些毕业生不知去哪了。他坐在宿舍里,看着一张张脸模模糊糊飘走。渐渐地,有人摔东西了,遥遥相对的男女生宿舍楼就跟比赛似的,你摔水瓶,我扔脸盆,你唱台湾校园歌曲,我唱香港情歌,伴随着'某某我爱你'的尖叫,乒乒乒乓响成一片。他没有舍得摔搪瓷缸,那上面有"银城师范88届第

12 号"的字样,是值得留作纪念的。他觉得整个场面就像动物园野兽逃出、硝烟中逃兵溃散似的。

忽而,天黑了下去,一群流星飞坠划过。有人高喊:"不好啦!地震了!地震了——"他慌忙跟着乱乱的脚步声跑到宿舍楼下,看见全宿舍楼的人都站在操场上,有人穿着裤衩,有人披着毛巾被。女生们躲在一个黑角落里叽叽喳喳,生怕被男生看见,可又生怕人家不知道她们在那里。据说声乐系有两个女生到现在还在宿舍里找合适的衣服,说是死也要个体面。站在操场上的人都在等再震一下,可站了半天,什么也没发生。大家只好三三两两又回宿舍去了。

晚上,他一夜没睡着,宿舍楼只有他一个人,空空荡荡的,让他怀疑宿舍里有一只猫。

这篇日记很可疑,日记中的"他"是谁?是老四自己,还是另有其人?关于日记的写法,基本常识是用第一人称写自己的所见所闻所思所想,具有私密性。老四的这篇日记用第三人称为叙述视角,就像写作者在窥视另外一个人的生活,这就有小说的嫌疑了。他是个警察,不该犯这种低级错误。写小说这种活儿,还是交给那些爱做白日梦的人去干吧。

我和师兄传阅完那篇日记,没有说话,只是看着酒吧入口处的藏羚羊头骨。

半晌,师兄眼睛蓝了蓝,开口了:"你的小说都是虚构的。"

"不,我没有虚构!我只是在还原生活,还原过去。"

我激动地从随身携带的皮包里抽出一沓纸,放在桌上小心地抚了又抚。

"你看,这就是我写的小说,它们足以证明我写的是真实无误的。我有个编号为 A0678 的牛皮袋,放着一些不能发表或者不愿发表的小说，那里面的人物常常会偷偷溜出来，在生活中真实上演他们的故事，比如我的《第五季》里的同学老二，就从牛皮袋里跑了出来，住进了银城831医院，那是精神病院，围墙很高，我不方便找他回来。"

师兄呵呵地笑了："那你的小说人物就不怕迷路吗？我曾在藏地听过一个德高望重的活佛说过莲花生大师的故事，莲花生大师的掌纹纵横交错，但只有一条通往人间净土，而人们常常迷路。"

酒吧里灯光缠绕在一起，仿佛是个洞穴。我有些发蒙，恍惚看见小说《第五季》中，一些曾经的同学正在一一上场，吹奏起小号、短笛或者别的乐器，各自演奏一曲，就捧着一支支蜡烛，一个个走下台消失了。这是他们指纹预示的必然，我对此无能为力，只有在另一些小说中让他们重新归来了。

当然，这些信不信由你，但老四必须得信。

（原发《钟山》杂志2016年第2期）

后　记

　　小说是我精神的渡口,我一次次写作只是为了回到心灵的故乡,或者寻找生活的迷宫——我只想弄明白自己将身栖何处。

　　福克纳说:"我的一生都在写我的邮票一样大小的故乡。"这个"故乡"就是作家成长的土地,与少年经验有关,寄托着一生的情怀。它不仅是物理时空,更是作家的精神家园。我的一些小说在用文字经营一个叫和悦洲的地方,那个长江中四水相环的沙洲,那里的三街十巷弥漫着丰沛的水汽,在时光中隐现,在水意中氤氲,在演绎着一方水土一方人的生活图景,引发我对生命和人性的探求。因而,我在《在水一方》中,以能听懂鱼说话的儿童、能洞悉人心秘密的盲人,试图书写潮涨潮落的沙洲上的欲望鼓噪,让人性水汽淋漓起来;在《洲尾还有一个洲》中,翻检杂乱的岁月,意图寻找历史的真实和理想的幽暗光亮……我在纪录和想象、还原和虚构和悦洲的历史和现实,试图构建一个纸上的沙洲。虽然沙洲的江水是缓慢流动的,表面上似乎看不到什么波澜,但是基于某种透视甚至想象,我们或许可以发现习以为常的生活的秘密,而用小说将它们说出来就是一种惊喜。

　　米兰·昆德拉说:"生活在别处。"我在小说中也在试图寻找生活的镜像,那或许是生活的投影和人生的寓像。在《去云南》中,我以"病院"为"城",把对社会的某个切片虚拟成人生图景,在逃避或者突围,在"寻找乌托邦"——为寻找传说中的五彩彼岸而上演了一出嬉笑怒骂的"飞越疯人院"。在《玻璃房》,"我"的全部努力——不论是撰写家族小说,还是回忆患病缘起,都是为了寻找根系,然而在触摸到根系之后,"我"又对其真实性心生疑虑;在《灭鼠记》中,我以一个疑似精神病患者的回忆,叙述了一段校园生活捕捉老鼠的事件和少年初恋经历,用荒诞化解少年成长的压抑,用戏仿表达生活境遇的思考……苏珊·桑塔格在《疾病的隐喻》中说:"我并不想描述移民至疾病王国并在那里生活到底是怎么一回事,只想描述围绕那一处境所编造的种种惩罚性的或感伤性的幻想:不是描绘这一王国的实际地理状况,而是描绘有关国家特征的种种成见。我的主题不是身体疾病本身,而是疾病被当作修辞手法或隐喻加以使用的情形。"——我的创作意图正是基于此。无论病院还是玻璃城,只是我眼中的现实生活的镜像,这让我习惯于在文学与历史、真实与梦境中游走。也许一片玻璃,就是我寻找的又一个栖身地。

本集收录的小说中,"玻璃房系列"均发表于《钟山》杂志,而"和悦洲系列"因《青年文学》《安徽文学》《清明》等杂志见于天日,并受到《长江文艺·好小说》《作品与争鸣》选刊的关爱,在此真诚地向各刊致以谢意。

时光绕指,我只是想以小说为桨,寻找彼岸。